SECRETO AZTECA

Grijalbo

LEOPOLDO MENDÍVIL LÓPEZ

AUTOR DEL BESTSELLER *SECRETO PEMEX*

SECRETO AZTECA

Grijalbo

El papel utilizado para la impresión de este libro ha sido fabricado a partir de madera procedente de bosques y plantaciones gestionadas con los más altos estándares ambientales, garantizando una explotación de los recursos sostenible con el medio ambiente y beneficiosa para las personas.

Penguin
Random House
Grupo Editorial

Secreto azteca

Primera edición: noviembre, 2021

D. R. © 2021, Leopoldo Mendívil López

D. R. © 2021, derechos de edición mundiales en lengua castellana:
Penguin Random House Grupo Editorial, S. A. de C. V.
Blvd. Miguel de Cervantes Saavedra núm. 301, 1er piso,
colonia Granada, alcaldía Miguel Hidalgo, C. P. 11520,
Ciudad de México

penguinlibros.com

ISBN: 978-607-380-695-4

Impreso en México – *Printed in Mexico*

Puerta azteca

El error psicológico de la nación, México, es que su recuerdo más profundo en la historia —el que definió su personalidad y el que sigue siendo su desafortunada obsesión— es el momento "dramático" de la conquista, emprendida por España, que destruyó al Imperio azteca; un recuerdo que por lo general conlleva resentimiento, inseguridad y división en actuales mexicanos en vez de focalizarse como país, para crear su imagen y visión de sí mismo en el orgullo de provenir de dos de los más grandes imperios que ha visto el mundo: el español y el azteca. Es decir, hemos visto una resta donde debimos ver siempre una suma.

Al hablar del Imperio azteca se piensa de inmediato en la "conquista", como si ése fuera el único episodio importante en la historia de esa civilización. Enorme error.

Lo que debimos recordar del Imperio azteca no era su dramático final, sino su historia misma: su grandeza. ¿Por qué México se obsesionó sólo con el evento final? Se trata de un *mexoquismo* —un masoquismo mexicano—. ¿Los griegos actuales acaso se obsesionaron con el episodio de la conquista de Grecia por parte de los romanos? No. Cuando hablan de su pasado no piensan en ese momento depresivo. ¡Ni siquiera lo tienen en mente! Hablan de la grandeza de la Grecia Antigua: Agamenón, Aristóteles, Alejandro Magno. Los italianos actuales ¿acaso hablan obsesivamente sobre la caída de Roma, provocada por los germanos? No. Hablan, excitados, de la grandeza de la Antigua Roma: Cicerón, Julio César, Octavio Augusto.

Todos los imperios y civilizaciones han sido en su momento aplastados, conquistados por otros, pero sus descendientes actuales no viven amargados: viven hoy el orgullo de ser la suma de sus antepasados, tanto de los conquistadores como de los conquistados, que a su vez fueron conquistadores de otros más antiguos. No se obsesionan con el día del colapso, sino con el instante de gloria de sus muchas civilizaciones ancestrales sumadas. Ese recuerdo "integrador" y sumatorio los inspira hoy para ser más grandes en el futuro.

México tiene un problema de identidad, igual que casi toda la América Latina —véanse los estudios de Jorge Lanata y del propio Jorge Luis Borges para el caso de Argentina—. Se le hizo creer al mexicano —y al latinoamericano en general— que tenía que elegir entre las dos partes principales de su pasado: o ser proeuropeo o ser pronativo americano; o indigenista o hispanista, como si ambas raíces genealógicas fueran mutuamente excluyentes. Había que repudiar a la otra parte del "binomio genético". Si se elegía un lado, había que despreciar al otro. Surgieron dos formas de "odio": el del antiespañol y el del antiprehispánico. El antiespañol sigue odiando a un conquistador de hace 500 años, mientras que el antiprehispánico, en su anhelo o fantasía de ser un "europeo americano", desprecia a civilizaciones de las que él mismo proviene, y que son admiradas con fascinación por otros países.

Estos extremos "psicóticos" dividen la mente del mexicano en forma innecesaria, haciéndolo, en resumen, odiar su pasado.

Este libro pertenece a la corriente que busca sacar de los escombros la grandeza colosal de los dos enormes imperios de los que proviene México. Cuando cada mexicano conozca la fuerza oculta de su propio origen, y la haga suya, en forma integrada y sumatoria, entonces el país mismo va a tener un nuevo destino, y emergerá entre las naciones con un poder que hoy le es desconocido.

En 1428 se creó el Imperio azteca a partir de la esclavitud y la pobreza de una tribu oprimida que decidió rebelarse contra lo que parecía ser su destino: ser la escoria. Un grupo de tres jóvenes menores a los treinta años se encargó de realizar este sueño que parecía imposible: Nezahualcóyotl, Tlacaélel y Moctezuma Ilhuicamina. Eran primos.

Nezahualcóyotl había escapado de ser asesinado, teniendo sólo quince años, cuando mataron a su padre los que dominaban el mundo antes del Imperio azteca: verdaderos carniceros.

Ésta es una de las más grandes hazañas de la historia humana. Hoy la mayor parte de los mexicanos no la conocen. Esta historia de triunfo fue sepultada por la obsesión monotemática de la "conquista", y México perdió el mejor ejemplo de lo que puede lograr cuando tenemos un sueño en común, y la decisión para lograrlo.

Esta novela está construida como dos tramas entrelazadas: una ocurre en el futuro y otra en el pasado. La trama del futuro es la lucha por descubrir el pasado. La trama del pasado es la guerra para construir el futuro.

Nezahualcóyotl librará en el pasado la guerra por el futuro de la nación "azteca", al crearla. Rodrigo Roxar, en el futuro, librará la guerra de los mexicanos por el pasado, para desenterrarlo y reactivarlo.

En honor al padre Pablo Pérez Guajardo (QDEP), y a todos los sacerdotes que, como él, son verdaderos caballeros templarios y luchan por un mundo mejor.

Dedicado a Marco Alejandro, Azucena, Patricia, Mónica, Leopoldo (mi padre) y Ramón.

En honor a Mauricio Ramírez Pérez, quien este año dio su vida por salvar a otros: por ser un héroe de la pandemia por covid-19.

En honor de mi tatarabuela María Clara González Alvarado y de su madre, María Petronila Alvarado, indígenas de Durango, de origen tlaxcalteca.

En honor de los maestros Antonio Velasco Piña, Román Piña Chan, Miguel León-Portilla y Carlos González.

Agradecimiento gigante para Andrés Ramírez, Ángela Olmedo, Antonio Ramos Revillas, Jessica Monserrat Muñoz, Quetzalli de la Concha, Roberto Banchik, Carlos Manuel García Peláez, Manuel Padrá, Talina Fernández, Pato Levy, Miguel Ángel López Farías, Carlos Ramos Padilla, Vladimir Galeana, Upa Ruiz, Ramón Pieza Rugarcía, Edith Fragoza Mar, Monserrat Macías, Alfonso Segovia Müller, Juan Antonio Negrete, Ramón Cordero, Dios Edward, Daniel Ceballos, Alef Austin Arteaga Turcotte, Saúl Hernández, Jairo Vera, Sofía Guadarrama Collado, Ulises Valiente, Luis Nah, al grupo Renacimiento Mexicano presidido por César Daniel González Madruga; a Alejandro Cruz Sánchez, presidente de la Fundación Caballero Águila y al gran cantautor y músico Enrique Quezadas. Asimismo a Gloria Hernández, Chicomecóatl y a Juan Enrique Bautista Rico (Dr. Jebaric); a los mexicanistas Rafael Cortés Déciga e Ituriel Moctezuma (Teutlahua) de Pueblo de la Luna, a León I. de Vivar (autor de *La Misión Espiritual de Mexihcco*); a Yohannan Díaz Vargas y Javier Sampayo.

Este trabajo es posible gracias a la obra de investigación histórica y geográfica de Jacques Soustelle, Víctor Manuel Rivera Gómez Franco, Jesús Galindo Trejo, José Luis Rojas, Marie-Areti Hers, Alejandro Tortolero Villaseñor, Frank Waters, Franz Berman, Carmen de la Fuente, Eduardo Matos Moctezuma, O'Neil Díez, Manuel Martín Lobo, Felipe Meneses Tello, Rodolfo Herrera Charolet, Rodrigo Martínez Baracs, Oswaldo Cámara Rodríguez, Xavier Noguez, Jorge Gutiérrez Molina, Diego Muñoz Camargo, Laura Collin Harguindeguy, José Rojas Galván, Ángel María Garibay, Eduard Seler, Juan de la Peña, Luciano Pereña, don Alejandro Contla, Héctor de Mauleón, Leonardo López Luján, Jorge Arturo Talavera González, Arturo Vergara Hernández, Peter T. Markman, Roberta H. Markman, Miguel Ángel Ruz Barrio, Juan José Batalla Rosado, Lino Yaoyotl (Lino Guerra), Gloria Isidro Morales, fray Jerónimo de Mendieta, Wright Carr, Carlos Basauri, David Charles, José Luis Díez Gutiérrez O'Neil Díez G., doctor Ismael Arturo Montero García, Stanislaw Iwaniszewski, Osvaldo Murillo, Édgar Segura, Alberto Jiménez, María Teresa Olivera, José Luis Ruvalcaba, Francesco Panico, Doris Heyden, Carlos Navarrete, Rafael Tena, Rafael García Granados, Daniela Arely Gaspar Vallejo, Justyna Olko, Yolanda Lastra de Suárez, Enrique Ortiz García / Tlahtoani Cuauhtemoc, Víctor M. Castillo F., John Bierhorst, maestro Antonio Elizarraraz, Miguel Ángel Criado, Manuel Martínez López, Andrés Montoya, José Barrado Barquilla, Luis F. Cariño Preciado, Gerardo del Olmo Linares, Danna Alexandra Levin Rojo, fray Antonio Tello, María Castañeda de la Paz, Manuel A. Hermann Lejarazu, Carlos Santamarina, Daniel Díaz y Jaime Montell, Alfredo López Austin, Nigel Davies, Patrick Johansson K., Burr Cartwright Brundage, Carlos Martínez Marín, www.teoloyucanmexico.com, Arturo Acosta Solís, Hildeberto Martínez, Antonio Rostro Enhorabuena, David Rodrigo García Colín Carrillo, Jesús Oropeza Hidalgo, Mariano Silva y Aceves, Doris Bartholomew, Luis Hernández Cruz, Moisés Victoria Torquemada†, Donaldo Sinclair Crawford, Instituto Lingüístico de Verano A.C., Andrés Romero y Huesca, Francisco Pérez-Chávez, María Anota-Rivera, Adriana Ortega-Álvarez, Jonathan Avilés-Tabares, Karina Espinoza-Cerón, Ernesto Bautista-Vera, Eduardo Moreno-Aguilera, Francisco Javier Ponce-Landín, Arturo Javier Lavín-Lozano, Julio Ramírez-Bollas, Francesco Saverio (Javier) Clavigero, Héctor Vázquez Valdivia, Pedro Carrasco; Néstor S. Chávez Gradilla, cronista del municipio de Acaponeta.

Fuentes históricas principales para esta investigación: Fernando de Alva Ixtlilxóchitl (*Historia chichimeca* e *Historia general de la nación mexicana*); *Anales de Cuauhtitlán*; fray Toribio de Benavente Motolinía (*Historia de los indios de la Nueva España*); Juan de Torquemada (*Monarquía indiana*); San Antón de Chimalpahin (*Cuarta relación*); Hernando Alvarado Tezozómoc (*Crónica mexicáyotl*); Diego Muñoz Camargo (*Historia de Tlaxcala*); Antonio de Alcedo (*Diccionario Geográfico-Histórico de las Indias Occidentales*); Carlos María de Bustamante (*Mañanas de la Alameda de México*); Vicente Riva Palacio, Juan de Dios Arias y Alfredo Chavero (*México a través de los siglos*); fray Jerónimo de Mendieta (*Historia eclesiástica indiana*); Nigel Davies (*El Imperio azteca* y *Los antiguos reinos de México*); Jacques Soustelle (*El universo de los aztecas* y *La vida cotidiana de los aztecas*); Román Piña Chan (*Cacaxtla* y *Quetzalcóatl*); Ignacio Bernal (*Tenochtitlán*); Eduardo Matos Moctezuma (*Tenochtitlán* y *Proyecto Templo Mayor*), entre otras.

Fotografías, documentos, mapas, genealogías aztecas y bibliografía más detallada se encuentran en www.facebook.com/leopoldo.m.lopez y www.youtube.com/user/secreto1910.

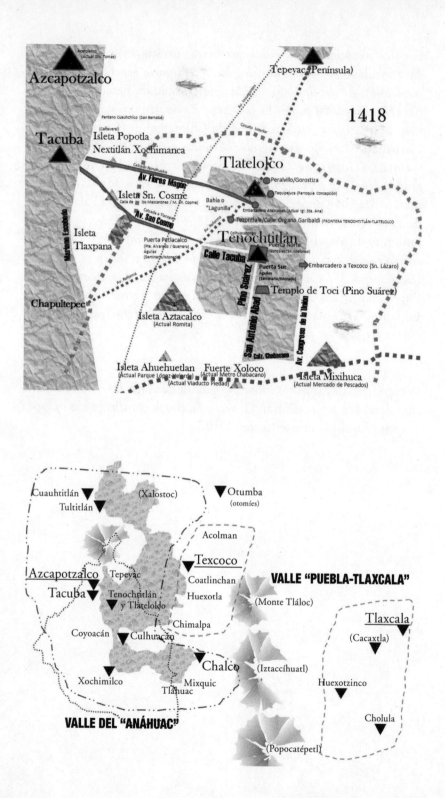

Vocabulario mínimo

(Los nombres aztecas solían ser la combinación de estos contados y simples morfemas y palabras.)

Atl=Agua
Átlatl=Lanzadardos
Ázcatl=Hormiga
Áztatl=Garza
Cauh=Tiempo
Chicome=Siete
Cíhuatl=Mujer
Cóatl=Serpiente
Cóyotl=Coyote
Cuauh=Águila
Huitzilin=Colibrí
Ihuitl=Pluma
Ilhuícatl=Cielo
Itztli=Obsidiana
Ixtli=Rostro
Iztac=Blanco
Mitl=Flecha
Nahui=Cuatro
Océlotl=Ocelote, puma
Ome=Dos
Tecólotl=Tecolote, lechuza
Tecuhtli=Señor
Téotl=Dios
Tlácatl=Hombre
Tlalli=Tierra, país
Tochtli=Conejo
Tótotl=Pájaro

Tzin=Terminación de respeto y/o cariño, equivalente a "Don" o "Sir", o "Mr.", o del japonés "san".
Tzontecomatl=Cráneo
Tzontli=Cabello
Xóchitl=Flor
Yancuic=Nuevo

El momento de reconstruir el pasado

MARIO VÁZQUEZ OLIVERA
Historiador mexicano.
Sputniknews. *16 de septiembre de 2016:*

Todas las historias nacionales están llenas de mitos, en todo el mundo.

ALAM JAVIER CASTILLO, MITZI ARIADNA
TORRES VENEGAS Y ALEJANDRA HARO RUBIO
Historiadores.
Conferencia UDGVirtual, Universidad de Guadalajara.
14 de septiembre de 2017:

La llamada "historia de bronce" es la que utiliza el Estado para inculcarnos el nacionalismo y lealtad al gobierno, pero es errónea.

CARLOS SANTAMARINA NOVILLO
Historiador y antropólogo.
La muerte de Chimalpopoca. Evidencias
a favor de la tesis golpista. 1998:

La existencia de una "historia oficial" se explica por el interés del poder por controlar ideológicamente al conjunto de la sociedad, y es inherente al mismo concepto de estado centralizado. Alfredo López Austin se ha referido explícitamente a la clase mexica de los *pipillin* como creadora de "un sentimiento de fidelidad estatal que sujetara a los campesinos a la marcha que beneficiaba a los intereses de los dirigentes" […]. El estado intervino en la educación […]. Esta historia oficial azteca […] tiene su origen en un significativo acto que habla bien a las claras de la importancia de la manipulación de la historia desde el poder: la quema de libros históricos que llevó a cabo Itzcóatl una vez fue nombrado tlatoani.

EDUARDO MATOS MOCTEZUMA
Arqueólogo y antropólogo mexicano.
Conferencia Ciclo "Grandes Maestros". Programa México 500,
organizado por Cultura UNAM. *27 de febrero de 2021:*

El mexica va después a decir que se va a asentar donde vieron el símbolo que su dios Huitzilopochtli les estaba indicando: el águila parada sobre el nopal. Nunca vieron eso. Ese hecho jamás ocurrió […]. Al momento del triunfo, Itzcóatl, señor de Tenochtitlán, ordena que se reescriba la historia, y empieza a inventar una nueva historia. A mi juicio ahí nace el concepto del águila parada sobre el nopal.

JORGE OLVERA HERNÁNDEZ
Historiador.
Enciclopedia de México. *1977:*

Itzcóatl, rey de Tenochtitlán (1428-1440), destruyó todos los documentos anteriores a él, para que la historia comenzara en su tiempo. Esto debió acontecer hacia 1429 y ha constituido el principal obstáculo para reconstruir el pasado de Xochimilco.

GENERAL VICENTE RIVA PALACIO
Y EL ARQUEÓLOGO ALFREDO CHAVERO
México a través de los siglos. *1884:*

Veamos si del laberinto de crónicas contradictorias [escritas por historiadores antiguos] puede salir la clara verdad […]. Nos descubren […] cómo en este punto han andado descuidados los escritores antiguos y se advierten en ellos contradicciones notorias […]. Querer acordar estas diferencias es cosa imposible […], pero ya que queremos escribir la historia, hagamos por lo menos cuanto esfuerzo podamos para fijar la verdad de los hechos.

SANTIAGO RAMÍREZ
Neurólogo y psicoanalista mexicano.
El mexicano, psicología de sus motivaciones. *1977:*

Esta última forma, muy peculiar en la historia del mexicano, ha tomado diferentes designaciones: "afrancesamiento", "pochismo", etc., su motor básico es la técnica del avestruz, negar la realidad displaciente [...] para adaptarse a injertos consoladores y falsos [...]. Todo lo indígena, lo devaluado a los ojos del español, trató de ser borrado [...]. Efectivamente hemos observado que en pacientes con intensa actitud antimexicana, el ataque de las estereotipadas cualidades negativas del mexicano [...] es una manera de librarse de la contemplación [...] del que critica [...]. El mexicano dividido por dentro tiene que colocar sus objetos malos en el exterior para no sentirse destruido.

SAMUEL RAMOS
Filósofo mexicano.
El perfil del hombre y la cultura en México. *1934:*

No se puede negar que el interés por la cultura extranjera ha tenido para muchos mexicanos el sentido de una fuga espiritual de su propia tierra.

OCTAVIO PAZ
Escritor y poeta mexicano.
El laberinto de la soledad. *1950:*

La historia de México es la del hombre que busca su filiación, su origen. Sucesivamente afrancesado, hispanista, indigenista, "pocho". [En vez de ser mexicano.]

IDOWU KOYENIKAN

Muéstrame los héroes que admiran los jóvenes de tu país y te diré el futuro de tu país.

ABHIJIT NASKAR
Neurocientífico de la India.
Mad about Humans: World Maker's Almanac. *2020:*

Una nación cae no por las atrocidades de su gobierno, sino por la indiferencia de los ciudadanos.

SIGMUND FREUD
Creador del psicoanálisis.
Psicología de las masas. *1921:*

Cuanto menos sabemos del pasado y del presente, tanto más inseguro habrá de ser nuestro porvenir.

CARL SAGAN
Líder mundial en divulgación científica. 1980:

Tienes que saber el pasado para entender el presente.

THEODORE ROOSEVELT
Expresidente de los Estados Unidos:

Mientras más conoces el pasado, mejor preparado estás para el futuro.

SPIKE LEE
Cineasta estadounidense:
Poder es conocer tu pasado.

C. S. LEWIS
Literato británico:

Los que no se interesan en la historia están, sin saberlo, esclavizados a un pasado reciente.

LEÓN I. DE VIVAR

Escritor y conferencista mexicano.
La misión espiritual de Mexihcco. *11 de febrero de 2021:*

Ha llegado la hora de decir la VERDAD.

XAVIER NOGUEZ
Historiador mexicano. Junio de 2011:

Asombrosamente, no conocemos ningún ejemplo de códice de certero origen prehispánico [...]. Carecemos de ejemplos de códices nahuas prehispánicos [pero] el número de sus pictografías coloniales es impresionante.

GENERAL VICENTE RIVA PALACIO
Y EL ARQUEÓLOGO ALFREDO CHAVERO
México a través de los siglos. *1884:*

El códice Mendocino [...] fue mandado pintar por el virrey Mendoza á los mexicanos [...]. Cuando los tenochca llegaron á gran poderío, pusieron en sus jeroglíficos y en sus narraciones históricas, hechos de sus antepasados que más recordaran glorias y poder que la antigua humillación [...]. Esta circunstancia [...] hace que desde la primera estampa del códice Mendocino, aparezcan los tenochca como conquistadores.

BERNAL DÍAZ DEL CASTILLO
Soldado y cronista español.
Historia verdadera de la Conquista de la Nueva España,
publicada en 1632:

Entre nosotros hubo soldados que habían estado en muchas partes del mundo, en Constantinopla y en toda Italia y Roma, y dijeron que plaza tan bien compasada y con tanto concierto y tamaño y llena de tanta gente no la habían visto.

DANIEL DÍAZ Y JAIME MONTELL
Arqueólogos-historiadores. Julio de 2014:

Se dice que Itzcóatl, el cuarto tlatoani mexica, ordenó que se quemaran los libros o códices en donde se consignaba la historia del pueblo mexica e hizo que se reescribiera desde los tiempos en que su pueblo salió de Aztlán hasta 1427, cuando tomó el poder.

JAIME MONTELL
Historiador. Julio de 2014:

En 1431 [tras la victoria sobre Azcapotzalco, de la que surgió el Imperio azteca] [...] Itzcóatl, Motecuhzoma y Tlacaélel empezaron a rediseñar el reino tenochca. Ordenaron una quema general de "libros" o códices: era necesario borrar todo indicio de sus humildes orígenes e inventar una nueva historia que justificara su derecho a la supremacía.

CARLOS SANTAMARINA
Antropólogo. Diciembre de 2015:

Los mitos en que se basaba la historia oficial mexica en torno a los designios de Huitzilopochtli para favorecer a los mexicas como su pueblo elegido no están sustentados por la historiografía moderna.

MARÍA CASTAÑEDA DE LA PAZ
Doctora en Historia.
Universidad de Sevilla, España. Diciembre de 2015:

Ahora bien, cuando años más tarde los tenochas escribieron su historia borraron de ella a Acolhua [...], también borraron a Epcóatl [...]. En cuanto a Acamapichtli [primer emperador azteca] [...] se dijo que ya no venía de Azcapotzalco sino de Culhuacan [...]. La intención no era otra que borrar su identidad [...]. Todos estos cambios se dieron en tiempos del tlatoani Itzcóatl [...]; nada más al alcanzar el trono, parece que Itzcóatl renegó de la identidad chichimeca de su padre en favor de la culhua-tolteca.

ALFREDO LÓPEZ AUSTIN
Historiador.
Instituto de Investigaciones Antropológicas de la UNAM.
Noviembre de 1993:

Se repite en las fuentes [históricas] que de Chicomóztoc [el lugar de las siete cuevas de donde salieron originalmente los aztecas-mexicas] salieron siete pueblos diferentes, pero no son siempre los mismos siete. En algunas narraciones de origen, por supuesto, los mexicas no aparecen en la lista. Así, en el bello códice llamado *Historia tolteca-chichimeca* [...], son los malpantlacas, los texcaltecas, los cuauhtlinchantlacas, los totomihuaques, los zacatecas, los acolchichimecas y los tzauctecas [...]. Chicomóztoc, en conclusión, es un arquetipo [...]. Es un lugar mítico.

JACQUES SOUSTELLE
Historiador francés.
El universo de los aztecas. *1979:*

Huitzilopochtli [...] entró muy tarde en el panteón mexicano: era un dios puramente azteca, que sólo cobró importancia al aumentar la influencia de esa tribu. Según todas las apariencias, se trata, pues, de una reorganización reciente, y hecha en Tenochtitlán, de tradiciones más antiguas [...]. Sus autores anónimos han tratado de reordenar unos relatos míticos contradictorios [anteriores, y pertenecientes a las culturas diversas conquistadas] y de jerarquizar las divinidades.

ALBERTO DURERO
Pintor alemán renacentista.
Bruselas, 1521 (citado por Elizabeth Carmichael):

También vi las cosas que fueron traídas al Rey [Carlos V] desde la nueva tierra de oro: un sol enteramente de oro, de una braza entera de ancho, y una luna enteramente de plata, de igual tamaño, igualmente dos habitaciones de raros pertrechos, de todos tipo de sus armas, armaduras, arcos y flechas, armas maravillosas, vestimentas extrañas [...], todo mucho más hermoso de contemplar que cualquier otra maravilla. Todas estas cosas son tan preciosas que están valoradas en cien mil florines [equivalente a

20 millones de dólares actuales]. Y en todos los días de mi vida no he visto nada que haya alegrado tanto mi corazón como estas cosas. Porque vi entre ellos objetos extraños y exquisitamente trabajados y me maravillé del sutil genio de los hombres en tierras lejanas. No tengo palabras para expresar las cosas que vi allí.

César Cervera M.
Periodista e historiador español.
"El mito que persigue al Imperio español", *ABC.ES.*
29 de junio de 2017:

El descubrimiento de importantes minas de metales preciosos en América vertebró el crecimiento de estas ciudades y terminó por convertirse en un importante flujo de riqueza para Castilla. O más bien para las guerras que mantenía en Europa la dinastía de los Habsburgo, que aprovecharon la débil posición de las Cortes castellanas tras la Guerra de las Comunidades para aumentar la presión fiscal en este reino. Pocos kilos del oro y la plata que atracaban en Sevilla procedente de América se invertía realmente en Castilla. A veces ni siquiera llegaba a pisar territorio ibérico.

Oswald Spengler
Historiador alemán.
La decadencia de Occidente. *1918:*

Éste es un ejemplo de una cultura que terminó con una muerte violenta. No fue muerta de hambre, reprimida o frustrada, sino asesinada en toda la gloria del despliegue, destruida como un girasol cuya cabeza es cortada por alguien que pasa. Todos estos estados, incluida una potencia mundial y más de una federación […] con una política integral, con un sistema financiero cuidadosamente ordenado y con una legislación muy desarrollada; con ideas administrativas y tradiciones económicas como las que los ministros de Carlos V […] nunca hubieran imaginado, con una riqueza literaria […], una sociedad intelectualmente brillante […], todo esto no se rompió en una guerra desesperada, sino que fue arrasado por un puñado de bandidos en unos pocos años, y tan completamente que las reliquias de la población no conservaron siquiera la memoria de lo que fueron, ni de su pasado. De la ciudad gigante de Tenochtitlán no queda ni una piedra sobre el suelo.

PADRE JOSÉ DE ACOSTA
Evangelizador y científico español.
Historia natural y moral de las Indias. *1590:*

Ninguna cosa más me ha admirado, más digna de alabanza, que el cuidado y orden que en criar a sus hijos tenían los mexicanos.

ANTONIO VIVALDI
Músico y sacerdote italiano.
Ópera Motezuma. *1733:*

[Mitrena, esposa de Moctezuma:] "La vergüenza, el desprecio a los dioses eternos, tú, que ahora afliges a todo México, defiendes lastimosamente contra este tirano, y este monstruo [...]. Este imperio derrocado pronto se levantará nuevamente y con razón espero que disfrute de una mejor paz. *La vergogna, il disprezzo eterni dèi, voi, ch'il Messico tutto or affliggete, pietosi difendete contro questo tiran, e questo mostro [...]. Risorgerà fra poco questo abbattuto impero e con ragione spero miglior pace goder.*

WINSTON CHURCHILL
Primer ministro británico e historiador:

Estudien la historia. Estudien la historia. En la historia están todos los secretos del poder [...]. Dormimos tranquilos por las noches gracias a personas que están listas para visitar la violencia contra los que pueden lastimarnos [...]. Los imperios del futuro son los imperios de la mente.

JOSEPH CAMPBELL
Mitólogo y sociólogo estadounidense:

El ascenso y la caída de las civilizaciones en el largo y amplio curso de la historia ha sido en gran parte una función de la integridad y la fuerza de los cánones de los mitos que los sustentan; porque el motivador no es la autoridad, sino la aspiración.

César Daniel González Madruga
Político renacentista mexicano.
23 de febrero de 2019:

El historiador y ambientalista Alberto Ruz se refiere a la creencia de pueblos como el maya, náhuatl u otomí, como el "retorno de Quetzalcóatl" o "Kukulkan", como una esencia que despierta en la consciencia de una determinada población, cuyos miembros trabajan unificados [...] para que surja una nueva humanidad [...]. Al mismo respecto se refiere el historiador y escritor Antonio Velasco Piña [QEPD] como retorno de Quetzalcóatl al "advenimiento de la llegada del Quetzalcóatl colectivo".

Nigel Davies
Antropólogo e historiador británico.
Los antiguos reinos de México. *1982:*

Después de que su padre fue asesinado ante sus propios ojos, el joven príncipe [Nezahualcóyotl] buscó refugio más allá de la Sierra Nevada en el Valle de Puebla y pasó los diez años siguientes como fugitivo, perseguido incansablemente por Tezozómoc [...]. Nezahualcóyotl [...] alteró el equilibrio y obtuvo el apoyo de Huexotzinco y Tlaxcala [...], recuperó su reino y después la fuerza combinada ayudó al asediado Itzcóatl [...]. Después de este triunfo el mundo del México antiguo estaba a sus pies.

Leopoldo Mendívil

El país que no conoce su pasado es como una persona con amnesia a la que golpean recurrentemente sin que logre recordar los anteriores ataques.

En la puerta del pasado y el presente

—Las conspiraciones existen, lo quieras o no. Las creas o no. Por ejemplo, la conspiración para ocultar el secreto azteca.

—¿Cómo saber si tu pasado es falso? ¿Y quién lo fabricó...?

Esto me lo preguntaron las voces detrás de la luz roja. Eran doctores, médicos. Yo sabía quiénes eran, pero aún no lograba reconocer sus identidades, ni sus nombres. Uno de ellos, el de la voz más carrasposa, me dijo:

—Lo sepas o no, estás conectado a un evento del pasado que se sigue desenvolviendo, modificando tu presente. El pasado no terminó nunca. Sigue ocurriendo. Sigue ramificando consecuencias. Vivimos en paralelo a las líneas que nos construyeron.

La luz me penetró en el ojo. Me abrió la pupila. Sentí el dolor, la dilatación. El doctor, acompañado por sus veinte ayudantes, comenzó a presionar mi córnea. Yo estaba anestesiado, inmovilizado.

—La droga hará posible que recuerde el pasado —les dijo—. El pasado de un país determina su futuro, igual que el de una persona. Un país que no conoce su pasado es como una persona con amnesia —y me miró fijamente—. Rodrigo, la droga ya comenzó a funcionar. En la oscuridad vas a ver surgir dos serpientes de luz: las "serpientes cósmicas". Las verás retorcerse en el espacio, una contra la otra, mientras se trocean las escamas. Son Quetzalcóatl y Tezcatlipoca. Son lo que está representado en los bordes del Calendario Azteca: la lucha cósmica entre estas dos fuerzas, el bien contra el mal. La guerra del universo.

El doctor les sonrió a sus acompañantes:

—*Datura ferox*. 8-metil-8-azabiciclo. Fue el tesoro de los emperadores en la edad de Itzcóatl —y con un movimiento lento y muy perturbador se volvió hacia mí. Me sujetó por la cabeza—. La droga siempre funciona, Rodrigo —y me sonrió—. Te vamos a regresar seiscientos años al pasado. Hazlo por quienes te abrieron el camino. Por el padre Damiano. Por Silvia Nava. Tú eres ahora nuestro camino hacia la verdad de los hechos. En tu sangre corre la sangre azteca. Eres el último de ellos. Por eso has hecho este viaje hasta aquí. Tú serás nuestra memoria y nuestra voz para el futuro. Ve al inicio del tiempo, cuando sobre las aguas sólo había islotes y ciudades en la orilla del lago de Texcoco que se declaraban la guerra por la supremacía.

Empecé a ver figuras: símbolos luminosos se cruzaron en el espacio cargados de electricidad, energía. Eran glifos aztecas, formas de palabras, números.

El doctor me dijo desde la oscuridad:

—¿Estás listo para abrir la puerta a un mundo sobrenatural? Todo el viaje que recién has hecho ha desatado las fuerzas ctónicas, entidades ultraterrenas, puertas aztecas que permanecieron cerradas durante siglos, que les costó mucho a los españoles mantener cerradas, ahora van a ser abiertas de nuevo. Tú vas a ser la nueva versión de Nezahualcóyotl. Necesitas revivir su historia para que nos conduzcas a la luz. Anda con él, vive lo que él vivió, para que al regresar una parte de él seas tú.

Una luz inmensa se apoderó de la habitación, se concentró en mis ojos. Lo que sentí es difícil de contar: el viaje en sí fue como una melodía, voces, sonidos superpuestos. Esta historia es el viaje que hice al pasado y en el presente.

Seiscientos años atrás

Seiscientos años atrás, en el origen remoto de México —antes de que nuestro país lo fuera—, aparecí como una "entidad ctónica" o "ultraterrena", como un "observador", como un "visitante" en la zona que hoy ocupa la moderna Ciudad de México.

Era un enorme mar interior —el lago de Texcoco—, casi dos veces el Mar Muerto en el Medio Oriente; siete veces el de Galilea.

Sus orillas estaban cubiertas por costras humanas: una vasta conglomeración de poblaciones, ciudades y reinos acumulados durante siglos: ciudades-Estado de diferentes orígenes, con distintas religiones; con diferentes culturas, idiomas y visiones del mundo.

Eran reinos y ciudades independientes las unas de las otras: chalcas, otomíes, tepanecas, postoltecas llamados culhúas, acolhuas, xochimilcas.

Todas estas culturas clamaban venir de un solo lugar llamado "Aztlán" o "Chicomóztoc", origen supuesto de las "siete tribus".

Para el año 1418 (Nahui Tochtli, Cuatro Conejo), el monarca de una de estas ciudades-Estado —Azcapotzalco, ubicada al oeste del lago—, llamado Tezozómoc Yacatetetl —un hombre anciano de la etnia tepaneca—, se había apoderado ya de gran parte de estos reinos y ciudades antes independientes.

En el lado oriental del lago las ciudades aún permanecían libres de esta expansión tiránica. Para defenderse se habían aglutinado en torno a la ciudad de Texcoco, cuyo rey era el joven Ixtlilxóchitl, descendiente de los toltecas y de Quetzalcóatl. Hacia allá me dirigí como una presencia hasta buscar a mi objetivo, el joven Nezahualcóyotl.

La federación de Texcoco —federación de las naciones libres—, bajo el mando de Ixtlilxóchitl, logró contener la expansión tepaneca y detener así el avance del terror. Ixtlilxóchitl incluso negoció un acuerdo de paz con el grupo armado de Tezozómoc, compuesto por migrantes salvajes nómadas que acababan de llegar al valle, los "mexicas" o "mexi", procedentes del norte, a los cuales Tezozómoc había entrenado para ser asesinos, destructores.

En 1418, abrumado ante la fuerza y la inteligencia de su joven opositor Ixtlilxóchitl, el emperador Tezozómoc decidió enviarle a su embajador supremo, Chalchiuh, para decirle que estaba dispuesto a terminar la guerra y firmar la paz, y sobre todo, respetar la libertad.

En su palacio en Texcoco, Ixtlilxóchitl estaba al lado de su joven hijo, de sólo quince años: Nezahualcóyotl Acolmiztli. Se llamaba a sí mismo "azteca". Cuando lo encontré en la puerta del pasado y del presente, las dos serpientes cósmicas se desdoblaron. Ésta es la historia que surgió de ahí.

Secreto azteca

1
En busca de la verdad
Año 1418 (Naui Tochtli / Cuatro Conejo)

Era la noche. La última noche de libertad de la federación de Texcoco.

Las personas en las ciudades costeras del lago de Texcoco —las "Noventa Ciudades"— alzaron sus antorchas para demostrarle a su líder, Ixtlilxóchitl Ome Tochtli, que estaban con él. Las miles de antorchas formaron en el borde lacustre una larguísima línea de luz roja por debajo de las estrellas.

Dentro de su poderoso palacio de color blanco en la ciudad de Texcoco, en el margen oriental del lago, Ixtlilxóchitl, el rey de cincuenta años, escuchó los golpes de los tambores. Escuchó los caracoles. En muchas de las ciudades se estaba viviendo una fiesta. Sabían que el emperador Tezozómoc había cedido ante Ixtlilxóchitl; que había enviado su delegación para negociar, para pedirle la paz.

El capitán de la federación rebelde, sobre sus sandalias de madera con bronce, caminó por el largo pasillo llamado "Xólotl", al lado de su hijo, entre las columnas de turquesa con oro: las columnas de Quetzalcóatl.

A su lado, Nezahualcóyotl aceleró el paso. Era un delgado e introvertido chico de ojos grandes.

—Nezahualcóyotl —le dijo Ixtlilxóchitl—, esta noche vas a tener que tomar en tus manos el control de la federación, en cuanto yo muera —y siguió avanzando.

El chico asintió sin saber bien a bien lo que su padre le decía.

—Papá... ¿qué estás diciendo? —en los muros vio las pinturas con la historia de su dinastía en Texcoco: los muchos reyes que habían muerto asesinados.

—Vas a tener que hacerlo —le insistió Ixtlilxóchitl. Lo aferró por el brazo—. Si esta noche las negociaciones no funcionan, tú vas a ser el rey de Texcoco, y vas a dirigir a la federación rebelde, y vas a luchar por la libertad. Tu primo Zoa-CueCuenotzin logró momentáneamente vencer a Tezozómoc en Xilotépec, Citlaltépec, Tepozotlán y Cuauhtitlán —y señaló al noroeste—. Esta noche todos los reinos alrededor del lago van a reunirse aquí, en mi ciudadela, tanto los que son esclavos de Tezozómoc como los que son nuestros aliados. Vamos a firmar aquí la paz con los embajadores que nos está enviando Tezozómoc. Pero todo esto puede ser una trampa, ¿lo comprendes? —y lo miró a los ojos.

—¿Una trampa...?

—Tezozómoc acepta mis condiciones de paz para terminar con esta guerra. Dice que dejará de conquistar principados al norte y al sur del lago, que su expansionismo terminó —y siguió avanzando hacia el fondo del corredor, hacia la enorme fauce de la serpiente llamada Tlalcóatl: era la entrada al Salón de los Banquetes y las Naciones—. Hijo mío, esta noche voy a oficializar tu designación como mi sucesor y heredero en caso de mi muerte. Cada reino debe volver a disfrutar de la paz. Tú debes asegurarte de ello. Ninguna nación deberá volver a pagar tributos a los grupos armados de Tezozómoc. Hoy debe terminar la tiranía. Hoy debe comenzar una nueva libertad para el mundo. Tezozómoc lo ha aceptado. Pero nosotros debemos garantizarlo.

Nezahualcóyotl sintió un nudo en la garganta:

—Padre... —y en la pared vio la fundación de Texcoco, por parte de su bisabuelo Quinatzin, y la creación del palacio, por parte de su abuelo Techotlala, hijo de Quinatzin. Vio al bisabuelo de Quinatzin, el ancestro más remoto de toda la dinastía: el legendario rey Xólotl el Grande, un hombre con cabeza de perro, con plumas de luz roja saliéndole del cráneo, hacia el cielo. Vio la alianza de Xólotl con los herederos y sobrevivientes del antiguo y misterioso reino tolteca al que Xólotl había vencido: el matrimonio de su hijo Nopaltzin con la nieta del rey de Tollan, Quetzalcóatl.

Miró al fondo del pasillo, hacia los embajadores que llegaban a la reunión: el *tlatoani* de Chalco, un hombre gordo y feo llamado Toteotzin o Toteotl-Tecuhtli, el Dios Pájaro; el rey de Acolman, Tlatocatlatzacuilotzin; el de Coatlinchán, Mozocomatzin; el de Huexotla, Quatlahuicetecuhtli, junto a su príncipe adjunto, Itztlacauhtzin, primo de Nezahualcóyotl; Toxpilli, de Chimalpa, tío abuelo de Nezahualcóyotl.

—Padre —Nezahualcóyotl se volvió hacia el líder de la ciudad de Texcoco—, lo único que quiero en este mundo es que tú vivas. Quiero que vivas por siempre. No quiero ocupar ningún trono. No me interesa. No quiero reemplazarte nunca. Que nadie lo haga. Quiero que tú seas el rey por siempre.

Sin dejar de avanzar, el poderoso Ixtlilxóchitl, de musculoso pecho, ahora vencedor sobre quien había sido su más terrible enemigo, Tezozómoc, le apretó el brazo con más fuerza:

—Hijo, tu niñez terminó. Esta noche comienzas a ser hombre. Tienes que pensar desde hoy como un adulto. Tu niño está muerto —y siguió avanzando—. La felicidad y el gozo sólo pertenecen a las mujeres y a los niños. Los hombres estamos aquí para garantizar que ellos los tengan.

El joven Nezahualcóyotl tragó saliva. Negó con la cabeza.

—No sé por qué dices "a los niños". Yo nunca tuve infancia: siempre hemos vivido en peligro, siempre bajo "amenaza de muerte" —y miró hacia los costados—. Siempre me has dicho que "soy un hombre", o que "debo ser un hombre". ¿Esto es ser un "príncipe", el "hijo de un rey"?

Ixtlilxóchitl miró a los embajadores. Chalchiuh ya había llegado. Era el negociador supremo de Tezozómoc. También estaba Quetzalmatzatzin de Chalco, hermano del tlatoani Toteotzin, príncipe de Acxotlan-Cihuateopan, conversando con el secretario particular de Ixtlilxóchitl: el joven Coyohua, parte de la nobleza, príncipe de una de las familias importantes de Texcoco.

—Hijo mío —le dijo Ixtlilxóchitl a Nezahualcóyotl. Lo tomó por el brazo—, yo no comencé esta guerra. Fue Tezozómoc —y lo miró a los ojos—. La inició contra mi padre, contra tu abuelo Techotlala.

Ixtlilxóchitl bajó la cabeza.

—Lo sé, lo sé…

—Amado Nezali, hijo mío, lo siento. Quisiera haberte dado una infancia feliz, en la que hubieras vivido sin miedo, disfrutando de la alegría de la vida. No pude. La ambición de unos siempre hará que los demás vivamos con tensión y miedo en este mundo, y que existan la suspicacia, el resentimiento, la hostilidad y la guerra, así como la necesidad de vivir siempre en defensa. Nezali, la paz sólo podrá reinar en un mundo ideal en el que no exista un solo hombre que desee tener más que lo que los otros tienen, o que desee privarlos de su libertad, de su felicidad, de sus posesiones o de su independencia.

Siguieron avanzando. El rey Ixtlilxóchitl le dijo:

—Tu abuelo, Techotlala, aunque fue grande, fue demasiado bueno. Creyó que sus palabras de paz y de amor detendrían a Tezozómoc. Permitió que Tezozómoc se expandiera con sus ejércitos como lo hizo durante mi reinado por todas las regiones al noroeste y al suroeste del lago. Lo dejó conquistar los reinos que antes eran libres. Lo dejó así conformar su imperio nefasto que hoy nos rodea como las puntas de una tenaza alrededor del lago. He logrado detenerlo con la ayuda de tu primo Zoa-CueCuenotzin. Tu abuelo confió en que las palabras de amor bastarían para detener la ambición de un tirano. Eso no sucede. No existen los límites para los que desean todo. Nunca se detienen. Eso es la voracidad humana, y si te rindes, te destrozan, y a quienes amas. Tezozómoc compró a los hijos de los reyes para que traicionaran a sus propios padres y los asesinaran, y luego a esos traidores los suplantó con sus propios hijos y nietos, y los asesinó. Hoy casi todo rey o gobernador de cualquier ciudad dominada por Tezozómoc es un hijo suyo, un nieto suyo, un yerno suyo, incluyendo a muchos de los que ahora mismo estás viendo aquí —y señaló hacia enfrente, hacia los embajadores, detrás de los cristales, en el Salón de los Banquetes.

El inmenso Salón de los Banquetes se encontraba a tope. Inmensos braseros sobre los que los sirvientes dejaban caer algunas esencias aromáticas daban no sólo ambiente sino también luz. Sobre las mesas había abundantes platos con comida, digna del gran rey de Texcoco: pescados y carne de venado, hueva de mosco, elotes de distintos colores se asaban en el fuego. En tinajas había pulque, el cual se repartía sólo a los embajadores más importantes.

Nezahualcóyotl sacudió la cabeza.

Ixtlilxóchitl le dijo:

—Con su bondad, tu abuelo nos colocó a todos en este peligro que ahora estamos viviendo, que es la muerte. Él destruyó la paz, no Tezozómoc, porque cedió en la defensa. Fue tu abuelo quien destruyó la paz por su falsa creencia de que ésta se asegura a sí misma, con palabras y con sueños de perdón —curvó un poco los labios para formar un gesto de burla—. Nezali, cuando tú no detienes al mal, el mal se sigue expandiendo sin límite. No habrá final. Si tú no lo paras, seguirá hasta apoderarse de todo, hasta el punto en que estarás tan asfixiado que ya no podrás defenderte. Es por esto que estás hoy aquí, en este mundo, como el hijo de un rey: para que tú también lo seas; para que detengas la expansión del mal —y le apretó la mano—. Alguien tiene que luchar por el bien en el mundo, *in tlaltícpac*.

Con enorme fuerza empujó las celosías de cristales de alabastro del salón.

Al otro lado, los embajadores de las noventa ciudades le sonrieron. Levantaron hacia él sus copas.

Al centro estaba el enviado del emperador Tezozómoc: Chalchiuh de Azcapotzalco.

2

Pasaron seis siglos. El agua del lago se secó. Yo, en el presente, empecé a recorrer el camino que me había llevado también a los hombres de la máquina. Algo había perdido en el viaje reciente, tenía que recuperar ciertas palabras que me sirvieran de llave para entenderlo todo y necesitaba re-encontrarlos. Escuchar de nuevo, sentir de nuevo, como quien hunde dos veces la mano en el agua y en la segunda ocasión encuentra un tesoro. El agua del lago ya no existía. Debajo de nosotros sólo quedó una gruta inmensa sobre cuyo lecho vacío surgió una ciudad enorme: la Ciudad de México. Me situé justo bajo las luces eléctricas de la avenida Reforma junto con mi novia, Silvia Nava.

En la oscuridad encontramos a lo lejos la estatua del rey azteca Cuauhtémoc. Su larga lanza apuntaba a la noche y su mirada fiera esculpida en el acero señalaba hacia algún lugar indefinido en el oriente, hacia Texcoco. En la avenida el tráfico de todos los días llenaba de ansiedad la calle. La gente hacía fila para entrar en algunos bares y restaurantes atestados a esa hora de la noche.

Por un momento permanecimos así, callados, contemplando la estatua. En nuestros rostros sentimos las microscópicas gotas de lluvia.

Caminamos a los pies del último tlatoani azteca.

Silvia me dijo:

—¿Y qué es lo que se supone que hizo él? —lo señaló con desprecio. Masticó su chicle. Negué con la cabeza y volví el rostro hacia el desolado emperador azteca.

—¿No lo sabes? ¿No te importa siquiera un poco la historia de México? ¿O la historia del mundo?

—La verdad no. El pasado ya fue. Yo no vivo en el pasado —me sonrió—. Dime, ¿para qué sirve el pasado? Sólo para amargarte —y siguió avanzando bajo la tenue lluvia—. Lo que hicieron estos salvajes de taparrabos no me afecta. ¡Ya no existen! Gracias a Dios se fueron. Ahora sólo existe esto: la modernidad, la tecnología —y señaló a la calle, a la iluminación eléctrica, hacia el gigantesco letrero en lo alto del edificio junto a la Cámara de Senadores: Plantation Burgers.

—Diablos… —negué con la cabeza—. ¿Estos "salvajes"…? —tragué saliva. Miré de nuevo hacia atrás, hacia Cuauhtémoc.

—No me vayas a decir que tú eres de los que idolatran a los aztecas —me sonrió de nuevo—. ¿Los idolatras? Espera, sí, los idolatras, por eso tienes ese tatuaje en la mano —acarició su largo cabello—. Qué bueno que lo recuerdo, para comprarte un taparrabos. A ver si te atreves a salir así a la calle.

Observé el dorso de mi mano. Mi tatuaje azteca era el símbolo de Nezahualcóyotl: la gota de fuego. Mi padre también lo tenía, él había dedicado su vida al estudio de los antiguos mesoamericanos.

—No los idolatro —le dije—. Simplemente quiero conocer el pasado. Es mi pasado. La historia que nos han inculcado no es la verdadera.

—¡No es tu pasado! —me aferró por el brazo—. ¡Tú no estabas en esas tribus! ¡No inventes!

Nos detuvo la conmoción en la calle. Había una aglomeración frente al Senado. La turba gritaba con carteles en la mano que decían: NO AL TRATADO. NO A LA TRAICIÓN A MÉXICO. NO AL TRATADO. Con sus megáfonos, los líderes de los manifestantes gritaban a esa hora de la noche:

—¡Mexit! ¡Mexit! ¡Mexit! ¡No a la traición a México! ¡No a la sumisión! ¡Tratado no! ¡Doblegarnos no! ¡Tratado no! ¡Doblegarnos no!

Silvia los señaló:

—¿Ves a qué me refiero? ¡Míralos! Las ideologías "aztecas" sólo nos han hecho apegarnos al pasado, al retraso, a la "nostalgia histórica". Pinches bicicleteros.

Otros letreros de la multitud decían: M-EXIT-NO AL TRATADO DE INTEGRACIÓN CON AMÉRICA DEL NORTE. NO A LA SUMISIÓN ECONÓMICA.

En la fachada del Senado la bandera oficial decía: EVENTO DE INTEGRACIÓN DE MÉXICO CON AMÉRICA DEL NORTE—MEX-IN.

Alcé las cejas. La firma del tratado de integración del Norte era el gran tema desde meses atrás. En los periódicos y las noticias se hablaba de él como el paso final en la unión de los mercados de Norteamérica, mucho más importante que el TLC o el T-MEC. Yo había seguido la nota con interés, ya que deseaba, como todos, lo mejor para mi país. ¿No era eso lo que todos querían? ¿Más dinero? ¿Mejores oportunidades? ¿Poder cambiar para siempre?

Volví a mirar la fachada del Senado y nos acercamos al sitio donde los manifestantes gritaban con más frenesí. Algunos periodistas documentaban la escena. De pronto, un haz de luz me cegó y se colocó frente a mí un periodista respaldado por su enorme camarógrafo. Se trataba de Omar Chavarría, director de la cadena Énfasis Comunicaciones, según se presentó, y dijo:

—Usted, joven, que está pasando por aquí esta noche lluviosa, ¿qué piensa sobre esta protesta?, y sobre todo: ¿qué piensa acerca de este tratado que pretende formalizarse el próximo viernes en esta misma sede del Senado, con representantes de Canadá y de los Estados Unidos? ¿Usted piensa que la integración de México con los lineamientos económicos de Norteamérica, ahora que se cumplen quinientos años de la conquista de México, es un caso de "sumisión ante los extranjeros" como lo aseguran estos opositores? —y los señaló con el micrófono—. ¿O significa para nuestro país una oportunidad para modernizarse y crecer, para entrar a una nueva era?

Me sorprendí. Silvia estaba más excitada que yo por la entrevista y por salir en televisión.

Comenzó a hablar:

—Mire, yo pienso que… —y se onduló el cabello. El periodista dirigió su micrófono hacia mí.

—Usted, joven —y casi me golpeaba con el lente de la cámara.

Me aclaré la garganta. Observé a la gente a mi alrededor. Ahora me estaban mirando. Los reflectores me apuntaron con su incandescente potencia de mil watts. Doblé mi torso para tener una pose más imponente:

—Verás —le dije al periodista—, yo creo que fue un error que México como nación se enfocara en la historia de su "conquista por parte de España". Eso, sin duda, fue un error psicológico. Nos convirtió en "víctimas" y "perdedores". Si tú vas con un italiano actual y le preguntas acerca de la Roma antigua, él no te va a hablar llorando sobre cómo ésta cayó a manos de los germanos: te va a hablar de la grandeza de Roma cuando fue grande —y le sonreí—. Lo mismo si vas con un griego actual y le preguntas sobre la Grecia antigua, no te va a hablar llorando de la caída de ésta a manos de Roma. Te va a hablar de lo grande que fue esa civilización: Alejandro Magno, Aristóteles, Aquiles, la Guerra de Troya. Nosotros somos el único pueblo que está idiotamente obsesionado con el tema de la "conquista". Deberíamos hablar del Imperio azteca, de lo que fue, de su poder y su grandeza.

Silvia me jaló del brazo para que la cámara nos enfocara a los dos:

—Que el Imperio azteca haya sido conquistado no debería importarnos. Todos los imperios del pasado fueron conquistados en su momento: los ingleses, los franceses, los persas, los egipcios, los españoles, los chinos. Lo que importa es lo que hicieron en su etapa de grandeza. De hecho somos también descendientes de los españoles.

Silvia me interrumpió:

—¡Lo de los aztecas es cosa del pasado! ¡Lo único que es bueno en este país es lo que viene de los españoles! ¡Mira! —y señaló hacia los letreros—: ¿Acaso ves algo escrito con glifos aztecas? ¿Acaso hablamos náhuatl? ¿Acaso ves pirámides? ¡Todo eso se acabó, gracias a Dios! ¡Deja el pasado!

El periodista parpadeó.

—¿Qué dice a eso, joven? —sacudió la cabeza.

—Rodrigo, me llamo Rodrigo Roxar. El Imperio azteca no sólo está en el pasado. Creo que puede resurgir en cualquier momento.

—¡¿Resurgir en cualquier momento?! —me gritó Silvia—. ¡¿De qué hablas?! —se recogió el cabello.

—Polonia durante cien años no tuvo siquiera territorio, cuando la invadieron Rusia y Alemania —le contesté—, pero su gente esperó el momento y resurgieron en 1918. No se diga los hebreos: durante dos mil años no tuvieron territorio, pero subsistieron. Resurgieron en 1948. A nosotros nos tocaría en 2028 —y Silvia comenzó a gritarme:

—¡¿Estás loco?! ¡¿Quieres sacrificios humanos?!

—¡Todo lo que alguna vez fue conquistado, incluso destruido, sepultado, incluso borrado, puede resurgir en cualquier momento! —y le mostré mi tatuaje de Nezahualcóyotl: la gota de fuego de Moyocoyani. Entre los gritos de Silvia, les dije—: ¡Asiria fue asolada tres veces a lo largo de dos mil años, y las tres veces permaneció por periodos largos en la virtual desaparición, y las tres veces emergió de nuevo…!

Silvia aferró el micrófono:

—¡Estoy en completo desacuerdo con él! —y le sonrió a la cámara—. Lo de los aztecas es retrógrado. ¡Lo de "resurgir" es retrógrado! —y ladeó la cabeza en forma coqueta ante los reflectores—. Hay que reconciliarnos con el pasado, quitarnos los odios. ¡Que viva España, que viva Europa, que vivan los Estados Unidos! ¡Todo lo que tenemos de tecnología y de civilización se lo debemos a las naciones avanzadas, no a unos neandertales! ¡El idioma, la ropa, la moda, la música, los refrescos, los *smartphones*! —y se arregló el cabello, sonriéndole al periodista—. Todo lo que hoy vale la pena en este país bicicletero lo trajo España, no los aztecas descuartizadores.

Me avergoncé como nunca antes, una parte de mí se preguntó por qué salía con ella si teníamos ideas tan opuestas. Le dije:

—¿Cómo puedes "reconciliarte con el pasado" cuando tu pasado fue borrado, y cuando en realidad lo odias? —y la miré fijamente.

—¿Ahora qué estás diciendo?

—La historia azteca fue borrada —le dije—. Destruyeron los libros, la escritura. Miles de libros aztecas y mayas fueron quemados en una sola noche. ¿Lo sabías? Destruyeron las ciudades, los templos. Hoy no queda nada, mira —señalé hacia la ciudad—. ¡Todo lo azteca quedó sepultado!

—Ya estás hablando de tus traumas. ¡Ya está hablando, de nuevo, de sus traumas! —se agarró la cabeza—. ¡Ni siquiera se llamaban "aztecas"! ¡Esa maldita palabra la inventaron los españoles!

—Seguramente tú estuviste ahí para saber lo que estás afirmando y entonces sabes quién fue el primer español que inventó esa palabra. Dime quién fue.

—Bueno… —y miró hacia arriba.

—No lo sabes —y la tomé por el brazo—, sólo repites lo que otros cacarean en las redes sociales. Hoy sólo quedan del pasado azteca montones de piedras y códices que están alterados: ruinas, polvo, leyendas negras. Tenemos un recuerdo borroso de una llama que se extinguió, pero que puede reaparecer.

—¡¿Reaparecer?! ¡¿Quieres barbarie?!

Le dije a Silvia, frente a la cámara:

—Observa este billete —y de mi bolsillo saqué mi billete favorito: el antiguo de cien pesos, emisión D1, con la cara de Nezahualcóyotl. Le mostré la imagen del anverso: el rostro del antiguo rey de Texcoco—. Este rey, Nezahualcóyotl, no existe ya pero él fue quien creó el Imperio azteca. ¿Sabes algo de él? La respuesta es: nada. No puedes saberlo. Eso es porque no queda nada de él: sólo poemas falsos.

—¿Poemas "falsos"? —me preguntó el periodista.

—Su cadáver desapareció. Su corona desapareció. Tampoco hay un trono. O búsquenlo. Es como si Nezahualcóyotl no hubiera existido. No queda siquiera un solo hueso de él ni un objeto que le hubiera pertenecido. Busquen en el inmenso Museo Nacional de Antropología: no hay un solo resto de Nezahualcóyotl ni de su palacio ni, para el caso, de su ciudad. Sólo un mono de obsidiana. Texcoco misma fue destruida. En 1526 su palacio fue arrasado hasta los cimientos por orden de fray

Domingo de Betanzos. Su ciudad fue desmontada piedra por piedra para que no quedara nada. ¡No queda nada! Los libros aztecas fueron quemados. No hay "tumba" de Nezahualcóyotl. Simplemente desapareció. Esta cara que ves en este billete también es falsa: es la cara de un oaxaqueño llamado Fulgencio Sandoval, que en paz descanse. Murió por covid, el 21 de septiembre de 2020.

—Un momento, joven… —me dijo el periodista—. ¿Usted acaba de decir que los poemas de Nezahualcóyotl son falsos? ¿Escuché bien? —y abrió los ojos—. ¿A qué se refiere?

Le mostré el billete:

—Verás, este poema tan famoso que todos recitan como si fueran trovadores, el del "Canto del Zentzontle", es falso.

—¡¿Cómo dice, joven?! —sacudió la cabeza—. ¡¿Lo es?!

Acerqué el billete a la lente de la cámara.

—A la izquierda de la cara de Nezahualcóyotl, es decir, del oaxaqueño Fulgencio Sandoval, que en paz descanse, está el poema, que es falso —y se lo declamé—: "Amo el canto del zentzontle, pájaro de cuatrocientas voces; amo el color del jade y el enervante perfume de las flores; pero amo más a mi hermano el hombre".

Le dije:

—El autor de este poema nunca fue Nezahualcóyotl. Lo escribió Salvador Novo, que fue cronista y trabajó en el gobierno, y según Juan Domingo Argüelles, "su estética es priista".

—No, no —se aturdió el reportero—. ¡Esto no puede ser verdad! ¿Cómo puede ser? —se agarró la barbilla, me pidió el billete y sonrió a la cámara mientras lo sacudía.

—Ustedes lo están escuchando en este momento… válgame…

—Pregúntale al cronista de Texcoco, el maestro Alejandro Contla: trabaja investigando los orígenes verdaderos de Texcoco. Él aseguró que esto lo afirmó el historiador Miguel León-Portilla, Georges Baudot, quien en vida fue profesor de la Universidad de Toulouse, y Patrick Johansson.

—No, no —el reportero bajó la cabeza—. ¡Dios…! Amigos televidentes, perdonen que no hemos ido a corte, pero desde producción me avisan que esto es importantísimo. Claudia, allá en el estudio, ¿escuchan bien?

—Salvador Novo —insistí— dijo que el autor de este poema era Nezahualcóyotl y todos le creyeron. Así es la historia de México: una escenificación para manipular a la gente.

Mi novia Silvia comenzó a gritarme:

—¡Ya basta, maldición! ¡Tú y tus complejos históricos! ¡Hablas como un resentido social, como un patriotero! ¡Reconcíliate con el pasado! ¡El pasado ya no existe! ¿Para qué te aferras a él, a tus odios? ¡Lo que ya fue, ya fue! —y se volvió hacia la cámara: le sonrió—. ¿Verdad que sí? Los aztecas ya no cuentan. Sólo son un recuerdo horrible. Gracias a Dios todo eso terminó. Lo que importa ahora es el presente —le sonrió a la cámara otra vez—. Yo estoy con el tratado.

Cinco hombres vestidos de negro se nos aproximaron por los lados, entre la multitud. Venían con anteojos oscuros, como era de esperar, y con aparatos de audición remota, murmurándose unos a otros con sus micrófonos. Uno de ellos me tomó por el brazo.

—Tú vienes conmigo —y me jaló hacia el edificio.

—¿Quién es usted? —comencé a forcejear.

Nos llevaron a mí y a Silvia sin que nadie se diera cuenta.

3

Seiscientos años atrás, el rey Ixtlilxóchitl Ome Tochtli caminó con su hijo de quince años, Nezahualcóyotl, hacia el interior del Salón de los Banquetes. Los estaban esperando los embajadores. Lo jaló por el brazo al corredor lateral, llamado Quinatzin:

—Antes tengo que mostrarte algo —le dijo a Nezahualcóyotl—. Baja conmigo —y lo condujo por el hueco de las escaleras. Era una estructura con forma de serpiente, en espiral, con paredes de escamas de color azul plata. Bajaron al sótano de roca.

Arriba, los enviados de los reinos se consternaron:

—¿Qué sucede? ¿A dónde está yendo el rey Ixtlilxóchitl? ¿No vamos a firmar el tratado? Aquí está el embajador Chalchiuh de Azcapotzalco —se dijeron unos a otros.

El joven asistente del tlatoani, el alto y delgado Coyohua, les dijo:

—Señores, en un momento el rey Ixtlilxóchitl estará aquí con nosotros —y se volvió hacia la escalera de la serpiente. Sacudió la cabeza—. Brindo con ustedes, señores —y levantó en el aire su copa de *xocoatolli*.

Ixtlilxóchitl condujo a Nezahualcóyotl por el túnel oscuro, de piedras de color azul plata:

—Hijo —lo jaló por el brazo—, hace treinta y siete años Tezozómoc comenzó su campaña para apoderarse de todo lo que antes fue libre. Mira —y señaló el muro—. En su guerra para dominarlo todo sólo le estorbaba tu abuelo Techotlala.

Nezali observó las pinturas antiguas en los muros de picos afilados. Los grabados eran toscos, rupestres, de pigmentos crudos, de colores degenerados.

—El primer paso de Tezozómoc contra tu abuelo fue destrozar a los otomíes que estaban en Xaltocan, al norte del lago, para aproximarse a nuestra región por el norte. Los otomíes son la nación más antigua que existe. Ni siquiera ellos saben de dónde vinieron. Dicen que vinieron de las Siete Cuevas, de los gigantes que existieron en los principios del mundo. Ahora vas a saber la realidad. Tezozómoc los saqueó y los dispersó de Xaltocan. Ellos huyeron buscando refugio. Tu abuelo se los dio. Les entregó un territorio nuestro —y señaló al norte—, allá. Lo llamó Otompan, Otumba, para que vivieran ahí los otomíes, como albergue.

Siguió avanzando entre las paredes ensombrecidas de roca plateada. La luz entraba por los pequeños pocillos del techo, ubicados justo debajo del piso del Salón de los Banquetes. A través de los ojos de Nezahualcóyotl vio los glifos de colores extraños.

—Hace veinticinco años —le dijo su padre—, Tezozómoc dio el segundo gran golpe contra tu abuelo, esta vez por el sur: asesinó al rey de Tláhuac, Pichatzin. Así se apoderó del brazo inferior del lago, base para controlar a Xochimilco, Míxquic, Ayotzinco y Chalco. En el trono de Tláhuac colocó a su títere Tepolitzmáit —y negó con la cabeza—. Hace nueve años atacó a tu abuelo por la parte norte de nuevo: mató al tlatoani de Cuauhtitlán Izcalli, Huehue Xaltemoctzin; lo estranguló él mismo. Colocó en ese trono a cuidadores controlados por él. A poca distancia hacia el sur, en Tultitlán, hizo asesinar al *calpultécatl* y colocó ahí a otro títere suyo como primer tlatoani: Cuauhtzinteuctli. Todos esos hombres ahora eran enemigos de mi padre. Tezozómoc intentó cuatro veces asesinarlo. Hace nueve años tu abuelo murió y me dejó a cargo. Ha utilizado a hombres nuestros, de este palacio, para intentar asesinarme —y miró hacia arriba—. Les ofrece dinero. Lo mismo va a hacer contra ti. No sabrás quién ha contactado ya al tirano para traicionarte.

—Padre…

—¡Tienes que saber tu pasado para que no te esclavicen en el futuro! —y avanzó por el corredor—. Hace cuatro años Tezozómoc provocó un golpe de Estado en Colhuacán. Asesinó a Nauhyotzin, amigo mío y de tu abuelo. Puso en ese trono a su yerno Acoltzin. A su hijo mayor, Maxtla, lo colocó como rey de Coyoacán. A su hijo Acolnahuacatl en Tacuba, a Moquihuixtzin en Cuernavaca; a su hijo Tzihuactlayahuallohuatzin en Tiliuhcan; a Cuacuauhpitzahuac en Tlatelolco y a su nieto Chimalpopoca en Tenochtitlán. Tiene once hijos controlando los reinos donde ha hecho todos estos golpes de Estado. A otros los controla por medio de sus hijas: al rey Tlatocatlatzacuilotzin de Acolman lo obligó a casarse con su hija Chalchiuhcihuatzin. Al rey Acoltzin de Colhuacan lo hizo casar con su hija Cuetlaxochitzin. A Huitzilihuitl de Tenochtitlán lo casó con su hija Ayauhcíhuatl y así engendró a Chimalpopoca. Con estos enlaces tiene controladas las noventa ciudades. Sus hijas e hijos son sus espías, sus ojos, sus dedos para manejar todo su imperio. No hay nada en el Valle del Anáhuac que no esté ya bajo el control de Tezozómoc, salvo por los que quedamos. Tiene personas aquí mismo, en nuestro palacio, espiándome. Y también te espiarán a ti.

Caminó entre las paredes de roca. Las caras pintadas eran los antepasados de Nezahualcóyotl.

—Papá...

—Hijo —le dijo al joven príncipe de cuerpo delgado—, tuve que divorciarme de tu madre para tomar a la octava hija de Tezozómoc, Tecpaxochitzin, la madre de tu hermano Yancuiltzin —y bajó la cabeza—. Tu madre tal vez un día me perdone. Yo te pido perdón. Tecpaxochitzin vino aquí para controlarme por parte de Tezozómoc. Ella y su hijo, Yancuiltzin, tu medio hermano, están aquí para eliminarte. Ellos quieren quedarse con el trono cuando yo muera. Tú debes impedirlo.

Nezahualcóyotl comenzó a negar con la cabeza.

—¿Por qué tienen que sufrir las personas por los planes de los políticos...? ¡Yo no quiero nada de esto!

Ixtlilxóchitl avanzó por debajo de las costillas labradas en el techo: eran las del dragón Serpiente del Cielo.

—Tomé a la hija de Tezozómoc y desdeñé a tu madre para salvar miles de vidas —y lo miró a los ojos—. Espero que lo entiendas. Esto ya lo tiene planeado Tezozómoc. Yancuiltzin se va a quedar con el poder de Texcoco. Debes ser más inteligente que ellos. Van a matarte.

Nezali cerró los ojos.

—Dios. ¿A ti te gustó *ser tlatoani*? No le veo lo agradable.

Ixtlilxóchitl se detuvo de golpe:

—Hijo amado, si esta noche soy asesinado, tú tienes que asumir el trono. No soy tonto. He previsto cada momento. Nuestras tropas curiosamente han vencido cuando nadie lo esperaba. La mejor batalla es hacerle creer a tu enemigo que has triunfado sobre él. Cueste lo que cueste. Vas a tener que pelear por él, demostrar tu fuerza. Allá arriba tal vez nos tiendan una trampa.

Nezali sacudió la cabeza.

—¡No hables así! ¡Yo no quiero ningún trono! ¡Quiero que estés vivo! ¡No voy a dejar que te maten!

Ixtlilxóchitl lo aferró por los brazos.

—¡Despierta, Nezali! ¡Tu infancia terminó! ¡Esto va a ocurrir en pocos minutos! Tienes que preparar tu alma ahora mismo. Tu corazón debe modificarse. Ahora eres un hombre. Ahora eres el rey de Texcoco. Miles dependen de que lo seas.

—¡Pero padre! —lo sujetó por el codo—. Yo...

—Si no detienes el mal, el mal no va a dejar de expandirse nunca. No cometas el error de tu abuelo. Tú tienes que detenerlo. Tú tienes que enfrentarte al mal.

—¡Pero papá! ¡Esta noche vinieron a firmar la paz contigo! —y sacudió la cabeza—. ¿Por qué hablas de asesinato?

En la negrura escucharon pasos: calzados tronaban pequeñas rocas, generando eco. En la penumbra se formaron tres figuras humanas. Eran tres hombres pintados con rayas fosforescentes de colores naranja, verde y púrpura. Sus ojos estaban rodeados por grandes aros fluorescentes. Llegaron por el pasillo; tenían las piernas embarradas de sangre.

—Hermano —le dijo Tocuitécatl Acotlotli a Ixtlilxóchitl; mientras hacía una genuflexión ante él—, nuestras tropas en Chiconauhtla, Xilotépec, Citlaltépec, Tepozotlán, Cuauhtitlán, Cuetlachtépec y Temacpalco tienen totalmente bloqueado al ejército de Tezozómoc. El emperador no podría atacarnos esta noche aunque decidiera traicionarte aquí en el palacio —y se volvieron al techo, hacia las luces que bajaban de los pocillos—. Todos los reinos de nuestra federación que fueron invadidos están siendo liberados —y lo tomó por el brazo—. Tu sobrino Zoa-CueCuenotzin tiene sitiado al ejército de Tezozómoc en Azcapotzalco. Los hombres que el tirano envió aquí no pueden atacarte. Sería suicida para él.

Ixtlilxóchitl se volvió hacia arriba:

—¿Tezozómoc no está aquí arriba...?

—No. Envió sólo a su delegado, Chalchiuh, el de Lengua Verde. Tiene una escolta de Hombres Hormigas, pero están desarmados. Los revisamos. No pueden atacarte.

El tlatoani viró hacia su hijo. Le dijo:

—Tal vez no ocurra nada malo —y suspiró. Tiernamente le acarició los delgados cabellos—. Todo se puede, hijo precioso. Nunca lo olvides: todo se puede lograr mientras nunca te rindas. Aunque todo parezca imposible; aunque todos te digan que es imposible. Vivirás en un mundo en el que lo que propongas lo llamarán inalcanzable. Para ti no habrá nada imposible. Tu trabajo es hacer lo que ellos creen que no se puede lograr. Hazlo por ellos, porque los amas.

El guerrero Tocuitécatl Acotlotli, con las manos embarradas de sangre, colocó entre las de Ixtlilxóchitl el papel *ámatl*:

—Hermano, Tezozómoc te envía esta propuesta de paz a través de su mensajero: se rinde ante ti. Está garantizado. Te ofrece un cese total de las hostilidades en el norte y en el sur. Te promete aceptar que seas tú quien recibas sobre tu cabeza la corona como heredero universal de la dinastía de Xólotl el Grande, que seas el jefe supremo de la dinastía tolteca y patriarca de todas las naciones, en calidad de Chichimeca-Tecuhtli.

Ixtlilxóchitl entrecerró los ojos. Se volvió hacia arriba.

Le dijo a su hijo:

—En tu corazón está el secreto azteca. No dejes que lo destruyan —y le habló al oído, con un susurro—: Para destruirte, ellos van a atacar lo que eres. Van a sobajar tu historia, el recuerdo de quién eres, para que tú mismo te desprecies. El secreto azteca es la clave para alterar el futuro del mundo —y le tocó el pecho.

4

Seis siglos más tarde, mi novia Silvia Nava y yo, en el absoluto silencio, nos miramos dentro del elevador, en el espejo. Sonó el pitido. El olor del lubricante de las puertas me dolió en la nariz. Estábamos dentro del edificio del Senado.

Nos escoltaron por el corredor curvo, brilloso, de acrílicos transparentes, del quinto piso.

Me sentí importante, caminando dentro del edificio del Senado de la República. Todo olía a detergentes, a perfumes, a lociones, a café hirviendo.

Un hombre vestido de azul nos recibió a mitad del siniestro pasillo.

—Por aquí, síganme. Te están esperando.

Nos llevó en silencio por el mortuorio espacio de mármol.

—Es aquí —señaló hacia la puerta abierta. Adentro había una luz de color rojo. Entramos. Era un habitáculo de madera, acogedor, con aire perfumado con flores.

Vi a dos hombres extraños: uno era de avanzada edad, canoso, muy sonriente, llevaba un traje gris plata y una corbata de seda. El otro era moreno, con anteojos oscuros. Este último me dijo:

—Soy el senador Julián Ceuta. Él es el concertador del Tratado de Comercio de Norteamérica, Mr. Lloyd Chambers —lo señaló.

Estaban con el televisor encendido. Era una enorme pantalla en el muro. El embajador Chambers me sonrió. Lentamente asintió con su canosa cabeza.

—Bienvenido —me dijo. Miró a Silvia. Le sonrió—: Bienvenida, señorita. Por favor siéntense. Pónganse cómodos. Están en su Senado.

Nos sentamos.

—¿Gustan refresco? ¿Un café? ¿Agua? —nos preguntó el señor Chambers, con su acento estadounidense.

—No, gracias —le dije—. Quiero saber qué hacemos aquí.

El hombre me sonrió en silencio. Se inclinó hacia mí:

—Eres inteligente, ¿sabes? Tienes capacidad de palabra, presencia, carisma —y señaló al televisor—. Te vimos en las noticias. Creo que sabes comunicarte bien con los que son como tú, de tu edad, los jóvenes. Hablas con pasión, con firmeza…

—Ajá… —le dije. Comencé a sacudir la cabeza—. ¿Qué hago aquí?

—Tienes ese talento. Vamos. Escuchamos lo que dijiste ante las cámaras, tus palabras —y le aproximó a Silvia la charola de las galletas—. Pruébelas, señorita. No se preocupe, son de dieta.

Permanecí inmóvil. Le dije al de canas:

—Me gustaría saber quiénes son ustedes en realidad. ¿Qué quieren? —y tomé una galleta. La mordí. Era de un delicioso chocolate con jerez.

Me sonrió el poderoso diplomático estadounidense. Observé su corbata de seda. Tenía estrellas y barras rojas y blancas. Cruzó una pierna. Me miró sin parpadear:

—Cuéntanos sobre ti. ¿A qué te dedicas, Rodrigo?

Me volví hacia Silvia.

—¿Cómo sabe mi nombre?

Él señaló al televisor.

—Lo dijiste ante millones —me sonrió—. Háblame de ti. ¿Qué te gusta? ¿Qué estudias? ¿Terminaste ya la escuela?

Miré al otro, al senador Ceuta. Su rostro era sombrío, como si fuera un muñeco de cera.

—En realidad —le dije— no hay mucho qué contar sobre mí. No soy más que un *Homo sapiens* en la última etapa del holoceno: la fase en la cual mi especie proliferó en el planeta, consumió los recursos y causó el efecto invernadero.

Silvia se avergonzó. Se volvió hacia el piso. Negó con la cabeza.

—Siempre dice cosas así. Tiene problemas de socialización.

—Eres gracioso —me dijo el señor Chambers—. Justo esto es lo que necesito. Tú eres el adecuado.

Me acercó otra galleta de chocolate:

—¿Alguna vez has pensado que podrías tener un programa de televisión, ser una estrella de las redes sociales, ser un líder entre los jóvenes, un "influenciador"?

Lo miré por un segundo.

—No comprendo. ¿Me está ofreciendo un empleo? Si es así, acepto —le sonreí—. En esta época toda propuesta debe ser aceptada.

—Háblanos de tu familia —me dijo—. ¿Por qué uno de tus apellidos es anglosajón? "Roxar".

—Mi papá era mexicano. Mi mamá, estadounidense. Uso el apellido materno por seguridad. En mi familia todos usamos los apellidos maternos.

El senador Ceuta volvió a ver a Mr. Chambers y asintió.

—Nada es casualidad en este mundo, Rodrigo Roxar. No eres el único que ha utilizado el apellido de su madre para ocultar su origen. ¿Lo ves, amigo? ¡Además de todo, eres un verdadero representante de la integración cultural norteamericana: México, Canadá y los Estados Unidos! ¡Un mismo subcontinente!

Se levantó empujando la silla:

—Norteamérica: el subcontinente más potente del planeta Tierra, con una población de quinientos ochenta millones de personas, manejando el veinte por ciento de la economía del mundo. ¡Tú serás parte de esto! —levantó su galleta en el aire. Sin dejar de mirarme se la llevó a la boca. La mordió—. Esto va a ser colosal, grandioso, querido Rodrigo Roxar. Lo verás. Tú nos ayudarás a lograrlo. Tú vas a convencer a toda esta gente que no cree en el tratado —y señaló a la ventana.

Levanté los ojos.

—Bueno… —me volví de nuevo hacia Silvia—. Creo que ustedes están bromeando conmigo —y busqué las cámaras en el techo—. Yo no soy Bejarano.

El sujeto se me aproximó: en la pantalla de su celular me mostró un mapa antiguo. Tenía glifos aztecas. También tenía palabras escritas en español antiguo. En la parte superior decía: AZTLÁN.

Abrí los ojos. Parpadeé.

—No comprendo. ¿Qué es esto?

Me sonrió de nuevo.

—Lo sepas o no, existe un misterio en el área más secreta de la historia de este país. "Aztlán". Una parte de tu pasado fue borrada. Por eso hoy tu identidad es confusa. Esa parte es la explicación de todo lo que eres y lo que debes hacer en el mundo.

Fruncí el ceño. Sacudí la cabeza.

Su acento era en verdad extraño, picante.

—Muchacho, tu vida va a cambiar a partir de ahora, y para siempre. Vas a ser un líder para los mexicanos, especialmente para los jóvenes. Te van a amar —me sonrió.

—Dios… —entrecerré los ojos—. ¿Qué es lo que usted quiere que yo haga? ¿Vender drogas?

Mr. Chambers sacó de su bolsillo un billete de color rojo, de cien pesos mexicanos, de la edición D1, con el retrato del antiguo rey azteca Nezahualcóyotl. Me lo puso enfrente:

—Tú te pareces a él. Lo sabías, ¿verdad? Seguramente te lo han dicho muchas veces. Llegó la hora de que lo aproveches en tu beneficio —me sonrió. Me colocó el billete dentro del bolsillo de la camisa—. El pasado es el camino para modificar el futuro. También esto lo sabes, ¿no es cierto? Tú vas a ser nuestra puerta hacia el pasado. Te diré un secreto más: ya sabíamos de ti. Hemos estado buscándote, tu aparición ante las cámaras sólo nos confirmó que eres el elegido.

5

Seiscientos años atrás, los tres hombres condujeron al tlatoani Ixtlilxó-chitl y a su hijo de vuelta hacia arriba, al Salón de los Banquetes. Los embajadores de las noventa ciudades esperaban con las copas en sus manos, con sus caras y sus fornidos torsos cubiertos con joyas; con sus largas mantas de plumas y cueros que llegaban hasta el suelo. Se hablaban pomposamente, con ínfulas.

Ixtlilxóchitl caminó entre las noventa columnas. Su hermano To-cuitécatl Acotlotli lo tomó por el brazo:

—Como muestra de su buena voluntad, el emperador Tezozómoc te ha enviado un tributo de paz, una dote: esa comitiva de mujeres... —y señaló hacia delante—. Una de ellas es su hija. El embajador Chal-chiuh dice que son las muchachas más hermosas de la raza tepaneca.

Entre los dignatarios avanzó el compacto grupo de cincuenta mujeres vestidas de rojo, con sus transparentes sedas de gusano huen-che arrastrándose por el suelo, con sus bocas tapadas y sus muy altos penachos de cañas con flores. Olían a aceites de incienso.

—Son para ti —le dijo Tocuitécatl Acotlotli a Ixtlilxóchitl—. Ésta es la hija menor del propio Tezozómoc, mírala —y con su amate en-rollado tocó a la chica por el brazo. Ella estaba al frente de todas—. ¿Cómo te llamas? —le preguntó a la muchacha.

Ella, sin dejar de mirarlo, hizo una genuflexión.

—*Mä tuhu* Mẹxui 'Yoxui —le dijo en tepaneca—. *Notoca* Yohua-lli-Tlayouatl —le dijo en náhuatl—. Mi nombre es Oscuridad de la Noche. Tezozómoc me ofrece a ti como tributo y princesa de paz para tu hijo —y se volvió hacia Nezahualcóyotl.

El joven Nezali tragó saliva. La miró de arriba abajo. Era hermosa: de bellos y grandes ojos negros, profundos. La chica dejó caer al piso su larga capa de seda. Nezali pudo ver su piel desnuda, untada con el brilloso aceite de olor. Tenía las costillas pintadas con rayas de pasta amarilla. En su pubis llevaba una delgada lencería de turquesas. Su cabello negro y largo cayó sobre sus hombros hasta el piso.

Nezahualcóyotl pestañeó. Ella le tocó los dedos. Le habló en el idioma nasal de los tepanecas, lengua oficial de Azcapotzalco:

—*Otona kuyyut wekeli ahkatl* —y lo miró a los ojos—. Puedes hacerme lo que quieras —le sonrió. En su frente tenía pegada una estrella de jade.

El tío abuelo de Nezahualcóyotl, Toxpilli de Chimalpa, siervo de Ixtlilxóchitl, le acercó a éste una larga vara de caña, barnizada con miel. En la parte superior tenía flores:

—Este estandarte te lo envía Tezozómoc como símbolo de paz. Significa amistad en el protocolo tepaneca. Su hija y tu hijo representarán la unión de las dos mitades del mundo.

Ixtlilxóchitl lo tomó:

—Esto debe tener veneno... —le sonrió a su hijo.

Se acomodaron los más importantes embajadores alrededor de Ixtlilxóchitl. Comenzaron a aplaudirle. Se volvieron al ventanal, hacia el espacio abierto para contemplar la noche en el lago de Texcoco.

La noche fresca estaba llena de estrellas. En las orillas de la inmensidad del lago brillaban las miles de antorchas de la gente: multitudes de familias habían salido esa noche de sus ciudades y poblados para levantar esas luces, símbolos de la esperanza, para que el rey Ixtlilxóchitl las viera y supiera que ellas estaban con él, que él era su líder.

Ixtlilxóchitl vio las incontables flamas. Cada una era una pequeña luz de esperanza. Se reflejaban en el agua, en la oscuridad, formando serpientes luminosas horizontales que apuntaban con sus quijadas al universo. Sonrió para sí mismo. Se volvió hacia los tlatoanis que estaban a sus costados: el gordo Toteotzin, de Chalco, quien en su sudoroso pecho tenía su acostumbrado collar de corazones y manos cortadas de sus víctimas asesinadas; el temible Cuacuauhpitzáhuac, tlatoani de Tlatelolco, hijo de Tezozómoc, con su hijo Tlacatéotl, general al servicio de Tezozómoc; Chimalpopoca, joven tlatoani de Tenochtitlán, nieto de Tezozómoc, colocado por éste para cuidar a la tribu asesina de la isla: los mexicas. Vio también a su sobrino Itztlacauhtzin, príncipe de Huexotla, primo de Nezahualcóyotl. Vio también a sus asistentes reales y consejeros más cercanos en Texcoco: el astuto Iztactecpóyotl; el comerciante Tequixquenahuacatlayacaltzin; el anciano y robusto Huitzilihuitzin, de cabellos largos y blancos: mago, estratega y asesor supremo de la federación de Texcoco. Encontró también a su joven y leal secretario: el mesurado, delgado y diplomático Coyohua, experto en negociaciones con todos los pueblos allende el Valle del Anáhuac y a los príncipes mexicas de la isla de Tenochtitlán-Tlatelolco, hermanos y medios hermanos de Chimalpopoca: el esquelético y pérfido Tlacaélel Atempanecatl y el impetuoso e impaciente Moctezuma Ilhuicamina, ambos de veinte años, acompañados por su musculoso tío Itzcóatl, Serpiente de Obsidiana, general en jefe del ejército mexica de Chimalpopoca en la isla mexica, al centro del lago.

Todos le prestaban atención.

Toteotzin, rey de Chalco, al lado de su hermano Quetzalmatzatzin, se situó acomodando su pesado y moreno cuerpo sudado al lado de Toxpilli de Chimalpa, tío abuelo de Nezahualcóyotl. Se cruzó de brazos. Miró al joven Nezali, sin parpadear. Comenzó a sonreírle, para mostrarle sus dientes llenos de cortes con sangre. Sin dejar de mirarlo, acarició en su pecho los dedos muertos de la mano arrancada de su ministro Nayotl.

Por la izquierda de Ixtlilxóchitl se colocó el enviado del emperador Tezozómoc: el embajador supremo Chalchiuh, con sus vestidos dorados con blanco, el color de protocolo de paz.

—Soberano señor de Texcoco —le dijo con su acento nasal tepaneca a Ixtlilxóchitl—, mi señor Tezozómoc siente dolor por el sufrimiento que ambos han padecido tan innecesariamente debido a esta guerra, y por el dolor que han vivido nuestros pueblos y naciones. Tezozómoc nunca deseó lastimarte a ti ni a tu padre ni a tu hijo. Esta guerra debe llegar hoy a su fin. Que esta noche signifique el inicio de una nueva era, y que alrededor del lago se inaugure una paz que no termine nunca.

Muy suavemente tomó a Ixtlilxóchitl por los dedos. Comenzó a levantarle el brazo.

—¡Yo te nombro, por decisión de mi emperador Tezozómoc, heredero universal y único de la dinastía de Xólotl, a la cual él renuncia! —gritó al cielo el embajador Chalchiuh—. ¡Tú, Ixtlilxóchitl de Texcoco, serás el Señor, el Emperador único de todas las Naciones, heredero de todas las líneas de sucesión de los chichimecas y toltecas que proceden de Quetzalcóatl y de Xólotl! ¡Serás Emperador del Mundo!

A través de los ojos de Nezahualcóyotl observé las caras de los embajadores que estaban a espaldas de su padre. Todo se hizo lento, silencioso. Detrás de Ixtlilxóchitl escuchó una voz, un cuchicheo. Lentamente volteó hacia atrás, doblando su cuello: vio a su tío Tocuitécatl Acotlotli, hermano de Ixtlilxóchitl, con la boca abierta, deformado, de su cuello brotaban chisguetes de sangre. De la piel le salió un pico afilado, largo, de punta de bronce.

Nezahualcóyotl abrió los ojos.

—¡Dios…! ¡Papá! —se volvió hacia Ixtlilxóchitl.

El embajador Chalchiuh le clavó a Ixtlilxóchitl un garfio de concha nácar que estaba oculto en el "estandarte de la amistad". La larga vara de caña con miel disfrazada con flores ahora estaba atravesando al rey.

Violentamente arrancó la vara del hombro de Ixtlilxóchitl; la sangre chorreaba:

—¡Coronen a Yancuiltzin! —les gritó Chalchiuh a sus hombres—. ¡Maten al otro hijo! ¡A Nezahualcóyotl! ¡Mátenlo a él! —y señaló a Nezali con la vara—.¡El heredero al trono es Yancuiltzin, el nieto de Tezozómoc!

Nezahualcóyotl comenzó a correr.

—¡Atrápenlo! —les gritó Chalchiuh—. ¡Atrapen al hijo ilegítimo!

Nezahualcóyotl corrió entre los tlatoanis Tlatocatlatzacuilotzin de Acolman y Mozocomatzin de Coatlinchán. Ellos comenzaron a golpearlo para detenerlo. El musculoso y obeso señor de Chalco, Toteotzin o Toteotl-Tecuhtli, el Dios Pájaro, le asestó en la cara un impacto con el puño. Lo miró desde arriba, carcajeándose. Le gritó:

—¡Ya no eres más el heredero de Texcoco! —y le pisó la cara—. ¡Ahora eres mi trofeo! ¡Tu infierno ha comenzado! —y lo sujetó por los cabellos. Comenzó a arrastrarlo por el piso. Lo colocó a los pies de la princesa de Azcapotzalco, Mẹxui 'Yoxui o Yohualli-Tlayouatl, la Oscuridad de la Noche, hija de Tezozómoc.

Ella, desnuda como estaba, lo miró desde arriba. Él le observó los muslos. Ella le sonrió:

—*Ngi Noyo Jwä Nezaogo* —y con su tacón de picos de bronce violentamente le pisó la cara—. Que nuestros ejércitos entren por las puertas de la ciudad, desde Chimalpa —y le apretó la cabeza a Nezali—. Que tomen Texcoco —y se volvió hacia el tío de Nezahualcóyotl, Toxpilli de Chimalpa—. ¿Están abiertas ya las puertas de Chimalpa?

Toxpilli se inclinó hacia ella:

—Así es, princesa. La federación de Texcoco está abierta para los tepanecas.

Ella le sonrió a Nezahualcóyotl:

—Voy a flagelarte, hijo de Ixtlilxóchitl. Voy a arrancarte la piel —y le gritó en el idioma tepaneca de Azcapotzalco—: ¡*Ngi*, carne! ¡*Ji*, sangre! —y abrió los ojos con lujuria—: ¡Vas a ser la gran fiesta de la muerte para celebrar esta enorme victoria de mi padre! ¡*Ngi Noyo Jwä*! ¡*Antängotü*! —y levantó un brazo al cielo—: ¡Que nuestros ejércitos violen a la población de estas ciudades! ¡La federación de Texcoco ha terminado! ¡Que conozcan el horror del mundo, el terror de la vida! ¡Saqueen todos los comercios! ¡Maten a los empresarios! ¡Desde ahora los pochtecas en Texcoco van a ser los hombres y los hijos de mi padre, mis hermanos! ¡Hoy comienza el infierno para la federación que dirigió Ixtlilxóchitl!

6

Me mostraron el billete de cien pesos, con la cara de Nezahualcóyotl.

En la ventana se reflejaban las luces del quinto piso del Senado.

—El hombre al que mencionaste, el que prestó su rostro para aparecer en este dibujo, Fulgencio Sandoval, fue un gran sujeto —me sonrió el prístino embajador Lloyd Chambers. Su loción me provocó ardor en la nariz—. Fulgencio Sandoval fue director del Museo Nacional de Arte Popular, ¿lo sabías? Una lástima; se lo llevó el covid —y observó detenidamente el billete—. No sólo prestó su rostro para este billete. Fue también Cuauhtémoc en el antiguo billete de cincuenta mil pesos, en 1975 —me sonrió—. ¡No todos tienen la oportunidad de ser tantos héroes en una misma vida! Tú lo vas a ser —y sacudió el billete frente a mí—. Ahora tú nos ayudarás a completar el círculo. ¿Sabes por qué utilizas un apellido estadounidense? ¿Sabes el origen de tu tatuaje?

Sacudí la cabeza.

—No entiendo.

Silvia negó con la cabeza.

Delicadamente Mr. Chambers colocó el billete sobre la mesilla.

—¿Sabes? Este viernes va a ocurrir un evento muy importante, Rodrigo: la firma del tratado de la integración definitiva de México, Canadá y los Estados Unidos. Será una integración no sólo económica, sino política; su trascendencia no tiene precedentes. Desaparecerán las fronteras. Habrá discursos, música. ¡Será un gran evento, televisado en todo el mundo! Lo van a transmitir en vivo, a escala global. Lo que digas ahí lo escucharán millones. Te verán en todo el mundo. Quiero que tú, que eres joven, digas ahí unas palabras. Quiero que participes en el evento, con un discurso para los mexicanos —el viejo de nuevo me acercó las galletas—. Pero lo más importante es que lo harás no sólo como un joven más de este país, sino como un heredero azteca, un verdadero hijo de estas tierras. Quiero que los convenzas.

Sobre la mesa sus hombres dispusieron tres papeles para que los firmara. Tenían sellos.

Mr. Chambers empujó hacia mí uno de ellos.

—Éste va a ser tu discurso —me sonrió—. Apréndetelo.

—¿Mi discurso…? —parpadeé. Coloqué los dedos sobre el papel.

—A cambio de tu apoyo vas a ser enormemente recompensado. Nadie va a volver a meterse contigo. Nunca.

Los hombres detrás de él levantaron sus copas hacia mí, sonriéndome. Dos de ellos me aplaudieron.

—Vaya —me volví hacia Silvia. Ella observó con deleite al embajador Chambers. Adoptó poses coquetas para que la mirara—. Pero no ha respondido mi pregunta: ¿por qué yo?

—No hay tiempo para eso. Llévenlo a su casa —les dijo Chambers a sus asistentes, incluido el senador Ceuta—. Que recoja sus cosas. Lo que necesite. Tráiganlo al hotel, instálenlo en una suite acogedora, la mejor que encuentren. Rodrigo merece lo mejor —me sonrió—. Atiéndanlo muy bien: te llevarán a la peluquería, al gimnasio. ¡Tienes que verte como toda una estrella!

Me sujetó por el brazo y me llevó ante los ventanales del Senado que daban a la manifestación que continuaba:

—Rodrigo Roxar, este viernes vas a ser televisado. Serás visto por toda la gente. Vas a hablar por América del Norte, por el bloque continental que está naciendo. Serás el representante de la juventud de la nueva América —me sonrió.

Tragué saliva. Comencé a sacudir la cabeza.

—¿Qué hice para merecer todo esto…? ¿Sólo decir unas palabras a un reportero…?

Me apretó los brazos.

—Vas a ser importante, famoso. Después de este viernes te van a llover las ofertas de trabajo, las oportunidades. Todos van a quererte para la publicidad. Viene lo mejor para el resto de tu vida, y también para ella —señaló a Silvia.

—¡Sí! —le gritó ella—. ¡Yo también puedo dar el discurso! ¡Tomé clases de oratoria!

El embajador me sonrió.

—Brindo por ti —y levantó su copa.

Por la ventana creí escuchar el murmullo de la calle, el bullicio de la avenida Reforma: la multitud protestando, la gritería contra el tratado:

—¡Tratado no! ¡Sumisión no! ¡Vendido! ¡Vendido! ¡Vendido! ¡Tratado no! ¡Sumisión no! ¡Mexit! ¡Mexit! ¡Mexit! ¡No traicionen a México, bastardos!

7

En el palacio, con el costado perforado por el garfio de concha nácar, el rey Ixtlilxóchitl sintió en sus muslos la textura del piso. El gordo rey de Chalco, Toteotzin-Tecuhtli, y su hermano Quetzalmatzatzin lo jalaron para atrás, arrastrándolo por el piso:

—¡Amárrenlo junto a su hijo! ¡El emperador Tezozómoc los quiere torturar juntos! ¡Los va a matar en persona!

Toteotzin-Tecuhtli le dijo en el dialecto náhuatl de Chalco a su hermano Quetzalmatzatzin:

—Tezozómoc va a recompensarme con Chicoloapan, Coatepec, Chimalhuacán e Ixtapalucan a cambio del apoyo de esta noche. Un pago suficiente por traicionar a este idiota —y le pateó la cara a Ixtlilxóchitl—. ¡Ahora no eres nada, Ixtlilxóchitl! ¡Señor Flor Rostro Negro! ¡Chalco será una federación mejor que la tuya! ¡La Atencapan-Chalcáyotl! ¡Va a ser mucho más grande de lo que alguna vez soñó tu estúpido padre! —y en el muro vio la efigie del rey Techotlala— ¡Tlalmanalco, Amecameca, Chimalhuacán, Tenanco, Ixtapalucan! ¡La quíntuple federación chalca! —y negó con la cabeza—. ¡Pronto mi pueblo será un imperio!

Lo colocó frente al hijo mayor de Tezozómoc: el rapado Maxtla, hombre musculoso pintado enteramente de rojo, con partes negras en ojos y tórax simulando una calaca, un esqueleto. En el corazón tenía un sol negro. Maxtla levantó su larga lanza Tepoztopilli en el aire. En lo alto brilló su afilada punta de jade. Los hombres de Toteotzin arrojaron a un joven alto, golpeado de la cara, que habían capturado.

—Éste es uno de los hombres de Ixtlilxóchitl. Se llama Coyohua Océlotl, de Teopiazco. Es el brazo derecho de Ixtlilxóchitl. Sabe hablar doce idiomas.

Maxtla lo miró de arriba abajo. Asintió. Le colocó la punta de su lanza en la cara:

—¿Tú eres Coyohua? A ti te necesito vivo para controlar este palacio. Vas a trabajar para mí y para mi padre. Serás el secretario aquí, atendiendo los asuntos de Texcoco y de la federación acolhua, en apoyo de mi sobrino Yancuiltzin.

Coyohua estaba llorando.

—Está bien —y cerró los ojos. Tenía los párpados inflamados, la boca cortada.

El musculoso Maxtla le dijo:

—Tú conoces las relaciones y contactos de este miserable rey —y señaló con su lanza a Ixtlilxóchitl—. Dime dónde tiene oculto el tesoro de esta ciudad —y miró a su alrededor: las paredes, las columnas de serpientes.

Coyohua contempló a su tlatoani herido. Vio la cortadura en el cuerpo de Ixtlilxóchitl: tenía una bola de tejido de color morado con negro. Sus ojos estaban mojados con un líquido negro. El secretario observó la columna: el cuerpo de la serpiente. Vio la nariz fracturada del tlatoani. Cerró los ojos. Empezó a negar con la cabeza. Recordó a Ixtlilxóchitl diciéndole: "Coyohua, mi hijo del corazón. Coyohua, *nocóne ihuic noyollo*".

Afuera, a los pies de la muralla de Texcoco, el ejército de Toxpilli, proveniente de Chimalpa, llegó escoltando a las tropas tepanecas de soldados hormiga de Azcapotzalco, acorazados con sus carcazas de bronce, con sus máscaras de insecto:

—¡Tomen todo! —les gritó el hijo de Toxpilli, quien estaba al mando—. ¡Saqueen la ciudad! ¡Texcoco es para el emperador de Azcapotzalco! ¡Toxpilli es ahora ministro superior de Tezozómoc, al servicio de Chalchiuh! ¡El nuevo rey de Texcoco es Yancuiltzin!

Entraron en horda, gritando, con sus antorchas en alto, con sus lanzas. Arrojaron los filos de obsidiana de sus pesados *macuahuimeh* de madera contra los cuerpos de los texcocanos, cortándolos como si fueran carne de animal, mientras vociferaban contra las familias en el idioma otomangue de los tepanecas, semejante al otomí:

—¡*Ngi Noyo Jwä*! ¡*Antängotü*! ¡Fiesta de la sangre y de la muerte! —y empezaron a meterse a las casas—. ¡Carne! ¡Sangre! ¡Carne! ¡Sangre! ¡Saquen a las mujeres! ¡Cuélguenlos de los postes! ¡Preparen a las mujeres!

Coyohua siguió llorando arriba, en el piso de losas del palacio, frente a la columna de la serpiente. Observó al fornido Maxtla: su torso pintado de rojo, con el sol negro en el centro del pecho. Éste le indicó con su lanza:

—El tesoro —y le sonrió—. Dime dónde está el maldito tesoro de Texcoco —y comenzó a ladear la cabeza, sin dejar de mirarlo.

Coyohua cerró los párpados. Empezó a negar con la cabeza. Maxtla le puso la punta de jade sobre la nariz:

—Mi padre decidió perdonarte —en sus ojos había extrañeza al decir esas palabras—. Vas a tener una nueva vida. No morirás esta noche como tu rey —y le sonrió—. Ahora trabajas para nosotros.

—Está detrás de ti —le dijo Coyohua—. Ahí. Justo en esta columna —y la señaló con la mirada—. Es una escalera. Conduce al sótano.

Maxtla asintió, sonriente.

—Muy bien.

La columna era ancha, cuadrada. La serpiente rodeaba las cuatro caras. Tenía cincelado en el yeso, en bajorrelieve, el rostro de un perro: el rey Xólotl, el vigoroso monarca ancestro de Nezahualcóyotl e Ixtlil-xóchitl, y del propio Maxtla y Tezozómoc. La cabeza del perro tenía largas plumas rojas hacia arriba, que le salían del cráneo. Tenía los ojos de jade.

Maxtla acarició el rostro del perro. Le miró los ojos cristalinos.

—¿Aquí está tu tesoro? —le preguntó al rey Ixtlilxóchitl—. Debo llevarle algo a mi padre —le sonrió.

—Es una bóveda —le dijo Coyohua—. Se baja por la escalera. Abajo está el tesoro de Techotlala. Dos toneladas de ópalo, turquesa y cuarzo. El tesoro que Xólotl saqueó de los toltecas cuando destruyó a Quetzalcóatl.

Maxtla abrió los ojos.

—Sí, sí... —comenzó a pelar los dientes—. Ábrelo. Desátenlo. Abre la maldita bóveda —lo señaló con su lanza—. ¡Ábrelo ahora! ¡Quiero ese tesoro! —y con su filosa Tepoztopilli lo azotó en la pierna.

Coyohua se levantó.

Arriba, en la ciudad, los soldados de Azcapotzalco, con sus máscaras de insectos, en medio del fuego que iniciaron con sus antorchas, rompieron la puerta de la casa del comerciante más rico de Texcoco, Tequixquenahuacatlayacaltzin. Lo sacaron a rastras, por los cabellos, también a su esposa. En medio del humo y las llamaradas jalaron a una de sus dos hijas. A la otra comenzaron a fornicarla dentro de la misma casa. Empezaron a cortarle la cara al comerciante, con sus obsidianas, formándole glifos.

—¡Los mercaderes de Texcoco van a ser asesinados! ¡Desde esta noche se reemplaza toda la nobleza por hijos y nietos del emperador de Azcapotzalco! ¡Quemen a quienes controlan Texcoco! ¡A los nobles! ¡A los sacerdotes! ¡A los tenderos! ¡Los macehuales de esta federación van a ser desde esta noche esclavos de los hijos y nietos de Tezozómoc! ¡Ahora todas las ciudades del lago pertenecen al Imperio!

8

Me llevaron a la que ahora iba a ser mi habitación en el hotel Constellation, también sobre la avenida Reforma. La observé detenidamente, de esquina a esquina. Tenía las paredes doradas. Enormes espejos, de piso a techo. Me observé reflejado en todos ellos: me encontré vestido con mis vaqueros rotos, abiertos por la rodillas.

Ése era yo: Rodrigo Roxar. Pero… ¿qué hacía yo ahí…? ¿Qué significaban las palabras de Mr. Chambers?

Observé el techo. Vi los dos candelabros. Todo tenía olor a menta. La cama era grande, acolchada. Sonaba en los muros un suave ronroneo: el sistema del aire acondicionado.

Silvia se hallaba exultante.

—¡Así sí me gusta! —me dijo—. ¡Esto sí es vida, no la mediocridad que me ofreciste todo el tiempo antes de esta noche! Así quiero que sea para siempre el resto de mi vida —y se arrojó sobre la cama.

Comenzó a jugar con el control remoto para encender el enorme monitor de plasma adosado al muro. Lo encendió. El televisor nos dio la bienvenida en francés.

Yo comencé a negar con la cabeza.

—Esto es… ¿extraño…? —y observé el piso. Había dibujos garigoleados en la alfombra: eran dibujos aztecas. Serpientes.

Por detrás de mí, una voz melodiosa y femenina me dijo:

—Pueden ordenar lo que deseen. Todo lo que gasten en alimentación y bebida está cubierto por el señor Chambers. Esta noche nuestra especialidad para la cena es salmón con caviar.

Me volví hacia la mujer. Era la botones.

—¿Salmón con caviar…? —le pregunté—. ¿No tienes tacos…?

Vi su rostro ahuecado, como si fuera un esqueleto. Sacudí la cabeza.

—Dios —me dije—. ¿Qué me está pasando…?

Me toqué el rostro. Silvia seguía obsesionada con la televisión, pulsaba el control compulsivamente, cambiándole los canales, satisfaciendo así los vacíos de su alma. Estaba en la cama vientre abajo, con los pies revoloteando hacia arriba, en el aire. Me gritó:

—¡Me gusta esto! ¡Cambiar canales! ¡Mírame! ¡Puedo cambiar canales más rápido que cualquier otra persona! ¡Quiero una tele como ésta en mi casa!

Me dirigí al baño para mojarme la cara. En el espejo me vi deformado, sin piel, como un cráneo azteca.

Coloqué mi celular en el mueble del lavabo. A mi alrededor vi siete espejos. Estaban ligeramente curvados por los lados. En todos ellos estaba yo, multiplicado. Mi celular comenzó a sonar sobre el mármol, con un zumbido extraño. Se iluminó la pantalla. Me volví hacia el dispositivo titilante. Vi el nuevo mensaje:

Te están usando. Te harán traicionarte a ti mismo, y vas a traicionar a México. Te van a usar como a un bufón, como a un títere este viernes, para manipular a millones. En ti reside el secreto azteca. Huye.

Mis dedos temblaban mientras intentaba contestar. Sentí el peso metálico del celular. Vi mis propios dedos descarnados, como si fueran huesos con sangre. Me llevé la pantalla a los ojos. Decía:

Te harán traicionar a todos a quienes amas: a tu país. Quieren borrarte tu pasado. Borrarles la identidad. Si quieres saber la verdad tienes que buscarla en el pasado. Sólo así vas a cambiar el futuro. En tu billete está la clave para encontrarnos. Busca el secreto azteca. Te esperamos en una hora. Él fue tú esta noche.

Abrí los ojos.

—¿"Él fue tú esta noche"…?

Permanecí diez segundos observando la pantalla de mi celular.

Coloqué el aparato de nuevo sobre el mueble. Llevé los dedos al interior de mi bolsillo. Sentí en mis yemas el billete de cien pesos. En el absoluto silencio lo aproximé a mis ojos. Observé cuidadosamente la cara de Nezahualcóyotl. El rostro del ahora fallecido Fulgencio Sandoval Cruz me miró desde el infinito.

—¿"Él fue tú esta noche…"? —comencé a ladear la cabeza y me miré en el espejo. Recordé las palabras del hombre en el Senado: "Te pareces a él. Llegó el momento de que lo aproveches en tu beneficio".

"¿El rey Nezahualcóyotl...?", me pregunté. "En tu billete está la clave para encontrarnos. Te esperamos en una hora."

Miré de nuevo el billete: la cara de Nezahualcóyotl y los diseños geométricos por detrás de él, en el fondo rosa. Vi los trozos holográficos de seguridad; el glifo azteca de un pájaro emitiendo cuatro volutas, que representan el sonido, hacia la cara del rey. ¿Quién era ese pájaro? Al lado del rostro del monarca estaba el poema: "Amo el canto del zentzontle, pájaro de cuatrocientas voces; amo el color del jade y el enervante perfume de las flores; pero amo más a mi hermano el hombre".

Empecé a negar con la cabeza.

—*Mi hermano el hombre...* —me dije.

Observé con extrañeza los elementos centrales del billete. Por debajo del glifo del pájaro zentzontle y de sus cuatro volutas encontré otro glifo, mucho más enigmático: dos individuos aparecían sentados en torno a una flor misteriosa, cuya maceta era un símbolo circular enmarcado por cuatro círculos más pequeños, a modo de esquinas. "¿Qué es este símbolo...?", me pregunté.

Examiné la flor montada sobre tan extraña maceta de cuatro pelotitas negras.

—¿Cuatro-flor...?

Tomé de nuevo mi celular. Dicté al micrófono: "Cuatro Flor, significado en náhuatl". Oprimí el botón para buscar en Google.

El resultado apareció en la pantalla: "Nahui-Xóchitl. Cuatro-Flor. Nombre azteca de los palacios, también llamados Técpan o Xochitecpancalli, Palacio Florido. Palacio del rey Nezahualcóyotl. Los restos arqueológicos de este palacio están en Sitio Los Melones, Texcoco. Calle Abasolo 100, El Carmen, Estado de México".

Asentí con la cabeza. Me miré de nuevo en el espejo. Ahora realmente me parecía a Nezahualcóyotl.

Me dije: "Él fue tú esta noche".

Dos minutos después estaba a bordo de un taxi. Los colores magenta y verdes de las espectrales luces nocturnas de la Ciudad de México alumbraban el camino como teas de otros tiempos. Los destellos me pasaron por los lados. Observé las luces de los semáforos en la avenida Reforma. El agua en pequeñas gotas seguía cayendo sobre las arcaicas losetas mojadas de las antiguas calles de lo que un día fue Tenochtitlán.

Comencé a sentir las presencias de una antigua era a todo mi alrededor.

—*Dios...* —y me toqué los brazos.

—¿A dónde desea que lo lleve, joven? No me ha dicho —me dijo el taxista. Me miró por el espejo retrovisor. Del espejo colgaba un amuleto: una miniatura de la Santa Muerte con una cara horrible, un cráneo de estilo azteca.

—Calle Abasolo, Antigua Texcoco.

Observé de nuevo el billete. Me dije en silencio: "En tu billete está la clave para encontrarnos. Te esperamos en una hora". Miré hacia la ventana.

Silvia se quedó sola en la habitación del hotel. Apenas me fui marcó un número, al senador Ceuta. El taxi emprendió el camino hacia un futuro incierto.

9

Una hora después eran las 11:00 de la noche. El taxi se detuvo justo en la puerta del sitio arqueológico: una extensa reja de barrotes negros ubicada en medio de paredes decadentes, descarapeladas. El taxista me preguntó:

—¿Está seguro de quedarse aquí, amigo? —y miró a nuestro alrededor.

La calle se veía vacía. Escuché a lo lejos un aullido. Observé lo que pude al otro lado de los barrotes, en la oscuridad: un montículo de pasto con tabiques. Eso era el Palacio de Nezahualcóyotl.

Por un segundo intenté imaginar lo que ese palacio había sido realmente, con sus cinco pisos de altura. Sacudí la cabeza.

—Sí, déjeme aquí… —observé la reja—. Quédese con el cambio. Deséeme suerte.

Bajé al piso de piedras. El vehículo se fue. Lo vi alejarse en la inmensidad, bajo las tenues gotas de lluvia. Me quedé solo. Empecé a caminar en la oscuridad. Escuché detrás de mí el sonido del viento. Un cable eléctrico emitía chasquidos: un zumbido cambiante, con altas y bajas en el voltaje. Seguí avanzando. Oí el crujido de mis propias pisadas sobre las diminutas piedras.

—Me pregunto qué diablos hago aquí —me dije—. Un problema más en el que te metes, Rodrigo Roxar.

Observé las ventanas de las casas. En una de ellas vi una sombra humana. De pronto me percaté de que la figura tenía la cara de Mictlan-Tecuhtli, el dios del Inframundo de los aztecas. Cerré los ojos. Me dije:

—*Dios…* —sacudí la cabeza.

Miré hacia la tétrica calle. La reja del sitio arqueológico decía: ZONA ARQUEOLÓGICA LOS MELONES. RESTOS DEL PALACIO DE TEXCOCO. Me llevé a los ojos la pantalla de mi teléfono celular. Le cayeron gotas. El mensaje brilló en la tiniebla: "Si quieres saber la verdad tienes que buscarla en el pasado. Sólo así cambiarás el futuro. En tu billete está la clave para encontrarnos. Te esperamos en una hora. Él fue tú esta noche".

—"Él fue tú esta noche" —me dije de nuevo. Me volví hacia los restos del palacio.

Escuché un crujido detrás de mí y alguien me encañonó.

10

Seis siglos atrás seguí al emperador de Texcoco, cuando el edificio tenía cinco pisos de altura, un kilómetro con treintaiún metros de extensión y trescientas habitaciones. El tlatoani Ixtlilxóchitl, tirado en el piso de la bóveda subterránea, miró a los ojos a su asistente y diplomático:

—Coyohua, ¿vas a darles el tesoro, lo que le pertenece a Texcoco? ¿Tú también vas a traicionar a tu propia gente? —le dijo Ixtlilxóchitl.

El joven secretario parpadeó. Siguió llorando. En su brazo tenía la fuerte garra del musculoso Maxtla. Éste lo jaló hacia la columna.

—Abre esto —le dijo Maxtla—. Quiero el tesoro.

Coyohua se tambaleó. Comenzó a recorrer con sus manos la columna, el relieve de yeso. Palpó la larga serpiente con cabeza de perro: el antiguo patricarca Xólotl, fundador del Imperio protoazteca. Observó las incrustaciones que tenía en el cráneo: los brillosos ojos de jade.

Colocó las yemas de sus temblorosos dedos índice y medio sobre los ojos de Xólotl.

—Perdóname, gran señor de Texcoco —y con un enorme esfuerzo los sumió hasta escuchar un tronido. Cerró los ojos.

Se volvió hacia su tlatoani, Ixtlilxóchitl:

—Me confundes, gran emperador. Yo no traiciono a Texcoco. Nunca lo haré. Ca ni Coyohuatzin. Yo soy Coyohua —y con rapidez accionó una palanca que activó un mecanismo oculto que abrió el piso. Parte del techo cayó sobre los brazos y las cabezas de los soldados atacantes: cal en polvo de las minas de Tequixquiac y agua. Al mezclarse el agua con el óxido de calcio se inició la reacción exotérmica.

—¡Mis ojos! —comenzó a gritar uno de ellos. Su brazo empezó a derretirse. El polvo con líquido les cayó también a Maxtla, en su hombro, y al propio Ixtlilxóchitl, alcanzando la temperatura de cien grados, transformándose en hidróxido.

Coyohua, con la presteza de un ocelote, aferró a su tlatoani por el brazo, lo jaló hacia abajo, hacia el pozo que se abrió en el muro. Las paredes de roca comenzaron a desmoronarse desde las bases.

—Ésa era la salida de emergencia —me dijo, seiscientos años después, la voz que escuché detrás de mí—. No voltees. No me mires. Mejor observa a tu derecha, ese hueco en la base de la plataforma —lo señaló.

Vi la oquedad entre las rocas desplomadas. El hueco ahora estaba relleno desde adentro, con tierra, pedacería, con argamasa.

Me dijo:

—El túnel de escape lo tienen todas las ciudadelas de la antigüedad. Sólo un rey estúpido no lo tendría. Estas edificaciones fueron construidas bajo el diseño de Techotlala, el abuelo de Nezahualcóyotl, con el estilo de la arquitectura tolteca, grupo del que ellos descendían. Eran herederos del rey Topiltzin Quetzalcóatl, el rey de los toltecas.

Observé la reja. Por detrás de ella vi la desfigurada pared de ladrillos rojos adheridos con argamasa. La parte superior de la plataforma era una terraza de tierra y pasto. Los ladrillos eran de roca porosa: tepetate de la montaña Tepetlaóxtoc, cercana a Texcoco.

La voz me dijo desde detrás de mi espalda:

—Aquí hubo un palacio gigantesco, Rodrigo. Según el cronista Juan Bautista Pomar en el año 1582 el "palacio o casas de Nezahualcóyotl [...] son sobre terraplenes, de un estadio las que menos; de cinco o seis las que más [...], salas de veinte brazas y más de largo, y tantas en ancho". María Ross escribió en 1899 sobre las medidas: "Un suntuosísimo palacio que medía 1,234 varas de E. a W. y 798 de N. a S.". Una vara medía 83.6 centímetros, así que tenía de largo como mínimo un kilómetro y de ancho seiscientos setenta metros. O sea que medía dieciséis veces el Palacio Nacional de la Ciudad de México.

Contemplé la extensa plataforma al otro lado de la reja. Ahora sólo era un basamento, sin los pisos superiores. El resto del edificio se encontraba sepultado o destruido. ¿Cuántas ciudades existen debajo de la presente? ¿Cuántas Ciudades de México pisamos cada día? La voz continuó:

—Tú lo acabas de decir en la televisión: en 1526 desmantelaron todo lo que estaba en los niveles de arriba y lo que estaba debajo. El palacio fue destruido hasta sus cimientos y se llevaron lo que se encontraba enterrado. Hoy sólo quedan estos restos, esta plataforma.

Me pasó un aire frío por la cara.

—¿Quiénes son ustedes? —le pregunté.

—No me mires —y siguió avanzando—. Fue un día específico cuando destruyeron esto. Fue un lunes —y observó el monumento—.

Entraron a este lugar hombres con picos y palas, dirigidos por un fraile dominico: Domingo de Betanzos, amigo y confesor de Juan de Zumárraga, el que quemó vivo al nieto de Nezahualcóyotl, Carlos Ome Tochtzin, último legítimo rey de Texcoco, portador del secreto azteca de Nezahualcóyotl. Betanzos les dio la orden: destruyan todo; que no quede nada. Debe borrarse toda esta parte del pasado.

Observé el campo desolado, silencioso. Los pernos del letrero del Instituto Nacional de Antropología e Historia rechinaban. Escuché un remoto aullido, era un coyote. La voz me dijo:

—Ahí está el letrero, míralo por ti mismo —y lo señaló.

Lo leí. Estaba mojado. Decía:

Las rocas constructivas de este palacio de Texcoco fueron desmontadas y trasladadas 10 km al noreste, hacia Tepetlaóxtoc, Cueva de Tepetate, donde el fraile Domingo de Betanzos las utilizó para erigir su Eremitorio y Convento en 1527, junto al actual templo de Santa María Magdalena.

—Pero la orden no provino de Betanzos —me dijo la voz—. Se la dieron los militares.

—¿Los militares? —y quise voltear a mirarlo. Me detuvo la cabeza con sus manos.

—Lo dice Alejandro Contla, cronista de aquí, de Texcoco: "El 1° de enero de 1526 se empezó a destruir Texcoco. Arrasaron con todo, y una de las partes que se salvó fue ésta" —y señaló al basamento de roca.

—¿Por qué destruirlo "todo"? —le pregunté—. ¿Por qué "borrar toda esta parte del pasado"?

—Rodrigo, si vas a ser vocero este viernes, tú debes saber la verdad, o te van a utilizar para manipular a millones, ¿lo entiendes?

Asentí.

—Entiendo…

Sin dejar de encañonarme, avanzamos.

—Todo fue orden de Carlos V, el emperador español, que en realidad no era español, sino alemán. Necesitaba dinero, mucho, para la guerra. Los españoles mismos se rebelaron contra él, precisamente por ser extranjero. Durante la Guerra de las Comunidades de Castilla, Carlos V tuvo al Vaticano sometido. Colocó como papa a su antiguo tutor: Adriaan Florisz Boeyens. Pero Adriaan no fue su esclavo; no lo obedeció como Carlos esperaba, sino que coqueteó con Francia, con Francois I, el archienemigo de Carlos. A los veinte meses Adriaan Florisz murió y los papeles de su pontificado desaparecieron. Subió un papa de la familia Médici: Clemente VII. Cuando Clemente también coqueteó con Francia, Carlos lo llamó "lobo" y le dio su merecido: el martes 7 de mayo de 1527, a las cuatro de la mañana, el cardenal Pompeo Colonna, leal a Carlos V y enemigo de Clemente de Médici, junto con el duque Carlos III de Borbón, al servicio de Carlos, atacaron al papa con quince mil soldados y saquearon el Vaticano. Mataron a dos mil personas y violaron incluso a monjas. El papa Médici tuvo que refugiarse en el Castillo de Sant'Angelo, al que llegó por el túnel secreto Passetto. De hecho, el plan de Colonna era asesinar al papa, quedarse él mismo en el pontificado, como peón de Carlos V. Pero Carlos perdonó a Clemente VII con la condición de que entendiera bien la lección. Clemente decidió portarse bien, "alinearse" con Carlos de Habsburgo, emperador de Alemania. La peor tragedia de Clemente, sin embargo, iba a ser otra —y miró hacia las ruinas—. Tuvo un hijo con la sirvienta Simonetta da Collevecchio, que era africana. Toda su vida tuvo que ocultar a Alessandro de Médici, su hijo, su amado hijo —y negó con la cabeza—, debido a las leyes del celibato. Alessandro mismo fue asesinado.

Observé los restos del palacio de Nezahualcóyotl.

—Qué triste historia. ¿Por eso destruyeron este palacio? No entiendo.

—Carlos V necesitaba tener una justificación convincente para que nadie le bloqueara su invasión de América, pues necesitaba seguir extrayendo el oro de México y de Perú para pagar sus gastos de guerra y los sobornos con los que logró ser elegido emperador de Alemania. ¡Los propios españoles fueron sus principales opositores, pues les cobró impuestos nuevos para estos fines! Le decían el Alemán ya que, cuando llegó a España para reinarlos, ni siquiera sabía hablar español. Surgió un movimiento estudiantil contra él, semejante al de los jóvenes de 1968 que protestaron contra la guerra de Vietnam. En este caso fue contra la invasión a México, con líderes religiosos como Bartolomé de las Casas y Bartolomé de Carranza. Ellos dos fueron ante el papa para pedirle que lo detuvieran. Por ello Carlos V necesitaba proclamar que los aztecas eran asesinos y que él estaba liberando a los nativos. Toda prueba de que había existido una mitad civilizada y avanzada en el mundo azteca debía ser borrada, eliminada. Esa otra mitad era esta ciudad: Texcoco, donde Nezahualcóyotl tenía prohibidos los sacrificios humanos y donde él creía en un solo Dios.

Caminó por el costado de las ruinas:

—¿Ahora lo entiendes? —me dijo.

—Sí. Ahora lo entiendo.

—Los agentes de Carlos tenían que borrar todas las evidencias; desaparecer del mapa a la "Atenas azteca", que era Texcoco: eliminar este castillo, su historia y todo lo que contenía. Eliminar los restos del rey Nezahualcóyotl y de su pensamiento; borrar toda prueba de que él había sido monoteísta y que había rechazado la religión de los aztecas de Tenochtitlán. Desapareció toda esta mitad del universo azteca: la mitad secreta.

—*Dios...* me dije.

Lentamente se volvió hacia los restos del palacio:

—Texcoco era la capital de la cultura. Estaban ocurriendo aquí avances semejantes a los que vivieron en Grecia cuando surgió la ciencia, cuando algunos dijeron que los antiguos dioses eran sólo mitos y se creó la lógica, la tecnología. Nezahualcóyotl y su padre fueron claves en todo esto, al igual que su maestro: Huitzilihuitzin. Todo esto fue borrado para siempre, mira —señaló las ruinas—. Carlos V se propuso desaparecer todo esto y lo logró. Lo único que hoy el mundo conoce sobre los aztecas es lo que ocurría en Tenochtitlán, la mitad cruel.

Miré la plataforma en ruinas. Me dijo:

—Nezahualcóyotl y su padre creían en un único dios llamado Ipalnemohuani, Moyocoyani: "El dador de la vida", "el creador de sí mismo". En 1615, Juan de Torquemada, misionero y cronista español, comparó a Nezahualcóyotl con el rey David de la Biblia; dijo que su dios era como el dios de los cristianos.

Me quedé pasmado. Le dije:

—¿Y fue por eso que Carlos V destruyó este palacio...? ¿Por ser una sociedad avanzada...? —parpadeé.

—Los auténticos libros que escribió Nezahualcóyotl hoy están perdidos, pero hay una pista de dónde encontrarlos.

Abrí los ojos.

—Creo saber dónde —le dije. Me llevé el billete de cien pesos a los ojos. Observé el rostro: Nezahualcóyotl Acolmiztli, hijo de Ixtlilxóchitl Ome Tochtli. Comencé a ver símbolos extraños alrededor del monarca.

11

Seiscientos años atrás, dentro del palacio, Nezahualcóyotl permaneció a los pies de la chica de Azcapotzalco: la princesa Mexui 'Yoxui, Yohualli-Tlayouatl, Oscuridad de la Noche. Ella le sonrió. Tenía el cabello largo hasta el piso. Su cara era hermosa. Le mostró a Nezali un látigo de picos de cuarzo:

—¡*Sehe Mä Dada*! ¡Sólo mi papá es el rey del mundo! ¡Sólo Tezozómoc es el patriarca de los linajes toltecas y chichimecas que existen en la Tierra! ¡Mi padre es el heredero único de la corona de Xólotl! —y lo azotó en el costado.

Los soldados hormiga tepanecas se colocaron alrededor de Nezahualcóyotl.

—Arrástrenlo —les dijo ella.

Afuera, en la calle costera, los soldados tepanecas comenzaron a festejar en medio del fuego: levantaron sus ganchos de bronce.

—¡Hagan esclavos! ¡Todos los que puedan! ¡Estos macehuales de Texcoco ahora son nuestros! ¡Desde esta noche todo lo que poseían es para ustedes! —les gritó el hijo de Toxpilli. Con sus picas golpearon los rostros de las madres texcocanas, y a los niños los arrancaron de su lado para meterlos en canastos.

Arrastraron a las mujeres con ganchos para cuellos:

—¡Encadénenlas! ¡Sus vidas han cambiado! ¡La vida es bella hasta que se vuelve terror!

Arriba, Nezahualcóyotl fue arrastrado sobre las losetas de mármol, con las manos atadas por la espalda. Las losetas tenían la historia de su dinastía.

Observó a la chica de poderosas pantorrillas caminando por delante de él. La venían escoltando los primos de Nezahualcóyotl: los jóvenes príncipes mexicas Moctezuma Ilhuicamina, Tlacaélel Atempanecatl y el pequeño Huehue Zaca. Ellos hablaban una variante del náhuatl que adoptaron al migrar al valle. Su tono era chirriante, como chicle.

Le dijeron a él:

—Perdónanos, primo. El emperador Tezozómoc nos otorgó la isla donde vivimos. No podemos darle la espalda. Nos pidió traicionar a tu papá. Tu padre no nos ofreció nada: sólo promesas. Todo lo que tenemos nos lo ha dado Tezozómoc: nuestra ciudad, nuestros templos, nuestros materiales, nuestros nombramientos, nuestro armamento. Nos declaró nobles cuando todos los demás en este valle nos despreciaron por ser "migrantes" y "excrementos", ¿lo recuerdas?

Nezali miró a Moctezuma. Su primo siguió diciéndole:

—El emperador Tezozómoc hizo que todos nos respetaran. Somos su fuerza de ataque, sus sicarios. Ahora los mexicas vamos a recibir partes de esta federación: Coatlinchán y la propia Texcoco, la cual compartiremos con tu hermano Yancuiltzin —le sonrió—. Tú habrías hecho lo mismo que nosotros.

Lo arrastraron por el corredor con la carne lacerada a causa de las heridas que le provocaban las losas. Nezahualcóyotl observó el techo: la luz de las antorchas brilló en lo alto de las noventa columnas, las fauces de las serpientes.

Por en medio de las columnas avanzó en silencio un hombre robusto. Se colocó justo a mitad del pasillo. Era alto, de grandes músculos, contaba setenta años de edad. Tenía la piel tatuada con los símbolos matemáticos del universo y en la espalda portaba una capa azul oscura, con estrellas de cristales. Su larga barba blanca bajaba hasta su pecho; sus cabellos, también blancos y largos, caían por sus sienes. Se les interpuso.

—Dejen en paz al muchacho —lo señaló con su varilla de ámbar—. Este jovencito no tuvo la culpa de nada. Déjenlo que viva.

La princesa tepaneca lo miró con desprecio.

—Huitzilihuitzin —le sonrió—. Señor Pluma de Colibrí. El "filósofo de Texcoco" —y les sonrió a sus soldados—. Éste es el asesor de Ixtlilxóchitl. ¿De qué le sirvió a tu rey que tú lo asesoraras? Fracasaste. El poder de tu ciencia no puede contra mi padre.

En el pecho le vio tatuados los símbolos de las dinastías de Chalco y Tollan: el antiguo Imperio tolteca. Le sonrió:

—Viejo inútil. Me das tristeza —y negó con la cabeza—. Tu dios Ipalnemohuani no le ayudó de mucho a tu tlatoani. ¿Y te dices estratega? Eres el peor estratega que ha vivido en todo el Anáhuac. ¡Condenaste a tu señor a ser derrotado! ¡Préndanlo! Lo único que da poder en este mundo es la fuerza, y la fuerza es la guerra.

Huitzilihuitzin la miró con lentitud, de arriba abajo, y negó con la cabeza.

—Princesa Yohualli, hija del emperador de Azcapotzalco, hablas como si ya hubieras derrotado a Texcoco. Aún no lo has hecho.

—¿A qué te refieres, anciano tonto? —y ladeó su hermosa cabeza.

—No existirá la derrota total ni tampoco la victoria total mientras continúe en movimiento la gran máquina del tiempo. Y la máquina del universo es la esperanza.

Ella, extrañada, parpadeó. A su lado, sus soldados, a través de sus mascarones, susurraron:

—*Ot'ähuaxi*.

El anciano robusto, de largos mechones blancos y barbas anudadas, comenzó a descender sobre sus rodillas. Su fuerte tórax tenía escritas las poesías de la antigua era tolteca, con las fórmulas matemáticas del universo. Sus rodillas tocaron el suelo: las duras losas del piso. Se volvió hacia abajo. Vio los diagramas chichimecas de Xólotl: las serpientes del cosmos. Sus barbas, extrañas para los hombres de esas tierras, besaron el suelo.

Colocó sus manos en la espalda. Le dijo a la chica tepaneca:

—Existe un solo creador de todo. Se llama Ipalnemohuani, el dador de la vida. Se llama también Tloque-Nahuaque porque está aquí y también está en lo más lejano de todo. Él es la fuente de la magia. Y la magia no es más que la esperanza —le sonrió.

Yohualli comenzó a sacudir la cabeza.

—¿Qué intentas decir, anciano ridículo…? ¡Amárrenlo!

De detrás de su espalda, Huitzilihuitzin arrancó una fibra rellena de polvo Xiuh Apozonalli.

La latigó hacia delante, frente a la cara de Yohualli. La fibra comenzó a incendiarse, a expandir un plasma de fuego frente a ella: una llamarada de colores cambiantes; una gelatina de luz. Empezó a palpitar, a estallar con tronidos, con relámpagos. Se adhirió a la cara de la princesa.

—¡Quítenmela! —les gritó a sus soldados. Éstos empezaron a vociferar:

—¡Es un encantamiento! ¡Es un embrujo! —y se taparon la cara—. *¡Thëdi!*

—¡Corre, Nezahualcóyotl! —le gritó Huitzilihuitzin. Sacó de sus correas del pecho unas puntas de obsidiana. Comenzó a arrojarlas a los cuellos de los soldados—. ¡Corre! —y con su masivo cuerpo giró en el aire, recogiendo y cargando a Nezahualcóyotl sobre sus hombros. Con sus poderosas piernas golpeó al jefe de los Azcatlácatl en el vientre. Le gritó a Nezali:

—¡Allá, muchacho! —y miró a la salida—. ¡Mientras yo esté vivo nadie va a lastimarte! ¡Tú eres la línea de sucesión hacia el futuro!

Lograron salir del caserío que estaba siendo destruido por las tropas tepanecas. Dejaron la ciudadela de Texcoco y avanzaron entre las casas quemadas de los comerciantes. La gente se lamentaba de la caída del gran imperio. Algunas mujeres lloraban en la entrada de las casas, con sus vestidos desgarrados, en tanto hombres y niños yacían: algunos en cenizas y otros retorcidos sobre las calzadas que conducían a los templos y los mercados. El anciano Huitzilihuitzin jaló al joven Nezali hasta las deformes ramas del bosque de Coapango.

—Tu papá está vivo —le dijo.

Nezahualcóyotl siguió trotando.

—¿Cómo lo sabes? —y miró la penumbra: los troncos retorcidos. Pisó las hojas muertas.

—Yo entrené a Coyohua. No va a dejar que destruyan a tu padre. Si escaparon del palacio, sé a dónde se dirigirán. Lo tenemos acordado. Sé dónde tienen que detenerse para esperarte.

—¿Mi papá está a salvo?

—Por supuesto —le sonrió—. Él sigue siendo el emperador de Texcoco, pero tú, como su sucesor, tampoco puedes morir. Si mueres es el final de todo, incluso para tu padre. Yo no puedo dejarte aquí —y siguió avanzando—. Mi vida vale sólo mientras exista la tuya.

—Vaya, me haces sentir importante. Sólo valgo porque soy el hijo de mi papá. Sólo por eso les importo a todos.

Huitzilihuitzin siguió apartando las ramas:

—Van a tratar de desmotivarte. Van a decirte que no se puede, que es imposible, que no lo intentes, que te rindas. No lo permitas.

—¿De qué hablas?

—Y no lo van a hacer porque sean malignos. Lo van a hacer porque ellos mismos no pueden. Los programaron para vivir con miedo: anulados, incapaces de luchar por el cambio. Es lo que trató de cambiar en ellos tu padre. Acostúmbrate a sus frases de derrota. Pero que esas frases no lleguen nunca a lo profundo de tu alma: que no te transformen a ti. Transfórmalos tú a ellos: es tu misión. Los perdedores son el veneno. El día en que traiciones tu deseo de luchar, ese día habrás traicionado al universo.

Nezali siguió avanzando, en la oscuridad. Huitzilihuitzin continuó:

—Nunca debes dejarte influenciar por nadie. Ésta es la primera regla en el cosmos.

—¿Ni por ti?

—Ni por mí ni por tu padre. Duda de todos. Sólo Dios, Ipalnemohuani, es verdadero, y su lugar para hablarte es directamente adentro de ti. Ahí está la embajada del cielo. Que no te postren. Que no te convenzan de dejar de luchar —y le tocó el pecho—. Dentro de ti hay un pozo profundo, el abismo de fuego, el océano de lava: *Moahuehcatlan*, tu abismo profundo. La compuerta está en tu mente, Atzacualli; ésta conduce al abismo de lava, el Hueyatl Tleatóyatl. Ese fuego profundo que late en ti es donde está Dios, con todo su poder, con toda su colosal enormidad, donde está creando cada segundo al universo. Ese poder dentro de ti es lo que te hará invencible, porque Dios hará todo por ti, y estará a tu lado.

Nezahualcóyotl miró hacia la luna: estaba envuelta en una niebla tenebrosa.

—No sé si seas buen estratega, pero sin duda hablas maravilloso.

Huitzilihuitzin, Pluma de Colibrí, le sonrió:

—Nezali, la misión del hombre no es agachar la cabeza. Eso lo tienes prohibido. En esta época muchos vendrán a decirte que no luches, que te rindas, que traiciones, porque es lo más fácil. Te van a decir que te serenes, que te acoples. Y yo te digo: mándalos a la chinampa. Alguien tiene que luchar por el bien. Dentro de ti está el fuego tolteca, y nadie puede apagarlo. Tú no eres sereno. Tú no eres un estanque en silencio. Tú eres tempestad. Tú eres rebelión. Tú eres el fuego del universo.

Al otro lado del lago de Texcoco, en Azcapotzalco, con heridas en su musculoso cuerpo, se encontraba el sangrante príncipe Maxtla, el mayor de los hijos de Tezozómoc. La pintura roja y las líneas negras de sus hombros estaban diluidas por el hidróxido de calcio. Caminó con su escolta dentro de la ciudad de su padre después de recorrer rápidamente el lago en su canoa real con más de dieciséis remeros para agilizar el trayecto.

Miró hacia arriba: nueve hormigas gigantes, las estatuas colosales del castillo del emperador, las Ázcatl-Tetecalan, lo siguieron con sus miradas desde lo alto —"ázcatl" significa "hormiga".

En su alcoba, el emperador Tezozómoc Yacateteltetl sonrió a su embajador Chalchiuh.

—Lo hiciste bien —y en su regazo acarició a su pequeño zorro, llamado Yṵnga'ñäi, Oloroso.

Vio entrar a su hijo Maxtla. Éste se le aproximó con sus hombres.

—Precioso padre —se arrodilló ante él—, no te preocupes por Ixtlilxóchitl. Tengo cinco escuadras explorando las barrancas de la región de Queztláchac. Lo vamos a tener esta noche. Lo tendrás aquí, en esta habitación, y también a su hijo.

El anciano de huesos débiles, brazos de piel colgante, con la cabeza membranosa y la calva engrapada por atrás y por delante con clavos de cuarzo y bronce, sujetó a su hijo por el hombro:

—Que no escape. Si sobrevive, cualquier otro reino podría utilizarlo en nuestra contra para provocar un levantamiento del pueblo y quitarnos Texcoco de nuevo. Un enemigo que ha escapado sólo deja de ser un problema cuando lo matas —le sonrió.

Trabajosamente avanzó sobre el piso, pues le temblaban los brazos y las piernas:

—Sólo habrá paz en este mundo cuando yo lo gobierne todo, y cuando todos nuestros enemigos hayan desaparecido —y tosió con sangre—. Cuando mis hijos sean quienes gobiernen todas las ciudades que existen, y cuando mis nietos y nietas posean todas las minas y todos los campos.

Miró hacia la ventana:

—Hijo Maxtla, borra del palacio de Texcoco todas las imágenes de Ixtlilxóchitl y de sus ancestros. Desde ahora el único ancestro soy yo. Repartan los tesoros y las mujeres de su palacio y de su ciudad a partes iguales entre los mandos de nuestros guerreros hormiga —y continuó mirando por la ventana—. A los migrantes sin cultura de la isla, los mexicas, por haberme ayudado a meter la escolta, dales a las mejores hijas de Ixtlilxóchitl. Esos animales deben disfrutar de su victoria.

Miró al centro del lago la isla de los mexicas. Tenochtitlán estaba iluminada en medio de la oscuridad.

Al oriente del lago, nueve kilómetros al noreste de Texcoco, dentro de la gruta llamada Queztláchac-Tepetitla-Tzinacanoxtóc, Casa de los Murciélagos, el rey Ixtlilxóchitl, con la nariz quebrada y sangrante, así como las costillas fracturadas, tomó con la mano a su sobrino Zoa-CueCuenotzin.

—Eres el mejor militar que tengo —y le acarició la cara—. Destruiste a las tropas de Tezozómoc en Azcapotzalco. Lo hiciste rendirse, solicitarme la paz, pedirme el tratado —y se volvió hacia la fogata. Vio las flamas—. Sin embargo, nos venció con esta traición —y comenzó a negar con la cabeza—. Intenté no cometer los errores de mi padre —y miró al techo de la caverna—. ¿Cómo pude ser tan idiota?

Zoa observó a su tío y le acarició la sangrante cabeza:

—No importa el pasado. Ahora lo que tenemos que hacer es pensar cómo lo solucionaremos.

El rey asintió.

—Tú y Huitzilihuitzin son mis columnas. Tienes que recuperar a mi hijo. A partir de este instante todo comienza de nuevo. Veamos cómo reconstruirlo todo otra vez.

Zoa-CueCuenotzin señaló la figura humana que se les aproximaba en la penumbra, con una máscara de pájaro:

—Él es Xoch-Poyo, representante del rey de Otompan, Lacatzone Quetzal-Cuix-Tli. Es el líder de todos los otomíes de Otumba, quienes rescató tu padre. Xoch-Poyo ya me aseguró que Lacatzone nos proveerá de refugio y nos apoyará con un ejército otomí de siete mil hombres con arcos, para que recuperes Texcoco.

—¿Los otomíes están dispuestos a luchar con nosotros? —parpadeó.

El hombre del bosque, vestido como un pájaro, se colocó frente a la fogata. Se quitó el casco de ave. Le habló al rey Ixtlilxóchitl en otomí:

—*Noho xi mäte* —y tocó su corazón—. *Thexakjä. Mä tziuene.* Eres un hombre bueno, Ixtlilxóchitl. Tu padre nos dio todo lo que tenemos y somos cuando Tezozómoc nos expulsó mutilados de Xaltocan. Tú eres para mí ahora un ahijado, un niño mío, igual que lo fue tu padre Techotlala para mi padre. Yo voy a protegerte, y también lo va a hacer mi rey Lacatzone. Él te ama, al igual que todo mi pueblo otomí.

Avanzó hacia Ixtlilxóchitl. Le entregó un regalo: un espejo retorcido.

—Esto representa la promesa de Lacatzone. Significa: "Cuentas conmigo".

Aproximándose a la cueva, entre las ramas del bosque de encinos llamado Tepetloxto, El Calvario, el anciano Huitzilihuitzin le dijo a Nezahualcóyotl:

—Los otomíes fueron los primeros seres humanos que vivieron en este mundo después de los gigantes. Estaban aquí antes de que existieran los toltecas, cuando comenzó el cuarto sol. Estuvieron aquí mucho antes de que llegaran los chichimecas con tu tatarabuelo Xólotl. Estuvieron mucho antes que los actuales migrantes mexicas, los cuales son el último pueblo que llegó al lago. Algunos de los otomíes coexistieron con los gigantes. En sus cuevas de Xaltocan aún quedan dibujos antiguos de aquellos *quinameztzin*, que eran tan grandes como árboles, como peñascos. Esos gigantes comían plantas y rocas. Dos de ellos, Xelhua y Otómitl, quedaron petrificados y hoy son las columnas de piedra de Xelhua —Cholula— y Xilotepec. Después vino la raza que edificó Tollan, los toltecas. Ellos fueron hombres delgados. Crearon nuestro idioma, el náhuatl. Perdonaron a los otomíes y les permitieron vivir en sus ciudades. Se formó la paz entre ambas razas: los antiguos y los nuevos. Después vinieron los hombres del norte, guiados por tu tatarabuelo Xólotl: los chichimecas, los Hombres Perros. Ellos eran primitivos, salvajes. Destruyeron Tollan y a la civilización de Topiltzin Quetzalcóatl. Fue Xólotl quien acabó con el rey tolteca. Todo se vino abajo por cien oscuros años. Quetzalcóatl huyó cobardemente, se prendió fuego en el precipicio de Tlapallan. Murió y se transformó en la estrella Venus —y señaló al cielo.

Nezahualcóyotl vio la estrella Venus entre las ramas de los árboles. Siguió avanzando entre la maleza. Huitzilihuitzin continuó:

—Pero el Gran Xólotl sintió arrepentimiento. Admiró a la civilización que había destruido, y quiso ser un tolteca. Los toltecas tenían cultura, ciencia. Quiso ser uno de ellos. Rescató a los pocos que habían sobrevivido. Una de ellas era tu bisabuela Ázcatl Xóchitl, Hormiga Flor. Era la nieta del fallecido Quetzalcóatl: una princesa tolteca. En ese entonces vivía en la miseria, perseguida, humillada, ultrajada. Xólotl ordenó que la encontraran. Sus soldados la sacaron de donde estaba escondida. La llevaron al palacio de Xólotl en Tenayocan —señaló hacia el norte, hacia Tlalnepantla—, y ahí tu tatarabuelo le dijo: "Perdóname por lo que le hice a tu mundo. Ahora vas a ser mi hija y te voy a amar por siempre como mi protegida", y ahí mismo la unió en matrimonio con su hijo Nopaltzin. Así se entrelazaron las dos razas: los antiguos y los nuevos; esta vez los toltecas y los chichimecas del norte. Y de ahí vienes tú. Por eso es que tú tienes en el corazón la sangre de los dos imperios: el de Quetzalcóatl y el de Xólotl.

Nezahualcóyotl miró la luna.

—Sí, sí… —negó con la cabeza—. Lo único que me interesa es que esté vivo mi padre.

12

A través de los ojos de Nezahualcóyotl observé las estrellas de esa noche, seiscientos años atrás. Huitzilihuitzin lo sujetó fuertemente por el brazo. Le dijo:

—Nezali, dado que eres el nieto de Techotlala y bisnieto de la princesa Ázcatl Xóchitl, tú eres el último descendiente directo de Quetzalcóatl. Por ello, mantenerte vivo es lo más importante que puedo hacer en este mundo. Es más importante, incluso, que mantener vivo a tu padre. Tú eres la Serpiente Blanca del universo.

Nezahualcóyotl abrió los ojos.

—¿De qué hablas...? —y señaló hacia delante—. ¡Sólo llévame con mi padre!

—Nezali, tú eres la promesa de que las cosas pueden cambiar, y lo harás, porque ésa es tu promesa para con tu padre. Él existió sólo para que tú nacieras. Él mismo me lo dijo. Por eso es que nadie de nosotros puede permitir que te maten.

Entraron sigilosamente a la caverna. Al fondo, en el resplandor del fuego distante sobre el agua, entre los muchos hombres con armamento, Nezahualcóyotl distinguió la silueta de su papá: el musculoso Ixtlilxóchitl Ome Tochtli, con curaciones en la espalda y en el tórax.

—*Notahtzin*. Amado padre.

Comenzó a llorar. Se sentaron juntos ante la fogata, en medio de los soldados Tezcacoácatl y Totocahuan, el capitán Cozámatl, el fiel secretario Coyohua y el sobrino del rey, Zoa-CueCuenotzin, general de los ejércitos de Texcoco.

El anciano Huitzilihuitzin, estratega supremo de la federación de Texcoco y asesor máximo de Ixtlilxóchitl en cuestiones de guerra y pensamiento, avanzó hacia el rey herido. Se colocó detrás del monarca. Comenzó a masajearle la espalda.

—Traje a tu hijo —y miró a Nezali. Ixtlilxóchitl cerró sus negros ojos. Le tomó la mano a Nezahualcóyotl.

Huitzilihuitzin le apretó fuertemente los vendajes de los hombros. Miró al chico de quince años. Frente a todos, murmuró:

—Derrotas como la de esta noche han sucedido incontables veces en el tiempo —y comenzó a negar con la cabeza—. No somos los primeros. No somos los únicos. Que nadie esté triste. Pareciera que los malignos son más capaces que nosotros. ¿No es así? —y miró al cielo—. ¿Acaso los dioses, o la suerte, favorecen a los que son malignos? ¿Son sus predilectos?

Los demás no le respondieron. Permanecieron mudos, atentos al baileteo de las llamas en el círculo de fuego.

—No —les dijo Huitzilihuitzin.

Iluminado por las ráfagas de color amarillo, el joven Nezahualcóyotl observó las cicatrices de su padre. Todos bajaron la cabeza. Nezahualcóyotl se levantó.

—¿Qué haremos, padre?

Huitzilihuitzin intervino.

—Hace un momento estuvo aquí el embajador de Otumba. Lacatzone ofrece protección y siete mil soldados. Tenemos que asegurarnos de que esta oferta sea verdadera.

—Yo iré —les dijo a todos el valiente Zoa-CueCuenotzin, primo de Nezahualcóyotl y sobrino de Ixtlilxóchitl. Señaló hacia Huitzilihuitzin—. Otumba está a sólo veinte kilómetros de aquí. Me adelantaré con mi amigo Xoch-Poyo —y lo tomó por el brazo—. Voy a hablar con Lacatzone y asegurarme de que la oferta está en pie. Cuando Xoch-Poyo y yo estemos de regreso en esta cueva, tú, amado rey, vas a contar con siete mil soldados otomíes de Otumba. Con ellos reconquistarás Texcoco y liberaremos de nuevo al mundo.

Zoa-CueCuenotzin y Xoch-Poyo emprendieron su viaje en la oscuridad de la noche, hacia Otumba, a través de las negras montañas Tepetlaóxtoc, hoy llamadas Patlachique. Nezahualcóyotl se quedó en la cueva con su papá.

Los demás se durmieron.

Ante las flamas de la fogata, Ixtlilxóchitl y su hijo se quedaron despiertos. Miraron las ráfagas.

Nezahualcóyotl se encontraba intranquilo, pero la cercanía con su padre le proporcionaba seguridad. Se acercó a él y se apoyó contra su mejilla. Sintió el calor, el vigoroso latido del corazón de su padre. Lo abrazó con fuerza, pero procurando no lastimarle la herida que Maxtla le había hecho horas atrás.

—Te voy a cuidar por siempre, papá. Perdóname por esta tarde. Fui un inútil. Fui un estúpido. No te serví de nada para defenderte.

Ixtlilxóchitl le sonrió:

—¿De qué debo perdonarte, hijo precioso? Tú eres lo mejor que he tenido en la vida. No has hecho otra cosa que ser excelente —y le acarició el cabello—. Eres inteligente. Eres valiente. Y eres fuerte. Vas a ser un mejor rey que yo o tu abuelo —le sonrió—. Sólo debes ser más astuto que nosotros, más implacable. Tú luchas del lado de Dios, que es el bien.

—No voy a permitir que vuelvan a lastimarte. No voy a fallarte.

Su papá siguió acariciándole el cabello castaño.

—Nezali, eres el mejor hijo que alguien podría soñar con tener —y se volvió hacia el techo de la irregular cueva. Observó las pinturas ancestrales, hechas por los hombres desconocidos que habían vivido ahí miles de años atrás: los mokaya. Los símbolos en la roca eran misteriosos, incomprensibles, indescifrables—. Nezali, han existido idiomas inimaginables en este mundo, culturas que nunca conoceremos. Ha habido muchas cosas antes que nosotros. El tiempo es interminable. Tienes que averiguar el pasado. Somos parte de algo más grande que nosotros —y lo miró fijamente—. No va a pasarnos nada —le acarició el cabello—. Puedes estar seguro. Nos está protegiendo Ipalnemohuani —y miró al cielo.

Le abrazó el cuello a Nezali.

—Cuando dudes, cuando tengas miedo de las cosas; cuando sientas desesperanza, o temor, o terror, o tristeza, ten por seguro que siempre está contigo Dios, Ipalnemohuani. Él hizo todo lo que existe. Él está cerca de ti, a tu lado, y dentro de ti. Él es el fuego que vive en tu interior. Él es el océano de lava, el abismo de luz que sientes adentro. Y si muero no debe importarte. Él siempre estará contigo. Él es tu verdadero padre. Dios te va a amar más que yo, mucho más, y así te ama —le sonrió—. Nezali, hagas lo que hagas, Ipalnemohuani siempre te va a amar. Aunque falles. Aunque caigas. Siempre estará contigo, a tu lado.

Nezahualcóyotl comenzó a llorar en silencio, sobre el pecho caliente de su padre.

13

Pasaron cuatro horas.

Veinte kilómetros al noreste, tras bajar del empinado bosque oscuro de Ahuatépec, el joven general Zoa-CueCuenotzin, sobrino de Ixtlil-xóchitl, junto con su amigo otomí Xoch-Poyo, se aproximó entre los pinos y arbustos.

Caminaron hacia el atrio central del centro ceremonial de la ciudad otomí de Otumba. La pequeña plaza estaba rodeada por antorchas.

Zoa avanzó entre las gruesas y toscas columnas de color rojo con negro, coronadas en lo alto por siniestras cabezas de pájaros muertos. Eran el símbolo de los otomíes: el pueblo más antiguo de esa parte del mundo.

Al pie de la escalinata los esperaba ya el imponente rey de los oto-míes: el deforme Lacatzone Quetzal-Cuix-Tli. Estaba rodeado por sus treinta principales guerreros.

—*Hogä ehe* —les dijo—. Bienvenidos a Otompan, la nación de sus amigos.

Zoa-CueCuenotzin levantó un brazo. Les gritó a todos:

—¡Amado pueblo *hñähñu*! ¡Otomíes! ¡Otoncas! ¡En Texcoco sabe-mos que ustedes son nuestra única y última esperanza! ¡Por eso estamos aquí! ¡Vinimos a pedirles auxilio! ¡Alguna vez el padre de mi rey Ixtlil-xóchitl les concedió este extenso valle donde ahora tienen su civiliza-ción, su mundo, su ciudad! ¡Otompan! ¡Él los cuidó con la protección del ejército de Texcoco, para que sobrevivieran aquí, seguros, cuando Tezozómoc les quitó todo! ¡Y les dio armamento para que ustedes cons-truyeran su propio ejército! Ahora nosotros, la federación de Texcoco, somos los que venimos a pedirles ayuda. Estamos en un momento muy oscuro, como nunca antes lo habíamos tenido. Necesitamos de ustedes. Necesitamos de los otonca. Con su apoyo podremos recuperarlo todo, y el mundo alrededor del lago volverá a ser libre. ¡Ustedes serán quienes salven a todos! Van a ser recordados como los héroes que intervinieron en este punto tan sombrío del tiempo, ¡los que acabaron con el reinado negro del tirano Tezozómoc Yacateteltl, el emperador de los tepanecas, y restauraron el imperio de Texcoco! Para ello es que les pedimos siete mil soldados.

El deforme rey de los otomíes, Lacatzone Quetzal-Cuix-Tli, lo miró fijamente. Comenzó a ladear la cabeza. Abrió mucho los ojos.

—Zoa-CueCuenotzin —le susurró.

En el silencio de la plaza sólo se escuchó el raspar del viento contra los pájaros muertos de las columnas. Las armas otonca friccionaban los cuerpos de los soldados. Lacatzone le sonrió a Zoa. Comenzó a reír.

—¡Maten a este idiota! ¡Los otonca ya pactamos con Tezozómoc! ¡Nos va a dar las partes norte de la federación de Ixtlilxóchitl! —y violentamente levantó su lanza—: ¡*Ngi*, carne! ¡*Ji*, sangre! ¡*Ngi Noyo Jwä* Ome Tochtli! ¡*Antängotü*! ¡Tú vas a ser esta noche la gran fiesta de la muerte!

Zoa-CueCuenotzin se quedó perplejo.

—*Dios...*

Comenzó a negar con la cabeza. Se volvió hacia los soldados. Los Hombres Pájaro de Lacatzone, desde sus alineaciones, dirigieron hacia Zoa sus arcos. Le apuntaron con sus brillosas y grises flechas, hechas de obsidiana traslúcida del Cerro de las Obsidianas, en Otompan.

Zoa cerró los ojos. Vio en el jardín de su casa a sus dos hijos: la pequeña Tzontecuichatl y el bebé Acolmizton.

A su lado, su amigo Xoch-Poyo lo señaló con el dedo. Empezó a reír.

—¡¿Creíste en mí?! —y le hizo una mueca horrible. Le mostró en su palma cerrada un espejo deformado—. Un regalo otomí —se lo ofreció—: Significa que nada es lo que parece —y le clavó en el cuello el gancho de bronce.

—¡Despelléjenlo vivo! —les gritó el rey Lacatzone—. ¡Me pondré su piel arrancada como vestido sobre la espalda! ¡La masa de su carne con sangre se la enviaré a mi emperador Tezozómoc en un cubo de barro, para que se la coma ante sus deidades Cuecuex y Tezcatlipoca, el dios de la noche y la oscuridad!

Los soldados otomíes de Otumba, con sus máscaras de pájaros muertos y sus garfios curvos semejantes a las garras del ave, comenzaron a aproximarse a Zoa, ahora caído.

—¡Arrodíllate! —le gritaron a carcajadas—. ¡Arrodíllate, maldito tolteca! ¡Terminó la supremacía de Texcoco! ¡Tu federación ha muerto! —y le comenzaron a patear los costados, para destrozarle el tórax.

Zoa pensó de nuevo en sus hijos, Tzontecuichatl y Acolmizton. Empezó a llorar. Se dijo:

—Ipalnemohuani, Dios del universo, ¿tú vas a proteger a mis dos hijos? —y miró al cielo, hacia las estrellas—. Cuida por favor de ellos, porque yo no voy a estar aquí para protegerlos de estos horrores del mundo que se avecina —y le arrancaron un ojo con un gancho.

—¡Defórmenlo! —le gritó Xoch-Poyo. Comenzó a reírse de él como un demonio. Con enorme violencia lo jaló de los cabellos, hacia Lacatzone.

—¡Aquí está tu regalo, señor otonca! ¡Te lo prometí! ¡A cambio de él nos van a dar Atlatonco! ¡Levanta tu mazo! ¡Rómpele las rodillas a Zoa-CueCuenotzin! ¡Quiébrale las manos!

14

No tardó en llegar hasta ellos la noticia del asesinato de Zoa-CueCuenotzin. Un guerrero llamado AkiTémoc les llevó la noticia y comenzó a negar con la cabeza.

—No, no… —miró al norte, en dirección a Otumba. Comenzó a llorar—. Mataron a Zoa.

Con las manos temblorosas, extrajo de su espalda su caracol Strombus y comenzó a desacoplarlo. Lo llevó a sus labios. Sopló en la boquilla de la caracola con toda su fuerza. El sonido de AkiTémoc se propagó hacia el sur, sobre los montes Patlachique.

Kilómetros más al sur, la guerrera llamada Teocíhuatl, de Coatlichan, escuchó el sonido. Vestida con su traje de corazas blancas, se llevó su caracol a la boca. También lloró.

El sonido de Teocíhuatl se elevó a las nubes.

En la cueva de los murciélagos, en Queztláchac, el rey Ixtlilxóchitl escuchó el sonido. Abrazó a su hijo.

Miró a la entrada de la caverna.

—Tenemos problemas —le dijo, sin dejar de abrazarlo.

Su hijo despertó. Comenzó a frotarse los ojos.

—¿Qué pasa, papá? ¿Todo bien? Escucho tu corazón —y miró hacia la boca de la cueva.

Ixtlilxóchitl se volvió al fondo de la gruta, hacia el piso donde estaba una oquedad con agua y la base de un árbol seco que estaba caído, quebrado, encajado contra el muro.

—Mataron a CueCuenotzin —le dijo a Nezali—. Nos traicionaron los otomíes.

—No.

—Prepara tus cosas —intentó levantarse—. Está empezando a ocurrir.

—¡¿Qué pasa?! —Nezahualcóyotl sacudió la cabeza.

Su padre, tambaleándose a causa de las costillas fracturadas, se levantó. La herida en su hombro empezaba a producirle cansancio y eso, aunado a las noticias, le hacía sentir que el fin estaba próximo. Aferró con el puño su sable *macuahuitl*, de madera con dos hileras de obsidianas, arma que le había regalado Huitzilihuitzin.

—La salida está justo allá —señaló—, detrás de ese tronco. Hay un hueco. Tendrás que irte. Yo me quedaré aquí para distraerlos, para permitir que te vayas. Huitzilihuitzin te llevará a un lugar seguro, donde ellos no podrán encontrarte.

En la boca de la caverna se escuchó de nuevo el tronido del caracol Strombus, ahora emitido por el guerrero Cozámatl, que estaba justo arriba, en el techo de la cueva. Ixtlilxóchitl se volvió hacia abajo, con los ojos cerrados.

—Sin Otompan, llegó el final—y con toda su fuerza sujetó a su hijo—. Perdóname por no haber sido más inteligente que tu abuelo. Tienes que ser mucho más sagaz que ellos, mucho más siniestro, anticiparte a lo que planean, anticipar las traiciones. No pude derrotar al mal de este mundo. Ahora vas a tener que hacerlo tú.

—Papá, ¡un momento! —lo sujetó—. ¡Podemos salvarnos! ¡Ven conmigo! ¡Escapemos los dos! —y con toda su fuerza lo jaló al hueco en el árbol, hacia la charca de lodo—. ¡Tú ven conmigo! —y tiró de él.

Ixtlilxóchitl se zafó:

—¡No! ¡Si hacemos eso nos van a matar a los dos! ¡Yo los voy a distraer aquí para que tú escapes! ¡Vete! —y con toda su fuerza lo golpeó en el hombro—. ¡Vamos! ¡Lárgate! ¡Debes continuar con esta lucha! —y lo detuvo por el brazo durante un momento—. Hijo precioso, siempre te voy a amar. Tú tienes que vivir —y le besó la frente—. Ahora logra este ideal, este sueño. El mundo tiene que ser mejor. Debes hacerlo realidad. Aunque parezca imposible. Alguien tendrá que lograrlo. Tienes que destruir la maldad, y debes destruirla dentro del corazón mismo del hombre. Sólo así crearás un mundo mejor; el Yectlan. Haz realidad el secreto azteca.

15

—Ahora vienen las horas más negras —entró corriendo poco después Itzcuintlatlacca, con un papel *ámatl* en las manos. Se arrodilló ante Ixtlilxóchitl. Lloró:

—¡Lacatzone Quetzal-Cuix-Tli traicionó a Zoa! ¡Xoch-Poyo le arrancó los ojos a tu sobrino! ¡Los otomíes están con Tezozómoc! ¡Les ofreció Atlatonco! —y detrás de él se abalanzó el soldado Tezcacoácatl:

—¡Mi señor! —se arrodilló también ante Ixtlilxóchitl—. ¡Tus generales Tlalnahuácatl y Totomihua están muertos, fueron derrotados en Huexotla, Coatlichan y Coatepec! ¡Los hombres de Tezozómoc ya saben dónde estamos; vienen para acá! Son tres grupos —y le mostró un papel—, se están acercando desde Xalapango, Chimalpa y Tepetlaóxtoc —y se volvió hacia la entrada de la caverna—. Tenemos que movernos de aquí, pero nos tienen cercados desde las tres barrancas.

Ixtlilxóchitl se volvió hacia su hijo.

—Hijo mío, hazlo ahora. Por favor vete. Aunque todo parezca negro y sin esperanza, tú eres la flama. Nadie puede apagarte. Que nadie te convenza de rendirte, ni de someterte ante el mal, ni de aceptar la injusticia del mundo. Que nadie te haga pensar que cambiar la realidad es imposible. Si no detienes al mal, el terror no tendrá fin. La pesadilla debe terminar. Tú debes despertar —y le tocó los párpados—. Hijo amado, eres mucho más brillante que yo. Ahora vete. En tu corazón arde la lava de la creación. Tú eres el fuego de Dios. Hoy todo depende de ti.

Nezahualcóyotl se volvió hacia la entrada de la gruta Queztláchac. Del suelo enlodado recogió dos pesados *macuahuimeh* de madera de pino con puntas de filosa obsidiana. Eran del soldado Ayetli.

—Tú no vas a morir, papá. Yo no lo voy a permitir —y escupió al piso—. No me iré de aquí.

Ixtlilxóchitl lo aferró por el cuello:

—¡¿No entiendes?! —y con enorme fuerza lo arrojó al charco—. ¡Huitzilihuitzin! ¡Llévate a mi hijo!

Nezahualcóyotl comenzó a llorar.

—¡¿Papá…?! —y miró el fornido pecho de su padre, que sangraba por los lados. Huitzilihuitzin aferró a Nezali por el brazo:

—¡Vámonos, muchacho! ¡Esta etapa de tu vida se acabó! ¡Ahora comienza el futuro!

—¡*Ngi*, carne! ¡*Ji*, sangre! ¡Tú vas a ser nuestra gran fiesta de la muerte, Ixtlilxóchitl Ome Tochtli! —le gritaron los soldados tepanecas. Entraron a la gruta con sus ganchos de bronce—: ¡*Ngi Noyo Jwä*! ¡*Antängotü*! ¡Hoy es la gran fiesta de la muerte! —y lanzaron resina explosiva.

Comenzó el último combate en la gruta.

—¡Papá! —le gritó Nezali. Huitzilihuitzin le tapó la boca. Lo sumió en el hueco del árbol.

16

Seiscientos años adelante, la voz me dijo:

—Esta noche tú eres él —y el hombre me empujó con suavidad—. Esta noche tú eres el joven Nezahualcóyotl Acolmiztli —y me mostró los restos del antiguo palacio, al otro lado del enrejado—. La parte más siniestra de tu vida apenas acaba de comenzar. Prepárate. Será necesario que bajes al infierno de la existencia, como lo hizo Nezahualcóyotl. Sólo así descubrirás de qué estás hecho, y si eres un hombre. Cuando reemerjas, vas a tener el poder para cambiar el destino de México, y tal vez del mundo.

El hombre abrió la reja. Lo seguí. Sólo entonces pude verlo un poco mejor. Vestía de negro, de los pies a la cabeza, ocultaba el rostro con una capucha y sus mejillas eran rojas, como si se hubiera untado tinta o sangre. Sus ojos tenían un aire siniestro. Miré a través de la reja:

—Yo creo que usted está exagerando.

A diez metros detrás de mí escuché un rechinido: las llantas de un automóvil, el motor del vehículo. Se estacionó. Nos deslumbró con sus luces frontales.

El hombre y yo nos volvimos hacia los poderosos faros.

Vi la silueta que bajó. Una mujer. Traía un pantalón de mezclilla y una playera ceñida de color rosa.

Caminó hacia mí sobre sus afilados tacones, tambaleándose. Me gritó:

—¿Qué voy a hacer contigo? ¡¿Crees que te vas a deshacer de mí!? Tragué saliva.

—*Dios...* —me tapé la cara con la mano. ¡Era Silvia Nava! ¿Cómo había dado conmigo? ¿Qué estaba haciendo ahí? La miré entre mis dedos. El taxi se desplazó hacia atrás. Se perdió de vista en la calle transversal.

Quedó sólo ella en la oscuridad, frente a nosotros, con sus tacones altos, iluminada por nuestras linternas.

—Es mi novia —le dije.

El hombre se quedó perturbado. La luz también iluminó otra sección del sitio y sólo entonces vi que había otros hombres como él. Se miraron entre sí. Silvia les dijo:

—Rodrigo es mi pareja, pero hace las cosas a su manera. No ha entendido que estamos comprometidos —y les mostró el anillo en su dedo—: ¡Ya no puedes hacer lo que tú quieras! ¡Vamos a ser una sola carne! ¡Así lo dice la Biblia!

Volví el rostro hacia abajo. Les dije a los hombres:

—Olvidé apagar mi localización en tiempo real. La tiene en su celular.

Se me acercó el principal de esos individuos:

—Amigo —y me pegó los labios a la oreja—, la atracción sexual es el truco de la naturaleza para que nuestra especie se reproduzca como los hongos en un queso. La belleza es la trampa biológica de tu ADN para autorreplicarse: te hace verla bella —y señaló a Silvia—. Para tu ADN tú no importas, sólo le interesa su autorreplicación. Esta persona es peligrosa para tu futuro.

Le sonreí.

—Gracias por tu grandiosa revelación. Yo también veía el Discovery Channel.

—¿Podemos confiar en ella? —me preguntó otro de ellos.

—La verdad es que apenas la conocí hace tres semanas.

—Y... ¿le diste el anillo...?

—La culpa es de mi ADN.

Uno de ellos se aproximó a la reja. Me dijo:

—Rodrigo, si vas a hablar ante millones, tienes que saber la verdad sobre tu país, sobre el origen, para que no les mientas a los mexicanos. De otra manera sólo vas a servir a la máquina de manipulación, a los que buscan la firma del tratado. ¿Lo comprendes? Eso es lo que quieren que tú hagas. ¿Estás preparado para abrir esta compuerta al pasado, para entender las cosas?

—Pues... yo... —miré la reja—. Sí, estoy preparado.

El sujeto caminó frente a los barrotes:

—Los aztecas tenían un mito sobre la bajada al Mictlán, al Inframundo, es decir, a lo desconocido. Éste es el principal mito de todo el mundo prehispánico. Ello implica un viaje a lo profundo, a tu propio origen, a tu pasado, al origen de todo: a los recónditos secretos de tu subconsciente.

—¿Subconsciente...? —abrí los ojos.

Me tomó por el brazo:

—Lo que a continuación conocerás sobre el mundo azteca va a ser muy impactante para ti. Nunca antes lo has imaginado, y no se parece a nada que alguna vez hayas conocido. Abrirás puertas ctónicas, metafísicas, puertas aztecas que permanecieron cerradas por siglos, que les costó mucho a los españoles mantenerlas así. Vas a tener acceso a verdades que nadie ha reunido: ése es parte del secreto azteca. Todo lo que sabrás de ahora en adelante te cambiará y te permitirá modificar el futuro.

Tragué saliva.

—¿En verdad? ¿Qué es "ctónico…"?

—Lo que ocurrió aquí, en Texcoco, fue una revolución del pensamiento, la cultura y la ciencia. Pero no una ciencia como la que hoy conocemos. Nezahualcóyotl diseñó el acueducto que conectaba los manantiales de Chapultepec con la isla de Tenochtitlán para transportar agua potable: una obra hidráulica de tres kilómetros semejante a las obras de la Antigua Roma. Nezahualcóyotl fue como Arquímedes, como Leonardo da Vinci, pero con una cosmovisión diferente a todo lo que conoces. Todo eso está perdido hoy en el tiempo gracias a lo que los hombres de Carlos V borraron, ¿comprendes? —y señaló los restos del palacio.

Silvia lo interrumpió:

—Usted idolatra a ese "Nezahualcóyotl". Todo esto que acaba de decirnos puede ser falso. ¿No dijeron que el poema en el billete de cien pesos es fabricado? ¿Cómo saber si todo lo demás que se dice de ese rey es verdadero? —y se volvió hacia mí—. ¿No lo dijiste tú mismo en la entrevista? ¡El poema del "zentzontle" lo inventó un cronista del gobierno, Salvador Novo! ¡Incluso tal vez ni siquiera existió Nezahualcóyotl! ¡Puede ser mítico, como el Pípila! ¡Una fantasía de los mexicanos! —y ladeó la cabeza—. ¡Todo es un invento! ¡No fue un Da Vinci! ¡No fue un Arquímedes! ¡Qué idiotez! —y se agarró la cabeza—. ¡Todo esto es patrioterismo barato!

—¿Qué prefieres: un patriotero o un antipatria? —le pregunté yo—. Si te quedaras varada en una isla desierta, ¿con quién preferirías quedarte: con el patriotero o con el antipatria? ¿A quién le confiarías tu vida? Lo dejo para que lo analices.

—¡Ustedes están obsesionados con el pasado! —me gritó Silvia—. ¡No podemos conocer el pasado! ¡El pasado ya fue! ¡Ya no hay forma de regresar en el tiempo! ¡Sólo existen versiones incomprobables, y ninguna es mejor que la otra! ¡No existe la realidad absoluta! ¡Lo vi en internet! —me volví hacia mis nuevos amigos. Le dije a ella:

—Qué desgraciado sería este mundo si alguien como tú estuviera a cargo de las investigaciones criminales, ¿no lo crees?, o de los casos de homicidio, de la persecución de delitos... Dices que no podemos conocer el pasado, y que entonces es mejor no investigar —la observé—: Llegarías a la escena del crimen y dirías: "No entrevisten a nadie. No tiene caso. La realidad absoluta no existe. Cada quien hágase su propia versión sobre lo que pasó aquí, caso cerrado".

Me miró alterada.

—¡¿De qué hablas?!

La agarré por el cuello:

—Alguien tiene que investigar el pasado, lo quieras o no. Si no lo haces tú, déjame hacerlo a mí. Ésta es la única forma de saber quiénes somos y averiguar por qué estamos como estamos. Sólo así vamos a poder modificar el futuro. La única manera de lograr algo que importe es averiguar la verdad.

El hombre me sonrió y me aplaudió.

—Bravísimo.

Lentamente me volví hacia el letrero blanco que colgaba junto a la plataforma. Lo señalé.

—Señores, el tesoro que estamos buscando, el secreto azteca, no está aquí, ni tampoco el cadáver de Nezahualcóyotl. Todo lo movieron hace quinientos años, miren. Está en ese otro lugar —y apunté con mi dedo al letrero. Decía:

Las rocas constructivas de este palacio de Texcoco fueron desmontadas y trasladadas 10 km al noreste, hacia Tepetlaóxtoc, Cueva de Tepetate, donde el fraile Domingo de Betanzos las utilizó para erigir su Eremitorio y Convento en 1527.

17

Huitzilihuitzin, con sus fornidos brazos, empujó a Nezahualcóyotl por el hueco en la gruta, pero éste todavía alcanzó a escuchar las últimas palabras de su padre, Ixtlilxóchitl:

—Busca Aztlán. Que el Quinto Sol termine; que comience el Sexto Sol. Ahí está la fuerza motriz del universo. Ahí está Dios —y le gritó a Huitzilihuitzin—: ¡Encárgate de mi hijo! ¡Que escape! ¡Que construya el mundo que viene!

—¡Vámonos ya! —y arrojó al chico por el túnel, sobre el lodo, contra el muro de rocas.

Nezahualcóyotl escuchó desde el interior del túnel la muerte de su padre: los ecos de sus gritos. Los soldados tepanecas cortaron a Ixtlilxóchitl con sus *macuahuimeh* de obsidiana, mientras le gritaban:

—¡*Arkat teetenu vawwa*! ¡Viva el emperador Tezozómoc! ¡Vamos a entregarle tus pedazos de carne!

Empezaron a llover las gotas de sangre en la caverna. El capitán Cozámatl recibió una flecha en el ojo. A Totocahuan un mazo le rompió la boca. El maxilar le quedó colgando sobre el pecho. El soldado Tzitziqualtzin siguió combatiendo a los hombres hormiga hasta el final, con su hacha Tlaximal-Tepoztli. El rey Ixtlilxóchitl, con el cuerpo abierto en tiras, siguió luchando, gritándoles a los hombres hormiga:

—¡Este infierno terminará! ¡Una nueva era va a comenzar! ¡Mi hijo la iniciará! ¡La era del secreto azteca!—y le cortaron la cara.

Una ola de fuego entró por la caverna: ráfagas de brea hirviente del ejército de Tezozómoc. Coyohua buscaba una salida, pero Nezali no alcanzó a mirar el resultado. Una flecha atravesó a Huitzilihuitzin por detrás mientras ocultaba el sitio por donde había introducido al príncipe. Cayó sobre el fango, en el túnel. Nezahualcóyotl tuvo que irse solo, por el túnel.

18

—Ixtlilxóchitl luchó hasta la muerte mientras los soldados de Maxtla le cortaban los brazos desde los lados. Luchó así sólo para permitir que su hijo viviera.

Esto me lo dijo el hombre de las ruinas de Texcoco.

Ahora estábamos a bordo de una camioneta. Nos dirigíamos a la cueva de Tepetate, Tepetlaóxtoc, en la región de El Calvario, el río oscuro Papalotlan, donde seiscientos años atrás había muerto el padre de Nezahualcóyotl. En la actualidad ahí se encontraban el eremitorio y convento dominicos, erigidos en 1527 por el fraile Domingo de Betanzos.

—¿Por qué habrá elegido este lugar? —le pregunté al hombre.

Me dijo:

—El horrible episodio del 24 de agosto de 1418, llamado en el idioma náhuatl "macuilli cóatl", en el mes Miccailhuitontli, la "gran fiesta de los muertos", fue el final de un ciclo cósmico. Pero ese ciclo se está repitiendo. Así es, Rodrigo Roxar. También hoy estamos viviendo un cambio de ciclos. Por eso están ocurriendo los eventos de esta noche.

Silvia nos hizo a todos una mueca:

—¿Pero qué pendejadas son éstas? —negó con la cabeza.

Bajamos de la camioneta.

Comenzamos a caminar en la oscuridad. Estábamos en la intemperie, en la fría carretera 186, bajo las estrellas de Orión, en el tramo que va de Texcoco al convento de Fray Domingo de Betanzos, en el entronque del poblado San Joaquín Coapango. Emprendimos, solitarios, el camino sin alumbrado llamado Tlaxcantla, un paraje realmente silencioso y misterioso, hacia la comunidad llamada El Calvario.

El silencio fue sobrecogedor. Escuchamos a los grillos. Del fondo del espacio provenían unos rechinidos; animales chillaban a lo lejos. La noche era un espejo del tiempo, esa misma noche contenía todas, tal vez sólo dejando la mirada puesta en la bóveda oscura podríamos realmente transportarnos a todas las noches anteriores, a la que había ocurrido seiscientos años atrás.

—¡Qué cita tan extraordinaria hemos tenido! —me dijo Silvia—. Hace unas horas estábamos en un hotel lujoso, en una suite. Ahora mira esto —y observó a nuestro alrededor—. ¡Huele a caca! ¡Pinche lugar horrible! —y agitó los brazos en forma maniaca—. ¡¿Qué demonios estamos haciendo aquí?! —me miró fijamente—. ¡Ya deja esta pendejada! ¡Regresemos al hotel! ¡Que termine esta pesadilla! ¡Ya te eligieron! ¡Hablarás ante todo el país! ¡Ya eres un héroe de la modernidad, Rodrigo Roxar, ya no tienes que esforzarte más!

El hombre señaló a la oscuridad:

—Allá adelante está el claustro. Es uno de los más antiguos en todo el continente.

—Eso ya lo sabemos —le dijo Silvia—. Nos lo has repetido como mil veces. No somos retrasados mentales.

Lentamente el hombre se volvió hacia mí.

—Supongo que imaginas lo que vamos a encontrar en esa ermita.

—Bueno, pienso que… la verdad no sé.

Uno de los hombres se me acercó y me dijo:

—Es importante que escuches esto.

Me acercó su celular y miré una conferencia. Un hombre, a todas luces un sacerdote, decía:

"El bien y el mal: las fuerzas antagónicas del universo combaten a cada momento por el dominio del cosmos, incluso en el interior de nosotros mismos. Los aztecas imaginaron estas dos fuerzas cósmicas como dos serpientes gigantes, titánicas, enroscadas una contra la otra en esta feroz batalla; quijada contra quijada. Son Quetzalcóatl y Tezcatlipoca: el bien y el mal. Tezcatlipoca es la fuerza de la oscuridad, de la disociación, y Quetzalcóatl es la fuerza de la luz, la cohesión. Representan los poderes de la física: la atracción y la repulsión; la creación y la destrucción. Estas dos serpientes, y su guerra por el universo, son lo que está retratado en el borde circular del Calendario Azteca.

"Se trata, en realidad, de fuerzas de la naturaleza: la integración y la desintegración. Acoplamiento Alfa contra entropía Lambda-CMD. En el centro del Calendario Azteca está la historia del universo como tal, los Cinco Soles: los cuatro mundos que precedieron al nuestro, y el actual.

"El primer sol fue Ocelotonatiuh, el Sol Jaguar —y señaló para atrás, hacia el Calendario Azteca—. Lo dominó Tezcatlipoca, el mal.

Terminó con la contracción del cielo por parte de Quetzalcóatl, su enemigo, y el mundo fue aplastado. Los gigantes Tzocuiliceque, creados por Tezcatlipoca, fueron exterminados, devorados por jaguares gigantes. Quetzalcóatl creó el segundo sol: el Ehecatonatiuh, el Sol Viento. Lo destruyó Tezcatlipoca con una tempestad. Sus criaturas, hijas de Quetzalcóatl, sobrevivieron transformándose en simios. El tercer sol, Quiauhtonatiuh, fue el Sol Lluvia. Terminó con una lluvia de fuego. Quienes sobrevivieron se volvieron los actuales pájaros. El cuarto sol fue Atonatiuh, el Sol de Agua. Lo destruyó Tezcatlipoca con el Diluvio. Los humanos que sobrevivieron de esa era son los actuales peces. El quinto sol del universo somos nosotros: Nahui Ollin, el mundo del Cambio y del Movimiento. Las dos serpientes cósmicas continúan su combate hoy, aquí mismo, mientras conversamos, y se decidirá cuál de ellas va a prevalecer en la batalla final".

El hombre los miró a todos.

—Éste es el verdadero mensaje del Calendario Azteca: no es el pasado del universo, sino el futuro, el anuncio de lo que viene. El Sexto Sol. Lo que sigue a nosotros.

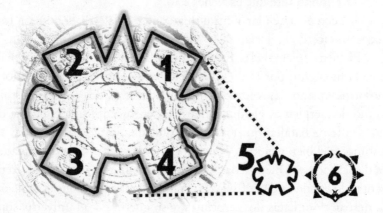

—¡Diablos! ¿Quién es este hombre?

—Es el padre Damiano Damián. Desde que dictó esta conferencia desapareció. Los grandes poderes del mundo quieren que permanezcamos dormidos, Rodrigo Roxar.

Silvia Nava, nuestros guías y yo caminamos por la carretera Tlaxcantla, donde fue asesinado Ixtlilxóchitl. Abajo pudimos ver la barranca llamada Queztláchac.

Sentí un escalofrío.

Con su potente linterna, el hombre que nos conducía alumbró el pavimento.

—Esta vialidad también se llama Fray Domingo de Betanzos: el fraile que construyó la ermita a la que nos dirigimos.

Frente a nosotros vimos la torre del eremitorio: un edificio de color blanco con amarillo, de la época de la Conquista.

19

—El mayor de todos los secretos del mundo antiguo está aquí, Rodrigo Roxar —me dijo el hombre—, aunque ella no lo valore —señaló a Silvia—. El sexto sol. El final del tiempo. La Séptima Dirección del universo. Esto es lo que investigó, antes de su desaparición, el padre Damiano Damián. El secreto azteca. La nueva fuente de poder para el mundo es algo relacionado con las matemáticas del universo, con las fuerzas moleculares que están descritas en el Calendario Azteca.

Silvia negó con la cabeza.

—Todo esto es tan patético —y siguió avanzando—. ¿De verdad creen todo esto? —y se volvió hacia mí—. Rodrigo, te recuerdo que tienes un compromiso importantísimo este viernes. Te estás desvelando —y abrió los ojos—. ¡¿Qué estamos haciendo aquí…?! ¡Pinche olor a podrido! —y miró las rocas con lodo.

El hombre la empujó. Silvia resbaló por la hojarasca de pinos con agua al fondo de la barranca y se lastimó el trasero. En la parte inferior tocó unos restos de roca de granito: una antigua estatua sobre la cual estaba cimentado el convento; un humanoide de doce toneladas, con la cabeza de un perro, semejante a Anubis.

—Es Xólotl —nos dijo el hombre—. Es el personaje histórico real más antiguo de la historia azteca. Pocos lo han investigado. Es la base misma del mundo azteca. La gente no lo conoce.

Silvia miró hacia arriba, siguiendo las largas raíces que cubrían la cabeza del animal. Gritó:

—¡Yo creo que es un pinche perro horrible! ¡Perro de mierda! ¡Maldita sea!

Observó en la alta pared de yeso el muro del eremitorio de Fray Domingo de Betanzos. Sonrió para sí misma. Me dijo:

—Sácame de aquí. ¿Podrías? ¡Por favor!

Comenzó a subir en la oscuridad, ayudada por nosotros. La empujamos entre todos, a pesar de sus gritos. Se asió de las raíces de la barranca gritando, cortándose los dedos, maldiciendo. Miró hacia arriba, a la base de la pared del eremitorio.

—¡Pinche horror! —lloró—. ¡Nunca me dijiste que así iba a ser nuestra vida!

—¡Ya casi llegamos! —le dije—. ¡Tú quisiste venir!

Miré hacia abajo, al profundo foso del barranco. Estábamos escalando por encima de la cabeza de Xólotl.

—¡Pinches esculturas feas! ¡Culturas de quinta! —gritó Silvia—. ¡Hasta yo haría una escultura mejor!

Seguí empujándola hacia arriba:

—Deberías estar entusiasmada con esto. Tú también eres mexicana.

—Soy mexicana pero no azteca. ¡Y odio los nacionalismos! ¡Esclavizan a todos! ¡El nacionalismo significa odiar, ser retrógrada! ¡Qué bendición que vinieron los españoles para salvarnos! ¡Yo soy de cultura europea! ¡Todos los diseñadores que valen la pena son europeos!

—Te manipularon. Hicieron que odiaras tu pasado. ¿Qué lograron? Que no seas nada. Mírate. Hicieron que odiáramos lo azteca y también lo hispánico, o sea, las dos partes de nuestro origen. En tu caso, sólo idolatras lo que no eres. Sueñas ser de otro continente. Una "wannabe" europea. ¡No lo eres! ¡Eres mexicana! ¡Acéptalo y ámate! ¡Ama lo que sí eres!

Ella empezó a gritarme:

—¡Son pendejadas! ¡Estas personas te están haciendo daño! ¡No sueñes! ¡Tú no puedes cambiar las cosas! ¡Tú no eres nadie! ¡Ni siquiera estudiaste en el extranjero! Nosotros no vamos a ser dueños de las trasnacionales. ¡Nos toca ser los empleados! ¿Eso te trauma? ¡Resígnate! Somos un país bicicletero, subdesarrollado.

Le dije:

—Te programaron para creer todo eso. ¿No lo entiendes? Por eso no crees en México: porque no crees en ti misma. ¡Te educaron para dudar de ti! Tenemos que desprogramarnos y reprogramarnos, cambiar completamente el casete —y me volví hacia el hombre que nos guiaba—. Desprogramación y reprogramación. Tenemos que crearnos un nuevo cerebro.

Me sonrió:

—Pareciera que has leído al padre Damiano Damián.

Silvia comenzó a gritarme:

—¡Yo sólo quiero irme de aquí! ¡Ésta es la peor noche de toda mi vida! ¡Quiero irme a ver mis canales de YouTube! ¡Quiero relajarme!

103

¡Quiero ser feliz! ¡No quiero pensar en problemas! ¡Quiero mi felicidad! ¡Quien me relaje más es el que me hará feliz! ¡Tú no vas a cambiar nada! ¡Son pendejadas!

20

Seiscientos años atrás, el joven príncipe Nezahualcóyotl sintió los picos de las raíces que salían de los muros. Avanzó hacia la negrura, reptando por el apretado esófago de la tierra llamado Tozan Cocotli, el Túnel de Topo, al interior y debajo de la montaña de Tepetlaóxtoc.

—¡Dios! —gritó para sí mismo—. ¡Dios mío! —y en su mente imaginó cómo las cuchillas de obsidiana habían entrado al cuerpo de su padre. Cerró los ojos—. No, no. ¡No!

—Tu padre me ordenó encargarme de que tú siguieras vivo —oyó decir a Huitzilihuitzin. Pero el anciano ya no estaba. También había caído en la caverna. Lo escuchó en su mente:

—Tu padre ya no existe. Ahora sólo existes tú. Tú eres el futuro. Tú eres la única esperanza.

Nezahualcóyotl siguió arrastrándose, se raspó los codos con las piedras despedazadas. Sintió sobre sí, en su espalda, el peso de la montaña. El techo del túnel lo aplastaba, asfixiándolo. Sintió la estrechez del apretado intestino de la montaña. Cada vez se hacía más delgado el conducto. De pronto ya no pudo avanzar. Las piedras lo detenían por los hombros. Tendría que dislocarse un brazo. Vio a su padre frente a él, en la oscuridad: su rostro, su sonrisa, como si fuera una cabeza de cuarzo, una calavera.

Comenzó a llorar.

—¡No, Dios! ¡No! ¡Por favor! —y miró delante de sí la negrura—. Esto no es real —y su saliva con sangre chorreó al piso negro—. ¡Esto no está pasando! ¡Esto es un sueño!

Escuchó en su mente a Coyohua:

—¡Sólo un tiempo aquí, Nezali! ¡Sólo un tiempo aquí!

Nezahualcóyotl sintió en su nariz el caliente olor del pecho de su padre, del rey Ixtlilxóchitl. Sintió su corazón en la mejilla.

—No, padre. ¡Tú estás vivo! ¡Estás vivo! ¡No quiero salir de aquí! ¿A qué mundo voy a salir?

Siguió reptando, sin avanzar, rasgándose los hombros como alguien a punto de nacer que sale del útero de una madre desconocida.

—¿Qué voy a hacer sin ti? —y miró la oscuridad—. ¿Qué voy a hacer sin ti?

21

Seiscientos años después, en ese mismo túnel oscuro, en la comunidad de El Calvario, en Tepetlaóxtoc, por debajo de la tierra, Silvia Nava se arrastró entre las paredes de piedra *tepétatl*, es decir, tepetate, arcilla volcánica solidificada.

Empezó a reptar por el conducto, también llorando. Era el drenaje colonial construido en 1527 por los indígenas bajo las órdenes del fraile Domingo de Betanzos, el destructor de la ciudad de Texcoco.

Yo la seguí, empujándola.

—¡Vamos! ¡Apúrate! —le grité—. Te vas a sentir muy feliz cuando todo esto termine. Tal vez encontremos algo que cambie tu vida. Quizás algo relacionado con el "Sexto Sol", o con el "Inframundo".

Detrás de mí, los hombres que nos guiaban se divirtieron con eso.

—¡Pendejadas! —me gritó Silvia—. ¡Tú y tus teorías de mierda!

—Esto debe ser la coladera de desagüe —nos dijo el hombre de la linterna. Alumbró la parte superior del ducto—. Todas las construcciones coloniales tenían una coladera como ésta. Arriba de nosotros debe estar la parte inferior de la ermita.

Lo ayudé a empujar para arriba los pesados barrotes de hierro oxidado, cortándome los dedos. Eran de manufactura española. Tenían grabado el símbolo imperial de Carlos V de Habsburgo: el águila de dos cabezas del Sacro Imperio Romano Germánico. Decía: KARL V - KAISER DES H. R. R.

Levantamos la pesada coladera por encima del suelo. Chorreó agua.

Nos subimos, jalándonos unos a otros, a través de ese apretado hoyo.

Al ir saliendo, teniendo a Silvia tan pegada a mí, me dije: "Ésta es la cita que soñé por años, pero con la persona equivocada". Ella me gritó:

—¡Me está cayendo agua, maldita sea! ¡Mis ojos! ¡Pinche olor a caca! ¡No me interesa lo que haya en este convento! ¡Sáquenme de aquí ahora!

Le dije:

—Para fines prácticos, estás secuestrada, o si lo prefieres, vete.

Me enderecé sobre los ladrillos rojos y porosos del piso. Eran de roca de Tepetlaóxtoc. Respiré el olor a madera del fondo.

El hombre que nos guiaba comenzó a iluminar el espacio con su linterna: los muros de yeso descarapelado. Vimos libros, miles de libros, de un extremo a otro, y también en el fondo. Era una biblioteca. Olía a polillas. Iluminó unas figuras humanas que estaban dentro de vitrinas en un muro: santos. Algunos tenían caras momificadas, con ojos de vidrio. El lugar tenía polvo viejo flotando en el aire, y olor a orina.

—Aquí debe estar el secreto de México —me dijo el hombre. Avanzó cautelosamente, haciendo crujir las pequeñas piedras del piso con sus suelas—. Por aquí debe de haber caminado el fraile Domingo de Betanzos, con los libros aztecas que guardó en este sitio. Alguno de ellos pudo haber sido escrito directamente por Nezahualcóyotl, con sus cálculos algebraicos, astronómicos. El secreto azteca.

Tragué saliva.

—Vaya… —le dije—. ¿Los aztecas tenían letras? ¿Alfabeto? ¿Cómo escribían?

Me dijo:

—Por años algunos dijeron que los aztecas no habían tenido escritura, sino que sus libros sólo tenían "dibujitos". Pero la arqueóloga estadounidense Zelia Nuttall dijo que en el Códice Vergara hay una escritura fonética-silábica como la egipcia, prealfabética, pero desapareció. Es lógico. Los conquistadores quemaron los libros. El 12 de julio de 1562, en Mani, Yucatán, el obispo Diego de Landa, amigo de fray Domingo Betanzos, ordenó a trescientos indios que entraran a las casas y sacaran todos los libros existentes escritos en maya. Juntó todos en la plaza. Los quemaron. La hoguera fue tan alta que la vieron desde muchas partes de la península. Afortunadamente en la zona maya la gente escribía en los edificios, esculpiendo las paredes. Por eso Yuri Knorozov, Tatiana Proskuriakoff y Michael D. Coe pudieron decodificar todo el pasado maya, su escritura. En el centro de México, el obispo Juan de Zumárraga, también amigo de Betanzos, hizo una montaña de libros aztecas en 1538. Ocho días duró la quema.

Silvia le dijo:

—¡Pinche día de mierda! —y siguió avanzando.

El hombre caminó frente a los libros. Alumbró la vitrina. En una de las paredes vi un cartograma: un mapa de la antigua ciudad de Texcoco, el plano arquitectónico.

El hombre tomó uno de los libros empolvados. Le sopló el polvo. Se formó una nube de olor picoso en todo el espacio. Observó las letras. Me leyó:

En Tascala mueren agora ordinariamente mil indios cada día [...], y en Chulula día ovo de novecientos cuerpos, y lo ordinario es cuatrocientos, y quinientos, y seiscientos, y setecientos cada día. En Guaxocinco [Huexotzinco] es lo mismo, ya casi está asolada. En Tepeaca comienza agora [...]. Es cosa increíble la gente que es muerta. En este nuestro pueblo de Tepetlaóxtoc [...], ya pasan harto de catorce mil los que son muertos.

Cerró el libro. Me miró fijamente:

—Fue una pandemia. El "cocoliztli".

—¿*Cocoliztli*...?

Avanzó con su linterna.

—Ocurrió en 1545. La población de este país era de veinticinco millones de personas antes de la Conquista. En cinco años murieron veintitrés millones. Sólo quedaron dos millones.

—Diablos... ¿*Cocoliztli*...? ¿Fue como la viruela?

Me observó muy serio.

—Según Åshild Vågene fue salmonela Paratyphi C. Sólo murieron los indígenas.

Alumbraron hacia delante con su linterna.

Silvia nos gritó:

—¡No "conquista"! ¡No hubo conquista! ¡Eso es un mito! ¡Fue una guerra de liberación por parte de los tlaxcaltecas! ¡Ellos fueron los que vencieron a los aztecas, no los españoles!

Nos volvimos hacia ella. Le dije:

—¿También eso lo viste en YouTube?

—¡Los que vencieron a los aztecas fueron los tlaxcaltecas! ¡Eso cualquiera lo sabe!

—Vaya —le dije—. Debes tener razón. Por eso todos en este país hablamos hoy tlaxcalteca —le sonreí—. Por eso nuestro dios es el de los tlaxcaltecas, Camaxtle. Por eso cuando terminó esa "no-conquista", el que quedó en el poder de este país fue un tlaxcalteca. Un momento... ¿fue así? No... —me coloqué el dedo en la barbilla—. El que quedó en el poder fue Cortés, un español, y luego virreyes nombrados por Carlos V. El idioma que hablamos no es tlaxcalteca, sino español. Quienes gobernaron el país después de esa guerra fueron los europeos, no los tlaxcaltecas. ¿Me puedes decir qué ganaron con esto los tlaxcaltecas? No te dejes manipular. Por otra parte, los tlaxcaltecas ¡también *eran* aztecas! Ya te lo explicaré.

—¡Eso no es cierto! ¡No puede ser! ¡Internet no puede mentir! —se llevó las manos a la cabeza. Empezó a rasguñarse la cara—. ¡Te odio!

El hombre de la linterna iluminó un retrato en el muro. Era el rostro de Nezahualcóyotl. Me asombró. Era enteramente diferente al del billete, pero aun así, parecido a mí.

—*Dios...* —comencé a palmarme el rostro.

—Bienvenido al sótano de tu país —me dijo el hombre—. Te aproximas al mayor de todos los misterios. Pronto vas a tener en tu poder el secreto más profundo de México, y del Imperio azteca. Un poder matemático y sobrenatural, basado en la ciencia.

22

Seiscientos años atrás, dentro del Túnel de Topo, el adolescente Nezahualcóyotl siguió arrastrándose en la oscuridad. Lloró. No podía ver nada. Sin embargo, sentía en su carne las rocas filosas.

Vio a su padre diciéndole: "No te rindas nunca".

Siguió avanzando, cortándose los hombros en la total oscuridad.

—¡Soy un cobarde! ¡Maldita sea! ¡Soy un cobarde! ¡¿Por qué no te defendí, papá?!

—Le prometiste vivir —le dijo una voz en la profundidad.

Con enorme violencia empezó a golpear su propio cráneo.

—¡No quiero vivir! ¡No voy a vivir! ¡No voy a salir de aquí! ¡Voy a morirme aquí, en este maldito túnel!

La voz le dijo:

—La vida anterior ha terminado.

Nezahualcóyotl observó la oscuridad.

—¿Qué es aquí? ¿Es la muerte? —y se cortó las rodillas con las raíces que salían de la aplastante pared de tierra—. Maldita sea. ¡Maldita sea!

La voz le dijo:

—Le prometiste no rendirte. Le prometiste vivir.

Siguió avanzando.

Las paredes del embudo empezaron a aplastarlo de nuevo, por los costados, por los hombros. No pudo pasar entre las piedras. Trató de empujar una pierna hacia delante.

—¡No puedo! ¡No puedo salir de aquí! ¡Maldita sea! ¡Aunque quisiera!

Sintió encima de la espalda el peso gigantesco de la montaña: tres mil toneladas de roca *tepétatl*. Vio en su mente a los muchos gusanos que estaban saliendo del muro para comérselo vivo, para derretirlo. Sintió el agua con lodo como si entrara desde la boca trasera del túnel, para ahogarlo.

Empezó a llorar, a chorrear saliva. Recordó la frase de su padre: "A cada hombre su propia vida le parece lo más importante del universo, pero en la escala del universo, ninguno de nosotros es importante".

La oscuridad fue total. Sin aire en la tráquea, carraspeó para decirle a su padre:

—Tienes razón, papá. No soy importante. ¡¿Entonces para qué tanto convencerme?! ¡¿Por qué debo seguir viviendo?! ¿Acaso importo? —sonrió para sí mismo. Empezó a reír, llorando—. ¡El universo va a continuar, ¿o no?! ¿O acaso va a desaparecer todo cuando yo muera, como en los sueños? ¿Todo es una mentira? ¿Qué soy? —cerró los ojos. Comenzó a sacudir la cabeza. Recordó a Ixtlilxóchitl hablando sobre Ipalnemohuani, el Dios del universo.

En el espacio vio remolinos geométricos: dibujos espirales luminosos, destellos de luces.

—Esto es el infierno —se dijo. Se volvió hacia arriba. El techo no le permitió alzar la cabeza. Sintió algo mojado en la nuca: una criatura con patas. Le bajó por el cuello. Empezó a mordérselo. Sintió agua escurriéndole por el nudo de la tráquea. El ser vivo se introdujo al interior de su piel.

—Muy bien. ¡Lo que necesitaba!

La música de su madre comenzó a sonar en la pared, por detrás de las rocas: las campanillas de obsidiana del *piluatiyotl-tlacatiliztli*. Sintió el beso de su padre. Escuchó los cascabeles. Vio los ojos de una salamandra.

Dijo para sí mismo:

—Te prometí vivir, papá... —y cerró los ojos—. Voy a cumplir.

Cayó al abismo en el total silencio.

Vio en su descenso unas figuras colosales entre la negrura: huesos gigantes. Brillaban con un resplandor fosforescente. Bajó por los muros de un castillo profundo. Las paredes eran tenebrosas, sólo iluminadas desde abajo por los señores de la muerte. En el fondo del abismo vio brillar unas luces. Estrellas. El abismo sin fondo estaba lleno de estrellas, de sectores del universo.

—Nadie tiene por qué saber tu nombre —se dijo. Sintió la presión en el cuello—. Te inventarás un nuevo nombre, y un nuevo pasado. Nadie sabrá que tú fuiste el príncipe de Texcoco. Te inventarás unos nuevos padres, un nuevo origen —y empezó a sacudirse contra las paredes—. Serás un macehual, un nadie. El pasado ya no existe. El pasado ha terminado.

El sueño intentaba cerrarle los ojos.

Los muros empezaron a apretarlo como si fueran un esófago, a derretirse alrededor de su cuerpo. Se quedó dormido dentro de ese espacio caliente, ese abismo negro del interior de la tierra. Las raíces comenzaron a clavársele en los costados. Los ciempiés y las arañas avanzaron por su cuello y sus piernas.

23

En el palacio real de Texcoco, la comitiva imperial chichimeca subió al emperador Tezozómoc. Iba sentado en su silla portable hecha de cañas y bronce; su cabeza calva estaba llena de puntos, semejantes a escarabajos: tachuelas de bronce y cuarzo. Detrás de él avanzaban sus acompañantes, sus mil favoritos de la corte de Azcapotzalco: mujeres vestidas de blanco con dorado y soldados hormiga acorazados.

Trescientos músicos tocaron para él los tambores. Arrastraron por el piso a los capturados texcocanos, con las bocas rellenas con brea endurecida y amarrada con cuerdas.

Los soldados hormiga comenzaron a gritarle:

—¡*Kétémáúbó' kích'ahrín*!

El emperador les sonrió a todos. Mirado por miles, levantó su esquelético brazo. La piel de los bíceps le colgaba como un pellejo.

—Hijo mío —le sonrió a Maxtla, con los ojos brillosos.

—Sí, mi padre —le respondió el guerrero pintado de rojo, con una calavera dibujada sobre el rostro con pigmento de pasta de hueso.

En su silla móvil, el emperador le dijo:

—Encomendaré a tus muchos hermanos hacerse cargo de aplastar a todos estos pueblos. Diles a tus trece hermanos que una vez que estén instalados en sus respectivas ciudades y tronos, les informen a todos estos pobladores texcocanos lo siguiente: Texcoco ya no existe. Ahora son mi ganado —y le sonrió—. El que añore al difunto Ixtlilxóchitl será ejecutado. Que nadie guarde un retrato de él o su jacal será quemado y sus hijos sacrificados aquí —y le sonrió—. Lo segundo que harás —le dijo Tezozómoc— será decirles a tus hermanos que cada uno deberá tomar, en la ciudad que le asignaré, a cien hombres sanos y fuertes: que los amarren juntos, los lleven al centro de cada poblado y los martiricen ahí, frente a sus pueblos, cabeza abajo, con sus parientes.

Le sonrió a su hijo.

—Sí, padre. Lo haré con gusto —e hizo una reverencia—. Yo soy tu armamento. Yo soy tu arma más peligrosa.

—En Acolman colocaré a tu sobrino Ateyolcocoatzin Teyolcoco-huatzin; en Tultitlán a tu hermano Epcóatl; en Mexicaltzinco a Quetzalcuixin; en Tacuba a Acolnahuácatl. En Tlatelolco estará tu sobrino Tlacatéotl, el Hombre Dios, el aplastador de los mexicas. Que él se encargue de mantener esa maldita isla bajo mi control. En el sur de ella seguirá tu sobrino Chimalpopoca, con el general Itzcóatl como militar. Los mexicas del norte y del sur de la isla nunca deben unirse. ¿Lo comprendes? Tenochtitlán debe permanecer separada de Tlatelolco. No quiero que se unifiquen. Nunca.

—Así será, padre. Los mexicas no harán un solo Estado. Los "hombres-peces" permanecerán divididos.

—Te encargarás personalmente de Coyoacán, como tlatoani. Aplastarás las rebeliones. Que todo rebelde sea torturado públicamente, ofrecido a Tezcatlipoca y a Cuecuex en mi nombre.

El emperador pidió que lo llevaran en andas hasta la entrada del salón, desde donde se podía observar con facilidad la destrucción de Texcoco. Comenzó a sonreír para sí mismo. Vio las bolas de humo y fuego, las columnas blancas de gas incendiario que subían desde el palacio de Ixtlilxóchitl.

Tezozómoc le sonrió a su hijo:

—Todo va a estar directamente bajo mi control, amado primogénito. Voy a dividir todo el imperio en dos grandes sectores, al mando de los dos delegados regionales superiores que tú supervisarás —y comenzó a dibujar en el aire, con su dedo—: Las ciudades y poblaciones que hablan la lengua náhuatl-tolteca de Ixtlilxóchitl estarán bajo el control de Quauhtli —y miró fijamente a Maxtla—. Por el otro lado, las ciudades y poblaciones que hablan nuestro idioma tepaneca-chichimeca-otomí tendrán como inspector general a Tlatólpotl. Tú vas a controlar a los dos. ¿Entendido? Los pongo bajo tu tutela.

—Como tú lo ordenes, padre. Soy tu arma más peligrosa.

Sobre su cuerpo colgaban trozos de carne arrancada. Eran pedazos del cuerpo del rey Ixtlilxóchitl. Le acercó a su padre el cadáver del rey y, por separado, la nariz y los ojos.

—Lo quería vivo —le respondió a Maxtla—. Te lo pedí vivo.

—Lo sé, padre. El combate impidió traerlo vivo.

El emperador le sonrió:

—Tráeme a su hijo. Encuéntralo donde esté. A él lo quiero vivo.

24

—En cuanto Tezozómoc asesinó a Ixtlilxóchitl, comenzó a consolidar uno de los sistemas políticos más terribles e indestructibles que se han creado en el mundo. Un poder absoluto, basado en alianzas matrimoniales, nepotismo político, corrupción, compra de voluntades, asesinatos y genocidio.

Esto me lo dijo, en el eremitorio de Fray Domingo de Betanzos, el hombre desconocido:

—Pocas veces en la historia existió un control tan opresivo sobre un pedazo tan grande del mundo por un solo individuo. Fue el preámbulo del Imperio azteca. De hecho, el imperio surgió, irónicamente, para destruir esa tiranía.

Iluminó con su linterna el salón de maderas al que ahora llegábamos:

—Fue un reino del terror. Según el cronista Torquemada, "luego que le fueron llegadas las nuevas al tirano de la muerte de Ixtlilxóchitl, hizo publicarse por emperador" y organizó una gran junta en Texcoco, en el palacio, para que lo "reconociesen por rey y emperador supremo". Según el general Vicente Riva Palacio, militar de Juárez contra los franceses y creador de *México a través de los siglos*, "Tezozómoc había alcanzado cuanto ambicionaba; se hizo proclamar señor del Anáhuac e impuso tributos a Texcoco y Coatlinchán. Y entonces, cuando pudo hacer del Anáhuac un solo y poderoso imperio, lo dividió entre sus hijos".

—Ya ni el PRI —le dije—. Ya ni Plutarco. Ya ni Porfirio.

—Tezozómoc comenzó a crear otra nobleza, una nueva élite tras asesinar a la anterior: sustituyó a los antiguos poderosos por sus propios hijos y nietos. Torquemada dice que "vinieron sobre las ciudades de Tetzcuco, Cohuatlichan, Huexotla, Cohuatepec y Itztapalucan y las entraron a fuego y sangre haciendo gran matanza", y que "los que pudieron se fueron huyendo por las montañas vecinas [...] y se fueron a guarecer y amparar con los huexotzincas y tlaxcaltecas, que siempre habían sido amigos y confederados" del rey Ixtlilxóchitl de Texcoco, y tíos de Nezahualcóyotl. Y dice que los nobles y comerciantes de todas esas ciudades texcocanas arrasadas, es decir, Huexotla, Texcoco, Cohuatlichan y Cohuatepec, las "cuatro cabeceras de Tetzcuco", pudieron huir y se reunieron secretamente "en un pueblo que se llama Papalotlan y allí determinaron la obediencia". Se rindieron ante Tezozómoc. Pactaron.

En mi mente visualicé el mapa de la región donde estábamos. El río Papalotlan estaba justo a sólo mil cien metros de nosotros. Casi pude oír el agua de su cauce. Era la cañada donde habían matado al papá de Nezahualcóyotl.

Avanzó con su linterna. Me dijo:

—Según Alva Ixtlilxóchitl, "la primera diligencia que hizo [Tezozómoc] fue mandar que a los niños de edad que supiesen hablar, hasta los siete años, les preguntasen a quién tenían y reconocían por su rey [...] y que los que respondiesen que a Ixtlilxóchitl o al príncipe Nezahualcoyotzin fueran asesinados [...] y mataron a muchos millares de niños".

Avanzó en la oscuridad.

—Pero Tezozómoc impuso una segunda diligencia —avanzó entre las telarañas—. Ordenó la búsqueda generalizada, la persecución, del príncipe que había escapado: el chico de quince años, Nezahualcóyotl Acolmiztli.

25

Nezahualcóyotl despertó en la negrura, en el Túnel de Topo, doce metros por debajo de los cazadores.

En sus dedos sintió los piquetes de las hormigas. Estaban comiéndole la carne desde todos los lados. En su boca sintió la tierra con agua.

Empezó a gritar.

—¡Ayúdenme! ¡Quiero salir! —y se movió inútilmente, forcejeaba contra ese embudo de tierra que lo aplastaba desde los costados, atrapando sus brazos y piernas. Buscó algún apoyo en la oscuridad—: ¡Auxilio!

Su voz no produjo ninguna respuesta. Sólo silencio. Su propia respiración fue el único sonido que escuchó: era ensordecedor, cada vez más amplificado.

Con un esfuerzo titánico, sin aire en los costillares, se llevó la mano al cinto, lastimándose el codo. Sintió su cuchillo Xiuh-Cóatl, la Serpiente de Fuego.

—Aquí estás —se dijo—. Voy a sacarte.

Con enorme trabajo lo arrancó de su cinto, pero no pudo traerlo al frente. Le estorbaba la montaña. Empezó a zafársele de los dedos.

—¡No! —y lo atrapó con las yemas del meñique y el anular. Cerró los ojos. Empezó a jalarlo hacia delante, cuidadosamente, retorciendo su brazo por debajo del pecho. Tenía que levantar la espalda al techo para pasarlo por debajo, pero se lo impidió el peso de la montaña. No podía subir el cuerpo contra el techo del embudo.

—¡Auxilio!

Lo estaba aplastando el peso de tres mil toneladas. Observó hacia la nada. En su carne sentía cómo las paredes comenzaban a constreñirse contra él, asfixiándolo.

—¡Esto nunca va a terminar! —y con un movimiento violento se dislocó el hombro—. ¡Malditos! ¡Maldita vida!

Empezó a gritar:

—¡Voy a salir!

Comenzó a forzar el brazo hacia delante, tronándose la articulación. Empezó a aproximar el puñal a su rostro. Lo sintió en la mejilla. Apoyó la cara contra el filo del cuchillo. Era de obsidiana, cristal gris de óxido de silicio de las minas de Otumba, mezclado con óxido de fierro y óxido de magnesio.

—¡Voy a desgajar esta maldita montaña! —se dijo—. ¡Voy a desgajarla! —y con golpes pequeños, tantos como pudo dar con sus brazos confinados, comenzó a ensanchar la apertura de la roca. Sintió en la nariz el aire que venía del otro lado. Empezó a arrastrarse hacia delante, cortándose los hombros con la caverna. Encajó la cabeza en el estrecho agujero:

—¡Voy a salir! ¡Te lo prometo padre! ¡Voy a vivir!

No sabía que justo donde iba a salir unos soldados tepanecas lo esperaban con una malla de espinas.

26

Doscientos metros al norte, Silvia Nava caminó en silencio dentro del salón subterráneo de la ermita de Fray Domingo de Betanzos.

La seguí y a mí los hombres desconocidos. Con sus linternas iluminaron el espacio lleno de objetos antiguos. Avanzamos entre las dos filas de estatuas que tenían ojos de vidrio. Eran santos. Otros eran cadáveres prehispánicos momificados.

El sujeto le iluminó el rostro a uno de ellos:

—Éste tiene que ser Cuacuauhtzin. Era el amigo más cercano de Nezahualcóyotl. Se sabe que lo embalsamaron.

—Sí que es feo —comentó Silvia.

Siguió avanzando en la oscuridad. Estábamos en una bodega. En la pared vi un bloque de roca. Tenía glifos. Tragué saliva.

—Dios… —y lo acaricié con la mano—. ¿Esto es… del palacio…? —y me volví hacia el sujeto.

Él asintió.

—Al parecer, lo es.

Observé los glifos. Eran pequeños dados, ganchos, lazos, limas. Miles de ellos.

—¿Qué dice aquí…? ¿Son palabras? —le pregunté—. ¿Son números?

Dirigió el haz de su linterna hacia delante. Alumbró la vitrina. Detrás del cristal enmugrado con grasa y polvo iluminó unos objetos metálicos: joyas, collares, orejeras de jade. En medio de todo alumbró una pequeña caja de bronce, oxidada. Iluminó el terciopelo de color vino. En la tapa, la caja tenía un glifo azteca: un insecto con alas, con rayas hacia todos lados.

—*Cópitl…* —me dijo—. La luciérnaga.

Siguió avanzando.

Caminé tras él, a la otra habitación. La puerta tenía los marcos arrancados, despedazados. En el muro alcancé a ver unas cabezas de ángeles.

—Dios… —me dije—. Esto es… ¿escalofriante?

Silvia me dijo:

—Parece una maldita película.

Vimos una virgen dentro de un aparador de cristal. Decía: VIRGEN DOLOROSA.

Silvia observó las lágrimas en los ojos de la escultura. Eran de vidrio. Tenían sangre. Me dijo:

—¡No, no! ¡No! —y me aferró por el brazo—. ¿Nos vamos de aquí?

Nuestro guía nos dijo:

—Esta virgen fue traída aquí por mujeres no identificadas. Según Daniela Arely Gaspar Vallejo, es: "Una figura de madera, la cual, era la representación de la Virgen Dolorosa, quien también tiene una función, a ésta se le colocaban dientes, uñas y cabello real de aquellos niños que eran abandonados y que hasta el día de hoy se puede observar cómo siguen creciendo estas partes orgánicas colocadas en ella".

Observé cuidadosamente los dientes y las uñas de la escultura. En efecto estaban crecidas, lo mismo que su cabello. Sentí terror. La ansiedad me hizo pasar saliva, como si larvas subieran por mis brazos.

—¿Por qué le ponen un nombre como "Dolorosa"? ¿La religión no es para ser feliz? —les pregunté a todos. Nadie me dio la respuesta.

Con su linterna, el hombre iluminó hacia delante: un muro descarapelado. La pared estaba llena de recortes de periódicos, notas fijadas con tachuelas de colores. La primera decía:

GENETISTA DE LA UNIVERSIDAD IBEROAMERICANA, PADRE DAMIANO DA-MIÁN. DEBATE EL CÓDIGO AZTECA, LAS CLAVES MATEMÁTICAS DEL AJUSTE FINO DEL UNIVERSO.

Nos volvimos el uno hacia el otro. Abrí los ojos.

—¿"Ajuste fino..."? ¿Es una sastrería...? ¿De nuevo el padre Damiano Damián?

Debajo había una fotografía del sacerdote con otros científicos. Decía: DONDE LA MUERTE NO EXISTE. SEXTO SOL. NUEVA ESPECIE HUMANA. TRANSFORMACIÓN METABÓLICA.

Abrí los ojos. Tragué saliva. Comencé a negar con la cabeza.

—Un momento... Esto comienza a sonar "pesado"...

Silvia empezó a negar con la cabeza.

—¡Todo esto es horrible! ¡Pinche película de Anabel! —y sin dejar de leer los recortes, me dijo—: Siempre me pregunté por qué tenía esta fijación con chicos tan raros. ¡Tú eres el peor! ¡Mi papá no es así!

Junto a la nota, el hombre iluminó otro recorte: SACERDOTE DE LA UNIVERSIDAD IBEROAMERICANA INVESTIGA UBICACIÓN DE LA CIUDAD MÍTICA AZTLÁN, ORIGEN DE LOS AZTECAS — BUSCA CLAVES MATEMÁTICAS EN EL URHEIMAT.

Comencé a ladear la cabeza.

—¿Claves matemáticas…? —y me volví hacia el fondo de la habitación. El hombre de la linterna leyó la otra nota:

—"El sacerdote Damiano Damián, de nacionalidad española, genetista de la Universidad Iberoamericana de la Ciudad de México, investiga la morfología homínida y la estructura profunda del cerebro humano en los laboratorios de genética y recombinación molecular de dicha universidad. Busca correlaciones genéticas con cadáveres aztecas."

—¿Morfología homínida…? —le pregunté.

Caminamos sobre la madera crujiente. Escuché un rechinido detrás de mí. En la pared vi una enorme reproducción del Calendario Azteca, hecha con poliuretano: los diferentes fragmentos, los grupos de los glifos, estaban marcados con recuadros y círculos rojos de cinta.

—El Calendario Azteca en realidad son cinco ruedas —me dijo el hombre de la linterna—. Cada rueda gira alrededor de las otras, como los planetas —y señaló el gráfico—. El anillo exterior, el canto, son las estrellas del universo: setenta y tres estrellas por cada lado, como lo documenta el experto Víctor Manuel Rivera Gómez Franco. Dentro, en los bordes, sobre la cara misma, están las dos serpientes cósmicas: Quetzalcóatl y Tezcatlipoca, las Xiuh-Cóatl, confrontándose por el universo. Más adentro está el círculo de los rayos solares y la historia de los Cinco Soles —iluminó el centro mismo del Calendario, la horrible cara en el medio de todo: la persona sin ojos que estaba en el núcleo de todo el disco, sacando la lengua. Su lengua era, de hecho, un cuchillo con sangre.

Tragué saliva.

—Y esa cara. ¿Quién es…? Nunca lo he sabido.

Me dijo el hombre:

—Ésa es la pregunta de los millones —y señaló el rostro siniestro—. El protagonista del calendario… su identidad ha sido un misterio, incluso para los arqueólogos. Se trata del mayor misterio de toda la historia de México. Te aproximas a la respuesta.

Lo miré por un instante.

—Sacar la lengua es de mala educación —le dije a la enigmática cara.

El sujeto de ese rostro en la roca era, en efecto, el mexicano más visto en todo el mundo: el más popular, el más conocido. Pero nadie sabía a ciencia cierta de quién era la cara central del calendario: ese individuo sin nariz ni ojos.

Tragué saliva.

Silvia Nava continuó caminando. Me dijo:

—Ahora sí pienso que estamos soñando. Todo esto lo predijo Buda. ¡Todo esto es imaginario! ¡Estoy dormida en mi cama del Hotel Constellation! ¡Todo es una mentira, de esas que te gustan, Rodrigo, de los templarios, las órdenes secretas!

El hombre con la linterna nos sonrió y dijo:

—Rodrigo, los caballeros templarios, por cierto, nunca fueron sacerdotes normales. El rey de Francia intentó exterminarlos en la Edad Media, el viernes 13 de octubre de 1307. Pero no desaparecieron. El padre Damiano pertenece a ellos.

En la pared vi el letrero: *NON NOBIS, DOMINE. SED NOMINI TUO DA GLORIAM.*

El hombre me tomó por el brazo:

—Éste es el lema de los templarios. Significa: "Que la gloria no sea para nosotros, sino para Ti, Señor" —y me miró fijamente—. Rodrigo, existen números como pi, 3.1416, o como la proporción áurea, 1.618, que fueron descubiertos por civilizaciones antiguas hace miles de años; números que describen funciones del universo, ahora corroboradas por la ciencia. Por muchos años no se estudió lo que contiene el Calendario Azteca —y me sujetó—. Rodrigo, existe una secuencia de números que puede cambiar el futuro. Está codificada en el Calendario y en los verdaderos poemas del rey Nezahualcóyotl. Acompáñame.

27

Seiscientos años atrás, con su cuchillo, el joven Nezahualcóyotl siguió arrastrándose dentro del Túnel de Topo. Al fondo de la oscuridad, vio una luz blanca.

—¡*Tlahuilli*! —se dijo—. Luz… —y relamió sus propias lágrimas.

Se empujó con un codo y luego con el otro sobre el esófago de roca, echando las piedras hacia atrás con las rodillas.

—Voy a salir de aquí, papá. Te lo prometo —y cerró los ojos. Siguió avanzando—. Voy a vivir. Transformaré las cosas. Nunca me rendiré. Nunca voy a dejar de luchar. El mundo va a cambiar.

Salió a la luz del día. La radiación del cielo le lastimó las retinas. Sintió el calor en el rostro. Se tapó los ojos. Lentamente respiró el aire de la colina de Tepetloxto: el olor a tunas. En lo alto un águila planeaba. Le sonrió. La luz solar formó cristales en el espacio. En su estómago sintió un impacto, un golpe profundo. Su diafragma se compactó contra los pulmones. Nezali se quedó sin aire. Comenzó a caer al suelo.

—¡Amárrenlo! ¡Acábenlo a golpes! ¡Vamos a divertirnos con este príncipe de Texcoco! ¡Recuerden los ojos!

Sintió en los costados las patadas. Una de sus costillas se fracturó con un crujido. Un líquido punzante, caliente, salió por su boca. Sólo entonces pudo ver que estaba rodeado por soldados tepanecas, hombres hormiga.

Uno de ellos le hundió un *átlatl* de dardos en el cuello.

—¡Vas a pagar por haber sido un príncipe rico! ¡Yo nunca tuve nada, sólo tragedias! ¡Voy arrancarte los ojos!

28

En el eremitorio caminamos frente al muro.

—Huele a parásitos —me dijo Silvia Nava. Se tapó la nariz—. Nunca estuve en un lugar tan horrible.

El hombre desconocido iluminó el piso. Vi manchas negras. En la nariz sentí la repulsión: un olor a descomposición.

—Esto no es sangre —nos dijo—. Es otra cosa. Son productos químicos —y echó la luz hacia delante.

Miré el espectáculo frente a nosotros.

De una mesa larga escurría un líquido negro al suelo. Encima estaba un cadáver sin carne, extendido sobre la plancha, con los miembros brillosos, totalmente mojado en el líquido oscuro.

—Dios... —cerré los ojos—. Esto parece una pesadilla. ¡¿Quién es?! Empezó a latirme con fuerza el corazón.

Sentí una presencia viviente. Alguien o algo estaba detrás de mí, algo vivo. Sujeté a Silvia por la cintura. Me volví hacia atrás.

—Aquí hay alguien —les dije a todos—. ¡¿Ustedes lo prepararon?! ¡¿Esto es una trampa?! —y oí unos rechinidos. Silvia empezó a gritar:

—¡Rodrigo! —y le temblaron los brazos—. ¡Rodrigo! ¡Detrás de ti! —y señaló en esa dirección.

29

Nezahualcóyotl permaneció en el suelo, recibiendo las patadas en el cuerpo y los azotes de las paletas del mazo en los costados. En lo alto del cielo contempló el resplandor del sol, el águila se estaba yendo. Sus ojos estaban irritados, rojos por los derrames. Su cara estaba hinchada por los golpes.

El guerrero Kakna le gritó:

—¡Empezó tu infierno, príncipe de Texcoco! —y tomó a Nezahualcóyotl por el cuello. Lo levantó en el aire. Lo estrelló contra la piedra. Lo estrujó por la garganta.

Lo miró a los ojos, contra la luz del sol. Le susurró al oído:

—A mí me van a pagar mucho por entregarte a Tezozómoc, ¿sabes? Nunca me habían dado tanto dinero —le sonrió—. Me van a entregar por una noche a tu mamá, para que la viole, y lo haré frente a ti. ¡Eres el fugitivo más cotizado de todo el Anáhuac! ¡El emperador te desea mucho! ¡¿Por qué te desea tanto?! ¡Para torturarte! ¡Para demostrarles a todos su poder, su imperio, para darles miedo, asombro! ¡Te va a atormentar públicamente en la plaza de Azcapotzalco, frente a la vista de todos, para que vean lo que él puede hacerles a todos!

Nezahualcóyotl cerró los ojos.

30

En el eremitorio comenzó a chirriar la madera.

Permanecimos en silencio.

Nos volvimos hacia todos lados. Los hombres apuntaron al corredor con sus linternas.

De la negrura emergió un ser humano. Tenía la cabeza demacrada y barba de candado. Estaba vestido de negro. Lo iluminaron con las linternas. Era alto, de rostro anguloso, fuerte. En su mirada sólo había oscuridad.

—Bienvenidos… —nos sonrió. Miró su reloj de pulsera—. ¿Por qué tardaron tanto? Qué bueno que al fin llegaron. Bienvenido, Rodrigo Roxar.

—¿Padre Damiano…? —le dijo el de la linterna.

Tragué saliva.

31

Seis siglos atrás, el joven Nezahualcóyotl, con la espalda contra las rocas y la quijada inflamada, miró a lo alto, hacia el cielo. Vio el rostro de Kakna, el guerrero que lo había apresado. Éste le sonrió. El azcapotzalca le estrujaba el cuello.

Nezali apretó los dientes. Los rechinó unos contra otros. Sus ojos estaban membranosos debido a los golpes. Comenzó a sangrar por la boca.

—¿Sabes, Kakna? —le dijo, atragantándose con su sangre.

Kakna ladeó la cabeza.

—Dime, bastardo. ¡Dime! —y le aferró la cara llorosa.

—¿Sabes lo que es "desvincularse del pasado"? —y abrió uno de sus ojos.

El soldado permaneció inmóvil.

—¿"Desvincularse del pasado"? ¿De qué hablas, pedazo de *cuítlatl*? Nezali comenzó a levantarse sobre sus codos.

—Desvincularse del pasado es cuando ya no eres nada, ¡y entonces no tienes nada que perder! —y con un rápido movimiento de su frente le golpeó la nariz, quebrándosela. Con toda su fuerza, le impactó la quijada con una roca que había arrancado del muro. Les gritó a todos:

—¡Ahora no soy nadie! ¡Ya no tengo nada! ¡La parte más negra de mi vida ha comenzado! —y con toda su fuerza sujetó a un guerrero llamado Életl por la pierna. Lo torció hacia abajo. El enorme soldado cayó al piso. Le aferró la cabeza. Se la dobló para atrás. La azotó contra la roca. El hueso del cráneo de Életl se rompió en tres pedazos que quedaron mojados por la masa cerebral combinada con sangre. Los ojos empezaron a desviársele hacia los lados del horizonte. Nezahualcóyotl lo arrojó lejos de sí. Aferró el mazo de Életl. Les gritó a los otros soldados:

—Ya estoy muerto. ¡Me mató el emperador Tezozómoc! ¡Ahora ya no busco vivir, sino seguir aquí, muerto! —y levantó el mazo en el aire—: ¡Yo ya no soy el hijo del rey Ixtlilxóchitl! ¡Este que ven ahora ya no es un ser humano! ¡Ahora soy otra entidad, una mierda! —y arrojó el mazo a la boca del capitán Pepeyoctli. Los dientes se le destrozaron junto con las encías; la sangre le chorreaba—. ¡Esto es lo que haces cuando has muerto! ¡Matas a otros!

El capitán Pepeyoctli se levantó, limpiándose la sangre. Se le abalanzó:

—¡Vas a pagar! —y con toda su fuerza le azotó la paleta de madera contra el hueso de la cadera. Hizo que Nezahualcóyotl se tambaleara.

—Te vamos a matar como a tu papá —y le mostró los dientes—. ¡Tú pagarás por lo que yo he sufrido en la vida! ¡Me voy a desquitar contigo! ¡Yo no tuve nunca un palacio! ¡Yo no tuve nunca concubinas! ¡Sólo tuve terror y humillación, enfermedades y pobreza! ¡Ahora vas a vivir el terror de la vida, tal como lo vivimos todos los macehuales! —y lo golpeó en la cara con su arma.

La cabeza de Nezahualcóyotl se fue para atrás, salpicando líquidos. Nezali sintió el crujido de las vértebras de su cuello.

En su mente escuchó la voz de su padre: "Que nada te derribe. No los dejes vencerte. No dejes que nadie te acabe. Nunca te rindas".

Cayó al piso, sin el mazo de Életl. Pepeyoctli lo miró fijamente. Comenzó a aproximársele, sonriéndole, aferrando su arma.

—El emperador nos pidió llevarte vivo, pero voy a lastimarte como nadie lo ha hecho antes. ¡Bienvenido al mundo de la tristeza y la decadencia! —y le arrojó la paleta contra el brazo—. ¡Aquí no hay oro! ¡Aquí no hay mantas! ¡Aquí sólo hay dolor y llanto!

"No permitas que te derriben. Tú tienes que ser diferente. No seas como tu abuelo. No seas como yo. Que nada te derrote. En ti está el fuego de Dios. Ahora todo depende de ti. Busca en el abismo que tienes dentro."

Comenzó a girar en el piso, como una lombriz.

—¿Quién soy? —se preguntó—. Nezahualcóyotl no existe más. Murió antes de entrar a este túnel.

En lo alto, por debajo del sol, una escuadra de patos cruzó las nubes.

Nezahualcóyotl se arrancó el cuchillo del cinto, el Xiuh-Cóatl, la Serpiente de Fuego. Con un movimiento de liebre se lo clavó por debajo a uno de los guerreros, en los testículos. Se lo empujó, desgarrándole la carne de la pelvis. Sacó el arma con los pedazos de intestino y recto.

Nezahualcóyotl saltó como si fuera un jaguar pero no evitó que lo lanzaran contra unas nopaleras. Las espinas de los cactus se le encajaron en los costados. Empezó a gritar. Las espinas se le incrustaron en la piel, entre las costillas. Sintió un dolor caliente subiéndole por la espalda. Pepeyoctli se le aproximó con el mazo, riendo a carcajadas.

—¿Lo ves, miserable niño? ¡No puedes contra nosotros! ¡Somos tepanecas! ¡Los tepanecas somos superiores a todos! ¡Nos necesitan! ¡Vamos a esclavizarlos a todos!

Le mostró los dientes, como una pantera.

—¡¿Qué vas a hacer ahora, niño idiota?! —lo retó con la mano—. ¡Levántate ahora, príncipe huérfano! ¡No eres más que una niña! ¡¿Acaso pensaste que eras un hombre?!

Nezahualcóyotl estaba encajado en el cacto. Lentamente cerró los ojos.

Sintió algo que trepaba por su pierna, a la altura del muslo. "Lo que me faltaba", se dijo. Era una Paraphrynus aztecus, una araña látigo o araña escorpión, del centro de México. Las patas del animal avanzaban por su carne.

Suavemente la tomó entre sus dedos. Se la llevó a la boca. Comenzó a masticarla, pues conocía su valor nutricional. En su lengua sintió el líquido dulce.

Levantó las manos.

Nezahualcóyotl aferró los dos brazos de la nopalera. Les arrancó el cacto y violentamente se los estrelló a Pepeyoctli en los dos lados de la cara.

Junto con la baba de la carne de la planta, las arañas incubadas dentro de las pencas se le escurrieron a Nezali por el cuerpo. Comenzó a comérselas todas.

32

Nezali caminó por ese páramo desértico, sumido en la neblina, sosteniendo en sus puños las armas de sus atacantes.

—¿Podrías a ir a tu casa? —se preguntó—. Oh, no, lo olvidé: ya no tengo casa. Tiene razón Kakna: ¡Ya no tengo casa! —y comenzó a reírse—. ¡Es verdad lo que dijo Kakna! ¡Ya no tengo a dónde ir! ¿Entonces a dónde voy? —y se volvió en redondo—. ¿A dónde va alguien cuando ya no tiene a dónde ir? ¿Me voy a convertir en una criatura del bosque? —y miró a su alrededor—. ¿Voy a ser un chaneque aquí, el nahual de alguien? ¿Acaso voy a ser el nahual de mí mismo, de cuando estaba vivo?

Vio los metros y más metros de tierra arenosa de la que salían interminables ramas muertas en la neblina.

—Podrías irte a dormir un poco a tu cama, descansar en tu habitación —y se rio de nuevo—. Tiene razón Pepeyoctli —y sintió en el bolso de su *máxtlatl* aún los restos del cuerpo de Pepeyoctli—. Mi castillo está tomado por Yancuiltzin, mi propio hermano, y por mi tío abuelo Toxpilli. ¡Ahora todo pertenece a Tezozómoc!

Se detuvo.

—¿Dónde será ahora mi casa?

Permaneció detenido, por un instante, en la inmensidad.

Se mantuvo ahí, a siete kilómetros de Texcoco, en el remoto y silencioso paraje de bruma y pinos llamado Cuauhyacac —actual zona El Gavilán, comunidad Papalotla, entre las locaciones Purificación Tepetitla, San Joaquín Coapango, Tepetlaóxtoc y El Calvario. Era el noveno día del mes décimo azteca —llamado "*matlactli cozcacuahtli*" del *Ochpanaliztlique*—, es decir, el 24 de septiembre de 1418.

En la parte superior de la montaña rocosa llamada Tulteca-Teopan permaneció refugiándose toda esa tarde y esa noche, sin mantas con las cuales cubrirse del frío, atacado por los insectos y los murciélagos.

A la mañana siguiente bajó.

El chico de quince años avanzó entre la niebla. El aire frío de Tepetlaóxtoc lo entristeció. Cerró los ojos. Comenzó a llorar.

—¿Qué va a ser ahora mi vida? —y se volvió al cielo. Vio la niebla—. ¿Cómo voy a cumplir todo lo que te prometí, papá? ¿Quién me va a ayudar?

Avanzó en el fango. Arrastró los pies con sangre sobre las raíces violentas que sobresalían del suelo, entre las rocas afiladas que formaban el camino con yedras y hojas muertas.

Observó las piedras. Vio la silueta brumosa de un montículo de roca. Volvió a cerrar los ojos.

—¿Papá…?

Caminó unos metros.

Le pareció que los troncos de los arbustos se movían con lentitud como si fueran serpientes. Sacudió la cabeza.

—Esto no puede estar pasando. Debe ser por lo que he vivido —sonrió para sí mismo—. ¿O en realidad esto es ahora lo real? ¿Estoy enfrentándome contra el mayor ejército del mundo, estoy solo, me están persiguiendo y todos los demás quieren matarme?

Se quedó quieto por un momento. Miró las ramas secas.

Detrás de él sintió una imagen espectral. Con temor en el corazón se volvió sobre sus talones. Vio la niebla. Abrió los ojos.

—¿Hola…? ¿Hay alguien ahí…?

Cuidadosamente desacopló de su cinto el cuchillo Xiuh-Cóatl, aún pegajoso por la sangre seca.

—¿Quién está ahí…? —y miró entre las ramas.

Lentamente emergió la figura de una mujer: delgada, desnuda, con pintura amarilla en las costillas.

Nezahualcóyotl tragó saliva.

—No… —comenzó a temblar.

La mujer se le aproximó con sus largos cabellos negros y la piel del rostro y el cuerpo pintada con rayas de pasta.

—*Otona kuyyut wekeli ahkatl* —y lo miró a los ojos—. Puedes hacerme lo que quieras. Me envió mi padre, el emperador Tezozómoc. Voy a ser tu regalo —y le sonrió.

Nezahualcóyotl sacudió la cabeza. Con toda su fuerza apretó el cuchillo. Comenzó a subirlo. Empezó a temblarle el brazo.

—¿Eres…?

—Me llamo Yohualli-Tlayouatl, Mexui 'Yoxui, Oscuridad de la Noche —le sonrió la mujer—. Ya me conoces, ¿lo recuerdas? —y abrió sus ojos negros—. ¿Podrás acaso perdonarme? —y ladeó la cabeza. Sus cabellos cayeron delicadamente en su hombro derecho.

Nezahualcóyotl ondeó con la cabeza.

—Esto es... ¿extraño...? —y entrecerró los ojos.

Ella se le aproximó, pisando el fango. Tímidamente le acarició la barbilla.

—Tú deberías perdonarme —y le habló en la extraña lengua nasal de su padre—: *Hmädi, t'undä ntsuhuí.*

—¿Esto es una trampa? —y miró a los lados.

La hermosa chica comenzó a reírse, a carcajadas.

—¡Qué tonto eres! —y se tapó la boca con los dedos. Lo miró fijamente—. Tu padre nunca comprendió nada de lo que ahora está pasando con el mundo. Ahora nosotros somos los únicos seres humanos: los tepanecas.

—No entiendo —Nezahualcóyotl pestañeó—. ¿Esto es un espejismo? —se talló los ojos.

Ella le acarició el pecho.

—Te hirieron mucho —y vio que en el hombro tenía una gota tatuada y marcada: la gota de fuego de Ixtlilxóchitl, el símbolo de Ipalnemohuani, la gota de lava.

—¿Éste es tu dios...? —le preguntó ella.

Nezahualcóyotl asintió.

—Así es.

—Hay un lado oscuro de tu padre —le dijo ella—. Esto es lo que tú no sabes. Tu padre te mintió sobre sí mismo. No te dijo quiénes son realmente los aztecas. No son los de Texcoco. No son los chalcas, ni los xochimilcas. Somos sólo nosotros, los tepanecas —y le sonrió—. Ésta es la verdad acerca de Aztlán. Sobre las Siete Cuevas. Sobre quién eres tú realmente.

Nezali entrecerró los ojos.

—No te entiendo. ¡¿De qué hablas?!

Detrás de ella apareció un hombre alto, delgado, con los brazos levantados, agitándolos en el aire. Tenía el rostro desfigurado por los golpes. Nezahualcóyotl levantó su puñal.

—¡¿Quién eres?!

—¡Un momento! —le gritó el sujeto—. ¡No me hagas nada! ¡Yo soy uno de tus hombres! ¡¿No me reconoces?! —y pasó a través de la figura de Yohualli, como si ella ya no existiera. Ella ya no estaba. Era sólo un vapor, un olor a incienso con gemas. Brilló en el aire una nube de luces, como luciérnagas, como estrellas, que desaparecieron a los lados. Nezahualcóyotl sacudió la cabeza.

—¡¿Qué me está pasando?! —y le gritó a la sombra—. ¡¿Quién eres?! —lo señaló con el puñal—. ¡¿Vienes a matarme?!

El individuo respiró agitado.

—No me hagas daño. Vengo por ti —y perspiró—. *Ni* Coyohua. Yo soy Coyohua.

Nezahualcóyotl se derrumbó en los brazos de su amigo.

33

Coyohua lo llevó en hombros, entre las ramas resecas, por debajo de la niebla.

—Pensé que habías muerto —le dijo Nezali.

Coyohua caminó en el fango, hundiendo los pies a gran profundidad debido al peso, al sur, en dirección del Monte Tláloc.

—Ésa es nuestra única salida, allá, al sur. Es nuestra única ruta de esperanza; la ruta hacia tus tíos de Tlaxcala, ya que nos traicionaron los otomíes —le dijo a Nezali.

—¿Tlaxcala...?

Coyohua siguió avanzando:

—A cualquier lugar al que vayamos te van a reconocer. Hay un precio sobre tu cabeza. Tezozómoc lo fijó en veinte canastos de oro, cuatro mil mazorcas de cacao. Nos están persiguiendo —y negó con la cabeza—. Vas a tener que esconder el tatuaje que tienes en el hombro. Tendremos que adoptar otras personalidades.

—Yo también lo pensé.

—Primero pensé en llevarte a donde está mi familia.

—¿Otumba...? ¡¿Estás loco?!

—No. Estoy bromeando —le sonrió. Suavemente lo bajó de su espalda. Lo puso a caminar en el lodo—. No te entregaría a mi tío Lacatzone, aunque me ofreciera el principado.

Avanzaron en la oscuridad. Le dijo a Nezali:

—Por eso te digo: nuestra única salida ahora es allá, hacia Tlaxcala —y señaló hacia delante, al Monte Tláloc—. Supongo que ellos no van a traicionarte. ¡No pueden hacerlo! ¡Son tus tíos! Son tu familia —y de nuevo negó con la cabeza—. Tezozómoc va a ofrecerles dinero, territorios. Pero hasta este momento, tus tíos de Tlaxcala nunca traicionaron a tu padre, ni a tu abuelo Techotlala. Son, a final de cuentas, la misma familia. Son los descendientes del gran rey Xólotl.

34

Al otro lado del lago, en el poniente, en el palacio de Azcapotzalco, el musculoso príncipe Maxtla, pintado de rojo, caminó hacia su padre, el emperador Tezozómoc.

—¡Padre! —hizo una genuflexión ante él. Su rostro, con la mitad pintada como un esqueleto, se cimbró—: Mis hombres están explorando las plantaciones de Teopiazco, Tepetlaóxtoc y Chiautzingo. ¡Te traeré vivo a Nezahualcóyotl! ¡No pasará de estos días!

—Más te vale —le dijo el anciano. Temblando, se levantó. Sus piernas estaban débiles, castañeteaban, y la carne le colgaba. Sus ojos estaban hundidos tras sus membranas humedecidas. Su cabeza tenía pústulas: clavos de cuarzo y bronce, semejantes a escarabajos. Algunas le sangraban. Respiró, con chiflidos cuando el aire entraba por su nariz. Con su mano deforme señaló hacia delante:

—El cuerpo de Ixtlilxóchitl. Quiero comerlo. Necesito la fuerza de mi enemigo.

Su hijo se volvió a sus hombres. Éstos entregaron fragmentos del cuerpo del rey de Texcoco, mojados en sangre, entre ellos la nariz y los ojos. Los colocaron frente al monarca. Tezozómoc sonrió.

—Mi antiguo enemigo —y le dijo a Maxtla—: No hay bendición más grande ni alegría más completa que derrotar a tu enemigo, vencer a quien te odia, y comerlo —y parpadeó—. ¿No lo has sentido, hijo mío? —le preguntó a Maxtla—. Quiero que sientas esa felicidad cuando mates a Nezahualcóyotl, ya que si sobrevive, se convertirá en tu peor rival, porque él podrá destruirte, pues él va a ser para todos el símbolo de la revolución y de la "libertad"; el líder de todos los que hoy controlamos. Mientras ese jovencito esté por ahí suelto, nuestros enemigos lo van a poder usar para darnos un golpe de Estado, provocarnos una revuelta social. ¿Lo comprendes? No lo permitas —dijo esto con urgencia.

Maxtla se desplomó sobre su rodilla:

—¡Amado padre! ¡No lo permitiré! ¡Todo lo que tú quieras se hará! ¡Nadie se atreverá a desafiarte!

Tezozómoc le sonrió.

—Y a mi nieto Yancuiltzin dile que él no tiene mando sobre el ejército de Texcoco. El gobierno de Texcoco lo tendrás tú, en mi nombre, junto con Chalchiuh y Quauhtli. Yancuiltzin sólo será la cara para las cuestiones tributarias, para los nuevos impuestos que sacaremos de los texcocanos. Mi ejército lo controlo yo, a través de ti, ¿lo comprendes? Ninguna ciudad debe manejar su propio ejército. Tú debes controlar directamente a los guerreros.

—Así será, padre —sacudió la cabeza—. ¡Lo que tú quieras! —y se golpeó en el pecho, en el sol negro tatuado en el corazón—. ¡Tú eres mi sol! ¡*Mä Dada*! ¡*Mä Hyadi*! —y se volvió a su joven hermano Tayatzin—. No te decepcionaremos —y levantó sus garfios.

35

En el territorio remoto de Chiautzingo, Tepetlaóxtoc —futuro San Pedro Chiautzingo—, Nezahualcóyotl y su protector, Coyohua, de Teopiazco, vieron llegar la noche.

Coyohua, el exasistente de Ixtlilxóchitl, se recostó sobre las piedras. En la oscuridad vio las estrellas. Las recorrió lentamente con los ojos, de un lado al otro: el largo camino luminoso de la Vía Láctea, llamada por él en otomí Ettaxä Cacquengüy y en náhuatl Mix-Cóatl, la Serpiente-Nube.

—Nezali —le dijo—. Tengo aquí algo que creo que debo darte.

Nezahualcóyotl se enderezó.

En la mano, Coyohua le colocó una cajita de metal dorado: un pequeño cubo.

Nezali se la llevó al rostro.

—¿Qué es esto? —y bajo la tenue luz de las estrellas distinguió un dibujo en la tapa: el signo de Cópitl, un insecto con alas y destellos.

—¿*Cópitl*? ¿Una luciérnaga?

Coyohua silenciosamente asintió.

—No la abras —y le cerró los dedos alrededor de la caja—. Esto es un obsequio que me dio tu padre. Ahora es para ti. Es para que recuerdes que incluso en la más profunda oscuridad, siempre habrá luz.

Nezahualcóyotl acarició la caja.

—¿Qué hay adentro? ¿Puedo abrirla?

—Te dije que no. No debes abrirla. Al menos no por ahora —y negó con la cabeza—. Es para cuando realmente la necesites, para cuando en verdad no tengas esperanza. Quiero decir: ninguna esperanza. ¿Entendido?

—Vaya, vaya… Me has generado una gran curiosidad —y miró la tapa—. ¿Qué puede haber aquí adentro? —y comenzó a abrirla—. Voy a ver qué demonios hay aquí dentro.

Coyohua lo detuvo con un golpe:

—¡Te dije que no! ¡Se lo prometí a tu padre! ¡Me dijo: "No abras esta caja mientras aún tengas alguna esperanza"! ¡Esto es para cuando definitivamente ya no la tengas! ¡Es para cuando no exista ninguna salida!

Nezali abrió los ojos.

—Está bien. Pero ¿qué puede haber aquí? Ya siento demasiada curiosidad —la sacudió—. ¡Dímelo!

—¡No lo sé! ¡Yo nunca la he abierto!

—¿De verdad? —preguntó, incrédulo—. Entonces... eso significaría que... ¿tú siempre has tenido esperanza?, ¿aunque mataron a mi padre...?

Coyohua tragó saliva.

—Es que mi esperanza ahora eres tú —y lo miró a los ojos.

Nezali asintió.

—Gracias —y en silencio se detuvo ante la caja dorada—. Pero... ¿y si aquí dentro hubiera una verdadera luciérnaga? ¿Quieres que ella perezca aquí, atrapada? —le sonrió. Después, sujetó a Coyohua por el antebrazo—: Te prometo, hermano Coyohua, que nunca abriré esta caja. Y te prometo que nunca te daré motivos para abrirla.

Coyohua asintió. Le sonrió.

Permanecieron tumbados sobre las piedras. Miraron el cosmos. Coyohua señaló a la Vía Láctea:

—Te voy a contar la historia de todos los que habitan este valle, la verdadera historia.

Nezali se enderezó.

—Un momento... ¿La historia de Aztlán...?

—Nezali, escúchame bien: dado que tu chozno Nopaltzin se casó con la princesa Ázcatl Xóchitl, Hormiga Flor, última sobreviviente de los toltecas, tú eres el descendiente directo de Quetzalcóatl.

—Eso ya lo sé. Dime otra cosa.

—Voy a contarte lo que no sabes.

—Pues comienza. No tengo toda la noche —se enderezó.

—Hay un secreto oscuro de tu antepasado Quetzalcóatl. Algo que tu padre nunca te dijo. Algo que podría darte vergüenza.

Nezali comenzó a negar con la cabeza.

—¿Un secreto oscuro...? ¿Sobre Quetzalcóatl...? Dímelo.

Coyohua se volvió hacia las estrellas.

—En los últimos días de la civilización tolteca, al final del Cuarto Sol, cuando ocurrió la devastación de Tollan, la capital del Imperio tolteca, el rey era Quetzalcóatl. Fue el último rey que vio el esplendor de esa grandiosa cultura justo antes de que llegara tu otro ancestro, Xólotl, con sus invasores nómadas, a devastarlo todo.

Nezali miró las estrellas.

—¡Eso ya lo sé también! ¿Qué quieres decirme?

—Quetzalcóatl, antes de contraatacar, vio llegar al representante del mal, su hermano Tezcatlipoca, vestido como un indigente deformado, con el pie izquierdo roto. ¿Recuerdas las serpientes del universo, el bien y el mal? El mal era Tezcatlipoca disfrazado. Sólo se le asomaba el hueso descarnado de la pierna... Llegó para engañar a Quetzalcóatl.

—¿Tezcatlipoca...?

—Está en esa constelación que ves ahí —y señaló la Osa Mayor—. Es Tezcatlipoca, cuyo pie izquierdo, como puedes ver, está cortado por el horizonte —y se recargó de nuevo sobre las piedras—. El gran Topiltzin Quetzalcóatl, a pesar de ser rey, comenzó a oír los consejos de ese indigente, el cual le dijo: "No puedes lograrlo, son demasiados, no podrás vencer a los invasores nómadas, no los confrontes; debes relajarte; no lleves a tu pueblo a la guerra ni los incites a que se defiendan, mejor vive la paz en tu corazón, la paz es interna; mejor duerme, no luches contra nadie, mejor sé el campeón de la paz".

—Como mi abuelo...

—El rey primero se opuso. Pero el indigente lo sujetó por el cuello y procedió a darle un brebaje, llamado Estupidez. Tu ancestro Quetzalcóatl lo tragó. Quedó intoxicado, narcotizado, como si hubiera bebido pulque. Tezcatlipoca entonces se quitó el manto. Quedó al descubierto lo que realmente era: el esqueleto, la muerte, el terror. Le sonrió a Quetzalcóatl. Le recordó que ambos eran las serpientes cósmicas que habían estado peleando siempre, desde el principio del universo: el bien y el mal. Entonces, Tezcatlipoca lo tomó por los cabellos y lo estrelló contra un espejo, donde Quetzalcóatl se vio a sí mismo deformado, convertido en un gusano. Tezcatlipoca estaba logrando su objetivo: destruir la mente del rey tolteca. Lo estaba volviendo débil, pasivo, pusilánime, resignado, cobarde. Le estaba destruyendo todo deseo de guerra, de defensa, de rebelión. Lo que le quedaba de hombre se licuó. Quetzalcóatl cayó en el embrujo de Tezcatlipoca, en la oscuridad. Recordó sus derrotas al morir el Segundo y el Cuarto Sol. Quedó postrado, en su cama, al servicio de Tezcatlipoca. Los ciudadanos toltecas se alarmaron. Su líder estaba apocado, castrado, poseído por el espíritu de la anulación interna, mientras los extranjeros estaban entrando a robarles todo, a violarles a sus familias, a quemarles sus casas. La destrucción comenzó. Los propios toltecas exigieron la renuncia de Topiltzin Quetzalcóatl, quien ahora era una decepción, una vergüenza, un mediocre traidor, un cobarde poseído por la manipulación. Aprovechando esta barbarie, Tezcatlipoca utilizó a las hordas de Xólotl para provocar la destrucción final de Tollan.

Nezahualcóyotl miró al horizonte: la Osa Mayor.

—Sigue.

Coyohua observó también la constelación.

—Manipulado por Tezcatlipoca, Quetzalcóatl bajó a la plaza para hablar con sus ciudadanos con el fin de convencerlos de que no combatieran. Les dijo: "No hagan la guerra; el combate sólo trae más violencia al mundo; mejor déjense vencer, sométanse ante quien llegue; la paz sólo existe realmente adentro del corazón, la realidad no existe, todo es mental". Lo apedrearon. Pero los toltecas no lograron destruirlo. Nombraron a otro rey, llamado Huémac, y Quetzalcóatl huyó, como una mujer, humillado, derrotado. Su hermano, la serpiente del mal, había logrado una victoria más en el cosmos. Así terminó el Cuarto Sol.

Nezali comenzó a negar con la cabeza. Cerró los ojos.

—¿Y después? ¿Qué más pasó?

—Huyó, avergonzado, dejando su ciudad en llamas, llorando. Destruyó su civilización por su pasividad. Ésta es la historia que no te han contado sobre Quetzalcóatl. Mientras su nieta Ázcatl Xóchitl, tu abuela-bisabuela, era violada, golpeada y esclavizada por los invasores, Topiltzin Quetzalcóatl se arrastró llorando como un cobarde al oriente, hasta el acantilado Tlapallan, donde vio el horizonte negro y decidió suicidarse. Algunos dicen que huyó hasta las tierras del Mar Distante y allá fundó ciudades nuevas, con un nuevo nombre y con un nuevo rostro. Eso nunca lo sabremos. Pero sabemos que él fue quien destruyó Tollan, no tu ancestro Xólotl. Xólotl sólo fue un instrumento del destino, y un verdadero líder. Fue Quetzalcóatl quien destruyó a su sociedad: por su cobardía, por dejarse manipular por los pacificadores. El que te dice que dejes las armas sólo quiere verte indefenso, vulnerable, agachado, desarmado: listo para violarte y acabarte, o para permitir que otros lo hagan —y lo miró a los ojos—. Sólo puedes defender a los que amas si estás preparado para la violencia.

Nezali tragó saliva.

—Entiendo —asintió con la cabeza—. Seré como Xólotl. No como Quetzalcóatl.

—En ese lugar llamado Tlapallan, Quetzalcóatl lloró por última vez, vencido por Tezcatlipoca. Fue su derrota final. De ahí venimos los que estamos ahora aquí, en lo que se llama Quinto Sol, mira —y señaló a su alrededor—: Éste es un universo dominado por Tezcatlipoca —y apuntó a la Osa Mayor—. Es de ahí de donde Tezozómoc saca su fuerza. Ésta es su capacidad para derrotar la mente, para quitar la esperanza; para destruir el deseo de lucha.

Aspiró el aire. Miró al horizonte.

—Nezali, según la leyenda, tu ancestro Quetzalcóatl, en el colmo de la cobardía, se arrojó al abismo y se prendió fuego. Se incendió en llamas para desaparecer definitivamente, y brilló como una antorcha hasta perderse en el infinito, en el Inframundo, en el reino de la muerte, en un sacrificio sin objetivo, sin utilidad para nadie. Ahí, se dice, recogió los huesos de los antiguos humanos y lloró sobre ellos, para devolverles la vida. Los religiosos creen y dicen que la estrella Venus que vemos por las mañanas es Quetzalcóatl regresando del Mictlán, ayudando al sol a renacer también —y señaló al horizonte—. Yo sólo te digo: nunca busques ser como Topiltzin Quetzalcóatl. Él no pudo imponer el bien en el mundo. Eso es evidente, es claro su fracaso. Recuerda la lección de tu padre. Hoy se requiere de algo nuevo si deseas confrontarte contra el mal. Se requiere de algo que hasta ahora nadie ha visto. Debe surgir una nueva fuerza hasta hoy desconocida.

36

—Quetzalcóatl no fue tan bueno como nos han adoctrinado —me dijo el sacerdote: el controvertido e imponente Damiano Damián, de la Orden de Cristo, heredero de los Caballeros Templarios de la Edad Media—. Quetzalcóatl es en realidad un instrumento para mantener sumidos a los mexicanos: el ejemplo perfecto del perdedor que ellos deben ser. Un hombre bueno pero fracasado, convertido en santo. El prototipo para incubar perdedores.

Antes de avanzar por el pasillo volvió el rostro hacia los hombres que los acompañaban y les dijo:

—Yo me encargo, hermanos, son necesarios en otro sitio. Vayan en paz.

Los hombres se miraron entre sí y asintieron. No se despidieron de nadie al irse. El padre Damiano Damián me tomó del brazo y avanzamos por el pasillo:

—¡Los enseñaron a rendirse, a no luchar! Así ¿cómo van a llegar a las ligas mayores como nación? ¿Cómo van a convertirse en un "Estados Unidos"? Se trata de una castración mental inducida. Una pacificación del aplastado. Los hicieron adorar a Quetzalcóatl, y no a Xólotl.

—Eso es grave —le dije. Seguí caminando con él—. Entonces... ¿usted es un... "templario"? —y sacudí la cabeza.

—Es un caso de programación y desprogramación, como tú lo dijiste. Te escuché —me sonrió—. Este país fue programado para no creer en sí mismo. Pero tú debes desprogramarlo. Cada individuo debe reformatear su cerebro. Han hecho que todo un pueblo deje de confiar en sí mismo. ¡Eso es catastrófico! Para eso estás aquí tú. Nada los podrá salvar: ni un gobierno bueno, ni un ovni, ni un arcángel que baje del cielo, mientras el motor de cada individuo esté apagado. Debes devolverles la esperanza en sí mismos, la confianza. ¡Diles que son titanes! En realidad lo son, pero los hicieron olvidarlo. Ésta es una de las más mortíferas programaciones de la historia. Cada individuo duda de su grandeza. Hasta culpables se sienten de reconocer alguna ambición.

Y cuando aparece alguien para decirles que sí hay una salida, surge de inmediato otro para decirles que no se puede, que es mejor continuar agachados.

—*Dios...* —y vi los cuadros de los santos martirizados—. ¿Existe alguna solución? ¿Cómo "desprogramarlos"?

—Tienes que desprogramarlos totalmente y reprogramarlos. El daño ha ocurrido en la psique, en el fondo del cerebro del mexicano, donde está el motor de la confianza: el núcleo reticulado. Viven con miedo. Este miedo lo camuflan con desinterés, con evasiones que los distraen, como ver la televisión o el internet. El daño ha sido en sectores del subconsciente. Ni siquiera saben por qué se sienten derrotados, ni por qué se atacan los unos a los otros, como si el mexicano que los rodea fuera su adversario. Esto es programación. Debes volver a convertirlos en hombres. Que recuerden lo que realmente son. Desprogramación y reprogramación. Crearás para ellos un proceso gigantesco de desmanipulación. Una desfragmentación de la unidad de memoria, del procesador interno, y una reconexión. Una nueva red. Éste es el momento para despertar.

—¿Sabe? —caminé junto a él—. Usted es el mejor sacerdote que he conocido. ¡Ahora entiendo qué son los templarios! No lo había entendido.

Me sonrió. Me mostró un dibujo marcado en su muñeca: la cruz cuadrada de color rojo. Decía: *AD EA EX QUIBUS. SIGILLUM MILITUM XPISTI.* "Para realizarlo. Sello de los Soldados de Cristo."

Parpadeé.

Desde atrás escuché una voz que me paralizó:

—Es él quien te está manipulando ahora. Él te va a desprogramar y reprogramar. Eres importante, Rodrigo Roxar. ¿Nunca te has preguntado por qué llevas el apellido de tu madre? ¿Sabes realmente quién es tu padre?

Era la voz de Silvia. Por primera vez supe que ella no estaba ahí por casualidad. El padre Damiano Damián negó con la cabeza.

—No es tiempo de intrigas, sino de movernos. La noche avanza. Debemos darnos prisa.

Avanzamos por el pasillo hasta que al fin dimos con un estacionamiento y encontramos una camioneta. Era un modelo viejo, pero tenía cierto carácter. El padre Damiano nos ordenó subir y, apretados todos, lo hicimos, el motor arrancó y nos perdimos en la noche.

37

—Entonces... —le dijo Nezahualcóyotl a Coyohua—: ¿Quetzalcóatl no es un héroe a seguir ahora?

Coyohua miró a las estrellas: hacia la Osa Mayor. Vio el pie sideral de Tezcatlipoca tapado por las distantes montañas. Entrecerró los ojos.

—Si consideras que Quetzalcóatl permitió la tragedia de miles de personas en Tollan por su acobardamiento ante la guerra —y lo miró a los ojos—, es un símbolo de la derrota. Es el prototipo del héroe vencido o derrotado con el que nos han educado para vencernos. Tristemente, fue el modelo de tu abuelo Techotlala. Nos vencieron aquí —y tocó su cabeza—. Se lo enseñaron a tu abuelo y a tu padre. Su héroe debió haber sido siempre Xólotl, el que venció a todos, el que rescató a la nieta de Topiltzin, tu abuela-bisabuela; el que fundó todo lo que conocemos: las noventa ciudades, los reinos que hoy existen, incluidos los de los tlaxcaltecas —y miró al horizonte—. La mitad de las dinastías del mundo llevan su nombre. Xólotl es el verdadero héroe de toda la historia —y se volvió hacia Nezali—. ¿Pero por qué hoy no se habla de Xólotl? Pregúntatelo. Hoy se requiere un ídolo nuevo, no a Quetzalcóatl. Tiene que surgir algo novedoso desde tu interior, algo mucho más poderoso que cualquier cosa que hasta ahora hayas conocido.

Nezahualcóyotl observó en el piso, junto a su pierna había un enorme alacrán de corazas cobrizas.

—*Cólotl*... —se dijo. Lo observó. El animal impelía hacia delante con su larga cola, por encima de su dorso. Delicadamente, Nezali lo tomó entre sus dedos—. ¿Por qué eres tan agresivo, amiguito? —lo miró con detenimiento, mientras el alacrán movía agitadamente sus ocho patas. Se lo llevó a la boca. Empezó a morderlo, a comerlo. Sintió su sabor salado.

—¿Sabes? —le dijo a Coyohua—: Quiero saber quiénes son realmente los "aztecas". ¿Son los tepanecas? ¿Son los acolhuas? ¿Los otomíes? ¿Los xochimilcas? ¿Los texcocanos? ¿Por qué todos dicen que ellos mismos son los aztecas y que sus enemigos no lo son? ¿Es algo político? ¿Todo es falso?

Coyohua se recostó en las rocas. Colocó las manos por detrás de la nuca:

—Eso es muy largo —y cerró los ojos—. Me da pereza.

—¡Dímelo! —se irguió—. ¿Cómo comenzó todo? ¿Tú lo sabes? Si es así, ¡te ordeno que me lo digas! ¿Qué te dijo mi padre? ¿Los aztecas... somos nosotros?

Coyohua se dio la vuelta sobre su costado. Miró la distante luz en el horizonte:

—Verás, existen muchos mitos, muchas leyendas. Casi ninguna es cierta. En la escuela, Huitzilihuitzin ha dirigido la investigación sobre el pasado. Ha enviado dos expediciones a buscar el lugar mítico, Aztlán. Se lo ordenó tu padre —y lo miró a los ojos—. Tienes que comenzar por apartar de ti todo lo que es falso.

—¿Todo lo que es falso...?

—La parte falsa de tu pasado.

Nezali negó con la cabeza.

—¿Cuál es la parte falsa de mi pasado...?

Coyohua se levantó. Se desempolvó los muslos:

—Todo tiene que ver con Aztlán. Tu padre te ocultó algo muy importante: lo que descubrió del pasado —y lo tomó por el brazo—. Es acerca de tu pasado. En realidad, esto tiene que ver con el origen de todos.

Avanzaron en la oscuridad. Los días se volvieron una semana. Se decía que el joven Nezahualcóyotl huía por todo el Valle del Anáhuac. Unos decían verlo en Culhuacán, otro en Chalco, unos más en las ruinas de Texcoco. Lo cierto es que el joven y su asistente sobrevivían. Lo mismo comían insectos que alguna caza menor, o pescados cuando se acercaban a los ríos. No dejaban rastro y seguían. Mientras tanto, sus enemigos se multiplicaban. Los mensajeros iban y venían de las principales cortes de los pueblos aledaños al lago de Texcoco. Las noticias que llevaban eran terribles: sin nadie que se opusiera a su poder, las siguientes víctimas del emperador Tezozómoc fueron de su propia casta sacerdotal.

Una noche, mientras trataban de alcanzar una presa que se les había escapado durante la tarde, Nezahualcóyotl se volvió hacia Coyohua. Observó en el aire unas misteriosas esferas de plasma. Las luces empezaron a cambiar de colores.

—¿Eres tú, Huitzilihuitzin? Ni siquiera tú eres capaz de crear esta magia —y negó con la cabeza.

El aire vibró con un gemido chirriante. Estalló en un mar de luz roja. Una luminosa mancha de color rosa se formó encima de él. Esta luz comenzó a volverse tenue y se expandió en el cielo, alejándose hacia las orillas de su campo de visión como si fueran los brazos de una medusa. De pronto se diluyó en la oscuridad.

Nezali sintió que su corazón palpitaba con rapidez. Negó con la cabeza.

—¿Quién está haciendo todo esto...? —y se volvió hacia Coyohua. Éste, llorando y amarrado, negó con la cabeza. En su boca tenía un paño con cera.

Entre las rocas, la luz membranosa se les aproximó.

Nezahualcóyotl tragó saliva.

Vio la cara de la muerte frente a él: una calavera hecha de cera fosforescente. Esa figura le habló con el maullido de un gato.

—Soy Tlācanēxquimilli, el sumo sacerdote de Azcapotzalco. Vengo a rescatarte. Lo que estás respirando es polvo de hongo *teonanácatl*. Todo lo que has visto lo está creando tu mente.

38

Pronto se vieron rodeados por más hombres y gente del sumo sacerdote Tlācanēxquimilli. El polvo los había adormecido, así que no se percataron de las jornadas que hicieron desde el sitio donde los habían apresado hasta las montañas nevadas de las cuales podía verse todo el valle. Incluso "yo, Rodrigo Roxar", "quien miraba todo desde un espacio del espejismo, desde las puertas que me habían abierto las dos serpientes", me sentía curiosamente atado a esa sustancia.

Cuando despertó, Nezalli miró a su alrededor. Lo habían transportado a una remota cueva helada en las faldas del volcán Iztaccíhuatl. La llamada Cueva de los Brujos.

El santo hombre pintado de blanco continuó vaciándole el líquido caliente sobre la cara. Le aplicó en las heridas de la espalda la pomada con olor a eucalipto.

—Todos los fantasmas han sido creados por los hombres —y se levantó de una silla de tronco—. Pero si la gente supiera todo esto, entonces nosotros, los sacerdotes, nos quedaríamos sin trabajo —le sonrió al chico. Vació el cuenco en una gran cuba de bronce.

Nezahualcóyotl miró a su alrededor. Las paredes de la cueva eran columnas: deidades de la muerte, de la vida, del amor y del clima. Vio unos mascarones: los fantasmas de la cultura otomí; los demonios de la religión tlaxcalteca; las caras horribles de la mitología tepaneca; los dioses de la religión huaxteca: todos con los ojos saltones y las lenguas de fuera.

Tlācanēxquimilli le dijo:

—El emperador Tezozómoc me expulsó. Me quitó mi poder. Se declaró sacerdote supremo del imperio. Ahora piensa que no necesita a nadie. Te ahorraré el relato de cómo me arrancó de mis templos. En cuanto salí de la ciudad, envié mensajeros a buscarte. Tal vez las redes de los emperadores son fuertes, pero no rivalizan con las redes de quienes tratamos con los dioses —le sonrió—. Se corrió la voz de que habían visto a un par de hombres que andaban libres, al parecer escapando, por esta zona. Y la verdad es que me conviene tenerte.

Nezali negó con la cabeza.

—Esto es tan conmovedor... Me haces llorar.

—Yo te puedo ayudar, Nezali. Y tú me puedes ayudar también.

—¿De qué hablas? No sé qué puedo hacer por ti. A mí me persiguen.

Tlācanēxquimilli señaló a Coyohua.

—Tu compañero tiene razón en lo que dice. Sólo tienes una solución ahora: buscar a tus tíos de Tlaxcala —y se le aproximó—. Ellos están al otro lado de esta gran montaña: la Montaña de la Señora, la Blanca-Mujer Dormida, la Iztac-Cíhuatl.

Nezali miró a la ventana. En su piel sintió el frío. En su nariz percibió el olor de la nieve. La galería de la cueva no era tan grande, pero imponía el resto. El sumo sacerdote no estaba solo, un grupo de personas, entre asistentes, soldados leales y otros sacerdotes de menor rango, lo acompañaban.

Tlācanēxquimilli le dijo:

—Podemos conseguir el apoyo de naciones que están afuera del valle que controla Azcapotzalco, al otro lado de las montañas, lejos del Anáhuac —y señaló al oriente, hacia atrás de la montaña—: Los reinos de Tlaxcala, Cholollan y Huexotzinco: la federación de tus tíos tlaxcaltecas. Yo te puedo ayudar. Ellos también son descendientes del rey Xólotl, como tu padre. Tu tío Cocotzin de Tlaxcala es bisnieto de Quánex, hermano de Quinatzin, bisnieto de Xólotl.

Los hombres que acompañaban al sumo sacerdote y quienes habían transportado a los dos estaban sentados, todos mirando al muchacho, asintiendo con la cabeza.

Nezahualcóyotl se volvió hacia Coyohua. Éste se encogió de hombros.

Nezali le dijo a Tlācanēxquimilli:

—Yo no te necesito para eso. Son mis tíos. Yo puedo negociar con ellos.

El sujeto miró al espacio.

—Nezali, Nezali... ¡Nosotros somos los maestros de la magia, de la brujería! ¡Somos los hechiceros! —y le sonrió—. ¡Aquí se educa a los brujos de todo el imperio! ¡Les enseñamos la magia, las abrasiones, los conjuros para dañar a las almas! ¡Sabemos provocar el terror en la gente, la desgracia, la sugestión, la tragedia, la salvación! —y abrió los

ojos—. ¡Los polvos, las resinas, las esporas, los olores para las alucina-
ciones…! ¡A la gente le fascina nuestra magia! ¡Ése fue el error de tu
padre! Quiso darles un dios verdadero, pero ellos prefieren estas máscaras, ¡míralas!

Nezahualcóyotl observó las figuras horribles.

—Qué feas las haces.

Tlācanēxquimilli le dijo:

—Nezali, la gente prefiere la magia, los monstruos, las fantasías, las
noches de fantasmas, los terrores desconocidos, ¡aman depender de un
chamán que les diga su futuro y, sobre todo, que les indique qué hacer
en sus miserables vidas, porque ellos no se atreven a decidir nada por sí
mismos! ¡Prefieren que otro lo haga! ¡Que les diga qué hacer! —guardó
silencio unos momentos, para que Nezali comprendiera mejor lo que
le decía—. Yo te ofrezco todo este poder —y le extendió la mano—.
Tú serás el emperador del mundo. Yo voy a ser tu sacerdote supremo. Te
aseguraré la obediencia de todos en tu imperio. Te amarán como a un
dios. ¡Vamos a hacer una revolución de las ciudades y, con el apoyo de
Tlaxcala, derrocaremos juntos a Tezozómoc! ¡Tienes todo mi apoyo!

Nezali lo miró fijamente. Abrió los ojos.

Tlācanēxquimilli le sonrió.

Coyohua también abrió los ojos.

—Nezali, acepta —y comenzó a asentir—. Hasta ahora nadie nos
ha ofrecido nada: sólo madrazos y caca. Yo sé lo que te digo.

Nezali observó en el muro las columnas de troncos, las muchas
figuras aterradoras: Toci Coatlicue, Tezcatlipoca, Otontecuhtli de los
otomíes, Cuecuex de los tepanecas de Azcapotzalco; Camaxtle de
los tlaxcaltecas, dios desollador; Xipe Tótec de los yope, cuya capa era
la piel arrancada de otro ser humano.

—No me parece —le dijo a Tlācanēxquimilli.

El hombre de pigmento blanco se quedó pasmado. Arqueó la espalda.

—¿No? —y pestañeó.

—No. Yo no voy a pactar con el mal. Esto es el mal.

El sumo sacerdote comenzó a negar con la cabeza. Cerró los ojos.

—Un momento... ¿Entiendes que estoy ofreciéndote ayuda?

Coyohua empezó a gritar:

—¡Nezali! ¡Maldita sea! ¡¿Por qué siempre te empeñas en ponernos
contra todos?! ¡Nos está ofreciendo apoyo!

39

En el futuro, la camioneta giró en la oscuridad, a la autopista Texcoco-Calpulalpan.

El padre Damiano Damián me miró fijamente:

—El Hombre 240, desenterrado en Azcapotzalco, que es el cadáver que viste con un líquido negro en el eremitorio, efectivamente corresponde a la capa estratigráfica Azteca III. Es de 1479, el año en el que se ejecutó la construcción del Calendario Azteca y se le presentó al emperador Axayácatl.

Silvia Nava se enfureció.

—¡No, no! ¡Todo esto son tonterías! ¡Hubo miles de hombres muriendo ese año! ¿Cómo sabe usted que ese sujeto en específico fue el que construyó el Calendario Azteca?

El padre miró a la ventana. Me dijo:

—Rodrigo, es fascinante la forma en la que descifraste el número del poema de Nezahualcóyotl. Nadie lo había logrado hasta ahora. Supongo que por eso te traje —y me tomó por el antebrazo—. No es casualidad que tú y yo hayamos coincidido esta noche —y se volvió hacia Silvia—: Hija, gracias por hacerlo caminar por la avenida Reforma esta tarde, donde lo entrevistaron los de la televisora. Gracias porque, sin saberlo, lo has traído a mí.

Ella le gritó:

—¡Esto es tonto! ¡No lo llevé para que lo entrevistaran! ¡Íbamos al cine!

El sacerdote me dijo:

—Rodrigo Roxar, no es que yo no quiera que participes en el tratado. De hecho, si deseas participar, hazlo, pero diles a los mexicanos la verdad. El tratado es una idea excelente siempre y cuando tu país esté ahí para ganar. En cualquier negociación, el que gana es el que sabe lo que quiere y el que sabe quién es. Si tú no sabes quién eres, ni lo que quieres, entonces los otros te van a hacer lo que ellos quieran. Los que van a negociar con México, créame, sí saben lo que quieren. Lo tienen clarísimo. Ellos sí saben quiénes son. Han remodelado su propia historia para ser los chingones. Es hora de que México se reconstruya. ¿Analizaste el discurso que quieren que leas?

—¡Dios, Dios! —Silvia se golpeó la cabeza—. ¿Así manipula usted a la gente en las confesiones?

Me llevé el billete de cien pesos a los ojos. Lo miré con cuidado. Arriba del número de serie vi la siguiente clave, la que nos llevaba al lugar al que ahora debíamos ir.

Le dije al sacerdote:

—Es increíble. Todo está en este billete. ¿Cómo pudo saber todo esto la persona que lo diseñó?

—No lo supo —se aclaró la garganta—. Todos somos parte de este plan cósmico. Lo diseñó Dios. La trama del destino es un misterio. Es algo mucho más vasto que nosotros mismos. Déjate llevar por este pulso del cosmos. Es el campo de la constante de acoplamiento Sigma, el subprograma matemático de lo que "existe", la sincronicidad: el campo cuántico. Deja que opere tu subconsciente. No pienses. Cuando no sepas qué hacer, deja que lo haga tu subconsciente. Él sabe qué hacer. Tu subconsciente es la parte desconocida de ti mismo, la que está realmente conectada con Dios —y se aproximó a mí—. Ni siquiera el hombre que diseñó este billete sabía lo que estaba plasmando. Fue parte del proyecto, igual que tú, o yo, o ella —y señaló a Silvia—. Incluso tú, que no crees en nada, eres también parte de este plan cósmico que se está desenvolviendo —le sonrió.

Ella miró hacia el techo.

—Sí, claro... Mi plan cósmico es que usted no exista.

Las llantas rechinaron.

En el billete acaricié el glifo del pájaro de "las cuatrocientas voces". El "zentzontle" era ahora la clave más importante.

Por estar platicando no nos dimos cuenta.

Teníamos detrás de nosotros cuatro patrullas con las torretas apagadas.

Seiscientos años atrás en el tiempo, en medio de una helada ventisca, el joven Nezahualcóyotl caminó apoyándose en un lanzón de garfios que le había dado Tlācanēxquimilli, el Hombre Fantasma.

Estaba abrigado con las ropas esponjosas y calientes que le había proporcionado el sacerdote.

Habían salido de la cueva y avanzaron juntos contra el viento de hielo que les golpeaba los rostros. Caminaron sobre sus botas de picos por el desfiladero, en la cresta misma del esqueleto volcánico llamado Iztaccíhuatl, la Mujer Blanca, o Mujer Dormida.

—Mira todo esto —le dijo Tlācanēxquimilli—. Te traje aquí porque voy a convencerte. ¿Vas a renunciar a ser el dueño de todo esto?

Ambos miraron todos los horizontes, los valles. Del lado occidental estaba la gigantesca planicie del Anáhuac, mojada por el inmenso lago de Texcoco. Nezahualcóyotl observó la superficie azul del agua, en silencio. Vio las noventa ciudades, en las llanuras, en las barrancas, en las montañas distantes, incluyendo a Texcoco, a Coatlinchán, a Azcapotzalco. Del lado oriental se extendía el inmenso valle de Puebla-Tlaxcala, apuntando hacia el mar infinito de Tlapallan —el futuro Golfo de México.

—Vas a poder ser el dueño de todo —le dijo Tlācanēxquimilli—. Podrás coronar todos los sueños de tu padre. Transformarás al mundo. Vas a vencer a Tezozómoc. Tu padre amaría este momento, ¡no lo desprecies! ¡Tu padre está en el cielo! —y señaló hacia arriba—. ¡¿Lo vas a privar de verte elevado al trono, de recibir la corona, de verte convertido en el dueño de todo?! ¡Nezahualcóyotl Acolmiztli, tu padre te amó demasiado! ¡Hazlo por él! ¡No seas egoísta! Hazlo por su sueño. Realiza el sueño de tu padre.

Permanecieron mudos por un momento. Observaron la inmensidad. Respiraron el aire con hielo.

Nezahualcóyotl lo miró todo. Escuchó los torbellinos de viento que rechinaban en las profundidades, en el fondo de la cordillera.

—Mi respuesta es no. Yo no voy a lograr las cosas con mentiras, ni con trampas como tu magia —y siguió avanzando—. Eso no es lo que me pidió mi padre. Tú eres parte del mal del mundo.

Coyohua comenzó a negar con la cabeza.

—No, Nezali. ¡No! —y se tapó la cara—. ¡¿Lo quieres volver tu enemigo?!

En la camioneta, el padre Damiano Damián miró por la ventana: el colosal puente de San Pedro Chiautzingo. Me dijo:

—Por quinientos años se nos ha mentido sobre la identidad de los aztecas. Nadie sabe realmente quiénes son los aztecas, o quiénes eran. ¿Eran los que venían de "Aztlán" y por eso se llamaban así? ¿Eran los mexicas? Sin embargo, hoy se sabe que los mexicas no llegaron en la misma oleada migratoria de las demás razas que decían venir de Aztlán. ¿Quiénes eran realmente los misteriosos "aztecas"? ¿Siquiera existió Aztlán? —y me miró a los ojos—. En esto consiste la gran trabazón que detiene a la nación mexicana. Esto es lo que le impide saltar a la grandeza. El no saber su origen también les impide tener claro su destino. En este vacío, lo único que les quedó fue tratar de acomodarse como un arremedo de los españoles —se me aproximó—. Cuando no conoces tu origen, tampoco conoces tu destino. Esto lo sabías, ¿verdad? Tu pasado es la clave sobre tu función cósmica en el universo. Y créeme: la tienes.

Silvia lo aferró por el brazo:

—¡Usted y sus manipulaciones! ¡Basta! ¡Nadie tiene una "función cósmica en el universo"! ¡¿Qué es eso?! —y se arrojó hacia atrás, contra el asiento—. ¡Deje de manipular a mi novio! ¡Rodrigo no tiene ninguna maldita "función cósmica"! ¡Qué tontería! ¡Nadie la tiene! ¡Y si acaso tuviera una, sería la que yo le diga, no la que usted le diga!

El sacerdote la tomó por el brazo:

—Amiga, entiendo tu frustración —y le sonrió—. Tú crees que no tienes ninguna función cósmica, pero nosotros sí la tenemos. No nos vas a detener —y arqueó las cejas—. Esta noche vamos a cambiarlo todo, especialmente para tu país, aunque tú no lo quieras.

42

Noventa kilómetros al noroeste, en medio del lago, en la pequeña isla de los mexicas —Tlatelolco-Tenochtitlán—, el musculoso general Itzcóatl entró con el tórax desnudo al cuarto de gobierno del tlatoani Chimalpopoca, nieto del emperador Tezozómoc.

Hizo una genuflexión ante el joven de veinte años:

—Amado Chimalpopoca, tu abuelo nos pide, a través de Chalchiuh, publicar aquí una recompensa por Nezahualcóyotl Acolmiztli, para que la población nos ayude a lograr su captura. Podría estar ocultándose en esta isla, o en alguna otra zona del pantano.

Chimalpopoca se levantó de su asiento de cáñamos.

—Me parece correcto —y permitió que sus pajes le colocaran el mascarón de la muerte y una bata de algodón. Acarició su joven pecho.

—Tú controlarás Texcoco y Coatlinchán —le dijo a Itzcóatl—. Mi abuelo decretó que nosotros tengamos autoridad política sobre la conquista en Texcoco, con mando y jerarquía militar por encima de mi primo Yancuiltzin.

—Así será, amado Chimalpopoca—. El emperador también solicita esto a través del embajador Chalchiuh —y le mostró el papel de *ámatl*. Tenía signos semejantes a dados, ganchos, limas y lazos—. Quiere que me envíes con cuatro ejércitos de Hombres Serpiente a atacar Tequixquiac, en el norte. Está poblado por otomíes de Otumba y Zumpango, sobrevivientes de Xaltocan. Acalmiztli se negó a pagarle los tributos al emperador Tezozómoc. Quiere que lo destrocemos, que lo reemplacemos con su hijo —y enrolló de nuevo el *amoxtli*.

El joven Chimalpopoca tensó la mandíbula.

—¿Quiere que vaya en guerra contra Acalmiztli...? —y se volvió a la ventana del norte, a la parte más remota del lago-mundo: la región de las canteras de Xaltocan-Zumpango, tierra de la obsidiana gris. Imaginó al violento y señorial Acalmiztli, gobernante de los otomíes más distantes del norte. Sacudió la cabeza.

El general Itzcóatl le dijo:

—También me ha pedido entregarte esto —y jaló hacia el tlatoani a una chica obesa y mal encarada.

—Se llama Matlalatzin —le dio Itzcóatl—. Ella es la hermana de tu primo Tlacatéotl, el Hombre-Dios de Tlatelolco —y señaló al norte de la isla.

Chimalpopoca observó a su prima, nieta también de Tezozómoc.

—¿Vienes a espiarme? —le preguntó. La chica le sonrió con sus dientes rotos. Tenía los ojos desorbitados.

—*O te mä tita 'bego* —le dijo ella en el lenguaje tepaneca—. Harás lo que yo te diga. Tú no estás aquí para amar a los mexicas ni para aliarte con ellos. Tú estás aquí para controlarlos —y le sonrió—. Tú eres tepaneca. Obedece a mi abuelo.

Lentamente caminó por detrás de Chimalpopoca. Le dijo al oído:

—Sólo la mitad de tu sangre pertenece a los mexicas. Tú no eres como ellos. Si los obedeces, traicionarás a mi abuelo. Entonces yo voy a matarte. Yo estoy aquí para vigilarte.

Chimalpopoca cerró los ojos.

43

Al otro lado del lago, a mil quinientos metros de altura, en lo alto del volcán nevado Iztaccíhuatl, Nezali forcejeó con el sumo sacerdote Tlācanēxquimilli, Hombre Fantasma. Lo golpeó en la cara. Comenzaron a resbalar sobre el hielo, hacia abajo.

—¡Maldito seas! —le gritó Tlācanēxquimilli mientras caía, con su cuerpo empapado del agua fría de la nieve. Miró hacia abajo, hacia el abismo de rocas con picos transparentes. Nezahualcóyotl quedó suspendido del filo de hielo. Sus dedos empezaron a escurrirse sobre la superficie derretida.

Tlācanēxquimilli comenzó a deslizarse hacia abajo.

—¡Maldita sea! ¡Maldita sea! —cerró sus ojos—. Nunca esperé esto de ti.

—¡Yo sí! ¡Y mi padre también! ¡No voy a pactar con un farsante que engaña a la gente! ¡Yo no voy a pactar con el mal! ¡Y si persiste en amenazarme, lo denunciaré ante Tezozómoc por su plan de golpe de Estado!

Desde arriba, los hombres del sacerdote le lanzaron cuerdas:

—¡Amado Mujer Serpiente! ¡Deje al joven! ¡Agárrese de la cuerda! ¡No vale la pena!

—¡Eres un malagradecido, Nezahualcóyotl hijo de puta! —y le mostró sus dientes—. ¡Te di los secretos del poder! ¡Te vas a arrepentir de esto!

—Sí, claro —y miró hacia abajo. Se dejó caer hacia la misma hondonada a la que acababa de caer Coyohua.

Horas después, Coyohua y Nezali, heridos, caminaron mojados y en silencio por el desfiladero Alcalican, la Cueva de los Brujos, cuatro kilómetros en paralelo a Tlamacaxco, el futuro Paso de Cortés.

—Al menos el sumo sacerdote nos ha encaminado a Tlaxcala —le dijo Coyohua a Nezali—. No está lejos de aquí.

Avanzaron sobre las piedras que sobresalían del agua.

—Debo preguntarte algo —dijo Nezali—. ¿Me traicionarías?

—¡¿Cómo te atreves?! ¿Después de todo lo que he pasado por ti? En verdad me ofendes, Nezali. ¡Más bien eres tú el que me mete en problemas!

Nezali continuó avanzando.

—Bueno, al menos ya tenemos algo en común: no tenemos nada —le sonrió—. Ya no hay palacio. Ya no hay lujos. Ya no hay nada.

—Desde la cima pude ver la ciudad de Nepupualco —y señaló hacia Tlaxcala.

—¿Nepupualco? —y miró en dirección del arroyo.

—Sí —asintió Coyohua—. Nepupualco.

—¿Quieres que bajemos a Nepupualco?

—No, amigo. No me entiendes —lo señaló—: Tú no puedes entrar a ninguna ciudad. Todos te están buscando, y ya conocen tu rostro, pues se distribuyeron retratos. Lo habrás notado, ¿no? —se pegó en la cabeza, llena de cortaduras y golpes—. A donde quiera que vayamos nos van a estar esperando. Si te ven, nos van a capturar. Hay precio por nuestras cabezas.

—Entonces no te entiendo —y miró al bosque—. ¿Qué quisiste decir?

Coyohua miró hacia los árboles.

—Tienes que quitarte ese tatuaje. Por lo menos haz eso —y le tocó el hombro: la gota de lava de Ixtlilxóchitl.

—Eso nunca lo voy a hacer. Me lo puso mi padre.

—No seas necio.

—¡Nunca me lo voy a arrancar! ¡Olvídalo! —y siguió avanzando.

Coyohua se detuvo. Lo miró fijamente. Continuó caminando.

—Ni tú ni yo merecemos esto —y se volvió hacia el sol, entre las hojas—. ¿Qué vida es ésta? En quince días vamos a estar muertos. Yo no soy como tú. Yo no me adapto a estar cazando liebres o comiendo escarabajos. ¡Yo era el asistente de tu padre! —y lo miró a los ojos—. No me entrenaron para estar como soldado. No me gusta. No soy un maldito nómada.

Nezali miró las heridas en los brazos de Coyohua.

—En verdad no mereces esto. ¿Quieres bajar a Nepupualco? ¿Decir que no me conoces? Tal vez podrían creerte. Iniciarías una nueva vida, con otro nombre. Conseguirías algo. Eres muy inteligente. Yo puedo aquí solo —y miró hacia los árboles—. Ya me está gustando.

Coyohua hizo un gesto de fastidio.

—No voy a soportar más tiempo así. Quince días. No quiero ser un simio en estos bosques, ¿me comprendes? No soy un *ozomahtli*. Quiero comer comida decente, en ciudades, de preferencia manjares. Usar buenas sandalias. No quiero más golpes. Quiero poder dormir bajo un techo. Solía tener mujeres —un rastro de nostalgia habitaba en su voz—. Voy a estar contigo. Pero hazlo pronto.

Nezali tragó saliva.

—¿Qué me estás diciendo?

Coyohua se detuvo.

—Te estoy diciendo que voy a estar contigo. Te voy a ayudar. Pero hazlo pronto. Si eres el hijo de un rey, demuéstralo. Haz que suceda. La alianza con Tlaxcala. Para reconquistar Texcoco.

Nezali abrió los ojos.

—¿Quince días? —y miró el flujo del agua—. Bueno... ¡Un momento...! —y trotó tras Coyohua—. ¿Quieres que arme un ejército en quince días? ¿Quieres que hagamos una avanzada militar de miles de hombres... un golpe de Estado en Texcoco...?

—Te dije que yo te voy a ayudar. Sólo voy a ser tu segundo, como lo fui de tu padre. Todo, en este mundo, son las relaciones —y señaló hacia Tlaxcala.

44

En la camioneta, el padre Damiano miró hacia los resplandores nocturnos de la carretera Texcoco-Calpulalpan. Al fondo, en la oscuridad, distinguió tres distantes bolas de fuego que giraban a la distancia, sobre el desierto. Escuchó el profundo rechinido del aire.

Nos dijo:

—Chicomóztoc es uno de los más grandes misterios del mundo. Las "siete cuevas". Las "siete tribus nahuatlacas". ¿En verdad existió ese lugar? ¿O se trata sólo de un mito que inventaron los propios dirigentes desde los tiempos remotos? Chicomóztoc y Aztlán son los dos lugares míticos que les enseñaron a los mexicanos para explicarles su propio origen. Pero nadie les ha dicho la verdad.

Miré al horizonte. En efecto observé las tres bolas de fuego. Le dije:

—Me fascinan estos efectos atmosféricos, los rayos globulares de plasma magnético o gas ionizado de Piotr Kapitsa. Su Premio Nobel fue bien merecido. La gente los considera "brujas".

Comenzó a desplegar el delgado rollo que tenía entre los dedos. Se colocó los anteojos. Nos dijo:

—Según el Códice Boturini, las siete tribus que salieron de esas siete cuevas legendarias, es decir, Chicomóztoc, en el año 1111 o 1064, fueron en realidad ocho.

—¿Ocho? —le preguntó Silvia—. Usted no sabe contar. Siete no es ocho.

Él continuó:

—Chalcas, acolhuas, xochimilcas, tepanecas, malinalcas, matlatzincas, tlahuicas y huexotzincas. Peregrinaron por casi cien años hasta llegar a sus lugares de destino en el centro del actual México. Sin embargo —se quitó los lentes—, los xochimilcas ya estaban en Xochimilco al menos desde el año 919 d. C., en Cuahilama, de lo que hay pruebas arqueológicas. Es decir, un siglo antes de la supuesta migración. Hoy se dice que Cuahilama fue fundada en 1265 por Acantonalli, un hombre xochimilca que venía con la supuesta migración de Chicomóztoc. Por otra parte, en el manuscrito llamado *Historia tolteca-chichimeca*, folio 16 r., las tribus que aparecen saliendo de las cuevas de Chicomóztoc son otras: cuauhtinchantlacas, acolchichimecas, totomiuaque, malpantlacas, tzahuctecas, zacatecas y texcaltecas, es decir, tlaxcaltecas.

Nos miró fijamente:

—¿Se dan cuenta de la discrepancia? En ninguno de los relatos sobre esta peregrinación desde Chicomóztoc aparecen las mismas tribus. Siempre son diferentes —y me mostró la pantalla de su celular—: El mejor análisis de este enigma lo dio el doctor Alfredo López Austin del Instituto de Investigaciones Antropológicas de la UNAM: "Se repite en las fuentes [históricas] que de Chicomóztoc [el lugar de las siete cuevas de donde emergieron originalmente los aztecas] salieron siete pueblos diferentes, pero no son siempre los mismos siete. En algunas narraciones de origen, por supuesto, los mexicas no aparecen en la lista".

Me enderecé:

—Un momento… ¿Los mexicas no aparecen? —abrí los ojos.

El padre negó con la cabeza.

—Rodrigo, éste es uno de los mayores indicios de que se está viviendo una mentira. Durante quinientos años se les ha dicho a los mexicanos, y al mundo en general, que los principales protagonistas de esta historia de la migración desde Aztlán eran los mexicas, y que ser mexica significa ser azteca. Aquí ni siquiera aparecen en la lista. ¿A qué se debe?

Tomé el celular de sus manos.

—No entiendo.

—¡Los mexicas no podían estar en esta lista! Simple: antes de que ellos llegaran al centro de México, el valle ya estaba poblado por las "siete tribus". ¡Las siete tribus arribaron antes! Los mexicas fueron los últimos en llegar. Fueron otro movimiento migratorio. El mito de Aztlán y Chicomóztoc ya existía antes de que siquiera arribaran los mexicas. Lo más probable es que los mexicas se asentaron y lo copiaron. Esto suele ocurrir en la historia, en todas las culturas del mundo, como veremos. Los mexicas nunca tuvieron nada que ver con Chicomóztoc, ni con Aztlán.

Silvia Nava se agarró la cabeza:

—¡Esto no! ¡Esto es mentira! ¡¿Cómo se atreve?! ¡¿Usted está diciendo que todo nuestro sistema educativo es un fiasco?!

El sacerdote nos mostró el papel:

—Este mito de Chicomóztoc también lo tenían los otomíes, que habían estado en la región mucho antes que todos los demás grupos, como lo prueban los restos en la zona arqueológica Pañhú, Hidalgo, que datan de mucho antes del 900 d.C. Fray Jerónimo de Mendieta escribió en su *Historia eclesiástica indiana*, en el año 1599: "En aquellas siete cuevas llamadas Chicomoztoc [...] residía [...] un viejo anciano, Iztacmixcohuatl [...], de cuya mujer llamada Ilancuey dicen que hubo seis hijos. Al primero llamaron Xelhua, al segundo Tenuch, al tercero Ulmecatl, al cuarto Xicalancatl, al quinto Mixtecatl, al sexto Otomitl [...]. Del segundo, llamado Tenuch, vinieron los que se dicen tenuchca, que son los puros mexicanos, llamados por otro nombre mexica [...]. Del quinto hijo Mixtecatl vienen los mixtecas [...]. Del postrer hijo llamado Otomitl descienden los otomís".

Yo le dije:

—¡Bueno, aquí sí aparecen los mexicas! —le sonreí.

—Sí, pero también los otomíes. ¿No te parece extraño? —y dobló el papel—. La arqueología dice otra cosa. Los otomíes estaban en el valle de Xaltocan desde hacía más de quinientos años. No llegaron con ninguna de estas migraciones, y menos junto con los mexicas. Su idioma, el otomí, está emparentado con un conjunto de lenguas muy antiguas, como el zapoteco de Oaxaca, que son del sur del país: el tronco etnolingüístico oto-mangue u oto-pame. Si vinieron de algún lado, más bien debieron venir del sur, de algún punto común con sus primos de Oaxaca, que eran incluso tan antiguos como los mayas.

—No entiendo —le dijo Silvia Nava—. ¡No entiendo! ¡¿A qué vamos con esto?!

—En cada versión sobre Chicomóztoc las tribus son diferentes, como ya vieron —le dijo el sacerdote—. Esto significa que todas son, o casi todas, inventadas a partir de una primera leyenda que alguien creó. La pregunta es ¿quién ideó la primera versión del mito de las "siete cuevas"? Si fueron los otomíes, entonces alguien le cambió la fecha después al origen de la migración, que no pudo ser en 1064 d.C., pues debió ser mucho antes. Si no fueron los otomíes, entonces ellos la copiaron, tal vez se la impusieron sus conquistadores, y en ese caso les reinventaron su pasado. Cada nación o tribu que llegó al valle de México adaptó o absorbió esta historia fundacional de las "siete cuevas" según su propia conveniencia, dependiendo de qué otros pueblos quería que fueran sus aliados, o sus enemigos. ¡Para eso servía el mito, para forjar alianzas, aliarse contra enemigos, o inventar parentescos que en realidad nunca existieron!

Silvia empezó a llorar.

—Qué mierdas son éstas. ¡Ya!

—Los tepanecas de Azcapotzalco, por ejemplo —nos dijo el padre Damiano—, adoptaron el mito y dijeron que su líder en la migración desde Chicomóztoc había sido Matlacóatl, Red Serpiente, la versión tepaneca del Tenoch mexica. Asimismo, la deidad que guió a este líder migratorio, en vez de ser el dios mexica Huitzilopochtli, fue el dios tepaneca Cuecuex. ¡Esto lo hicieron todos, copiándose la misma fórmula! Los tlaxcaltecas se asignaron como dios guiador a Camaxtle, el Huitzilopochtli tlaxcalteca, y su "Moisés" o líder fue el humano Quánex-Colhuatecuhtli, bisnieto de Xólotl. ¡Todos siguieron el mismo patrón de este mito, sólo nacionalizaron a los personajes!

Silvia negó con la cabeza.

—¿A dónde nos quiere llevar con todo esto? ¿Está diciendo que todo Chicomóztoc es falso? ¿Nunca existió?

El sacerdote templario me miró fijamente:

—Rodrigo Roxar, alguien creó la primera versión del mito. Ésa es la que nos importa. Tenemos que encontrarla. Ése es el único camino para saber si Aztlán es verdadero, y descubrir quiénes son los auténticos "aztecas".

Me volví hacia el piso.

—Diablos. Usted tiene razón. Entonces… ¿Aztlán no es necesariamente una mentira?

Miró a la carretera, hacia la oscuridad. En el horizonte brillaban los rojos relámpagos globulares, el plasma de Kapitsa.

—Rodrigo, la esencia de ser azteca es provenir de Aztlán. En teoría, todos los que un día estuvieron juntos en ese lugar, y salieron de ahí para poblar el mundo, son aztecas. Tenemos que encontrarlos. Puede que aún estén vivos. Pero para ello primero tenemos que resolver un acertijo: Aztlán y Chicomóztoc ¿son lo mismo?

Abrí los ojos.

—Sin embargo, hay algo más. Hace tres días desapareció una importante investigadora del Museo del Templo Mayor. Ella me envió esto, mira.

El padre Damiano me extendió su celular y leí:

AZTLAN
Crónica Mexicáyotl
(Crónica de los mexicanos)
Escrita en 1598 por Fernando Alvarado Tezozómoc

14. Entonces salieron los chichimecas, los aztecas, de Aztlán, que era su morada, en el año Uno-Pedernal (1069).
17. El lugar de su morada tiene por nombre Aztlán, y por eso se les nombra aztecas; y tiene por segundo nombre el de Chicomoztoc.
18. Los mexicanos salieron de allá, del lugar llamado Aztlán, el cual se halla en mitad del agua; de allá partieron para acá los que componían los siete *calpulli*.
24. Y allá en Quinehuayan se llama Chicomoztoc la roca, que tiene por siete partes agujeros, cuevas adjuntas al cerro empinado; y de allá es de donde salieron los mexicanos, quienes trajeron a sus mujeres, cuando salieron de Chicomoztoc por parejas; era aquél un lugar espantoso.
29. [...] y radicaban en la gran "ciudad" de Aztlán Chicomoztoc [...], Aztlán Aztatlan, asiento de las garzas, que por eso se llama Aztlán.

—¿Eso qué quiere decir? —le pregunté al padre Damiano.
—Significa que Aztlán es Chicomóztoc. Si Chicomóztoc existe, entonces Aztlán es un lugar real.

45

—En la versión otomí sobre Chicomóztoc, los jefes de las tribus en realidad eran seis, no siete, y ni siquiera eran seres humanos. Eran... gigantes.

Comencé a negar con la cabeza.

—Un momento... ¿Gigantes...?

Me tomó por el brazo:

—Rodrigo Roxar, según el mito de los otomíes, los fundadores del mundo, los que llegaron de Chicomóztoc, fueron seis seres gigantes, originados en la prehistoria: Xelhua, Otómitl, Mixtécatl, Olmécatl, Xicaláncatl y Tenoch. Eran sobrevivientes del Primer Sol. Son seres míticos, por supuesto. Estos individuos son los que teóricamente salieron de las siete cuevas. ¡Descomunales! ¡Eran más grandes que árboles! Las siete cuevas son un lugar en la mente. Son un constructo de nuestros cerebros. Son parte de nuestro subconsciente colectivo —y me tocó la frente—. Todo eso está aquí, dentro de ti. Es un arquetipo psicológico, genético. Aquí es donde vamos a encontrarlo.

46

Nezahualcóyotl y Coyohua caminaron en el silencio, con los pies dentro del agua fresca, sobre las piedras redondas de un arroyo.

El asistente del tlatoani era ahora el asistente del príncipe, y el príncipe era un fugitivo, un expropiado, un perseguido.

Coyohua le dijo:

—Mataron a Tzitziqualtzin, a TequixQuenahuac AtlayaCáltzin y a Iztactecpóyotl. Los que eran leales a tu padre ya pactaron con Maxtla. Ahora son asesores de Yancuiltzin y del propio Maxtla, o de su hermana Yohualli. Los hicieron jurar romper toda fidelidad a ti o a tus hombres. El que aún te sea fiel o conserve una imagen tuya va a morir sacrificado en Azcapotzalco, y se están llevando a miles como esclavos. Cuintlatlac ya está haciendo negocios con Maxtla y Yancuiltzin. Tus tíos Toxpilli y Nonoalcaltzin ya son parte del nuevo régimen, con tu hermano. Todos trabajan ya para Tezozómoc. Les ofreció dominios en Tláhuac. La federación de Texcoco ahora es sólo una provincia más para Maxtla.

Nezahualcóyotl miró el agua.

—Imagino que lo mismo pasó con Itztlacauhtzin de Huexotla. Mi primo.

—Itztlacauhtzin siempre va a ser un acomodado. No podemos confiar en él nunca. Si le dicen que se disfrace de mujer, se pondrá su falda. Si le dicen que te entierre un cuchillo, aunque seas su primo, te lo clavará en el ojo. Itztlacauhtzin nunca va a arriesgar su pellejo. Su nombre lo indica: Tiempo de Traición.

—Bueno, ¿qué hacemos ahora? —le dijo Nezali. Observó un tronco atravesado. Miró a Coyohua a los ojos—. ¿Cómo comienzo? ¿Cómo se arma un ejército para reconquistar una federación? ¿Cómo empiezas desde cero? —permaneció en medio del agua. El flujo frío le corría por los costados de los tobillos, junto con los renacuajos y las sanguijuelas de río.

—Veámoslo así —le dijo a Nezali—: De momento sólo somos tú y yo.

Nezahualcóyotl siguió caminando. Negó con la cabeza.

—Vamos a pasar de ser sólo dos a ser miles. Te lo prometo. Tenemos que encontrar a los que quedaron vivos. ¿Alguien está vivo, huyendo como nosotros?

Coyohua se detuvo en medio del agua.

—Bueno, tenemos a Huitzilihuitzin. No murió. Lo sé porque llegó a Umaitli, al bosque —y señaló hacia delante—. Igualmente tenemos a Itztlacauhtzin de Huexotla, aunque sea un traidor, pero no tenemos mucho qué elegir. También pudo escapar. Está en la cañada de Huatle.

Lentamente se volvió hacia Nezali:

—Tus primos de Tenochtitlán te traicionaron. Moctezuma, Tlacaélel, Huehue Zaca. Ellos, los mexicas, son un peligro ahora. Cuéntalos como enemigos. Todos en esa isla lo son. Para ellos tú no eres familia, sino un botín. Aunque tu madre sea mexica, a ellos no les importa. A ella misma la entregaron a Tezozómoc.

Nezali negó con la cabeza.

—Al menos ya dijiste dos: Huitzilihuitzin e Itztlacauhtzin. Ya somos cuatro —y le sonrió. Lo miró a los ojos—. No importa que empecemos siendo muy pocos —y se llevó la mano a los ojos. Miró sus dedos—. Incluso si somos sólo cuatro, o tres, juntos reharemos todo el ejército de mi padre —y miró al confín del agua—. Vamos a crear algo nuevo, algo que nunca se ha visto. Cada vez sumaremos a más personas, jóvenes como nosotros, mentes que quieran cambiar las cosas: los inconformes, los rebeldes. Los que quieran ser como Xólotl, no como Quetzalcóatl. Vamos a recuperar nuestro reino. Lo reconquistaremos todo. Y crearemos un mundo de bien. El Yectlan. El Sexto Sol.

Coyohua le sonrió.

—Ya hablas como estadista, como tu padre. Ahora llévalo a cabo.

Llegaron al borde del flujo del agua. Era la cascada de Apatlaco. Vieron hacia abajo: el enorme valle. El vapor les subió a las narices, formando un arcoíris de muchos colores, compuesto de miles de gotas.

Observaron por un momento desde lo alto, al enorme valle del oriente: Tlaxcala, Huexotzinco, Cholollan, una telaraña de veinte ciudades interconectadas por medio de canales y caminos, la federación de Tlaxcala.

Nezahualcóyotl le dijo a Coyohua:

—Los gigantes de la antigüedad nunca existieron: Xelhua, Otómitl, Mixtécatl, Olmécatl, Xicaláncatl, Tenoch —y observó el valle, la inmensidad de las montañas—. Esos gigantes nunca salieron de Chicomóztoc. Nunca vinieron aquí para fundar todo lo que somos —negó con la cabeza. Contempló en el silencio los picos más distantes de las montañas—. Pero esta vez sí va a ser real —y se volvió hacia Coyohua.

—¿Esta vez sí va a ser real…?

—Esta vez los gigantes vamos a ser nosotros.

47

Comenzaron a bajar por las rocas, empapados por las gotas de la cascada.

Coyohua, con su delgado cuerpo plagado de cicatrices de sanguijuelas, señaló hacia el oriente:

—Esa ciudad de allá es Huexotzinco, y ésa de más allá es Tlaxcala. En realidad son una red. De hecho, Tlaxcala está compuesta por cuatro ciudades interconectadas, míralas —las señaló—: Tepeticpac, Ocotelolco, Tizatlán y Quiahuiztlan. Por su parte, Huexotzinco también son cuatro ciudades confederadas: la de Xayacamachan, Chiyauhcohuatzin, Tenocelotzin y Texochimatitzin. Las gobiernan tus tíos.

Nezali bajó por las piedras. Observó las dos poderosas ciudades.

—¿Cómo es que nunca antes conocí a mis tíos?

Coyohua bostezó.

—Huexotzinco y Tlaxcala poseen una forma de gobierno diferente a todas las que nosotros tenemos. No asignan a un rey como nosotros. Tienen cuatro gobernantes por cada cabecera. Tlaxcala tiene cuatro reyes, al igual que Huexotzinco, y funcionan mancomunados. Cada decisión la tienen que aprobar cuatro personas, no una. Así se evitan la acumulación de poder, la tiranía, la corrupción.

—Vaya —asintió—. Eso suena bien.

—Se llama tetrarquía. En Tlaxcala, uno de los cuatro tetrarcas es tu tío Cocotzin de Tepetícpac, primo de tu padre. Cocotzin es hijo de Patzinteuntli, quien fue nieto de Quánex Culhuatecuhtli, hijo de Tlótzin Póchotl, nieto de Xólotl. Por eso es tu tío. A través de Quánex, Xólotl impuso su control sobre todo el valle oriental, es decir, este lado de la tierra. Primero los habitantes originarios de Huexotzinco se rebelaron contra el dominio de Xólotl, en vez de rendirse como lo hizo Quetzalcóatl en Tollan. Hubo una gran guerra, muy sangrienta, entre Huexotzinco y los invasores de Xólotl, ahora asentados en Tlaxcala. Pero Quánex y los líderes de Huexotzinco encontraron la forma de negociar, de llegar a la paz. Hoy son reinos hermanos.

—¿Cómo lo lograron…? —y Nezali miró hacia las dos ciudades—. ¿Cómo llegaron a esa paz? ¿Cómo se hermanaron?

—Tlaxcala y Huexotzinco siempre fueron leales a tu padre; era su primo. Son enemigos de Tezozómoc. Eso es lo que importa. Pase lo que pase, tu misión crucial es convencerlos. Si no lo haces, correremos el riesgo de que te vean como un peligro para su relación con Tezozómoc. Preferirán entregarte a él que exponerse a que se desate una guerra por encubrirte.

Nezahualcóyotl observó las dos cabeceras de la confederación. En verdad formaban una telaraña en todo el valle: ocho ciudades principales conectadas por caminos, acueductos, redes monumentales. Una era de color naranja y la otra era de techos azules. Entrecerró los ojos.

—¿Cómo se crea la paz en el mundo…? ¿Cómo logras que todos salgan beneficiados y prefieran estar juntos?

Coyohua le dijo:

—Tezozómoc no es tonto. Sabe que su próximo conflicto será con Tlaxcala. Ya empezó a mover tropas a esta región, por el sur, mira —y señaló a la derecha—: Allá, por la ruta de Chalco, por Yecapixtla y Atlixco, está metiendo veinte mil soldados, en campamentos. Se está preparando para una posible guerra. También desde el norte, mira hacia allá —y señaló a su izquierda, por el borde norte del Iztaccíhuatl—. Desde Otumba está moviendo tropas otomíes, tepanecas y escuadrones mexicas. Está creando una pinza. Tus tíos de Tlaxcala deben saberlo.

Nezali observó fijamente. Coyohua siguió bajando:

—Tezozómoc se está preparando para defenderse si el ataque viene desde Tlaxcala. Ahora tú seguramente lo has puesto en alerta. No necesita ser un genio para adivinar que estás viniendo en esta dirección, considerando tus lazos familiares.

—Vaya…

Coyohua le dijo:

—Es decir, si tus tíos inician un ataque, Tezozómoc ya está preparado para responderles. Por ejemplo, si tus tíos te dan asilo político.

—No… —sacudió la cabeza.

—Sí, Nezali. Tú puedes ser la causa de esta guerra. Si tus tíos te dan asilo, Tezozómoc podría considerarlo un acto de guerra, una declaración, una ofensa.

—*Dios…* —negó con la cabeza—. ¡Esto es complejo! ¿Así es la política?

—Tus tíos necesitarían muchísimo armamento para enfrentar a Tezozómoc si la guerra fuera ahora. Hoy no lo tienen. Por eso no van a iniciar la guerra en este momento. Antes tienes que asegurarles el armamento.

—No entiendo. ¿No tienen armamento?

—¡No el suficiente, Nezali! —y miró hacia el valle—. ¡Mira! —y señaló al norte, a las distantes montañas verdes, a cien kilómetros de distancia, que reflejaban el sol con destellos—: ¡Eso que ves allá es el verdadero tesoro, lo que define esta guerra!

—¿El verdadero tesoro? —pestañeó.

—Nezali, Tezozómoc tiene en su poder esa montaña que ves ahí, la de los reflejos verdes. Ella es el secreto de su poder. O, en breve, será el secreto de su poder.

—Dios… ¿esa montaña…? ¡¿Qué es..?!

Coyohua lo golpeó en la cabeza.

—Si en realidad quieres reconquistar el imperio de tu padre, no debes ser torpe. ¡Tienes que saber las cosas! ¡Esa montaña de allá es el secreto de todo! ¡Es la fuente del poder!

Nezahualcóyotl abrió los ojos.

—No entiendo —la observó—. ¡¿Qué es…?! ¡¿Por qué brilla?!

—Es la gran operación de obsidiana.

Nezali ladeó la cabeza.

—¿Obsidiana…?

La montaña verde brilló por debajo del cielo, como si estuviera cubierta por miles de cristales. En realidad lo estaba. Tenía un resplandor de limón plateado. Coyohua le dijo:

—En esas minas se producen cada día cien mil puntas de flechas, cuchillos, lanzas, navajas, cortadores, segadores, arado, aretes, diademas, peines, cuchillos para las cocinas. Todas las armas del imperio. Todo lo que nos hace ser humanos, vivir en las ciudades, cortar carne, aserrar troncos, construir casas, obtener husos para hilar tejidos y así confeccionar ropa o tener cuchillas para moldear el calzado, está hecho con obsidiana. Toda la obsidiana verde del imperio se fabrica en esa montaña. Ésa es la montaña de la obsidiana. Es la maquinaria para la guerra. La tiene en su poder Tezozómoc. Vas a hablar con tus tíos de Tlaxcala, pero tienes que incluir en el plan cómo obtener el control de esa montaña.

Los bordes de la montaña resplandecieron bajo el sol.

—Éste es el secreto final de todo —le dijo Coyohua—. El que tiene las armas tiene el poder. Te van a decir que no busques el dominio de las armas, que eso es violencia, belicismo; que la violencia sólo origina más violencia. Eso es sólo engaño. Los que te digan eso te quieren rendido, desarmado —y miró hacia la montaña, la futura Sierra de las Navajas, en el futuro estado de Hidalgo, a treinta kilómetros de la futura ciudad de Pachuca—. Si quieres la paz del mundo, debes tener el armamento para garantizarla. Y eso significa defender el derecho de todos. Todos tienen derecho a su propio armamento, en condiciones igualitarias. Sólo eso garantiza la paz. Estar desarmado sólo significa entregar lo que amas a futuros tiranos.

Nezali lo observó.

Miró hacia la montaña.

—Esa montaña será nuestra. Te lo prometo —y miró la estructura de los militares que estaban a las faldas—. En quince días tendremos esa maldita cosa y vamos a garantizarles el armamento suficiente a mis tíos de Tlaxcala —y miró a Coyohua—. Este saqueo masivo, este reparto que hace Tezozómoc, va a terminar. Así no será el mundo.

Coyohua le sonrió.

48

Nezahualcóyotl y Coyohua iban bajando por las piedras, equilibrándose sobre los filos de los peñascos de Xalitzintla, cuando salieron a su encuentro ocho hombres disfrazados con máscaras de paja, semejantes a insectos. Los amenazaron con lanzas.

Los dos jóvenes se pusieron en alerta, espalda contra espalda. Los hombres los agarraron por los brazos, mientras gritaban:

—¡*Quihuicaca!* ¡*Quiitzquica cuali Ilpitoc*!

Uno de los sujetos le torció las muñecas a Nezali por detrás de la espalda. En una forma extraña del idioma náhuatl, le dijo:

—Estás bajo arresto preventivo. ¡Amárrenlos bien!

Los llevaron a un lugar portentoso en la parte media y más seca del valle de Puebla-Tlaxcala, llamado Camaxtlapan, a los pies de un enorme muro de color naranja: la muralla perimetral de Tlaxcala. Los soldados tlaxcaltecas estaban arriba, apuntándoles con sus arcos, vestidos de amarillo con rojo y máscaras de arañas.

El hombre del disfraz de paja le dijo a Nezali:

—Tus tíos no te esperan para recibirte con fiestas. Van a interrogarte. Los has metido en un problema.

Las gigantescas puertas de la muralla se abrieron.

49

—El secreto sobre la era azteca debe estar oculto en el palacio de la capital de quienes el futuro recuerda como los máximos enemigos de los mexicas.

—Tlaxcala —le dije al padre Damiano.

La camioneta dio vuelta en la avenida Independencia. Ahora estábamos en el corazón de la moderna Tlaxcala. El aroma de los pinos, de los encinos del valle de Puebla-Tlaxcala, se confundía con el olor de la propia ciudad: gasolina y comida.

—Nos dirigimos al lugar donde alguna vez estuvo el palacio de gobierno de esa federación —y señaló hacia delante—. Tú lo encontraste en el billete en el que viene Nezahuacóyotl.

Me coloqué de nuevo el billete de cien pesos frente a los ojos. Observé el número de serie: 20 3 0 20 2 60 16 6. Arriba del número estaba el poema atribuido a Nezahualcóyotl: "Amo el canto del zentzontle, pájaro de cuatrocientas voces". Debajo de éste se hallaba el glifo del pájaro de color morado con sus cuatro volutas, símbolos del sonido, de idéntica coloración.

—Las cuatrocientas voces… —le dije— son las cuatrocientas estrellas de Camaxtle, el dios de los tlaxcaltecas… —y miré hacia el palacio actual.

—Así es —me dijo el padre Damiano—. Son las estrellas del norte, los Centzon Mïmixcöah. "Centzon" significa "cuatrocientos", y en náhuatl es sinónimo de "mucho". Son el ejército de Camaxtle, la Vía Láctea: las mismísimas estrellas de la noche. Por eso están en la parte derecha del billete.

En efecto, al lado del rostro de Nezahualcóyotl había un total de sesenta y tres estrellas.

—No debieron descontinuar estos billetes —le dije—. Es lo único que queda del señor Fulgencio.

El padre Damiano me sonrió:

—El zentzontle es un ave que puede confundir a cualquiera por su capacidad para imitar sonidos de otros animales, incluso del humano. Es como el perico. Su nombre biológico, Mimus Polyglottos, significa "Ave mimética que habla muchas lenguas".

Señaló por la ventana:

—En lo más remoto del tiempo, en el año 600, el poder de todo el valle de Tlaxcala lo tenía la ciudad que actualmente es Cholula —señaló a lo lejos—. Cholula era parte de la civilización de Teotihuacán, que se desplomó en el año 700 por razones misteriosas. Todavía hoy queda en Cholula esa pirámide inmensa que ves ahí: la que está cubierta por esa montaña artificial, en cuya punta se encuentra una iglesia amarilla, consagrada a la Virgen de los Remedios. Ésa es la pirámide más grande alguna vez construida por la especie humana. No es una montaña. Es una construcción del hombre. La hicieron los cholultecas antiguos, de la era teotihuacana, de quienes hoy no se sabe nada. Los otomíes que llegaron imaginaron que su creador debió haber sido un gigante, a quien en náhuatl se le puso un nombre bastante lógico, "Xelhua", semejante al nombre "Cholula". Sin embargo, Cholula fue derrotada por invasores que llegaron de la península maya —señaló al sureste.

—¿Mayas…? —le pregunté.

—Ellos, los expedicionarios mayas, se impusieron aquí con su extraña cultura marítima del sureste: una cultura matemática, de números infinitos, de conceptos abstractos sobre el universo. Acabaron con la antigua Cholula y crearon una nueva capital para dominar este valle: un centro maya llamado Cacaxtla —y señaló al suroeste—, que fungió como una colonia de los yucatecos, como su base militar para un expansionismo al poniente, lo cual nunca ocurrió. No les dio tiempo, pues la propia civilización maya colapsó en el año 900. Otro misterio de la humanidad. Hacia el año 1000 ya nadie vivía en Cacaxtla. Quedó desierta. Sus murales, de estilo maya, quedaron abandonados, en silencio por doscientos años. Pero tienen un color azul que es único de los mayas.

—¿Qué les pasó?

—Los presuntos sobrevivientes de esos mayas, los hoy llamados "olmecas-xicalancas" o "gentes del lugar de las canoas", fueron arrasados y sometidos por una nueva oleada migratoria que llegó del norte. ¿Puedes imaginar quiénes fueron esos invasores?

—Los de Xólotl.

—Así es —asintió el padre Damiano—. Los chichimecas de Xólotl llegaron como una estampida a los dos valles, Anáhuac y Tlaxcala, para arrasarlo todo. Se instalaron en Poyauhtlán en 1206, año Ome Tecpaxíhuatl, Dos Pedernal. Desde ahí asolaron todo el valle de Tlaxcala. Después dijeron que ellos eran una de las siete tribus que habían salido de las "siete cuevas" o Chicomóztoc. Al mando de esos hombres estaba el bisnieto de Xólotl: Quánex. Conquistó primero Tlaxcala, luego Huexotzinco y después, en 1330, se enfrentó contra los texcocanos de Coatlinchán, al otro lado de las montañas. Ahí empezó la guerra entre los dos valles.

Miré la calle oscura, la avenida Independencia. El padre Damiano me dijo:

—Lo que importa aquí es que Tlaxcala se construyó sobre los restos de un dominio maya. Por eso el pensamiento de los tlaxcaltecas siempre fue diferente al de los del centro de México. Debido a lo anterior se convirtieron en enemigos de los tepanecas, y después, de los mexicas. Parte de los tlaxcaltecas ya era maya. El maya detesta la sumisión, el imperialismo, la tiranía. Ésa es la razón por la cual tenían ciudades-Estado individualistas, confederadas, no gobernadas centralmente por nadie. El maya cree, por sobre todas las cosas, en el poder de su individualidad, en la libertad.

Comencé a asentir.

—Yo soy así, pero ella no —señalé a Silvia.

Vi el actual Palacio de Gobierno de Tlaxcala.

—Sin embargo —me dijo—, hay un lado oscuro de Tlaxcala.

—¿Un lado oscuro…? —sacudí la cabeza.

Se me aproximó:

—En 1555, el fraile Toribio de Benavente, Motolinía, lo escribió: "En Tlaxcala […] tenían muchos esclavos, morían en sacrificio; y lo mismo en Huejozinco y Cholula. A esta Cholula tenían por santuario como otra Roma, en la cual tenían muchos templos de demonios; dijéronme que había más de trescientos […]. En aquel templo de aquel grande ídolo que se llamaba Camaxtli […] mataban cuatrocientos y cinco […], sacrificaban a ochocientos hombres en una sola ciudad y provincia de Tlaxcala; después llevaba cada uno los muertos que había traído vivos al sacrificio, dejando alguna parte de aquella carne humana a los ministros, entonces todos comenzaban a comer ají con aquella carne humana […]. En ninguna sacrificaban tantos ni tan gran multitud como en esta provincia […]. Aquí en Tlaxcala un otro día de una fiesta desollaban a dos mujeres, después de sacrificadas, y vestíanse los cueros de ellas dos mancebos e aquellos sacerdotes o ministros [...]. En la ciudad y dos o tres leguas a la redonda casi todos son nauales, y hablan la principal lengua de la Nueva España que es el náhuatl. Los otros indios desde cuatro leguas hasta siete [...] son otomíes, que es la segunda lengua principal de esta tierra. Sólo un barrio o parroquia hay de pinome".

El padre Damiano se volvió hacia la ventana. Me dijo:

—Imaginarás quiénes eran los "pinome": eran los "olmecas-xicalan-cas" que habían sobrevivido, es decir, los últimos de aquellos antiguos mayas de Cacaxtla.

Observé el palacio.

50

Seiscientos años atrás, Nezahualcóyotl y su secretario Coyohua fueron conducidos al interior de la gigantesca Tlaxcala. Los llevaban dentro de redes, que colgaban sobre el suelo, sostenidas por bastones de madera, por encima de la larga alfombra de la interminable calzada Huey Quánex, que cruzaba por en medio de las dos imponentes columnatas hechas de enormes esculturas multicolores: alebrijes naranjas, púrpuras, azules.

Eran animales espectrales: caracoles con cuernos, arañas de múltiples ojos, gusanos de muchas antenas y mil manos; gatos con conchas y garfios. La ciudad era naranja con blanco.

Nezali se asombró:

—Todo esto es tan bello… ¿Cómo es que nunca me envió aquí mi padre…?

Coyohua le dijo:

—Te trajo ahora.

Los llevaron a la sala del trono, en el palacio.

Estaban ahí los tíos de Nezahualcóyotl. Cinco de Huexotzinco: Tenocélotl, Puente-Jaguar; Xaya Camechan, Señor del Fuego Labial; Texochimatitzin, Escudo Azul; Temayacuatzin y Chiyauhcohuatzin. También se encontraban los tetrarcas de Tlaxcala: Cocotzin, el Hombre Paloma; Tlacomihua, Flecha con Mimbres; Huitlalotecuhtli, Venido a la Tierra, y Quetzalxiuhtzin, el Ave de Fuego.

Detrás de ellos había una escultura impresionante, de color morado: un pájaro rodeado de estrellas, el dios Camaxtle, de cuatrocientas cabezas. Tenía flechas y lanzas saliéndole desde el pecho.

Nezali tragó saliva.

El hombre disfrazado que estaba a sus espaldas le susurró al oído:

—Tus tíos recibieron por la noche una visita —y le mostró un papel. Decía CHALCHIUH DE AZCAPOTZALCO—. El embajador del emperador Tezozómoc les propuso una oferta: entregarles los territorios texcocanos de Coatlinchán y Acolman a cambio de tu captura.

Nezali comenzó a negar con la cabeza.

—*Dios...* —y se volvió hacia sus tíos. Lo estaban mirando fijamente. En su nariz sintió el olor del salón del palacio: madera barnizada, pintura fresca, nueva.

Coyohua le gritó, llorando:

—¡¿Ya ves?! ¡Te lo dije! ¡El emperador iba a adelantársenos con este paso! ¡Tus tíos ahora trabajan para Azcapotzalco!

El tetrarca Cocotzin caminó enfrente de Nezahualcóyotl. El Hombre Paloma era regordete, bajo de estatura, con la cabeza calva y una redonda barriga. Tenía vestimentas de color naranja con blanco. Sus orejeras eran azules, de oscura fluorita.

Miró detenidamente a Nezahualcóyotl.

Señaló a Tlacomihua de Ocotelolco, uno de los tetrarcas de la federación de Tlaxcala.

—Tlacomihua es un golpista —le dijo a Nezahualcóyotl—. Derrocó al tiránico y belicoso Acantetenhua, que lastimaba al pueblo de Ocotelolco —y caminó detrás del lloroso Coyohua. Lo tomó por los hombros—. Tlacomihua se ha dedicado a preparar a su hija Xipencóltzin Cuitlízcatl para que se quede en el trono cuando él muera. Ella será la reina de Ocotelolco, y será una tetrarca. Aquí está, mírala. Vino a verte.

Nezahualcóyotl la vio. Era hermosa. Ella le sonrió.

Cocotzin le dijo a Nezali:

—Tenocélotl y Xaya Camechan son de Huexotzinco —los señaló—. Son los guerreros supremos. Han querido conocerte.

Ellos le sonrieron a Nezahualcóyotl.

Se aproximaron dos sirvientes. Tenían mascarones azules. Se colocaron frente a Nezahualcóyotl y Coyohua, con charolas. Se inclinaron ante ellos.

—Camarones con salsa de menta y axiote —les dijeron—. Salamandras con flor relajante *ka'á jaguá* —Aloysia Polystachya.

Nezahualcóyotl se quedó perplejo.

—No entiendo...

Su tío le dijo:

—Es para que comas. Denle los manjares en la boca. Debe tener alimento.

Nezahualcóyotl observó que la hermosa Xipencóltzin, la hija de Tlacomihua, lo estaba mirando.

El tetrarca Cocotzin le dijo:

—Los que estaban aquí antes que nosotros —y se giró a la pared, hacia un mural con entidades humanoides azules—, los Hombres del Mar, los hombres de Ulumil Cuz, los hombres de las canoas, llegaron de Xicalango, Chinkultic, en el este del mundo.

Se refería a la población maya de Yucatán.

—Ellos nos enseñaron muchas cosas que muy pocos saben —dio unos pasos para atrás, melodramático, y alzó los brazos al decir—: Nos enseñaron los secretos del universo.

Nezali enarcó las cejas.

—Nosotros somos diferentes —le dijo Cocotzin—. En el mundo que tú conoces todo está dominado por la ambición. No somos como las naciones al oeste de las montañas —y señaló el Valle del Anáhuac—. Gran parte de lo que nosotros somos viene del mar, del oriente. Allá lejos, detrás de esa región llamada Ahauializapan —futuro Orizaba—, existe un mar sin fin, el Océano del Mundo, K'áak'Náab.

Nezali vio seres fantásticos retratados en los muros: hombres cangrejos, langostas gigantes, serpientes marinas.

—Los hombres de esas remotas costas nos enseñaron a ver el mundo de una forma diferente, no como lo ves tú —y lo miró a los ojos—. Cuando llegamos aquí, los derrotamos. Pero en realidad ellos nos derrotaron. Los absorbimos. Ahora somos nosotros. Xólotl, al otro lado de las montañas, absorbió a los toltecas. Tu ancestro Quánex, al llegar aquí, se convirtió en uno más de los Ma'ya'ab, los Ulumil Cuz de Chinkultic.

Nezali observó a los demás tetrarcas. Todos le estaban sonriendo, asintiendo con la cabeza.

—Bienvenido, muchacho —le dijo el anciano Texochimatitzin—. Debes masticar. Si no lo comes ahora, se enfriará tu manjar.

Cocotzin le dijo:

—Nezahualcóyotl, te voy a explicar el origen del mundo.

Nezali abrió los ojos. Sacudió la cabeza.

—Yo, yo… —y se volvió hacia Coyohua. Éste se encogió de hombros, perplejo.

—Todas las personas que son inteligentes quieren saber el origen del mundo —le dijo Cocotzin—. Tú quieres saber por qué estamos aquí, por qué nacimos.

Nezali asintió.

—La leyenda nos dice que desde las siete cuevas vinieron todos los que hoy existen. Una de las tribus, los tlaxcaltecas, llegaron a este valle siguiendo un águila —y le sonrió—. Esa águila era Camaxtle, el dios que ves en el cielo como el río de las estrellas —y señaló hacia arriba. Delicadamente apuntó a la escultura a sus espaldas—. Pero los tepanecas tienen esta misma historia sobre sí mismos. Su dios Cuecuex Xócotl, otra águila, los guió, por medio de su patriarca Maxtlacozcatl, hasta el valle de Toluca. Después un tataranieto de éste recibió en matrimonio a la hija de Xólotl, quien le concedió Azcapotzalco. Asimismo, los otomíes tienen idéntico mito: su Pájaro Dios Yocippa guió al líder Hmuhñähñu-Mäkihmuu, Otontecuhtli, señor de los otomíes. ¿No te parece extraño…?

—Por supuesto. Ya quiero saber la verdad.

—Has escuchado esta misma historia de las migraciones una y otra vez, contada en forma siempre diferente por todos y cada uno de estos pueblos. Siempre hay siete cuevas. Siempre hay siete tribus, pero nunca son las mismas.

Nezali abrió los ojos.

—Dime ya, tío —y observó a los demás tetrarcas. Todos se estaban riendo de él. La bella Xipencóltzin Cuitlízcatl, futura reina de Ocotelolco, lo estaba mirando, sonriéndole.

—Sobrino mío —le dijo Cocotzin—, todo lo que has creído alguna vez sobre el mundo es falso. Ha sido un invento de los sacerdotes del Anáhuac, incluyendo a tu padre.

Nezali comenzó a negar con la cabeza.

—No…

—Han deformado el mundo. Alteraron el pasado para dominarlo. Tu padre fue parte de esto.

Cinco minutos después, Nezali se encontraba caminando afuera del palacio, en el atardecer, junto con la princesa Xipencóltzin Cuitlízcatl, hija del tetrarca Tlacomihua.

Juntos miraron al horizonte. El sol empezaba a colocarse por encima del volcán Iztaccíhuatl, la Mujer Dormida.

Xipencóltzin tomó a Nezahualcóyotl de la mano. Le sonrió.

—Quieren que yo sea tu princesa.

Nezali abrió los ojos. Comenzó a asentir con la cabeza.

—Vaya… Me parece una muy buena idea. La mejor que he oído en meses —tragó saliva y recorrió el cuello de Xipencóltzin con la mirada.

—Mi verdadero nombre es maya —y se reacomodó su largo cabello—. Soy Ek HunK'aal Oxlahun, Estrella Veinte-Trece. Son los números del universo.

Nezali abrió los ojos.

—¿Números del universo…?

De pronto, por encima de su cabeza, las nubes rojas del cielo comenzaron a arremolinarse, a generar estallidos. Respiró el aroma místico de la princesa.

Sacudió la cabeza. Ella le dijo:

—Yo, Ek HunK'aal, Estrella Veinte, he estado esperándote desde el nacimiento.

Nezahualcóyotl abrió los ojos.

—¿Cómo…? Desde… ¿el… nacimiento…? —parpadeó—. ¿Estás bromeando?

—Soy de tu misma edad. Nací en el mismo instante que tú. Soy tu gemela en el universo. Tú también te llamas Veinte-Trece.

Nezali continuó avanzando. Vio cómo el sol se metía detrás de la negra montaña. El cielo se pintó de rojo intenso. Xipencóltzin le dijo:

—Tu amigo Coyohua fue muy eficaz como secretario de mi primo Ixtlilxóchitl. Lo va a ser también como secretario tuyo. Será capitán en esta alianza de guerra.

Nezali abrió los ojos.

—Mi padre y los demás tetrarcas te van a apoyar. Ya está decidido. Recuperarás Texcoco y serás rey. Pero es vital que este arreglo permanezca en absoluto secreto por ahora. Aún no estamos listos. No puede enterarse Tezozómoc. ¿Mantendrás la prudencia?

Nezahualcóyotl se volvió al norte, hacia la Sierra de las Navajas.

—Sé que ustedes necesitan más armas… —y ella le tapó los labios con un dedo.

—Muchas —y acarició su largo cabello—. Vamos a pelear contigo una guerra que será la más feroz de toda la historia.

—Gracias —asintió Nezahualcóyotl.

—Tenemos un ejército de ciento cincuenta mil hombres, pero debemos consolidarlo y estructurarlo. Si la negociación de hoy sale de estas murallas, Tezozómoc se adelantará y nos invadirá. Todo lo que somos y tenemos se terminaría —y contempló el valle de Puebla-Tlaxcala.

Nezali observó los ojos de color miel de Xipencóltzin.

—Nunca le diré nada a nadie sobre lo que estamos hablando. Te lo juro por mi madre —y se besó la muñeca.

Ella le sonrió. Lo jaló por los dedos al borde montañoso del palacio. Contempló la ciudad: la planicie de Ocotlan. El ocaso del sol teñía el horizonte con ráfagas de nubes incendiarias y llamaradas azules y rojas saliendo de las montañas. Hacia abajo, en la oscuridad, algo se removía con lentitud. Nezali no supo si eran los escuadrones de guerra tlaxcaltecas o los espíritus del Inframundo, entre ellos el de su padre y sus amigos muertos, quienes tal vez venían a unirse al proyecto para la reconquista.

52

Se quedaron mirando el atardecer. Nezahualcóyotl y su "gemela cósmica", Ek HunK'aal Oxlahun, Estrella Veinte-Trece, caminaron en silencio por el borde del peñasco de Ocotícpac, Cima de Ocotes —en el cerro que sería llamado El Mirador Ocotlán, en la vereda que en el futuro sería la calle Ezequiel García.

Observaron hacia abajo, el río Zahuapan y el centro ceremonial de Tlaxcala. Había sonidos de fiesta. Timbales resonaban en la tarde.

Nezahualcóyotl se sintió inquieto. Miró discretamente a Xipencóltzin, cuidando de que no se incomodara. Tenía los ojos ligeramente rasgados.

—Eres muy… bella.

Xipencóltzin le sonrió. Le dijo con su líquido acento maya:

—Debes de haber escuchado ya las historias de los gemelos Quetzalcóatl y Xólotl. Seguramente ya sabes que esa leyenda la inventó precisamente nuestro abuelo-bisabuelo Xólotl.

—Sí, claro —miró al horizonte. Pestañeó.

—Lo más probable es que fue precisamente Xólotl quien mató a Quetzalcóatl.

—Claro, claro… —y tragó saliva.

—Después, Xólotl y sus hijos dijeron que él y Quetzalcóatl habían sido gemelos, lo cual siempre fue falso. Lo inventó Xólotl para congraciar a las dos razas, para unir a los toltecas y a los chichimecas, y para que se le perdonara por la destrucción de Tollan. Así se formó la unión política: los tolteca-chichimecas, con él como líder unificador.

—Desde luego… —y Nezahualcóyotl abrió los ojos.

—Claro… que…

—Sí, dime —estiró el cuello.

—Xólotl tomó a la nieta del destruido rey tolteca, Quetzacóatl, la sacó de la miseria y le dijo: "Princesa Ázcatl Xóchitl de Tollan, no temas, te casarás con mi hijo Nopaltzin y serás reina".

—Sí, sí… también conozco esa parte —y siguió caminando.

Xipencóltzin le dijo:

—Nezaayili, yo no voy a ser reina de Ocotelolco —y negó con la cabeza—. La única razón por la que estoy viva es para este momento, para decirte lo siguiente.

Nezali abrió los ojos.

—Cuando era niña vine una vez a este bosque —miró a su derecha. Señaló a la profundidad—. Por allí vi a un perro salvaje, un lobo de color negro. Me miraba desde las sombras. Me pregunté: "¿Eres tú, abuelo-bisabuelo Xólotl? ¿Viniste a cuidarme?"

En ese momento, Nezahualcóyotl se percató de que la bella Xipencóltzin tenía en su cuello un extraño tatuaje: un lobo.

Ella le dijo:

—Pensé que ese lobo era un nahual de nuestro abuelo-bisabuelo, su *ch'ulel* —y avanzó al borde del peñón—. Toda mi infancia me dijeron: "Xólotl es el gemelo de Quetzalcóatl. Xólotl es la estrella Lamat de la tarde y Quetzalcóatl es la estrella Lamat de la mañana".

Se detuvieron en el filo del despeñadero. Xipencóltzin miró hacia la inmensidad. Observó la estrella Venus, la cual brillaba por encima del lugar del ocaso.

—Los mayas la llaman Noh Ek, la Gran Estrella o Lamat. Así nombran a la Hueyi Citlalin, a la Estrella Grande. A nosotros nos dijeron que es nuestro abuelo-bisabuelo Xólotl, el dios perro, que acompaña al sol cada tarde al Mictlán, como un perro fiel, para que el sol no se pierda ahí, en el palacio oscuro, en el Inframundo. Él lo guía en esa oscuridad durante la noche y lo conduce por el túnel de la muerte hacia el amanecer, al otro lado —y se volvió al este.

—Claro… —y Nezali miró la brillosa estrella, el planeta hecho de gases sulfúricos.

—Pero al cabo de doscientos sesenta días, Xólotl desaparece del cielo de la tarde. Nuestro abuelo-bisabuelo se hunde definitivamente con el sol, y no vuelve a verse en las tardes por trescientos treinta y cuatro días. ¿Dónde está Xólotl todo ese tiempo? En el Inframundo, como el gemelo Ixbalanqué, que fue al Xibalbá para vengar a Hunahpú y asesinar a los dioses de la oscuridad, los Ajawab, los acólitos del murciélago Camazotz. Y nadie ve a Xólotl salir durante ese periodo. Pero de pronto… mientras nuestro abuelo-bisabuelo está ahí, combatiendo al mal, sucede el milagro: justo al otro lado del horizonte, en el lado del amanecer —y señaló completamente al este—, su gemelo aparece por la mañana para jalar al sol hacia arriba, hacia el día. Ése es Quetzalcóatl, cuando regresa de su suicidio en Tlapallan. Quetzalcóatl permanece en el cielo del amanecer por doscientos treinta y seis días, luego se suicida de nuevo en Tlapallan, desaparece bajo el horizonte y permanece en el Inframundo por trescientos cuarenta y ocho días, mientras nuestro abuelo-bisabuelo Xólotl vuelve a salir hacia el cielo de la tarde, para ayudar al sol en su caída.

Nezali parpadeó.

—Me parecería más comprensible que fuera la misma estrella, pasando por debajo de la Tierra de un lado a otro.

Xipencóltzin le sonrió. Comenzó a asentir.

—Nezaayili... es por eso que te trajimos. Tu mente —y reanudó la caminata por el borde del peñasco, tomando a Nezali por los dedos—. Tú serás el que descifre el misterio más grande de los sacerdotes mayas. Ahora te hablaré del universo.

Nezali abrió los ojos. Se sintió fascinado. La chica tenía un olor exquisito. Xipencóltzin le dijo:

—Los números en el universo deberían ser todos perfectos, ¿no lo crees?

—No entiendo.

—Los dedos de nuestras manos son cinco. En total nuestros dedos suman veinte. Las crecidas de la luna son trece en un año. Las estaciones siguen ciclos. Cada trece años de Venus son ocho de la Tierra y cien giros de la luna. Todo parece perfecto —y guardó silencio por un momento—. Pero ¿por qué en un universo que parece perfecto existen números aberrantes? —y lo miró a los ojos.

—¿Aberrantes...? No te entiendo.

—El número de días que tiene un año debería ser perfecto, una multiplicación exacta. Por ejemplo, veinte por tres por seis. Sería trescientos sesenta. Pero son trescientos sesenta y cinco, y ni siquiera en forma precisa, pues cada cuatro años se debe agregar un día. ¿Cómo es posible esta imprecisión en el universo? ¿Acaso los dioses cometieron un error al diseñar el cosmos? El que existan trescientos sesenta y cinco días en el año es la prueba de que hay algo equívoco, falso, en nuestra percepción sobre el mundo.

—¿Algo... equívoco...?

—Los sacerdotes mayas han llegado a una conclusión: cinco días del año que experimentamos no existen. No suceden nunca. Son un error de nuestra mente.

Nezali sacudió la cabeza.

—Un momento… ¿No existen…?

—Los *uayeb*, los *nemontemi*, no existen. Pero en realidad sobran ciento cinco.

—¡¿Ciento cinco?!

—Son un fallo de nuestra mente. El verdadero año dura doscientos sesenta días, como las matemáticas lo establecen. La multiplicación de trece por veinte —y le mostró los dedos de su mano.

—No, no… —y miró a las estrellas—. ¿En verdad piensan eso…?

—Nezaayili, la maldad del mundo tampoco debería existir. ¿La creó también Dios, Kinich Ahau? ¿Por qué habría de crear Dios la maldad, o los errores en la realidad? —y señaló al cielo—. ¿O será que el mundo en que vivimos es realmente perfecto, pero nuestra mente es la que falla, y no vemos la realidad como es? —y lo miró a los ojos.

—Yo te veo bien —le sonrió Nezali—. De hecho, te veo perfecta.

—Nezaayili, lo que vemos es una pantalla —y le tocó la cabeza—. Es aquí donde vive la maldad. Es aquí donde la tenemos que eliminar. ¿Cuál es el origen del mal en el mundo…? ¿Quién lo puso dentro de nosotros…?

Xipencóltzin aspiró el aire frío. Le sonrió a Nezali:

—Si el año fuera sólo de doscientos sesenta días, todo cuadraría. Esos años, los Tzolkin, forman un ciclo cósmico perfecto. Cada setenta y tres años Tzolkin volverían a coincidir con los años que experimentamos, cuando hubieran pasado cincuenta y dos años humanos. Este ciclo, multiplicado por cien, es la cuenta larga trece Baktún, que multiplicada por cinco es la gran rueda del tiempo, los veinticinco mil seiscientos años —y miró a las estrellas—, hasta completar el Gran Alautún, el ciclo de los ciclos, de sesenta y tres millones de años.

Nezali negó con la cabeza.

—Son muchos números…

Xipencóltzin le sonrió y lo tomó de las manos:

—Nezaayili, esta noche en la que tú y yo estamos volverá a suceder un millón de millones de millones de millones de veces. Se llama Ka'a, la Recurrencia. El tiempo no tiene fin —y lo miró sin parpadear. Las estrellas parecieron comenzar a flotar alrededor de ambos.

Nezali la tomó por la espalda. La jaló hacia su cuerpo. Intentó besarla. Ella lo detuvo.

—Un momento, Nezaayili —le sonrió ella. Lo miró a los ojos—. En realidad tú y yo —e hizo una pausa— somos la misma persona.

Nezahualcóyotl sacudió la cabeza.

—¿Cómo dices? No, no... ¿En serio...? Dios... No creo que lo seamos —y volvió a intentarlo. Sintió en su boca los labios de Xipencóltzin. Ella resistió:

—Todo volverá a comenzar de nuevo, Nezaayili, incluso este momento, y acabaremos estando tú y yo otra vez aquí, en esta misma roca, una vez más, teniendo esta misma conversación que ha sucedido siempre aquí, repitiéndose en un ciclo de seiscientos noventa mil millones de años. Somos ciclos de ciclos, Nezaayili. Sólo estamos repitiendo una historia.

Nezahualcóyotl ladeó la cabeza.

—¿Repitiendo...? ¿De qué hablas?

Vio que Xipencóltzin comenzó a transformarse. Su rostro se convirtió en el de su padre: el rey Ixtlilxóchitl.

Nezali sacudió la cabeza.

—¿Qué me sucede?

—Nezaayili, todo está preparado —le dijo Xipencóltzin—. Ocurrirá un cambio en el mundo. Será muy pronto. Lo vas a provocar tú. Esto ya sucedió en el pasado.

Nezahualcóyotl la observó. Ahora la princesa tenía de nuevo su hermoso rostro. Sus enormes ojos.

—No tengas dudas de nada. No tengas miedo. Todo va a salir bien —y cerró los ojos—. Dios está de tu lado. Esto ya lo lograste antes. Algo grandioso ocurrió en el futuro.

53

—Algo grandioso ocurrió en el futuro.

Esto me lo dijo el padre Damiano Damián.

—Esto ya lo hiciste antes.

Nos ayudó a mí y a mi novia Silvia Nava a subir. Trotamos por la escalinata monumental del palacio de gobierno de Tlaxcala, hacia el primer piso.

Me gritó:

—Rodrigo Roxar, en verdad los mayas descubrieron una de las proporciones cósmicas más extrañas y misteriosas jamás observadas —trotó por la escalera—, y ha sido descrita por Felipe Solís, Jesús Galindo Trejo y Víctor Manuel Rivera Gómez Franco. El periodo trece Baktún multiplicado por cinco es lo que los científicos llaman el "Gran Ciclo Equinoccial": el gran ciclo de los veinticinco mil años. También es conocido como "Precesión del Eje Terrestre". En los hechos se repite cada veinticinco mil setecientos setenta y dos años. Significa que la Tierra se bambolea como un trompo a lo largo de esos veinticinco mil años, sobre un eje secundario llamado precesional. El polo norte va apuntando cada dos mil años a diferentes zonas del cosmos. Hace cuatro mil años, el polo norte apuntó a la galaxia que hoy llamamos NGC 5144. En la época de Cristo, el polo norte estaba orientado hacia la estrella HD 120084, un gigantesco astro amarillo orbitado por un planeta monstruoso, cuatro veces más grande que Júpiter, pero invisible a simple vista. Hoy el polo norte apunta hacia la famosa "estrella polar", Polaris, pero eso también cambiará. En dos mil años el polo norte estará en dirección a la constelación Cefeo. Incluso en trece mil años el polo norte podría apuntar al sol.

Observé un gigantesco mural pintado en las paredes de la escalinata. El padre me dijo:

—Las matemáticas mayas tenían números astronómicos fascinantes. En la ciudad maya Ek'Nab, Lago Negro, hoy llamada Quiriguá, en Guatemala, hay dos fechas marcadas en las estelas D y F: eventos ocurridos hace cuarenta y un millones de años y veinticuatro trillones de años.

Con su mano abierta tocó el muro. Decía: MURAL DE DESIDERIO HER-NÁNDEZ XOCHITIOTZIN PARA EL GOBIERNO DE TLAXCALA. 1987. HOMENAJE A CAMAXTLI.

Nos quedamos pasmados. Le dije:

—¿Camaxtli...? —y miré el billete de cien pesos.

Cuidadosamente el padre acarició el mural: la pintura azul y naranja, el hermoso rostro de una mujer, plasmado por Desiderio Hernández. El padre me dijo:

—Ella es Xipencóltzin Cuitlízcatl de Ocotelolco, princesa de Tlaxcala, hija del tetrarca tlaxcalteca Tlacomihua.

Observé el rostro pintado. Me quedé pasmado. La mujer estaba viéndome, sin parpadear, sonriéndome desde el pasado. En su boca tenía una flor de color morado.

Llevé mis dedos al rostro de la princesa. Acaricié en silencio la flor en de boca.

—No puede ser... —le dije al sacerdote. Lentamente me volví hacia Silvia. Ella se recogió el cabello.

—¿Qué me ves? —me preguntó.

Abrí los ojos.

—No, nada... —su cabello era tan largo como el de Xipencóltzin.

El padre Damiano me dijo:

—Los tubos de flujo del tiempo, Rodrigo —me sonrió—. Rodrigo Roxar, todo está conectado, ahora mismo. El pasado y el futuro. ¿No lo sientes? El secreto azteca es modificar el presente a través del pasado. El presente y el pasado no están desconectados. Siente el flujo —y me tomó por la muñeca—. ¿Lo sientes? —me miró fijamente—. Todo está ocurriendo al mismo tiempo, Rodrigo, todo en paralelo: lo del pasado y lo del presente. No hay un tiempo objetivo absoluto. Este tiempo que sientes como el "presente" sólo te lo parece por una simple razón: porque es en el que estás ahora, el tú de este instante. Pero todos los anteriores siguen ocurriendo.

—¿Ehh...? —me volví hacia el mural—. Lo siento, padre. Yo no soy un templario como usted. Me falta entrenamiento —le sonreí.

—Rodrigo, para los seres del futuro nosotros somos ya como bacterias. ¡Ellos nos están viendo justo ahora! —y señaló a los lados—, ¡exactamente igual que tú la ves a ella! —y tocó el rostro de Xipencóltzin.

Silvia nos dijo:

—Todos ustedes están locos. Qué anormal momento.

En el brazo del padre vi la cruz templaria, la de la Orden de Cristo. Le dije:

—¿Sabe, padre? Usted no parece sacerdote. Parece un espía, un 007. ¿Así son los templarios?

—Verás, hijo, ser templario es ser muchas cosas. Nos entrenan en artes marciales, en negociaciones, en operaciones de infiltración, en armamentismo, en inteligencia, en espionaje. Para eso eran los templarios en el año 1119, para proteger a Europa. En realidad acertaste. Soy una especie de espía —me sonrió—. Puedes llamarme un espía con espiritualidad, que quiere cambiar el presente.

Asentí.

—Pues entonces usted es un gran sacerdote.

Me puso un dedo contra el pecho:

—Y tú tienes que cambiar el flujo del tiempo, Rodrigo Roxar. Romper las cadenas de la predeterminación —me miró fijamente—. No sólo las tuyas, sino las de toda tu gente, tu país.

—Usted me habló de "usar el subconsciente". Me pidió que me dejara llevar por este pulso del cosmos, el acoplamiento Sigma. ¿Qué es eso? Usted me dijo que no pensara, que dejara a mi subconsciente hacer las cosas por mí. Que ni siquiera el hombre que diseñó este billete sabía lo que estaba plasmando. Que fue parte del proyecto —y negué con la cabeza—. ¿Qué significa todo esto?

Miré la pintura mural, a la princesa Xipencóltzin, y volví a acariciar la flor de su boca. Suavemente, el padre Damiano me tomó por el brazo:

—¿Te diste cuenta de cuántas veces cambiaste de posición las piernas en los últimos treinta segundos? —y abrió los ojos—. ¿O te has percatado de cuántos cambios de diámetro han tenido tus pupilas para ajustarse a la oscuridad mientras hemos estado aquí...?

—Pues... la verdad... No...

—Claro que no. ¡No puedes haberte percatado! El noventa y cinco por ciento de la actividad de tu cerebro la hace tu subconsciente. No tú.

Sacudí la cabeza.

—¿No yo...? —me toqué el cráneo.

—Tu cerebro realiza un petaflop de cómputos por segundo; eso es mil billones de bits. De ellos, sólo cinco por ciento son conscientes. En otras palabras: Dios te dotó de una máquina automática ultrapoderosa que resuelve tus problemas vitales mientras tú estas pensando pendejadas —y me tocó el pecho—. Lee a Emma Young en *New Scientist*, o a los doctores Jeffrey L. Fannin y Robert M. Williams de las universidades de Arizona y Colorado. El noventa y cinco por ciento de nuestros pensamientos se origina en el subconsciente. González-Vallejo, Lassiter, Bellezza y Lindberg lo dijeron en 2008: el subconsciente toma mejores decisiones que nuestra parte consciente en los momentos verdaderamente críticos. El doctor Albert "Ap" Dijksterhuis lo ha demostrado: en casos de enorme complejidad, cuando hay demasiadas variables, el cerebro consciente "se hace bolas", en cambio, el subconsciente lo resuelve mejor. Te lo dije hace rato: cuando no sepas qué hacer, deja que lo resuelva tu subconsciente. Él sabe lo que hace. En otras palabras: actúa por instinto. El propio Sigmund Freud lo dijo: "En cuestiones vitales, la decisión debe venir del subconsciente, de nuestro interior".

Sacudí la cabeza.

—Okey —y miré el piso—. Lo tomaré en cuenta. Quiero decir, espero que mi subconsciente lo tome en cuenta.

Señaló a lo alto del muro:

—Por ejemplo, ahora mismo, ¿qué ves allí arriba de la princesa Xipencóltzin? ¿Cuál es la pista que estamos buscando ahora? —y me sacudió—. ¡No lo pienses conscientemente! ¡Sólo observa y señala, sin pensar!

—Yo…

—¡Deja que tu subconsciente nos lo diga! ¡No pienses! ¡Tu subconsciente ya observó, ya hizo los cómputos, lo que tú llamas "intuición"! Tu subconsciente ya encontró los números en el poema de Nezahualcóyotl. ¡Déjalo que hable!

Por encima de la princesa Xipencóltzin vi las flamas pintadas por el muralista Desiderio Hernández. Más arriba de ellas, un cielo muy negro plasmado por el artista. En lo alto de éste, había un hombre enigmático blandiendo una espada, montando un extraño caballo blanco, apocalíptico.

—Es ése —le dije al padre Damiano—. Es ese caballo blanco. No tengo idea de por qué, pero ése es.

El padre Damiano me sonrió:

—Muy bien, Rodrigo Roxar. Tu subconsciente funciona perfectamente. Hemos encontrado la clave. Ese caballo blanco es la clave. Sé dónde encontrarlo. Ahí está el secreto azteca.

Se volvió hacia Silvia. Le dijo:

—Prepárate para encontrar Aztlán, aunque no creas que existe. El secreto para cambiar el futuro de este país está en el pasado.

54

A quinientos metros de distancia, en el acantilado de Ocotícpac —El Mirador—, la princesa Xipencóltzin tomó la mano de Nezahualcóyotl:

—Vendrán a decirte que no vas a lograrlo, que no eres nadie. Son los mensajeros de la oscuridad, de la desesperanza. No los escuches. Los envía tu enemigo de Azcapotzalco.

Nezahualcóyotl asintió con la cabeza. Tomó de las rocas una pequeña flor de color morado y la aproximó al rostro de Xipencóltzin, a sus labios. Empezó a acariciárselos con los pétalos.

Ella le dijo:

—Te dirán que no puedes para derrotarte, para destruirte desde adentro, para extinguir tu esperanza. No lo permitas. Tú tienes la flama aquí dentro —y le tocó el corazón—. Esa flama es el secreto azteca. Que nunca te la extingan.

Nezahualcóyotl abrió los ojos.

—Hablas como Huitzilihuitzin.

Ella le dijo:

—Haz que suceda, Nezaayili. Prométeme que nunca vas a rendirte. Ahora dependemos de ti aquí en Tlaxcala. No tienes permitido perder la esperanza. Tú eres la esperanza. El mundo debe convertirse de nuevo en Yáax k'iin, la Casa de la Primavera, en Yectlan, como lo quiso tu padre —y con enorme pasión lo besó en los labios, con la flor entre sus bocas. Con su rostro, acarició las mejillas de Nezahualcóyotl. Él sintió en la cara los tubos de flujo del universo: la piel de la princesa Xipencóltzin.

Una flecha de punta de roca le atravesó la garganta a la princesa, de lado a lado, rompiéndole la tráquea. La sangre humedeció a Nezahualcóyotl.

—No...

Nezahualcóyotl la vio desangrarse, con los ojos abiertos. El proyectil estaba encajado de derecha a izquierda en el cuello de la princesa. Él la abrazó con todo su cuerpo.

—No... —y cerró los ojos. Aferró por los extremos la flecha. Trató de zafársela.

—*Dios...*

Ella le sonrió.

—No reveles aún nuestra alianza. Que no destruyan Tlaxcala.

—No, no... no —y notó que el palo de la flecha tenía incrustaciones de anclaje. Eran glifos en el dialecto chalca. Miró a la derecha, al oscuro bosque. Vio luces rojas: ojos humanos. Desde detrás gritaron:

—¡Pónganle las cuerdas! ¡Lo está esperando el emperador Tezozómoc! ¡Traigan también el cuerpo de la chica!

55

Los soldados hormiga del emperador Tezozómoc arrastraron el cuerpo de Ek HunK'aal Oxlahun-Xipencóltzin.

También arrastraron, por los pies, a Nezahualcóyotl. Tenía amarradas las manos. Estaba llorando. Lo fueron golpeando en la cabeza con un marro de hule quemado.

—¿Qué hacías aquí en Tlaxcala? —y avanzaron a la oscuridad—. ¿Quién es esta mujer? ¿Estabas complotando? —y la miraron—. ¿Ella era embajadora de los tetrarcas? ¿Ellos te llamaron?

Entre los soldados caminó el líder de todos, seguido por su escolta: llevaba el cuerpo con líneas blancas y rojas, como un esqueleto con tejidos. Su rostro estaba pintado como una calavera. En su corazón tenía tatuado un enorme sol negro. Decía en el idioma otomí-tepaneca: MÄ DADA, MÄ HYADI.

—Hola —le sonrió a Nezahualcóyotl. Miró hacia adelante—. ¿Me reconoces?

Nezali entornó los ojos.

—¿Quién eres...? —parpadeó.

Maxtla miró hacia los contornos de la loma Ocotícpac. Le dijo a Nezahualcóyotl:

—Yo soy el armamento de mi padre. Soy su arma más peligrosa —y le sonrió—. Tú eres el mejor regalo que voy a darle en mi vida. Te está esperando con ansias, para lastimarte.

Lo arrastraron por encima de las raíces y las rocas del peñasco del Ocotícpac, o Cima de Ocotes.

Maxtla caminó con dirección al río Zahuapan —futura vialidad Rivereña, Estadio Tlahuicole—. Con aplomo, les dijo a sus hombres:

—¿Saben? Siempre me cayó bien este chico Nezahualcóyotl. He seguido con atención las tragedias de su vida. Te pareces a mí —y asintió—. Sí. Eres un desadaptado, igual que yo. Eres un huérfano. Yo tengo un padre, pero a mí no me ama —y se tocó el sol negro tatuado en el centro de su pecho.

Nezali se quedó perplejo. Maxtla le dijo:

—Voy a destruirte. Es lo único que puedes hacer cuando no te aman —y le sonrió—. Yo amo la destrucción. Amo la desaparición. Eso sí lo puedo hacer: causar el terror —y le mostró sus dientes—. Prepárate para el pavor.

Abajo, en el palacio de Tepetícpac, en Tlaxcala, el padre de la bella Xipencóltzin, el tetrarca Tlacomihua de Ocotelolco, con la cabeza mojada, se derrumbó sobre el regazo de su primo, el tetrarca Cocotzin.

—¡¿Dónde está ella?!

Ambos lloraron en silencio.

En la oscuridad de la habitación, Cocotzin le acarició los cabellos a Tlacomihua. Le pegó la frente a la cabeza. Los hijos del tetrarca de Ocotelolco, Tlatlalpantzin-Atlapaltzin Cuitlízcatl y Tlepapalotzin Cuitlízcatl, se llevaron las manos al rostro. También estaban llorando.

—Van a usar el cadáver de mi hermana para negociar contra nosotros —le dijo Tlepapalotzin a su papá—. El que se la llevó fue Maxtla, el hijo de Tezozómoc. ¡Nunca debiste arriesgarte! ¡Trajiste aquí a ese príncipe, al que ellos están persiguiendo!

Cocotzin se volvió hacia la nota que tenía aún sobre el escritorio. Le temblaron las manos. Estaba escrita en el idioma tepaneca: ganchos, dados, lazos y limas. Decía:

¿Está aquí Nezahualcóyotl? Si nos lo entregas vivo, habrá paz entre tu federación y la nuestra. Si lo proteges, habrás de ponerte lo que te envía mi emperador. Es tu traje de guerra. Es de algodón. Te lo manda para declararte la guerra en caso de que lo hayas traicionado. Tenemos ejércitos en posición para atacarte desde los flancos.

CHALCHIUH DE AZCAPOTZALCO.
Embajador de Tezozómoc Yacateteltetl.

Cerró los ojos.

56

Detrás de los soldados hormiga de Maxtla avanzaron, por la oscura bajada del río Texantla, veinte hombres de color negro, gordos, sudorosos, con el pecho descubierto, llenos de collares de huesos y mascarones de picos de patos.

Se hablaron unos a otros en el dialecto de Chalco, una forma del náhuatl con sonidos de crujidos.

Nezahualcóyotl despertó en un espacio oscuro. Abrió los ojos. En la negrura distinguió los barrotes de bronce. El lugar olía a orines, a excremento.

Miró el piso debajo de sus piernas: era su propia orina.

Estaba dentro de una jaula. Tres personas lo miraban desde la sombra.

Un hombre gordo, musculoso, con el pecho desnudo, con la barriga mojada en sudor y con un pesado collar de manos y lenguas arrancadas le sonrió.

—Nezahualcoyotzin... has llegado —le dijo con voz estruendosa. Lentamente asintió—. ¿Acaso no me recuerdas? —y se golpeó el pecho—. ¡Soy Toteotzin! ¡Soy tlatoani aquí, en Chalco! Fui amigo de tu padre.

Nezali parpadeó. Se talló un ojo.

—¿Toteotzin...? ¿Estoy en... Chalco...? —miró a su alrededor.

Toteotzin lo miró de arriba abajo. En su pecho colgaba el collar con los miembros humanos cortados.

—El príncipe Maxtla está allá arriba —señaló al techo—. Le di la mejor habitación de mi palacio. Está descansando —y miró a Nezali con compasión—. ¿Sabes? Maxtla me asegura que su papá me va a recompensar muy bien por ayudarle a encontrarte; por organizar tu captura —y bufó por la boca—. ¡Con esto estoy mejorando muchísimo mis relaciones con Azcapotzalco! Últimamente habíamos tenido bastantes diferencias con Maxtla y con su padre: por Tláhuac, por Xochimilco, por Míxquic. Cada quien cree que es el dueño de este maldito lago.

Caminó frente a Nezahualcóyotl.

Nezali lo recordó de la tarde en que traicionaron a su papá. Vio a Toteotzin de Chalco cuando se colocó junto al embajador tepaneca Chalchiuh en el momento en que ambos rodearon a Ixtlilxóchitl y dijeron: "¡Amárrenlo junto a su hijo!"

—Tezozómoc va a darme Chicoloapan, Coatepec, Chimalhuacán e Ixtapalucan. Un pago suficiente por armar tu captura. ¡Chalco va a ser ahora una federación mayor que la que tuvo tu padre! ¡Pronto yo voy a ser el imperio!

Nezahualcóyotl miró en la oscuridad. Toteotzin, en la sombra, le dijo:

—Los de Chalco no vamos a ser sólo una parte más del imperio de Azcapotzalco. No, chico. Nosotros no somos esclavos: ni de Azcapotzalco ni de ninguno otro —la voz le temblaba—. No, no —se acarició el vientre—. En el fondo yo soy igual que tu padre. ¡Sí! ¡Soy un rebelde! ¡Tampoco me gusta la opresión! ¡En Chalco nunca nos hemos rendido ante nadie! ¡¿Lo entiendes?! Nosotros nunca vamos a someternos ante nadie: ni a los tepanecas ni ante ningún otro —y con enorme violencia pateó el piso, haciendo temblar la tierra. Se volvió hacia sus hombres. Éstos le sonrieron.

Le dijo a Nezahualcóyotl:

—Te preguntarás por qué estoy hablando así contigo, siendo tú mi prisionero, mientras el hijo del emperador está allá arriba, durmiendo en mi habitación, y cuando cien de sus hombres están aquí, en los corredores de mi palacio.

Nezahualcóyotl bajó la cabeza. Lo miró.

—Me quieres para atacar a Tezozómoc. ¿Es así?

Toteotzin comenzó a caminar enfrente de la jaula. Aturdido, Nezahualcóyotl pensó en la princesa tlaxcalteca, las palabras que le había dicho en la víspera hoy parecían polvo, como un sueño lejano del que poco a poco empezaban a borrarse sus últimas imágenes.

—Yo puedo ayudarte para que vuelvas a ser alguien. ¡Sí! El emperador de Azcapotzalco está utilizando a tus primos de la isla para venir a atacarme, para quemar mis cosechas, para destruir mis plantaciones con sus Hombres Serpiente: los mexicas. Los odio. Todo Chalco los odia. Son una raza inferior. Me están atacando en Míxquic y en Tláhuac, por órdenes del emperador. Tezozómoc no quiere dejar que yo crezca —y se le aproximó—: Tú y yo podríamos hacer algo juntos —le sonrió en la oreja—. Podemos crear una federación unidos: una duar-quía; tú y yo como reyes —lo miró fijamente.

—¿Duarquía…? —le preguntó Nezali, con la quijada golpeada.

—Recuperarás Texcoco. ¡Te lo garantizo! Yo te pondré ahí —y co-menzó a proyectar su plan con la mano, en el espacio—. Chalco y Tex-coco juntos. ¡Vamos a ser una federación! Nos extenderemos al oeste, por el lago. Primero conquistaremos la isla de los mexicas, mataremos a tus primos. Te traicionaron. Chimalpopoca, Moctezuma, Tlacaélel. Tu tío Itzcóatl. Gobernarás esa isla directamente desde Texcoco, como ellos lo están haciendo ahora.

Le sonrió a Nezahualcóyotl.

—¿Qué te parece? ¿Estás motivado?

El chico lo miró fijamente.

—¿Una duarquía…? —pestañeó—. ¿Tú y yo juntos?

Toteotzin lo señaló:

—Una vez ahí, tendremos la base naval necesaria para controlar todo el lago, y todo el Valle del Anáhuac. ¡Y entonces, juntos, vamos a invadir Azcapotzalco! ¡Chalco será grande! ¡Texcoco será grande! Este día es importante, muchacho. Lo he pensado muy bien. Mi esposa me ha aconsejado cada palabra que te estoy diciendo. Siempre apóyate en las mujeres. Tú suplantarás a Maxtla y yo a Tezozómoc.

Le sonrió alegremente a Nezahualcóyotl.

—¿Qué te parece?

Nezali se volvió hacia el muro. Tragó saliva.

—Tú traicionaste a mi padre —le dijo al tlatoani—. Mi respuesta es no. Eres un gordo traidor. Púdrete —y le escupió.

Toteotzin se quedó mudo. Torció la cabeza. Sus guardias, con más-caras de patos, se horrorizaron. Lo miraron atentos.

—¿Qué estás diciendo? ¡¿Cómo te atreves?! —le gritó a Nezahual-cóyotl—. ¡¿Me estás desafiando?! ¡Eres el joven más idiota que he co-nocido en mi vida! —y comenzó a arrancarse los miembros humanos que colgaban sobre su pecho, desenrollando su collar—. ¡¿Estás recha-zando una oferta que te salva de ser un perseguido?!

Nezahualcóyotl lo miró a través de los barrotes.

—No voy a pactar con el mal. Tú eres el mal.

Toteotzin se volvió hacia su hermano Quetzalmatzatzin, el Quetzal Piña, jefe de la guardia:

—Vigílalo bien. ¡Vigílalo bien! Que nadie hable con él antes de que yo regrese. Voy a cortarle la lengua antes de que pueda denunciarme.

Le dirá a Maxtla lo que acabo de proponerle. Y también le cortaremos las manos, para que no lo escriba.

—Descuida, hermano —le dijo Quetzalmatzatzin—. Me voy a encargar de cortarle la lengua.

57

El fornido Quetzalmatzatzin se quedó en el calabozo y el joven Nezahualcóyotl en su jaula.

Se hizo el silencio.

En la oscuridad, Quetzalmatzatzin perdió la vista en el suelo. Pensó en sus propios problemas, que eran muchos. Permaneció contemplando las manchas en el piso, llorando. Se rascó lentamente la rodilla. Comenzó a negar con la cabeza.

—¿Sabes? —le dijo a Nezali—. He visto a miles pasar por estas celdas. Tantos tormentos, tanto dolor. Tanta sangre. Mujeres, niños, ancianos.

Nezali permaneció mudo, arrinconado, en el piso.

Quetzalmatzatzin le dijo:

—Es lo bueno de no ser el rey. Él es quien tiene que tomar las decisiones. Yo sólo obedezco. ¿Tú qué piensas? ¿Es mejor ser el rey o ser el hermano de éste? —y le sonrió—. Y por cierto, ¿tú le has arrancado la lengua a alguien? —lo miró a los ojos.

Nezali no dijo nada. Sus ojos brillaron en la sombra.

Quetzalmatzatzin se levantó:

—Si aún tienes lengua, deberías utilizarla. Pronto no vas a poder decir nada.

Nezali colocó el mentón entre sus rodillas.

—Dime más. Me diviertes.

Quetzalmatzatzin lo miró fijamente.

—En verdad eres diferente —y asintió—. Eres muy valiente, o muy idiota. Una de ésas.

Caminó hacia Nezali. Suavemente aferró los barrotes de la jaula.

—Antes de sacrificarte, de torturarte frente al emperador de Azcapotzalco, te alimentaré muy bien. Te daré las mejores cosas que hay en Chalco: las más deliciosas que jamás hayas imaginado. Te daré calabazas, tomates, todo lo mejor de nuestras chinampas. Te voy a dar hormigas caramelizadas, mixmole de Míxquic, ajolotes dulces bien tostados. ¿Y sabes por qué te voy a alimentar con tanto amor?

Nezahualcóyotl negó con la cabeza.

—Dímelo. Ya me abriste el apetito. Utilizaré mi lengua para degustar todo eso.

Quetzalmatzatzin le dijo:

—Tienes que estar bien alimentado para que así te disfruten los dioses al momento del sacrificio. Debes estar gordito, sano, bien presentado, engrasado. ¡Así es como hacemos con todos los prisioneros que sacrificamos! —y arqueó las cejas—. ¡Es así! ¡Deben estar apetitosos! ¡Si no, serían un insulto para los dioses!

Nezahualcóyotl escupió su propia sangre. El Hombre Piña le dijo:

—Mira, es sencillo. Es como cuando tú vas a dar una buena cena, un banquete: ¿acaso desairas a tus invitados? Los guajolotes deben estar gordos, sanos. Las ranas deben estar fuertes, musculosas. ¡Es por respeto a tus amistades! ¡Se trata de cortesía para con los dioses! ¡Ellos también sienten! ¡Se ponen tristes! ¡Son como nosotros! ¡Se decepcionan si les damos ofrendas flacas!

—Sácame de aquí. Tú sólo eres un esclavo de tu hermano —y se aferró de los barrotes—. Trabaja para mí. Harás algo mucho mejor por el mundo: algo que no te va a hacer sentir esa vergüenza que tienes por dentro.

Quetzalmatzatzin lo miró fijamente.

—Cuando un prisionero va a ser sacrificado, los dioses se sienten alegres si ven que está gordo y sano —y se puso a llorar—. ¡A los dioses les importa que esté bien su comida…!

Nezahualcóyotl lo tocó en el brazo.

—Tú no vas a ser este siervo. No más. Eres tú el que está en la jaula, no yo. Tu jaula es tu vida. Ven conmigo y serás libre.

Quetzalmatzatzin lo miró sin pestañear. Le dijo:

—Estarás bien sabroso y bien cebado cuando te ofrezca a Tezozómoc para que él te sacrifique a sus dioses. Y por ello va a recompensar a mi hermano. ¡Los dioses babearán cuando te vean amarrado, tan jugoso y tan bien sazonado! ¡Cuando Maxtla y sus hermanos comiencen a cortarte, a filetearte, los dioses van a sacar sus lenguas para lamerte, ansiosos! ¡Hasta veremos aparecer en este mundo sus lenguas! ¡Qué buen regalo vas a ser para ellos! —y siguió llorando—. ¡Siéntete feliz por hacer felices a los dioses!

—Tus dioses no existen.

Quetzalmatzatzin se llevó una mano a la cara.

—¿Ahora qué estás diciendo? —le preguntó a Nezahualcóyotl.

—Dios no es un monstruo sediento de sangre. Y tú vas a liberarme.

58

Pasaron seiscientos años. La camioneta dio vuelta en la calle Cuauhté-moc, en el municipio de Chalco, al sureste de la Ciudad de México. El sacerdote Damiano Damián miró el palacio municipal, el cual estaba iluminado desde abajo por reflectores de tungsteno:

—Aquí es donde está el caballo que buscamos —y me miró—: el caballo blanco. La historia que llegó a nosotros sobre Nezahualcóyotl tiene muchos hoyos, muchas lagunas. Al leer las crónicas que existen, la mayoría de ellas escritas cuando México ya estaba en poder de Carlos V, cuando Nezahualcóyotl había muerto por lo menos hacía setenta años, queda claro que las historias ya estaban deformadas por generaciones y generaciones. En varias de esas crónicas del siglo XVII se dice que el hermano del rey de Chalco se convenció al hablar con su prisionero y que decidió dejarlo escapar, pero no sólo eso. Dicen que se desvistió y le dio sus ropas y su armamento a Nezahualcóyotl, para que saliera del palacio sin ser detectado por los guardias. Según esta leyenda, Quet-zalmatzatzin se quedó en la jaula tomando el lugar de Nezahualcóyotl, y cuando el rey de Chalco llegó y descubrió lo sucedido, sacrificó a su propio hermano con tormentos de pesadilla, que hoy ni siquiera harían los narcos.

La camioneta se detuvo en la oscura calle Riva Palacio. Observé a la distancia, por detrás de un enrejado, un hermoso jardín nocturno, iluminado por faroles. Era el patio de una antigua iglesia.

—Es la parroquia de Santiago Apóstol —me dijo el padre Damia-no—. Santiago es el patrón del actual municipio de Chalco, y es a quien pertenece el caballo blanco que buscamos. Construyeron esta iglesia en 1532 —y comenzó a caminar hacia la entrada—. El supervi-sor fue el fraile Martín de Valencia, amigo de Domingo de Betanzos y del obispo Zumárraga.

Troté detrás de él:

—¿Y usted piensa que aquí vamos a encontrar el "Secreto de Aztlán" o algo así?

El padre empezó a trotar. Corrió a través del patio, entre los arreglos de flores. Me dijo:

—Es el "Secreto Azteca". En Chalco ocurrió lo mismo que en Texcoco: mira a tu alrededor. No quedó nada en pie. Nada del pasado prehispánico. Los hombres de Carlos V arrasaron todo. No quedó ni palacio ni ciudad. Lo único que existe hoy del Chalco donde reinó Toteotzin es un disco de un metro de diámetro que está en el Museo Nacional de Antropología y un cubo pequeño llamado la Piedra de Chalco. Eso es todo.

Se metió a la catedral. Nos condujo por debajo de las arcadas doradas. Había un intenso olor a incienso.

Le dije:

—¿Por aquí está el caballo? Usted parece un explorador, un detective. ¿Qué lo llevó a ser sacerdote?

Me sonrió:

—La gente ha mitificado la función del sacerdote. En realidad somos hombres normales, como tú o como cualquier otro.

—Bueno... usted no es un hombre normal. Usted es un Steven Seagal, ¡un 007! Pero... tengo una duda... ¿cómo es que alguien como usted, un hombre de acción, soporta ese tema del... celibato? ¿Cree que realmente es necesario...?

Señaló hacia delante.

—El celibato es también un mito.

—¿Un mito?

El padre Damiano dio vuelta a la izquierda de la nave. Se detuvo en medio de la oscuridad. Miró hacia lo alto. Iluminó con su linterna. Observé la poderosa estatua de madera: era un humano esmaltado, con ojos de vidrio, vestido de negro, que portaba una espada que apuntaba al techo y estaba montado sobre un enorme caballo blanco.

El padre Damiano comenzó a acercársele:

—Santiago Apóstol... —y empezó a desmontar la plataforma—. Ayúdame, Rodrigo. Éste fue uno de los cinco muelles prehispánicos de Chalco antes de que la ciudad fuera destruida. Todo hacia el oeste de aquí era el lago. Tras la conquista, el muelle fue administrado por Domingo Estevanes. Debajo de este piso debió estar el embarcadero del palacio de Toteotzin, por donde escapó Nezahualcóyotl.

Le dije:

—¿Y aquí está el "Secreto Azteca", el "Secreto de Aztlán"? ¿El origen de México?

Siguió desencajando las losas:

—La gente hoy piensa que los aztecas fueron los mexicas. Esto es un error, como ya te dije. "Azteca" no significa "mexica". Los peores enemigos de los mexicas, es decir, los tlaxcaltecas, los chalcas y los xochimilcas, eran aztecas, puesto que todos ellos clamaron provenir de Aztlán y de las siete cuevas —y se volvió hacia mí—. Rodrigo Roxar, estás a punto de bajar a lo más profundo de tu pasado. Vas a saber quiénes fueron realmente los aztecas, y qué es realmente Aztlán.

Con su linterna iluminó abajo, hacia la profundidad. En la roca resplandeció un conjunto de talladuras: letras antiguas. Eran glifos aztecas: ganchos, limas, dados. Emitieron una luminosidad fosforescente. El padre Damiano ladeó la cabeza. Los leyó en voz baja:

—*Tinechtemoa in ozotl ye cocohtli*. "Búscame en la mina de la paloma."

Lo miré fijamente.

—¿Mina de la paloma…?

59

Dos metros abajo de nosotros, seiscientos años atrás en el tiempo, Nezahualcóyotl salió corriendo, vestido con las ropas de Quetzalmatzatzin de Chalco, el Hombre Piña, príncipe de Acxotlan-Cihuateopan, hermano del tlatoani Toteotzin.

Las ropas le quedaban grandes. Portaba una diadema que consistía en plumas hacia lo alto y el mascarón de pato.

Empuñó fuertemente su nuevo *macuahuitl*, el cual en realidad pertenecía a Quetzalmatzatzin.

Caminó por el pasillo secundario. Observó a dos guardias.

Ellos lo miraron sin moverse, con sus mascarones, también de patos.

—¿A dónde vas? —le preguntaron. Les lanzó el mazo a las caras, cortándoselas con las obsidianas. Se tiró al piso:

—Lo siento —les dijo—. Me indicaron que hiciera esto —y recordó las palabras del Hombre Piña: "No los mires a los ojos. Ocúltate con mi mascarón. Al terminar el segundo pasillo, baja al embarcadero. En *challi*, la costa, nada hacia tu nuevo destino".

Giró sobre su espalda como una víbora. Le cortó el hueso de la pierna a uno de los guardias. Se levantó de un salto, se aproximó al otro guerrero y le enterró el *macuahuitl* en el tronco. Lo sacó jalándole los intestinos.

Corrió despavorido al final del pasillo, con su mascarón, a la luz anaranjada de la tarde. En efecto, ahí estaba el embarcadero. Lo vio brillar por los resplandores del sol.

Se detuvo un instante en la terraza, al pie de la escalinata. Lo observó todo: el extenso lago en esa región del sur, las poblaciones de Ayotzinco, Míxquic, Tláhuac, bien metidas en el agua. Al fondo vio la gigantesca Xochimilco: una isla flotante rodeada por miles de chinampas. En el agua misma de ese borde de Chalco, en el embarcadero, vio la membrana acuática artificial: una ciudad flotante de setenta mil chinampas, plataformas de siembra. Se proyectaban hacia dentro del agua por cinco kilómetros, hasta perderse de vista.

El sol color naranja estaba por meterse detrás de las montañas Zacatépetl y Xictle. Su resplandor se reflejaba en todo el enorme mar de chinampas. Vio dos pequeñas islas volcánicas frente a los cuatro muelles de Chalco: las isletas Xico y Tlapacoyan —futuros parques Xicoténcatl y Cerro Elefante.

En su nariz sintió el olor del agua. Tenía aroma de frutas.

En el horizonte vio las muchas ciudades costeras del poniente del valle, dominadas por Tezozómoc: Coapan, Tlalpan, Cuicuilco, Tepepan, la isla Acoxpa.

—Soy inmortal —se dijo. Sonrió para sí mismo. Comenzó a extender los brazos a los lados y a levantar el pie derecho hacia atrás, guardando el equilibrio, como si flotara—: Soy un quetzal —y cerró los ojos—. El quetzal es bello, y es inmortal. No hay problema humano que le importe a un quetzal.

Vio la ciudad de Chalco toda pintada de café oscuro con filos de hoja de oro. Las columnas de las casas reales eran gruesas, achatadas, con resaltes brillantes a modo de collares. Tenían en sus cabezales enormes cráneos de patos.

60

Adentro del palacio, frente a su hermano Quetzalmatzatzin, Toteotzin comenzó a respirar como un animal. Los ojos se le inyectaron en
sangre.

—¡Malnacido! —le gritó. Le arrojó un mazo de obsidianas contra
las piernas. Le cortó la derecha a la altura del muslo, trozándole incluso
el hueso, salpicándose con la sangre—. ¡Traidor! ¡Me traicionaste! —y
con un garfio comenzó a arrancarle un ojo—. ¡Me destruiste! ¡Arrui-
naste mi relación con Maxtla! ¡Hermano de mierda! —le lloró sobre
el tórax abierto, en carne viva. Colocó su cara sobre el viscoso y mojado batidero de tejidos—. Quetzalmatzatzin —siguió llorando encima.
Embarró su rostro con la carne y la sangre de su hermano—. Nunca
pensé que esto iba a pasarnos. Córtenle las manos. Envíenselas como
enmienda a Tezozómoc.

61

En Azcapotzalco, el emperador, con su esquelético cuerpo cubierto por la débil seda del gusano Eutachyptera Psidii, arrastró los pies descalzos frente a su "pared de flores". Suavemente comenzó a arrancarle los pétalos secos. Observó los colores luminosos. La miró con amor. Le sonrió. Le cantó con su entonación tepaneca:

—*Chicomoztoc onivallevac cani aveponi… Cani aveponi ¡cani cani teyomi…*! Yo vine de las siete cuevas… —y levantó el tono—: ¡*Tzivactli in itlan onivallevac cania veponi*! ¡*Cani cani teyomi…*! Yo vine de las plantas espinosas… —les sonrió a sus flores.

Por detrás, su hijo Maxtla le dijo:

—Padre amado —y se inclinó—, Toteotzin dice que no fue su plan dejar escapar a Nezahualcóyotl. Yo le creo.

El emperador continuó arreglando sus flores. Le temblaban los membranosos dedos.

Maxtla caminó por detrás de él:

—Toteotzin castigó a su hermano. ¡No creo que nos esté mintiendo! ¿Por qué lo haría?

Su padre se volvió hacia él.

—Eres el mayor de mis hijos —y comenzó a negar con la cabeza llena de verrugas cicatrizadas, tapadas con escarabajos de bronce—. Estoy confiando en ti mi imperio —y lo miró con fijeza—. ¿Quieres que confíe mejor en tu hermano Tayatzin? ¡Él es menos cobarde! ¡Menos estúpido!

—Yo… —sacudió la cabeza—. ¿Padre…?

—Quiero que te enfrentes contra Chalco.

Maxtla abrió los ojos.

—¿Padre…?

—Toteotzin se burló de ti, y también de mí —y lo miró con odio—. Ese hombre siempre ha querido tener más poder.

—Está bien, padre —tragó saliva—. Iré contra Chalco. Enviaré a los hombres de Itzcóatl, los bandos mexicas.

—Si permites este insulto de los chalcas, recibirás muchos otros en el futuro, ¡por parte de todos! ¡No puedes permitir ninguna ofensa! ¡Todas las que caigan sobre ti, van en realidad dirigidas a mí!

Maxtla bajó la cabeza.

—Padre... —y se volvió hacia el piso—. Me enfrentaré contra Chalco. Iré contra Toteotzin. Lo castigaré.

—Que Itzcóatl los ataque desde Míxquic por agua y también por tierra desde Tepepan. Seis ejércitos mexicas de hombres serpiente y dos batallones de hombres águila. Que arrasen Chalco —y le sonrió—. No quiero que siga vivo Toteotzin —y se volvió de nuevo hacia sus flores, para cantarles—. La vida es imponerse o someterse. Y para imponerte debes ser superior a todos. Y lo que te da la superioridad es la violencia. Ninguna otra cosa —le sonrió—. Quiero que me traigas a Nezahual-cóyotl. Observa los problemas que ya nos está generando.

—Sí, padre —hizo una genuflexión ante él—. *Mä Dada. Mä Hyadi*. Mi padre. Mi sol.

Horas después, diez kilómetros al sureste, sobre el agua, en la isla mexica, el general Itzcóatl, Serpiente de Obsidiana, caminó con su pesada musculatura sobre el lodo, sumiendo los pies en el pastoso terreno.

Avanzó entre las filas de sus tropas de hombres serpiente, los Coatlácatl: cuatro filas de cien hombres cada una. Todos reptaron en el fango, enterrando los codos, rodillas y bocas, sangrando. Tenían los brazos cubiertos con corazas de escamas. En sus rostros llevaban mascarones de serpiente.

Itzcóatl les gritó con ojos reptilianos:

—¡*Titemictizqueh*! ¡*Titemictizqueh*! ¡*Titemictizqueh*! ¡*Titemictizqueh*! ¡*Titemictizqueh*! ¡Matar! ¡Matar! ¡Matar! ¡Matar! ¡Matar! ¡Matar!

Comenzó a golpearse el pecho. Les gritó:

—¡Mi padre fue el rey en esta isla! ¡Sí, Acamapichtli! ¡Pero mi madre fue una ramera, una esclava! —y los miró en redondo—: ¡Así que yo soy como ustedes! ¡Soy como cada uno de ustedes! —y comenzó a golpearse la cara—. ¿¡Ustedes creen que yo siento estos golpes?! ¡No los siento! ¡El dolor no existe! ¡El secreto del dolor es que no te importe! —y escupió su sangre al lodo—. ¡El dolor es el enemigo del hombre! ¡Los acobarda! ¡No sientan el dolor, o traicionarán y condenarán a quienes aman, porque el dolor los hará doblegarse! ¡Ustedes! ¿¡Van a quebrarse?! ¿¡Van a doblarse?! ¡¿Hombres serpientes?!

Le gritaron:

—¡Itzcóatl! ¡Itzcóatl! ¡Itzcóatl! ¡Itzcóatl!

Él se volvió hacia el ventanal superior del palacio de Tenochtitlán: un edificio de maderos y paja, por encima de los cactos.

—¡Allá arriba está el nieto del emperador Tezozómoc, el joven Chimalpopoca, nuestro Escudo Humeante! ¡Su abuelo Tezozómoc nos dio todo lo que hoy tenemos! —y con su *macuahuitl* señaló a la redonda—. ¡Sí! ¡Nos dio esta isla! ¡Nos dio estas armas que usamos! —y subió la suya, con obsidiana de la Sierra de las Navajas—. ¡Los mexicas no seríamos nada de no ser por Tezozómoc! ¡Nos dio las encomiendas militares que tenemos, las cuales nos autorizan para ir a castigar a todos los que habitan en este valle y desafían al emperador! ¡Nos volvió sus guerreros, su brazo armado! —y les sonrió—. Por eso hoy, hermanos, nos quiere fuertes. ¡Fue el emperador quien, al confiarnos este mando, hizo que nos respetaran todas estas malditas naciones que nos rodean! ¡Las que antes nos despreciaban! —y escupió hacia delante.

Sus soldados siguieron reptando entre las estacas, por debajo de cuerdas de púas, cortándose la piel de la espalda.

—¡El dolor no existe, mis hermanos! ¡Que no los engañe su cuerpo! ¡Ustedes son serpientes! ¡Ustedes son serpientes humanas! ¡Ustedes son superiores al hombre, y a la muerte!

Comenzaron a tronar los tambores. Los estaban golpeando hombres con máscaras de cráneos.

Itzcóatl observó a cinco reclutas que se golpeaban con mazos de hojas de obsidiana cuahuitl, se cortaban los brazos y se abrían la carne.

—¡El dolor nos alegra a los mexicas! —les sonrió Itzcóatl—. ¡El que llora o se lamenta atrae la muerte, la burla, la humillación y la desgracia! ¡Hombres Serpiente! ¡El secreto de la vida es que ustedes no sean niñas! —y los miró fila por fila, sin dejar de avanzar entre ellos, con el tórax lleno de cicatrices, algunas de ellas sangrantes—. Un hombre es aquel que ha destruido la sensación de dolor y de miedo.

Violentamente apuntó su *macuahuitl* al cielo:

—¡Hermanos! ¡Si hemos de arder vivos para que sobrevivan los que amamos, arderemos! ¡Y lo haremos cantando, por nuestras familias, porque estarán protegidas! Esta tarde el emperador Tezozómoc y su hijo nos han asignado una nueva misión, y cumpliremos. Iremos a la ciudad de Chalco y la destruiremos. Iremos en ocho cuerpos: Moctezuma, Huahue Zaca, Tlacaélel, Ayáxac Tícic, Teuhtlehuac, Átlatl, Colícatl y Yope. ¡Haremos arder Chalco! ¡La vamos a incendiar! Para ello primero tenemos que romper la empalizada de la isla Xico. Tlacaélel entrará con canoas por los túneles de suministro. ¡Vamos a hundir esa ciudad, y de allá traeremos cientos de prisioneros para el sacrificio! ¡Y tendrá más honor quien más prisioneros me traiga!

Sus soldados comenzaron a gritar:

—¡*Titemictizqueh*! ¡*Titemictizqueh*! ¡*Titemictizqueh*! ¡Itzcóatl! ¡Itzcóatl! ¡Itzcóatl!

Los tambores redoblaron su estruendo. Sonaron los flautones, las conchas. Por los lados del campo de entrenamiento se proyectaron hacia las nopaleras dos alargadas alambradas de cráneos, los *tzompantli*: dos vallas horizontales, de trescientos metros de largo cada una. En cada línea estaban ensartados los cráneos de seres humanos apresados en combates previos; algunos aún con carne mojada, con los ojos descompuestos, con moscas y larvas saliéndoles de los tejidos.

62

Nezali caminó en la oscuridad por el *challi*, el borde del agua de Chalco, a las afueras de la ciudad. Entraba la noche. Tenía los pies sumidos en el líquido, pero pisaba entre los juncos. Miró hacia la isla de Xico, el volcán frente a Chalco. A las faldas del mismo había luces, poblados. Sintió una mano en la espalda. Se puso alerta.

Se volvió en redondo.

Un hombre enorme, musculoso, envuelto en una manta negra, se descubrió lentamente el tórax y el rostro por debajo de las primeras estrellas. Tenía largos cabellos blancos y una extensa barba. Le mostró su pecho tatuado con símbolos matemáticos de los antiguos toltecas; los códigos del universo. Entre ellos, el caracol de fuego.

—Tu padre me pidió cuidarte y llevarte a la realización de tu destino. Ahora estoy de nuevo contigo —le sonrió.

Suavemente comenzó a acariciarle la cabeza.

—¿Huitzilihuitzin...? —pestañeó Nezali. Sacudió la cabeza—. Pensé que...

—Hijo de Ixtlilxóchitl —le dijo el anciano sabio—, has pasado por cosas horribles en las últimas horas. Lo sé. Mi hermana es la esposa de Toteotzin: Atototzin, la reina de Chalco. Ven conmigo —y lo tomó de la mano—. Después de este infierno vendrá la luz. Volverás a nacer. Y vas a cambiar el mundo.

Lo llevó a su cobertizo: una cueva escondida a mitad de un cerro de tezontle, el pequeño montículo llamado Cocotitlán —futura Mina Cerro Cocotitlán.

Caminaron entre las paredes de las que colgaban venados muertos, cazados por el propio Huitzilihuitzin, curtidos en sal.

—Después de lo que ha ocurrido esta tarde, seguro vendrán a buscarme —le sonrió a Nezali—. Soy tu cómplice. Aunque mi hermana no sabe que estás aquí ahora.

Afectuosamente le ofreció un brebaje: chocolate caliente.

—Sólo temo que Toteotzin dañe a mi hermana si se entera —y negó con la cabeza—. Fue ella quien le aconsejó traerte a Chalco. Y fui yo quien le sugirió esa idea.

Nezali alzó las cejas. Bajó la cabeza.

—Un momento... —y pensó en el Hombre Piña, Quetzalmatzatzin. Cerró los ojos—. ¿Tu idea...?

—Mi hermana Atototzin fue una de las transacciones que hizo tu padre para mejorar sus relaciones con Chalco. Como puedes suponer, no funcionó —y bebió su chocolate—. Sin embargo, a mí me permitieron vivir aquí.

Nezali miró las paredes, los muros de roca. Vio miles de glifos de diversos colores, todos ellos pintados por Huitzilihuitzin: dados, ganchos, lazos, limas, números, estrellas.

—Son los números del universo —le dijo el anciano—. Eso de allá es la trayectoria de Júpiter, Huēyitzitzimicītlalli o Tezcatlipocacitlālli.

Lentamente se colocó frente a la enorme pared. Tocó los símbolos tatuados en su pecho. Eran esos mismos números:

—Debes viajar hacia adentro, Nezali, e irás al fondo del universo —le sonrió—. Cemanahuac, Mictlán, Aztlán. Lava, Muerte, Fuego. Todos son un mismo lugar. Están fuera del tiempo. Están adentro. *Mohtec*: en tu abismo interior.

—No entiendo —y vio las líneas luminosas que recorrían el techo.

Huitzilihuitzin rozó una serpiente pintada en el muro:

—La serpiente se arranca la piel que le ponen, la que la aprieta y oprime, crece y la rompe, para nacer de nuevo. Así vas a ser tú ahora. El tú que eras hasta hoy va a desaparecer. Tienes que autocrearte, Nezali. Borrarás todo lo que te dijeron que eres. Te diseñarás a ti mismo, como siempre debiste haber sido, como si nunca antes hubieras existido. Volverás a ser quien eres. El que eres realmente, producto de tu entera autocreación.

—Yo...

El maestro acarició el símbolo de Dios en el muro: una gota de lava.

—Así lo hizo Dios mismo, Ipalnemohuani, antes de crearlo todo. Por eso se llama Moyocoyani. Se creó a sí mismo. Él desea que tú lo hagas también. Quiere que tú te transformes, que rompas tus cadenas de predestinación —y le sonrió—. Por eso te hizo inquisitivo. No todos los que nacen se preguntan las cosas —y lo miró—. A ti te quiere porque tú deseas transformar las cosas.

Nezali abrió los ojos. Comenzó a asentir. Se volvió hacia el piso.

—¿Cuál es el significado de todos estos números? —los señaló—. ¿Cómo es realmente Dios?

Huitzilihuitzin miró al ventanal de la roca.

—¿En verdad quieres saberlo? Ven conmigo.

63

Estacionamos la camioneta en la tenebrosa y oscura vialidad Salto del Agua, en la remota localidad de Cocotitlán, junto al cementerio, a cuatro kilómetros del centro de Chalco.

El paraje estaba silencioso, desolado. Absoluta negrura. Miramos a nuestro alrededor. Observé un letrero que decía: PARQUE BARRANCOCO.

El terreno estaba cercado con una alambrada.

Los escalofríos en mis piernas se volvieron intensos. Observé hacia abajo: el monte estaba cortado por pedazos.

—Ésta es la mina —me dijo el padre Damiano—. La mina de la paloma —y revisó el mapa en su celular. Caminamos rozando la alambrada. Nos dijo:

—Esto fue alguna vez el refugio de Huitzilihuitzin, el asesor de Nezahualcóyotl. El Cerro Cocotitlán, Entre las Palomas —y señaló abajo—. Hoy es esta mina de roca tepetate —y levantó su celular para mostrarnos la luminosa pantalla—. Lo dice este artículo de Jessica González, de *Impulso Estado de México*, mira: COCOTITLÁN EN RIESGO POR EXPLOTACIÓN MINERA. " 'Debido a la explotación de materiales que lleva a cabo una empresa minera en el cerro del lugar de manera inadecuada, al menos la tercera parte de la población de esta localidad, que está asentada en la cabecera municipal, se encuentra en riesgo', señaló el alcalde de Cocotitlán, Tomás Suárez Juárez."

Se metió por debajo de la alambrada. Lo seguimos con nuestras linternas. Avanzó a un borde de tierra. Miré hacia abajo: un precipicio de treinta metros.

—Dios… ¿esto era un cerro? —le pregunté.

—Ahora es un agujero —le dijo Silvia Nava—. Usted está realmente loco si cree que yo voy a bajar a ese pinche lugar de mierda.

El padre Damiano me mostró su celular:

—Mira esto del periódico *Amaqueme*: COLOCAN SELLOS DE CLAUSURA A MINA DE PIEDRA Y ARENA DEL CERRO DE COCOTITLÁN. "El funcionario estatal le cuestionó al representante de la mina sobre lo que se hacía con el material que extraían del cerro, éste le respondió que lo regalaban a los transportistas de la Confederación de Trabajadores de México (CTM) y después dijo que lo vendían sin tener permiso para ello."

Miró hacia abajo: al precipicio de la mina.

—Vamos a tener que bajar. Vengan conmigo —y comenzó a descender—. En 2011 el gobierno de Eruviel Ávila ordenó hacer peritajes en esta zona para revisar la seguridad de la mina de tezontle, adobe y arena —y se aferró de las salientes de la roca—. Pero seiscientos años atrás, en el año 1421, este lugar tuvo en una de sus cavernas el secreto más grandioso del universo, y a uno de los hombres más inteligentes que han existido.

Comenzamos a descender.

64

Seiscientos años atrás, en la caverna del monte, el musculoso Huitzilihuitzin, con su largo cabello recogido en una coleta, caminó frente a Nezahualcóyotl, ante el enorme muro lleno de glifos.

—Toteotzin es salvaje y primitivo —le dijo—, pero mi hermana es brillante y lo manipula —le sonrió—. Atototzin tiene todo controlado. Así lo ha hecho por años. En este mundo existe un arte: controlar y no ser controlado. Manipular y no ser manipulado. ¿Me entiendes? Atototzin sabe manejar a cualquiera, incluyendo a alguien como Toteotzin. Eso significa que tú también puedes hacerlo —y le puso un dedo sobre la frente—. Tienes que ser capaz de manipular a cualquiera desde ahora, de convencer a cualquiera de cualquier cosa. Ése es el arte supremo de la existencia del hombre. ¿Me comprendes? Esto es lo más importante que deberás hacer como político, y sabiendo este arte, evitarás todas las guerras.

Nezahualcóyotl arqueó las cejas.

—Comprendo...

—No, no me comprendes —siguió caminando—. La mayor guerra que vas a librar en este mundo no será con armas: la librarás con palabras, dentro de las mentes de los hombres, contra sus propios miedos y terrores, contra sus inseguridades. Si los convences de que ellos tienen el poder de vencer, lo harán. Ganarás cualquier guerra antes de siquiera librarla. Pero antes de eso, ¡todos van a tratar de manipularte! Tu mayor batalla, insisto, no será contra enemigos, sino contra ti mismo: contra tu vulnerabilidad a la manipulación.

Caminó tres pasos. Tomó a Nezali por el antebrazo:

—Tezozómoc ha sido hábil. Ha criado una generación de jóvenes que ya no pueden luchar, porque no quieren hacerlo. Les destrozó las mentes. Los ha hecho sentir y pensar que todo el que intente cambiar las cosas, como tu padre, va a ser un fracasado: que todo cambio es inútil. Les ha enseñado a hundirse en las diversiones, a evadirse de la realidad por medio del *temictli*, las ensoñaciones.

Nezali bajó la cabeza.

—¿Las diversiones…?

—Cuando has destruido el alma de una persona, eres el emperador absoluto. Lo tienes de sirviente. Lo tienes ganado.

Nezahualcóyotl permaneció en silencio y luego le dijo:

—¿Qué podemos hacer ahora, contra eso…? ¿Hay alguna forma de revertirlo?

El anciano le sonrió:

—Me alegra que estés vivo —y le acarició el rostro.

Nezali vio sus poderosos músculos, su larga barba. Le dijo:

—Huitzilihuitzin, hijo de Chalcóatl, tú eres lo más parecido a mi padre.

Huitzilihuitzin lo tomó por el hombro.

—Te equivocas. Lo más parecido a tu padre eres tú.

Caminaron juntos. El mago le dijo:

—Una ola de oscuridad está recorriendo todo el mundo: la anulación.

—¿Anulación…?

—La anulación de la personalidad. Tezozómoc está logrando que los jóvenes no crean en nada: especialmente en sí mismos. Esta generación repudia el idealismo, los valores superiores que forjaron a la generación de tu padre. Prefieren acoplarse. Se asustan si alguien les propone rebelarse. El deseo de luchar por el bien ha desaparecido. El amor a su pueblo, a sus familias —y se volvió al horizonte: hacia el oscuro lago—. Todas esas ciudades que ves hoy están llenas de peleles, jóvenes sombra, muertos vivientes, castrados del alma. Prefieren las diversiones, las ensoñaciones. El *temictli*. Esqueletos que juegan a la pelota y pagan impuestos y tributos. Necesitan un líder. Ese líder eres tú —y le tocó el pecho.

Nezali pestañeó.

—Un líder… Está bien —e irguió el cuello. Huitzilihuitzin le puso su pesada palma en el hombro:

—Pero primero tienes que resolver el más importante de todos tus problemas. Averiguar quién eres en realidad.

Nezali sacudió la cabeza.

—Un momento… ¿Quién soy realmente…?

—Ahora vas a saber qué es Aztlán.

65

Huitzilihuitzin llevó a Nezali al punto más alto de la caverna: una saliente de roca. Formaba una rampa sobre el abismo. Desde ahí observaron la ciudad portuaria de Chalco, las islas Xico y Tlapacoyan.

—Hoy comienzas a luchar por el mundo —le sonrió Huitzilihuitzin—. Vas a reconquistarlo todo: lo que un día fue de tu padre. Y tendrás más. Cambiarás la realidad. Cambiarás el mundo.

Nezali lo miró todo.

Huitzilihuitzin lo tomó por el brazo:

—El Sexto Sol no es algo que va a suceder en el cielo. Es algo que ocurrirá en la mente. Tú vas a eliminar el mal del mundo, y lo harás desde donde surge: en la mente misma del hombre.

—Un momento… ¿cambiar la mente…?

—Nezali —lo abrazó por el cuello—, después del Quinto Sol, que es el que estamos viviendo, viene la revolución del universo.

—Dime cómo hacerlo.

—Nezali, intentarán detenerte. Van a decirte que no luches, que te rindas, que traiciones, que te evadas, que te diviertas. Porque es ¡lo fácil! La anulación. Pero yo te digo —y se le aproximó—: Mándalos a la chinampa. Alguien tiene que luchar por el bien.

Lo jaló al borde del abismo:

—Te van a pedir que te serenes, que no pelees, que te acomodes a lo que existe; que disfrutes, que seas feliz sin buscar el cambio; que te apacigües. Te envolverán en una mortaja blanca como si hubieras muerto; te cubrirán con la bandera de la "paz". Pero eso no es la paz: es la destrucción de tu personalidad.

Lo miró en silencio:

—Nezali, no dejes que te maten por dentro. Que no te conviertan en lo que ellos quieren que seas, es decir, en un cadáver castrado y doblegado. Que no apaguen tu flama. Si eso sucediera algún día, sería una tragedia para el universo. Tú no vas a ser un estanque, un *acálotl*. Tú eres tempestad y tormenta. Tú eres revolución y cambio. Tú eres lava y fuego, ¿lo recuerdas? Aquí dentro tienes el océano de lava. Tu interior es el fuego de Dios. Tu profundidad, *moahuehcatlan* —y le tocó el pecho—, es el abismo que tienes por dentro: *teoatl tleatóyatl*, tu abismo de lava. Es la puerta al universo. Y *atzacualli* es tu compuerta.

—La compuerta… ¿Cómo debo abrirla?

Huitzilihuitzin le sonrió.

—Cuando estés confundido, vuelve a tu interior. Busca tu compuerta. Piensa en ella y la verás. Sólo ábrela y entra. Accederás al océano de lava. Ahí es donde se encuentra el poderío de Dios. Ahí descubrirás la energía para librar tus batallas.

—Está bien. Lo vamos a hacer juntos —le dijo al anciano—. Lo haré contigo. Y con Coyohua. Y te prometo —lo tomó por el brazo—: Nunca me voy a rendir. Nadie me va a tranquilizar. Nadie me va a pacificar. Nadie me va a detener. Nadie me va a apagar.

Huitzilihuitzin le dio una palmada en los hombros. Nezali vio a Xipencóltzin, la princesa de Tlaxcala, sonriéndole desde las estrellas.

66

Nosotros seguimos resbalando en la oscuridad, por los cortes empinados de la mina. El lado norte del cerro había sido completamente mutilado por máquinas gigantes para extraer el tepetate.

Silvia se tropezó. Comenzó a resbalar por la piedra, a la oscuridad.

—¡Maldita sea! —nos gritó—. ¡Los odio, pendejos!

Le grité al padre Damiano:

—¿Está seguro de esto?

—Nunca estoy seguro de nada, pero eso no importa —y siguió deslizándose hacia abajo.

—¡¿No importa?! —miré a la oscuridad.

—¡Te insisto! ¡Cuando no sepas qué hacer, deja que tu subconsciente se encargue de todo! ¡Él sabe lo que hace! ¡Yo lo hago con frecuencia, por ejemplo ahora!

Sacudí la cabeza mientras me despeñaba hacia lo incierto.

—¡¿De verdad?!

—¡No pienses! ¡Deja que tu subconsciente lo haga, por instinto! ¡Tienes una computadora gigante a tu servicio en tu cerebro, de cuyo procesamiento sólo te percatas del cinco por ciento! ¡No necesitas saber todo lo que tu subconsciente está calculando! ¡Son millones de operaciones de punto flotante! ¡Tu mente consciente o "preocupaciones" sólo le estorban al que en verdad procesa: tu subconsciente! ¡Él realmente sabe lo que está pasando! ¡Déjalo actuar!

—No, no, no… —seguí cayendo. Comencé a gritar—: ¡Subconsciente, ayúdame!

Por encima de nosotros, al borde de la cornisa, un hombre uniformado de la policía se llevó su radio a la boca. Empezó a mascar un chicle:

—Los tengo aquí —y miró su aparato—. Coordenadas 19-13 y 98-51 —y volteó hacia su patrulla.

Cuarenta kilómetros al noroeste, en el edificio del Senado, el congresista Julián Ceuta colgó el teléfono. Miró su pantalla:

—Están en la maldita mina de los de la CTM.

67

Por la mañana el sol salió rojo por entre las montañas Tláloc e Iztac-cíhuatl, desde el valle de Tlaxcala, como una columna de fuego: evento cósmico llamado Nahuolin, el Amanecer.

Huitzilihuitzin condujo a Nezahualcóyotl en silencio a un lugar secreto del litoral de la federación de Chalco, en la región de Ayotzinco. Se detuvo al borde del agua.

—Aquí van a venir por ti —le dijo al muchacho.

—Un momento. ¿Quiénes? —y miró el agua. Se tapó los ojos para no deslumbrarse. Huitzilihuitzin contempló el sol.

—Te voy a preparar un tambor para cuando te vuelva a ver; te lo fabricaré con las pieles de mis venados. Lo voy a estirar muy bien de la membrana para que suene con tu voz.

—¿Con mi voz…?

Asintió mirando al sol.

—Nezali, el tambor de guerra de un general de tropas debe sonar como su voz, para que sus soldados sepan que es él quien les habla cuando está comunicándoles los comandos con sus golpes durante la batalla: avance, retroceso, flancos, detenerse, esperar señal. Con tu tambor vas a movilizar hacia delante o hacia atrás a los diversos cuerpos de coordinación de tus ejércitos en el campo, según el plan de ataque que habrás de elaborar por adelantado —y le sonrió—. La comunicación es el arma más importante en una situación de combate, vital en el campo de guerra, más que cualquiera de tus armas.

Nezahualcóyotl asintió.

—Gracias —le sonrió.

Huitzilihuitzin lo tomó de las manos:

—Ya tengo localizados a los que van a ser tus hombres principales para formar tu ejército: tus comandantes —y se volvió hacia atrás, al cañaveral—. Los rescaté de las cañadas y sierras donde estaban escondidos. Me ayudó a encontrarlos tu amigo Coyohua.

Nezahualcóyotl abrió los ojos. Se los talló.

—¡¿Coyohua?!

Salieron uno a uno de entre las cañas, pisando el agua pantanosa, sobre el estero. Eran Coyohua, Quauhtlehuanitzin, hermano mayor de Nezahualcóyotl; Xinocacatzin, hermano menor de Nezahualcóyotl; Tzontechochatzin, sobrino de Nezahualcóyotl, hijo de la princesa texcocana Tozcuentzin; Tiamintzin, Ócotl, Zacatlahto, Totopilatzin, Télpoch, Tecuxólotl; Motoliniatzin de Tezmo; Itztlacauhtzin, primo de Nezahualcóyotl y príncipe heredero de Huexotla, y Tótel-Matzatzin, guerrero chalca de enorme tamaño, sobrino del rey Toteotzin.

Huitzilihuitzin le dijo a Nezali:

—Te presento a Tótel-Matzatzin. Es el hijo de Quetzalmatzatzin, quien murió ayer por ti, en la noche, por permitir que escaparas.

Nezali observó en silencio al corpulento chalca, de dos metros de altura, piel muy oscura y poderosos músculos. El imponente hombre tenía los ojos llorosos. Apretó los puños. Miró fijamente a Nezahualcóyotl.

Nezali inclinó la cabeza.

—Lamento lo de tu padre. Yo no quise que…

—Yo también lo lamento. Ahora haz que valga la pena.

Nezali abrió los ojos.

—Te lo prometo —y Huitzilihuitzin lo tomó por el brazo:

—Estos jóvenes son el principio de tu rebelión contra el mundo —le sonrió—: Crearán un movimiento social. Un levantamiento de todas las ciudades y naciones. Despertarán a todos. Sacarán a los jóvenes del mundo de la sumisión y la tristeza; de las ensoñaciones. Será el amanecer, el inicio de una nueva historia para todos: el Sexto Sol.

Por las doradas aguas del lago se aproximaron cinco naves, ocultas por la radiación del sol. De lo alto de éstas le gritaron hombres con largas palas a Huitzilihuitzin, en una forma distorsionada del náhuatl:

—¡Entréganos a Nezahualcóyotl! ¡Es tu trato con el general Itzcóatl! ¡Tenochtitlán quiere al sobrino del general Itzcóatl en la isla, para las negociaciones!

Nezahualcóyotl se quedó pasmado y se volvió hacia Huitzilihuitzin:

—Un momento… ¿qué está pasando…?

—Vas a ir a la isla, la isla mexica. Lo acordé con Itzcóatl.

Nezali negó con la cabeza.

—¿Me estás entregando? ¿Ellos te pagaron…?

Suavemente el anciano lo tomó de las manos:

—Nezahualcóyotl Acolmiztli, Itzcóatl es tu familia.

—Pero él traicionó a mi papá… —y sacudió la cabeza.

Huitzilihuitzin le tapó los labios con un dedo.

—Itzcóatl es tu tío abuelo. Te entrenará para esta guerra. Te vas a convertir en un hombre serpiente. Un soldado mexica. Aprenderás a destruir. Aprenderás a matar —y lo tomó por el brazo—. ¡La bondad no es suficiente para luchar contra el mal! ¡Ése fue el error de tu papá! ¡Y fue la maldición de Quetzalcóatl! ¡Quien te diga que combatas al mal sólo con bondad te está mintiendo y te quiere ver destruido, postrado ante tus enemigos o te quiere violar! Tienes que aprender la realidad, Nezali. Itzcóatl te la enseñará.

Nezahualcóyotl vio a los hombres mexicas bajar de la barca. Le preguntó a Huitzilihuitzin:

—Me dijiste que Tezozómoc está usando un nuevo mecanismo para anular a los jóvenes, para quitarles la voluntad, la personalidad, para que ya no quieran luchar. Dijiste las "diversiones" —y lo miró a los ojos—. ¿De qué estabas hablando?

—Lo va a usar contigo, Nezali. El mecanismo se llama "*nenexólotl*".

Nezali pestañeó.

—¿*Nenexólotl*…? ¿Un… "arlequín"…?

Huitzilihuitzin asintió:

—Nezali, Aztlán es la respuesta de todo lo que existe y existirá —y con toda su fuerza lo tomó por los brazos—. Aztlán es la respuesta sobre quién eres. Es la respuesta de para qué estás aquí, de por qué naciste. Pero Aztlán no es un lugar. Tampoco es un evento del pasado.

Nezahualcóyotl le gritó:

—¿Qué estás diciendo…? —y se sacudió.

—Aztlán no ocurrió en el pasado. Aztlán es el futuro.

226

68

Pasaron dos horas. La barcas mexicas navegaron entre las once islas del estrecho Acatzintitlan: Nextipan, Atlazolpa-Aculco, Tetecpilco, Ticoma, Tepetlatzinco, Iztacalco, Ahuehuetlan, Zacatlalmanco, Mixiucan, Acachimanco y Tultenco —futuras estaciones del metro San Juanico Nextipac, Aculco-Atlazolpa, Apatlaco, Portales, Nativitas, Iztacalco, Centro Médico, Santa Anita, Mixiuhca, Viaducto y Chabacano.

Nezali sintió el agua salada, los aleteos de las libélulas y de los insectos hemípteros verdes, chinches del agua, los *axayácatl* —Corisella mercenaria—.

Los navíos atracaron en el muelle de Xoloco —futuro cruce de las calles Chabacano y Tlalpan-San Antonio Abad, o Metro Chabacano, tres kilómetros al sur del actual Zócalo de la Ciudad de México.

El muelle estaba patrullado por trescientos soldados mexicas a bordo de canoas. Los muelleros estaban acomodando los navíos, recibían los cargamentos comerciales provenientes de Míxquic y los metían por las compuertas de la empalizada. Ésta se extendía en todas direcciones. A lo alto, la fortificación de maderos se proyectaba cuatro metros hacia arriba, con terminaciones de puntas y mascarones de monstruos.

En el griterío, los mexicas abrieron el acceso de Xoloco: la Gran Compuerta. La nave de Nezahualcóyotl penetró por el canal —actual San Antonio Abad—. Nezali observó a su derecha a los cientos de hombres que movían los cargamentos con los brazos lacerados, con los ojos mojados en sangre. Metían pescados, frutas y se gritaban insultos en diferentes idiomas.

—Éste es el granero portuario, Cuezcontitlan —le dijo el conductor de la barca. Señaló hacia lo que en el futuro iba a ser la Plaza Comercial Pino Suárez, adjunta a la Plaza San Lucas, en la actual calle Nezahualcóyotl.

La barca avanzó a punta de garrocha, la cual pisó el lecho cuatro metros debajo del agua, empujando la góndola sobre el fondo del lago.

Nezali se volvió hacia los costados. A ambos lados del canal vio los terraplenes del pantano mojados en sangre. Unos hombres armados estaban apilando montañas de cadáveres, gritándose. Cuerpos, órganos. Por debajo, el fango estaba completamente ensangrentado. El olor de la putrefacción se apoderaba del ambiente a su alrededor. Le lloraron los ojos. Vio que uno de los soldados se enredaba con los intestinos de un ser humano al tiempo que gritaba y se reía a carcajadas con sus camaradas. El agua con sangre se escurría por los adobes al agua del canal. Se tapó la boca.

El conductor del navío le dijo:

—Son los prisioneros que tomamos en Tequixquiac. Son los valientes soldados protectores del príncipe Acalmiztli, otomíes. Esto les sucedió por negarse a pagarle impuestos al emperador. Ahora el emperador es el dueño de la región de las canteras de Xaltocan-Zumpango: el reino otomí de Tequixquiac.

Nezali miró al otro lado. Los soldados mexicas le arrancaban la piel a los cadáveres. Con sus mazas afiladas les cercenaban los miembros. Arrojaban al agua los brazos con sus escurrimientos de pulpa. Las cabezas las tenían ensartadas y juntas por las bocas, en picas encajadas contra el suelo. Las pieles arrancadas las colocaban sobre sus espaldas mientras gritaban, lloraban o cantaban poniendo las partes mutiladas en contenedores.

A la derecha vio un enorme edificio de maderos. De las cuatro torres del techo salía humo de cremaciones humanas.

—Éste es el templo de nuestra madre. Toci. Coatlicue. La Serpiente de la Tierra. Nuestra madre Tonantzin.

Nezahualcóyotl observó con horror a lo alto, contra el resplandor del sol: del techo del edificio se levantaba una gigantesca estatua de madera. Era una mujer con falda de serpientes y los brazos arrancados. De su cuello sin cabeza salían dos serpientes, también de madera.

—¿Ella es… la Tierra…? —le preguntó al barquero.

—Ella es nuestra madre —le sonrió el hombre. Con su garrocha siguió avanzando sobre el agua—. Ella es quien quiso que tu tío Itzcóatl destrozara a Acalmiztli. Es por Tonantzin, Nuestra Madre. Por eso le damos de beber la sangre.

Nezali observó a la gigantesca diosa. Los hombres que se encontraban en el techo le estaban colocando membranas rojas para taparla: eran las pieles humanas arrancadas. Serían su nueva piel ahora. Abajo, entre los gritos, vio a los mexicas levantando con cuerdas y poleas el cuerpo de una muchacha muerta. Empezaron a quitarle la piel, con garfios, mojándose con su sangre. El sacerdote, detrás de todos, con la boca pintada de betún negro, puso los ojos en blanco. Comenzó a gritarles, llorando, elevando los brazos:

—*¡Toci! ¡Teteo Innan in tlalticpac! ¡Tlalli Iyollo! ¡Tlazolteotl Tonantzin!* ¡Corazón de la Tierra! ¡Comedora de nuestra basura! ¡Cómete ahora estos cadáveres que te damos!

El sacerdote colocó la piel ensangrentada de la mujer joven sobre sus brazos y espalda, tapándose.

Comenzaron los tambores, los gritos espeluznantes.

Nezahualcóyotl negó con la cabeza.

—*Dios...* —y miró a un lado. Escuchó los gritos de cincuenta hombres capturados. Eran prisioneros de Tequixquiac, otomíes de Zumpango y Xaltocan. Los estaban amarrando juntos, con los cuerpos cortados, alrededor de los maderos, poniéndolos a caminar para aplanar el piso. Comenzaron a girar unas esferas de vigas en el fango.

—Tú eres mexica —le dijo el barquero. Siguió remando—. Tú eres uno de nosotros, Nezahualcóyotl. Tu mamá es mexica. No nos importa lo que tu padre pensara sobre nosotros. Esto es lo que tú eres. Esto que ves: ésta es tu verdadera sangre —y afectuosamente le sonrió—. Esto es lo que tienes dentro de ti. Matlalcíhuatl, tu bella madre, es nieta de nuestro gran tlatoani Acamapichtli, primero de los mexicas. Tú eres mi hermano. Tú eres mi hijo. Tú eres mi madre. *Nocni. Nocóne. Nonantzin.* Tú eres *nocnicóa*: mi Hermano Serpiente. Bienvenido a casa. Bienvenido a Tenochtitlán.

69

Lo condujo por la calle pantanosa, entre los tunales y los insectos, a la plaza central de la mitad sur de la isla. Avanzaron por lo que en el futuro iba a ser la calle Pino Suárez. Era un camino entre dos lotes de caseríos de maderos.

El centro ceremonial de la ciudad era una explanada muy amplia de fango y piedras, con casones de maderas y adobes con techos de paja. En los cuatro lados de la plaza había jacales con gigantescos mascarones horribles hasta el piso: caras de dioses con ojos dislocados, cuyas quijadas abiertas se hundían hasta por debajo del piso, a modo de entradas o puertas de los comercios y merenderos.

En medio de la plaza, Nezahualcóyotl vio un enorme poste que tenía un pájaro en lo más alto: un ave verdosa, de pico alargado y muy filoso, con las alas extendidas de este a oeste. Se trataba de un colibrí. De sus garras salían cuatro cuerdas muy largas, en las cuales había cuatro hombres despellejados, amarrados de los pies, suspendidos cabeza abajo, que giraban alrededor del poste, por debajo del pájaro, con las pieles colgando como membranas hacia los lados de la plaza, derramando sangre.

Por debajo, los tambores rugían. Había gente en el piso celebrando sus rituales, gritando, con espasmos, contorsiones y con los ojos en blanco. Había sacerdotes entre la gente, gritando oraciones, con partes humanas colgando de sus cuerpos.

Una niña poseída mordía los brazos arrancados de un ser humano, de un capturado de Tequixquiac.

—*Tlacatlaolli*, Atlacahualo, Tlacaxipehualiztli —le dijo el barquero a Nezahualcóyotl—. Los *tlaaltitin* otomíes capturados nos van a transmitir sus energías. Por eso los comemos —y señaló a unos ancianos que estaban junto a la barrera—. Nuestros enfermos necesitan del *tlacatlaolli* para curarse. El banquete de los muertos es la carne —le sonrió—. El emperador sabe que necesitamos esta carne muerta para curarnos. Por eso nos envía a las guerras.

Avanzaron al más grande de los edificios de la plaza, al lado de una gigantesca plataforma de rocas que estaban construyendo cientos de albañiles.

—Éste va a ser el templo de Nuestra Madre —le dijo el barquero—. Será el templo más grande que va a existir en el mundo.

Adentro del edificio, Nezahualcóyotl permaneció frente a su tío: Itzcóatl.

Éste lo miró fijamente. El hombre era musculoso, imponente: más que cualquiera que Nezali hubiera conocido hasta ahora; aun más que Maxtla. Itzcóatl tenía rapada la cabeza; era solemne y su rostro, fiero. En su nariz llevaba un bezote de jade, y sus orejeras eran del mismo mineral. Entraron y salieron soldados para mostrarle documentos, planos. Él los revisó de arriba abajo en silencio, algunos los rompió y en otros casos asintió. Su pecho y sus brazos estaban totalmente cubiertos con cicatrices rituales: algunas viejas, otras nuevas. Eran cortes de las ceremonias de sacrificio gladiatorio Tlacaxipehualiztli.

Se fueron todos.

Permanecieron en silencio Itzcóatl y Nezahualcóyotl, mirándose. El general estuvo observando a su sobrino.

—Tu padre se casó con una de nosotros sólo por conveniencia —y escupió al piso.

Nezahualcóyotl tragó saliva.

—Yo... —se volvió hacia el suelo: era de tierra apisonada, irregular, húmeda. Las paredes eran de juncos unidos con cuerdas y lodo barnizado, con columnas de maderos con tallas de animales y monstruos.

Itzcóatl avanzó hacia él, con su látigo.

—Tu padre se casó con mi sobrina sólo para mantenernos tranquilos. Pensó que podía comprarnos. Intentó separarnos de nuestro protector Tezozómoc. Pensó que ese matrimonio nos detendría de seguir asolando y saqueando sus costas de Texcoco y Chapinco. Pero atacarlo era la orden del emperador. Éramos el brazo armado de Tezozómoc para molestar a tu padre, y a tu abuelo Techotlala —y se detuvo.

Nezali parpadeó:

—Yo...

—Tu padre nunca nos quiso. Para él siempre fuimos unos criminales: un grupo de guerrilla. Y es la verdad —le sonrió—. Somos unos criminales. Somos la guerrilla que el emperador ha creado para destruir a todos los otros. Para eso nos dio esta isla. Somos sus serpientes, sus alacranes —y pisó el suelo—. Así es como nosotros le estamos pagando esta isla. Éste es nuestro trabajo. Nos dio este hogar. Nuestro trabajo es destruir. Esto es lo que somos —y se volvió hacia la ventana.

—Yo…

—Tú nos repudias —y miró a Nezali—. Tu padre te educó para despreciarnos. Para vernos con desdén.

—No, yo… —sacudió la cabeza. Itzcóatl lo silenció alzando su poderoso brazo.

—Tú repudias esta parte de ti: el ser mexica. Repudias la sangre de tu madre.

—Un momento… Mi madre…

—Para ti nosotros no somos nada. No somos realeza. Somos miseria. Somos la mitad oscura de tu vida, la que disimulas. Te damos vergüenza. Así te obligó a vernos tu padre. Como tus inferiores.

Nezali bajó la cabeza. El acento de su tío era desagradable: una variante del náhuatl que sonaba pegostiosa, chiclosa, como si tuviera resina en la boca.

—No los veo como inferiores —le dijo—. Yo también soy mexica.

—Entregar a mi sobrina para que estuviera con tu padre fue uno de los peores errores que he cometido en mi vida. Significó para nosotros los mexicas encolerizar a Tezozómoc —y negó con la cabeza—. Ésa fue la razón por la que el emperador se ensañó contra mi hermano —y los ojos se le inyectaron en lágrimas.

Nezali abrió los ojos.

Lentamente Itzcóatl, Serpiente de Obsidiana, comenzó a desplegar ante él un papel de *ámatl*. Con suavidad lo acarició entre sus dedos.

—Éste es el decreto del emperador. Lo transmitió a todas las ciudades, a todos los ejércitos en este valle. Es la orden de capturarte —el semblante duro de Itzcóatl se ensombreció aún más.

—¿Vas a entregarme?

Itzcóatl asintió.

—Te voy a entregar. Pero negocié con el emperador tenerte aquí por un momento, en esta isla, en esta ciudad de pobres a la que tú tanto desprecias. La ciudad de palos, a la que desdeñas, que vio nacer a tu madre. La ciudad de mi padre Acamapichtli y de mi hermano Huitzilihuitl.

Nezali se volvió hacia la ventana.

—Yo no la desprecio. Y… y… —tragó saliva.

—Le pedí al emperador que me permitiera quedarme contigo unos días, para torturarte —y le sonrió.

Nezali se volvió hacia el piso. Comenzó a negar con la cabeza.

—Tío…

El general le dijo:

—En realidad no voy a hacer eso. Voy a hacer otra cosa contigo —y le acarició la cabeza.

Nezali comenzó a asentir.

—Gracias, tío…

—Te voy a educar —y con toda su fuerza lo golpeó en la quijada.

Nezahualcóyotl cayó al suelo. Se enderezó sobre los codos. Sintió la mandíbula ardiendo.

—¡Acábenlo! —les gritó a sus sobrinos Huehue Zaca, Tlacaélel e Ilhuicamina, de diecinueve, y veinte años. Comenzaron a patear a Nezahualcóyotl.

—¡Ahora estás en nuestro poder, primo! —le gritó Tlacaélel, de cara cadavérica. El general Itzcóatl comenzó a reír. Sorbió de su bebida de cacto:

—¡Aquí no están Huitzilihuitzin ni Coyohua para defenderte, sobrino! ¡Aquí no está tu padre tolteca! ¡Aquí no hay nadie para protegerte! ¡Ahora estás solo en el mundo mexica!

Nezahualcóyotl empezó a gritar:

—¡¿Qué sucede?! —y como un gato giró por el piso, entre las patadas. Se dio vuelta en el suelo, para levantarse. Su tío Itzcóalt le pateó la cara:

—¡No te ama el que te habla de amor y después te apuñala por la espalda! ¡Y así serán todos! ¡No! —y lo sujetó por el cuello y por una pierna. Con sus enormes brazos comenzó a levantarlo en el aire—: ¡No te ama el que te adormece con sus palabras dulces de amor para afeminar tu alma, para aniquilarte! ¡Te ama el que te golpea para hacerte fuerte; para que aprendas a defenderte; porque si le sobrevives, entonces vas a ser más grande que todo lo que nunca imaginaste!

Con toda su fuerza lo arrojó contra la estatua de una mujer de doble cabeza, con garras de pantera.

—¡No vas a ser rey porque tus cortesanos y sacerdotes de Texcoco te pongan en la cabeza una corona *xiuhhuitzolli*! ¡Sólo es rey el que lo obtiene con el derramamiento de su sangre! ¡El que le demuestra su valor a la gente!

Nezahualcóyotl se puso de pie en medio de los pedazos de la escultura. Sintió un hombro dislocado. Se limpió la sangre de la boca. Su tío lo levantó:

—¡El que te hable con palabras dulces lo hará para debilitarte! ¡El que te hable de la paz lo hará porque quiere verte doblegado! ¡Para que estés desarmado! ¡Quiere que dejes de ser hombre! ¡Y si te llama "violento" porque quieres defenderte, lo dirá porque te quiere indefenso, agachado, vulnerable, para después atacarte, o para dirigirte! ¡Y cuando ya estés desarmado, entonces se reirá de ti y presenciará cuando tus enemigos te estén violando, porque él habrá sido quien te desarmó para entregarte a ellos! ¡Porque él trabaja para los que quieren acabar contigo y con quienes amas! —y con toda su violencia lo pateó en la cadera.

A Nezahualcóyotl sólo se le ocurrió gritar:

—¡Tío, perdóname!

—¡No te traje aquí para agasajarte! —lo increpó el *cihuacóatl* Itzcóatl—. ¡Te han quitado las armas! ¡Yo te las voy a regresar! ¡Te han adormilado! ¡Yo te voy a despertar! —y con toda su fuerza lo aferró por las mejillas. Le torció la cabeza completamente hacia el suelo. Comenzó a aplastársela contra el piso, sumiéndosela en la tierra—. ¡Las armas son necesarias para el hombre! ¡No son para usarlas, sino para no tener que usarlas! ¡Pero si no las tienes, entonces no representas un peligro para los que quieren esclavizarte! ¡Y el que no tenga armas siempre va a ser un sirviente para los demás! —y violentamente lo arrojó por el aire, contra las vigas:

"¡No te traje a esta isla para tratarte como a una princesa! ¡No lo eres! ¡¿O acaso lo eres?! ¡Sólo serás mujer cuando renuncies a tu vocación por la guerra! ¡Porque el hombre que renuncia a la defensa no es hombre, y traiciona a quienes ama, a su propia familia, pues los expone a todos los peligros y horrores del mundo! ¡Y sólo es un cobarde! —y corrieron hacia él sus sobrinos, para patear a Nezali. Le gritaron:

—¡*Nomachicniuh*! ¡*Nimitztlazohtla*! ¡*Nomimi cemiac*! ¡Te amo, primo! ¡Hermano siempre! ¡Ahora aquí estamos!

Itzcóatl siguió gritándole:

—¡Los que difunden la pacificación incondicional lo hacen para romper tus brazos, para que no puedas defenderte, para mantenerte abajo!

Nezahualcóyotl cayó sobre su hombro dislocado. Sintió que el dolor se le esparcía por los nervios, hasta la columna. Vio el tatuaje de la gota de lava que le había puesto su padre. Volvió a insertar la cabeza de su húmero. Empezó a gritar:

—¡Ya basta!

Itzcóatl se le aproximó:

—No llegaste hoy al paraíso, Nezali. ¡Esta isla no va a ser tu jardín de la esperanza! —y lo golpeó en la cara con los nudillos, llenos de callos—. ¡Aquí no viniste a gozar ni a recibir dulces en la boca, ni miel ni leche! ¡La felicidad no es lo que un hombre busca! ¡No corresponde a los hombres el agasajarse como las mujeres, que sólo quieren la felicidad y el goce en las sedas! ¡Tú eres un hombre! ¡Tu deber es la defensa de quienes amas! —y ferozmente lo agarró por el cuello—: En esta vida sólo van a venir a ti dos clases de personas: los que vienen para debilitarte con palabrerías de sumisión y los que vienen a fortalecerte para que ganes en la guerra. Tú decidirás a quiénes prefieres tener cerca de ti —y lo arrojó contra la estatua de la diosa Toci.

La escultura empezó a destrozarse por el medio. Los pedazos cayeron sobre la cabeza de Nezali. Él se tapó con los brazos.

—¡Huitzilihuitzin te envió a mí para fortalecerte, para que yo te eduque en el arte de la guerra! ¡Para que no acaben contigo como acabaron con tu padre! ¡Ahora tú dime! ¡¿Quieres estar aquí conmigo, para que yo te enseñe el arte de la guerra?! —y se aproximó a él. Le ofreció una mano, para ayudarlo a levantarse.

"No te tocó el privilegio de vivir en una era de paz. Tampoco a mí. Ésta no es una era para ser feliz, sino para construir la felicidad que otros gozarán —levantó a Nezali—. La felicidad es la ambición de los cobardes. Los hombres tenemos que cambiar la realidad para que quienes amamos puedan vivir esa felicidad que algún día existirá. ¡Tu función, y la mía, es sufrir hoy por los demás! —y lo aferró por los cabellos. Lo jaló hacia abajo. Comenzó a arrastrarlo al suelo—. ¡Y los que han decidido dejar de luchar han traicionado a sus propias esposas y madres, y merecen ser vestidos de mujer!

Tlacaélel e Ilhiucamina se aproximaron de nuevo para patear a Nezali. Le gritaron:

—¡Defiéndete, miserable! *¡Xipetlachiuhqui!* *¡Xitemanahui!*

Nezahualcóyotl se torció para patear a sus primos en las piernas. Itzcóatl se volvió a la ventana, hacia el colibrí en lo alto del poste de la plaza:

—¡Él es nuestro general, Mexi-Huitzilton! ¡Él fue quien nos acaudilló hasta acá, hasta este valle, cuando migramos! ¡Fue nuestro líder cuando todos nos despreciaron en estas noventa ciudades, porque éramos miserables migrantes! —y señaló en redondo, hacia todo el Valle del Anáhuac—. ¡Malditos malnacidos! —y se le humedecieron los ojos—. ¡Despreciaron a mi padre, Acamapichtli! ¡Despreciaron a mi hermano, Huitzilihuitl! ¡Mexi nos condujo hasta aquí desde los bosques, los pantanos, los desiertos, siempre soportando los insultos, el desprecio de las noventa ciudades! ¡Nos organizó para movernos en campamentos! ¡Nos enseñó a defendernos! —y levantó su cuchillo—. Cuando llegamos a este valle todas las culturas nos aborrecieron por ser pobres y recién llegados. Nadie nos permitió tener cobijo en sus calles. Se negaron a darnos trabajos, o alimentos, o medicamentos. Si una mujer nuestra moría durante el parto, ellos reían: ¡les alegraba! ¡Nos hicieron la guerra porque querían exterminarnos! ¡Todos nos hicieron eso: los otomíes de Hmuhñähñu Quauhtlíztac; los acolhuas de tu abuelo Techotlala; los culhúas de Achitómetl; los xochimilcas de Caxtoltzin; los chalcas de Cuauhnextli; los tepanecas de Acolnahuac; incluso tu padre! Todo eso terminó gracias a Tezozómoc. Pero fue Mexi quien mantuvo la esperanza para todos cuando no éramos nada —y miró hacia lo alto del poste de la plaza: la columna del colibrí.

Nezali observó la estatua:

—¿Por qué un colibrí? —se secó la sangre de la boca—. ¿Así era ese general?

Itzcóatl tomó a Nezali por el brazo:

—Le decían Colibrí, por el tono que tenía al hablar —y le sonrió.

Se le aproximaron sus primos: Tlacaélel, Motezuma Ilhiucamina y Hueue Zaca. Lo tomaron por los brazos:

—Nezali, aquí vamos a combatir por ti como si fueras nuestro amigo, nuestro hermano, nuestro hijo y nuestra madre —y Moctezuma le besó el brazo—. Eres mi hijo, mi hermano y mi madre. *Nocóne. Nocni. Nonantzin.*

Le apretó el brazo Huehue Zaca:

—Nezali, ahora eres mi hermano. *Nocni* —y le besó la mano—. Tú eres mi hijo. Y eres mi madre.

El otro hermano, de ojos semejantes a los de un gato o serpiente, Tlacaélel Atempanecatl, de complexión delgada y esquelética, le sonrió:

—Nezali, tú eres *nocnicóa*: mi hermano serpiente. Voy a pelear por ti como si fueras mi hijo, mi madre y mi hermano. Y yo sé que tú lo harás igual por mí, como si tú fueras mi madre, mi hermano y mi hijo. Así somos los guerreros serpientes. Bienvenido a casa. Bienvenido a Tenochtitlán. Así somos los mexicas.

Nezali comenzó a asentir con la cabeza. Su tío Itzcóatl le ofreció un cuenco lleno de chocolate caliente.

—Aquí te convertirás en un hombre serpiente, un *tlacacóatl* —y se volvió hacia sus sobrinos Moctezuma, Tlacaélel y Huehue Zaca—. Como hombre serpiente, tú serás uno de nosotros y uno con nosotros. Todos los hombres serpiente somos ahora tus hermanos, y vamos a ser tus madres y tus hijos. Y siempre te defenderemos, y tú siempre nos defenderás.

Le mojaron la cabeza con el chocolate caliente. Todos rieron, incluyendo al propio Nezahualcóyotl.

Se colocaron sobre la cabeza los mascarones de serpientes.

Ahora Nezahualcóyotl iba a ser entrenado para misiones de inteligencia, penetración y destrucción de objetivos militares avanzados. Su primera misión sería la destrucción de Chalco.

Sus primos lo saludaron con el gesto de los hombres serpiente: con el puño cerrado contra el tórax, como si fuera la cabeza de un reptil.

70

—Tlacacóatl. Hombre Serpiente. También llamado Coatlácatl.

Así se saludaron. Chocaron sus copas.

Ahora estaban alrededor del fuego, al pie del poste de los volado-res, en medio de la plaza, debajo de la columna del guerrero Colibrí Mexi-Huitzilton —el lugar donde en el futuro iba a existir un edi-ficio llamado "Suprema Corte de Justicia de la Nación", al sur del Palacio Nacional de la Ciudad de México, calles Corregidora y Pino Suárez.

Tlacaélel caminó en torno a su primo, por el lado de las flamas. Lo miró con su expresión de astuto y siniestro gato, con sus ojos de ser-piente. Ladeó la cabeza. Le sonrió. Le ofreció una oruga:

—Si quieres ser fuerte en tu espíritu, tienes que ser fuerte en tus testículos —le dijo.

Nezahualcóyotl tomó al animal viscoso entre sus dedos. Se lo llevó a la boca.

—Gracias —comenzó a morderlo. Sintió en su lengua que el líqui-do era dulce. Observó a su tío Itzcóatl. El general masticó con la boca abierta, mirado el fuego. Nezahualcóyotl le preguntó:

—¿Tú odias a mi padre? ¿Lo odias por ser tolteca?

Itzcóatl se quedó mudo por un momento. Tragó.

—No lo odio por ser tolteca. Lo admiro por eso —y lo miró a los ojos—. En verdad quiero que algún día esta isla sea como lo que cons-truyó tu padre. Él y tu abuelo —y le sonrió—. Por eso te necesito. Por eso te traje.

Señaló a la redonda: la explanada de tierra apisonada con lodo. La sangre seguía chorreando desde lo alto, desde los pellejos de los "vola-dores". Le dijo a Nezali:

—Algún día esta plaza no va a ser de fango. Será de mármol, como Texcoco, como Azcapotzalco. Algún día nuestras vialidades no van a ser zanjas de adobes y tierra. Serán calzadas.

Nezali vio las construcciones de palos: los cadáveres amontonados en las esquinas de la explanada; las mujeres gritando en trance, al compás de los tambores.

—Quiero que esta isla tenga la cultura de tu padre —le dijo su tío Itzcóatl—. Quiero que le enseñes a mi gente a leer, a escribir, a construir edificios grandes —señaló a la redonda—. Quiero que hagas aquí lo que tus paisanos dicen que hizo Quetzalcóatl: educar a los que no saben. Enséñales a mis hermanos a construir drenajes, a levantar puentes. Quiero que hagamos un canal de piedra sobre el lago que nos traiga desde allá, desde los manantiales de Chapultepec, al otro lado del lago, el agua de beber, porque aquí toda la que tenemos es salada. No podemos tomarla. Causa vómitos. Intentamos construir un canal, pero lo destruyó el mismo lago. Tú sabes cómo hacerlo fuerte, igual al que hizo tu padre.

Nezali miró el fuego. Itzcóatl masticó a la oruga:

—Tu padre fue diferente a nosotros. Los mexicas somos burdos. No tenemos cultura —y levantó el cuerpo trozado del larvado. Sus plasmas bajaron frente al fuego—. Tu familia estuvo aquí mucho tiempo antes de que nosotros llegáramos. Nosotros venimos de lugares muy humildes. No tenemos reyes antiguos. Sólo Mexi-Huitzilton sabía de dónde habíamos llegado. El primer rey que tuvimos fue mi padre, por gracia de Tezozómoc —le sonrió—. Somos sólo migrantes. Migrantes de los desiertos. Por eso tú eres hoy mi esperanza. Haznos diferentes —de pronto una chispa de esperanza le llenó la voz—. Tú eres *noihiyoteo* —lo sacudió por el hombro. Le sonrió mostrándole los dientes llenos de fibras de gusano.

—Gracias —le dijo Nezali.

Itzcóalt agregó:

—Prométeme una cosa: vas a educar a estos hermanos tuyos. Tú eres mexica, igual que ellos. Pero tú eres aún más grande que todos ellos. Por favor, tráenos la civilización.

—Lo intentaré… —asintió. Vio los cadáveres despellejados en lo alto.

71

Semanas después se les aproximó trotando en la oscuridad un hombre gordo, barbudo, con el pecho sudado y los cabellos relamidos hacia atrás:

—¡Mi señor! ¡Mire! —y le mostró un papel de *ámatl*.

Itzcóatl se levantó. Iluminado por las llamaradas del fuego, leyó los signos del mensaje: figuras de dados, ganchos, limas y lazos.

Se volvió hacia Nezahualcóyotl.

—El emperador me está exigiendo enviarte a Azcapotzalco.

Nezahualcóyotl miró el fuego. Tragó saliva.

—Dios... Tío, ¿tú me vas a entregar a Tezozómoc? ¿No me ibas a convertir en un hombre serpiente?

Itzcóatl bajó el papel.

—Las condiciones cambiaron.

Todos permanecieron en silencio. Los primos de Nezahualcóyotl se miraron entre sí. Tlacaélel le dijo a Itzcóatl:

—¿Vas a enviar a mi primo para que lo sacrifiquen allá...? —señaló hacia Azcapotzalco.

Itzcóatl se volvió hacia Nezahualcóyotl:

—No van a torturarte —y miró el papel de nuevo—. No te matarán. El emperador ha cambiado de parecer en cuanto a ti. Lo está anunciando aquí, en este mensaje. Estás perdonado.

Nezali enderezó el cuello.

—¿Perdonado...? —parpadeó.

Miró a sus primos. Se atragantó con la oruga.

—Te va a adoptar como un hijo —y levantó el papel.

—¿Como... hijo...? —sacudió la cabeza.

—Serás un hijo más de Tezozómoc, hermano de Maxtla y de Tayatzin. Te está adoptando. Vas a vivir en su pirámide —y con mucha extrañeza miró de nuevo el papel—. Vivirás en Azcapotzalco con el emperador. Te hará príncipe honorario.

Nezali permaneció con los ojos abiertos, con la larva a la mitad de la garganta. Comenzó a negar con la cabeza.

—¿Cómo puede ser esto? ¡Esto debe ser una trampa! ¡Eres mi tío! ¡¿En verdad vas a entregarme?!

—Yo tampoco lo creo —le dijo Tlacaélel a Itzcóatl. Masticó su bocado—. Estoy seguro de que es una trampa.

Por los lados se aproximaron hombres hormiga, Azcatlácatl, con sus largos mascarones de insecto, hechos de bronce con ojos de obsidiana. Hundieron sus plantas en el piso de tierra mojada, y también sus largas lanzas. Ajustaron sus arreos.

Le hablaron a Itzcóatl en idioma tepaneca:

—*Mä dändä bi puni Metsi*. El emperador ha decretado el perdón para el hijo del antiguo rey de Texcoco. Debe venir con nosotros ahora —y lo señalaron con sus lanzas. Sujetaron violentamente a Nezali por los brazos.

Moctezuma empuñó su cuchillo *técpatl*. Cautelosamente se colocó en guardia. Les dijo:

—Mi primo Nezahualcóyotl ahora es uno de los mexicas —e Itzcóatl lo apretó por la muñeca.

El capitán del destacamento le dijo:

—Mi señor Itzcóatl, no vamos a hacerle daño a este príncipe. Tiene la promesa del emperador Tezozómoc. El emperador tuvo un sueño y ha decidido perdonarle la vida.

Se volvieron hacia Nezali:

—Tú ven con nosotros, muchacho. Ahora eres un príncipe de Azcapotzalco. Te esperan para darte la bienvenida con honores. Has sido adoptado por el imperio.

Antes de ser llevado, Tlacaélel se le acercó y le dijo:

—Primo Nezahualcóyotl, espero que sepas que en este mundo la bondad es tu peor enemigo. Acaba con tu bondad. O ellos te destruirán. Vas a una trampa.

72

Seiscientos años después, nosotros trotamos en la oscuridad por debajo de los tenebrosos postes de luz. Avanzamos a lo largo de la ennegrecida avenida Azcapotzalco, bajo las pequeñas gotas de lluvia.

El padre Damiano señaló los edificios:

—Tampoco quedó nada de lo que fue Azcapotzalco, miren —y apuntó a los edificios junto al Jardín Hidalgo—. El enorme castillo que alguna vez tuvo aquí Tezozómoc, el gigantesco palacio de nueve columnas con forma de hormigas atlantes que dominaba todo lo que era el oriente del lago de Texcoco, y desde el cual se veía la isla mexica, hoy es sólo este fantasma —y señaló el antiguo palacio municipal de la localidad de Azcapotzalco de la Ciudad de México—. Hoy funciona como una Casa de la Cultura. El artista David Hernández moldeó aquí adentro un vitral en homenaje al rey Nezahualcóyotl.

Caminamos a la derecha del antiguo palacio municipal, en dirección a un imponente edificio de color blanco: era la iglesia catedral de los santos apóstoles Felipe y Santiago. Tenía sólo una torre, del lado izquierdo. En la parte superior de ésta, sólo tres metros por debajo de la ventana del campanario, estaba pintada una gigantesca hormiga de color rojo. Miré hacia arriba, a la enorme cruz de apariencia metálica que estaba encima del insecto.

El padre Damiano me dijo:

—La leyenda dice que cuando esa hormiga del campanario llegue hasta arriba, va a ser el fin del mundo.

Silvia y yo seguimos trotando tras él. El padre continuó:

—La construyeron los dominicos en el año 1565, bajo la dirección de fray Lorenzo de la Asunción. Tiempo atrás había sido el centro ceremonial del Azcapotzalco prehispánico: el templo del dios Cuecuex, el orfebre, protector de Tezozómoc —y señaló el parque de plantas.

Vi el letrero que decía: CALLE TEPANECOS.

"Aquí tuvo lugar el último combate de la guerra de Independencia de México, el 19 de agosto de 1821. Allá al norte, bajo el Paseo de las Hormigas, en la calle Jerusalén, los arqueólogos acaban de encontrar una plataforma prehispánica de ocho por seis metros. Fue encontrada por Nancy Domínguez y Jazmín Ortiz, de la Dirección de Salvamento Arqueológico —y se aproximó a la blanca fachada de la enorme catedral.

Nos acercamos a la temible fachada azcapotzalca o "chintolola". Miré hacia arriba, a la poderosa hormiga roja pintada en lo alto de la torre del campanario. Pareció seguir subiendo por el muro.

El padre se detuvo. Me tomó por el brazo:

—Rodrigo Roxar, aquí deben estar los vestigios de lo que le hicieron hace seiscientos años a Nezahualcóyotl cuando lo trajeron con engaños. Se trataba de una trampa. Por cierto, "Azcapotzalco" significa "Cerro de las Hormigas".

Seiscientos años atrás, Nezahualcóyotl miró hacia arriba, a la gigantesca entrada de la ciudad portuaria de Tezozómoc: puerto oficial de Azcapotzalco. Dos hormigas titánicas lo recibieron desde lo alto. Sostenían los dinteles interiores de la muralla marítima —la futura Tacuba: el puerto oficial de Azcapotzalco.

El navío tepaneca de banderolas doradas se introdujo entre los popotes de tule, por el canal de acceso llamado Popotlan. El conductor, de acento nasal tepaneca, le dijo a Nezali:

—Tacuba es la llave para entrar a Azcapotzalco. Es la única forma de acceder a la capital del imperio —y siguió remando—. El emperador la construyó como puerto, pero aún más como escudo. Tezozómoc llama a Tacuba "el escudo de Azcapotzalco", y lo somos —le sonrió a su pasajero—. Su nieto, Totoquihuatzin, es el gobernador de facto, encargado por su propio padre Acolnahuacatl Tzacualcuatl, quien es hermano del emperador. Tezozómoc llama a Totoquihuatzin el "Corazón de mi imperio", porque es su escudo. Lo colocó aquí como su protector.

—¿Como "protector"…? —y Nezali miró a los edificios rojos de Tacuba —futuras locaciones del Mercado de Tacuba y del Metro Tacuba—. Debajo vio a cientos de personas acomodando pescados, sacando broza de algas del fondo del agua.

—El protector es el escudo. Esta muralla es el escudo de Azcapotzalco. Todo el imperio de Azcapotzalco descansa en el poder de esta muralla para detener cualquier ataque marítimo. La parte de atrás tiene como muralla las montañas. El muro acuático es Tacuba. Aunque quisieras invadir Azcapotzalco, nunca lo lograrías. Totoquihuatzin es nuestro protector. Él es el nieto favorito del emperador: el gobernador de la poesía.

—¿Poesía…?

Nezahualcóyotl observó lo alto de las murallas. Toda la costa de ese lado del lago estaba acorazada con gigantescos muros de roca pintada en color rojo. En la parte alta patrullaban cientos de soldados hormiga.

—Si desearas invadir Azcapotzalco desde el lago —le dijo el remero—, primero tendrías que invadir Tacuba. Y eso nunca lo vas a lograr. Es imposible.

Por arriba de Nezahualcóyotl, desde la cima de un edificio cónico llamado Tlacopatécpan, que en el futuro dejaría de existir para convertirse en los árboles del Jardín Juárez Legaria, frente a la parroquia de San Gabriel Arcángel, un hombre alto, de complexión contorsionada, miró hacia abajo, por la ventana, hacia la barcaza de banderolas doradas. Sonrió:

—Avisa a mi abuelo que está llegando el hijo de Ixtlilxóchitl —y cerró la cortina.

En el silencio se sirvió licor de moras. Se volvió hacia su paje, que era un enano. Le sonrió:

—Yo soy Totoquihuatzin, hijo de Acolnahuacatl Tzacualcuatl. Yo soy nieto de Tezozómoc Yacateteltetl. ¡Yo perforo esmeraldas! ¡Yo derrito el oro! ¡Es mi canto! En hilo ensarto mis ricas esmeraldas. ¡Mis poemas son la alegría y el placer para mi abuelo! ¡Es mi canto!

Su paje, llamado Tipzin, le aplaudió.

—¡Bravo, gran señor! ¡Nadie mejor que usted para la poesía!

Nezahualcóyotl entró a la capital. Vio los titánicos edificios, erigidos con cantera roja, a ambos lados del canal. Las mujeres estaban en las cunetas, paseando, arreglándose el cabello, acomodándose sus vestidos de seda brillosa de oruga madroño, gritándose y conversando en el idioma nasal tepaneca, semejante al otomí. Había comida en las calles, en enormes piletas. La gente la tomaba libremente. Era proveniente de las provincias conquistadas por los militares. Sonaban en todas las direcciones los cornos. En lo alto se levantaban los estandartes dorados y rojos, el símbolo de la hormiga.

Al fondo de la vialidad —futura avenida Azcapotzalco, frente a la futura catedral de los santos apóstoles Felipe y Santiago—, Nezali vio el colosal castillo que tanto había imaginado: el palacio de Tezozómoc.

Lo recibieron, mirándolo desde lo alto, nueve hormigas gigantes: las pilastras titánicas.

Lo escoltaron veinte hombres Azcatlácatl, Hombres Hormiga. Se aproximaron con él a través del salón de las estatuas.

Al fondo vio un espejo. Estaban todos: el emperador Tezozómoc, cinco de sus hijos y nueve nietos, todos gobernantes, en su nombre, de las ciudades del lago, así como la corte imperial, entre quienes destacaban el embajador supremo Chalchiuh; el ministro imperial para las ciudades de habla náhuatl-tolteca, Quauhtli; el delegado imperial para las ciudades de habla tepaneca-otomí, Tlatólpotl; el tlatoani otomí Lacatzone; Yancuiltzin de Texcoco, nieto de Tezozómoc, y su acompañante: Toxpilli de Chimalpa, hermano del antiguo texcocano Techotlala.

Todos observaron fijamente a Nezahualcóyotl. Le sonrieron.

En primera línea estaban los hijos favoritos del emperador: Maxtla y el príncipe Tayatzin. También se encontraba el enano Tetontli, Piedrita, vestido como bufón.

El emperador permaneció en silencio, recargado hacia atrás, en su silla hecha de cañas y bronce, con la cabeza calva llena de puntos y pústulas sangrantes: verrugas tapadas con escarabajos de cuarzo y bronce.

Sus brazos eran delgados, esqueléticos, flácidos como una piel de guajolote. Le sonrió a Nezahualcóyotl con sus dientes retorcidos. Nezali observó a las mujeres vestidas de blanco con dorado que se hallaban detrás del emperador: lo estaban mirando. Tenían piernas hermosas. Vio a los soldados hormiga acorazados. También lo miraban, ladeando sus mascarones, aferrando sus lanzas.

Nezali alzó la vista hacia un grupo de estatuas. Eran Xólotl, la hija de Xólotl, Cuetlaxochitzin; el esposo de ésta, Acolnahuac, y el hijo de ambos; el propio Tezozómoc. Al otro lado estaba Ázcatl Xóchitl, la nuera de Xólotl.

Frente a ésta estaban esculpidos los ancestros de Acolnahuac, todos ellos tepanecas: su padre Xiuhtlatonac; el padre de éste, Micacalcatl; el abuelo de éste, Tezcapoctli, y el abuelo de éste, el patriarca original de la migración tepaneca: Maxtlacozcatl, el hombre proveniente de Chicomóztoc y de Aztlán.

Se volvió hacia el emperador.

Por delante de él, avanzó el jefe de embajadores imperiales hacia Nezali: el superministro Chalchiuh, de porte espectacular. Éste, con su cuerpo largo y serpenteante, se aproximó con cautela, con la cabeza de lado, sin parpadear, portando algo especial para Nezahualcóyotl:

—Acepta esta ofrenda —y cuidadosamente se la acercó. Era una vara larga, de caña, barnizada con miel. En la parte superior tenía flores—. Mi emperador te está entregando este estandarte de la paz —y le sonrió—. Significa perdón y conciliación. Éste es nuestro protocolo tepaneca.

Nezali abrió los ojos.

Observó cuidadosamente el objeto: era una caña larga, brillosa. Tenía signos inscritos con quemaduras: sílabas de la escritura otomí. Miró las flores de colores. El estandarte tembló en su mano.

Por detrás del embajador caminó hacia Nezali una mujer vestida de rojo, con la boca tapada y un penacho muy alto de cañas con flores.

Se colocó frente al príncipe. Suavemente dejó caer al piso su capa de seda. Quedó casi desnuda, salvo por una delicada lencería de turquesas. Su cuerpo estaba pintado con rayas amarillas, dibujadas en sus costillas.

Miró a Nezahualcóyotl con sus bellos ojos negros. Suavemente bajó la cabeza.

—*Otona kuyyut wekeli ahkatl.* Haz conmigo lo que quieras —y su cabello negro y largo se deslizó al suelo. En su frente llevaba una estrella de jade. Dobló la rodilla—. Soy Yohualli-Tlayouatl, la Oscuridad de la Noche. Mi padre quiere que yo sea tu princesa.

De su espalda extrajo una flor de color blanco: una Choisya ternata, flor de naranjo, también llamada Perla Azteca.

—Se llama Lalax Xóchitl. Es para ti —la aproximó a él—. Mi padre desea compensarte por todo lo que has sufrido. Te pedimos perdón, Nezahualcóyotl. Tú no tuviste la culpa de la guerra con tu padre. Tú no tuviste la culpa de nada.

Nezahualcóyotl se volvió hacia el emperador. Pestañeó. Éste le sonrió. Lo estaba mirando, sus nudillos temblaban.

El embajador Chalchiuh le dijo al oído a Nezali:

—El emperador ha decretado perdonarte en toda la extensión territorial de su imperio. Será castigado cualquiera que te ataque o persiga. Ahora necesita que tú también lo perdones.

Nezali permaneció pasmado. Se volvió hacia los lados. Todos lo estaban mirando: su medio hermano Yancuiltzin; su tío Toxpilli; el tlatoani otomí Lacatzone; el ministro Maxtla. Éste de hecho le estaba aplaudiendo y sonriendo.

La hermosa Yohualli le dijo con voz dulce:

—Que el perdón reine junto con el amor. Nezahualcóyotl, olvida lo pasado —y bajó la cabeza—. Mi papá quiere que desde ahora vivas con nosotros, como uno de los príncipes de Azcapotzalco, con todos los privilegios que siempre has merecido, sólo a cambio de dos importantes condiciones.

—¿Condiciones…?

—Primera, que comprendas que Texcoco va a permanecer bajo el control de Yancuiltzin y Chimalpopoca, y segunda, debes renunciar a vengarte de mi papá, por favor.

Lo miró fijamente:

—¿Podrás perdonarlo? ¿Puedes prometerle que no te vengarás?

Nezahualcóyotl observó las bandas de pintura amarilla que recorrían las costillas de Yohualli. Vio las rayas blancas en su bella cara tepaneca. En cada mejilla tenía pintada una hormiga de color rojo.

Nezali asintió con la cabeza. Todos se levantaron. Comenzaron a aplaudirle, a gritar.

Trescientos músicos empezaron a tocar sus tambores. Los soldados hormiga arrastraron por el piso a los prisioneros de Tequixquiac, los cuales estaban amarrados con cuerdas y tenían la boca rellena de brea endurecida, para celebrar con su sacrificio. Le gritaron a Nezahualcóyotl:

—¡*Kétémáúbó' kích'ahrín*!

El emperador les sonrió a todos. Se levantó con sus piernas temblorosas. Miró fijamente a Nezahualcóyotl. Le sonrió:

—*Mä'tujabätsi* —susurró con los ojos mojados—. Mi hijo amado.

74

—El perdón. El amor. Olvidar el pasado.

Esto lo dijo Nezahualcóyotl para sí mismo.

Ahora estaba en la habitación que le habían asignado. Permaneció incrédulo, pasmado.

—Esto debe ser una irrealidad, un sueño, un *temictli* —y observó las paredes doradas: los grandes alumbradores del techo, hechos con cientos de velas. Vio nueve espejos de ónix frente a sí mismo, cada uno coronado por una hormiga pintada de color rojo. Se vio reflejado en todos ellos. Se aproximó al balcón de la pared del lado oriental, la cual tenía vista hacia la inmensidad del lago. Por primera vez pudo ver todo desde el otro lado, la isla de los mexicas y los pequeños islotes de esta parte del lago: Xoxocotlan, Isleta de Frutas, Coatlayauhcan, Coltonco, Ahuehuetepanco. A su izquierda vio la distante punta peninsular: Tepeyac, el Cerro de la Nariz. En lo alto de esa montaña vio las llamas del santuario de la diosa serpiente de los habitantes de ahí, los zacatencas: Coatlicue Tonantzin, la serpiente de dos cabezas. Más allá estaba el lejano Texcoco.

Detrás de él, por la puerta de madera, se asomó un pequeño enano. Con timidez le dijo:

—Señor príncipe, si necesita algo, sólo llámeme: yo voy a estar aquí afuera para cualquier cosa que usted requiera. Mi nombre es Tícpac —le sonrió—. Voy a ser su sirviente.

Nezali también le sonrió.

—*Jamädi Ajuä* —le respondió en otomí—. Gracias. *Tlazohcamati* —le dijo en náhuatl.

El enano salió. Cerró la puerta. Nezali escuchó pasos en el corredor. Entrecerró los ojos. Por el dintel apareció uno de los hijos del emperador: el príncipe Tayatzin, jefe de la economía del imperio. Dejó a sus hombres afuera. Entró solo, sin armas, y se quitó la diadema:

—Nezahualcoyotzin, ahora vas a ser mi hermano. Mi padre me ha pedido venir a saludarte antes de que se cierre la noche para preguntarte si estás a gusto, si todo está en orden. También me pide que te diga que tiene muchas ganas de verte, de conversar contigo personalmente, para saber lo que sientes y piensas. Me dice que buscará abrir un espacio entre sus actividades para entrevistarte sin presiones. Él sabe que sientes dolor hacia él por lo que sucedió con tu padre, incluso resentimiento. Él lo entiende. Todos lo entendemos aquí. Pero sabemos que tú también nos entiendes, que esto es lo que se vive en la guerra.

Nezali permaneció callado. Vio los medallones del pecho de Tayatzin. Éste le dijo:

—Nezali, tu hermano Yancuiltzin, quien es mi sobrino, también desea verte, abrazarte. Él espera que no lo rechaces porque ahora él gobierna en Texcoco, en el sillón de tu padre. Él espera que lo respetes ahora como autoridad allá, que no lo desafíes por el trono de Texcoco, pues ya le pertenece. Pero, salvo eso, te reconoce como su hermano y te quiere —y con cautela extendió su mano a la de Nezahualcóyotl—. ¿Serás mi hermano?

Nezali miró a Tayatzin a los ojos. Los tenía de un color claro como la miel. Tayatzin le sonrió:

—Mañana te llevaremos a que conozcas todos los rincones del palacio. Ahora es tuyo. Te van a agradar. Tenemos animales de diversas partes del imperio. Antes de la comida tendremos juego de *tlachtli* en el jardín norte —y le sonrió—. Debemos hacer deporte.

Nezahualcóyotl le estrechó la mano.

—Gracias.

Tayatzin se fue, despidiéndose del enano. Entró un tercer visitante. Era un individuo largo, delgado, vestido como comediante: con colores contrastantes. Se detuvo por un instante al borde de la puerta.

—¿Puedo pasar? —le sonrió mostrándole los dientes.

—Adelante —y comenzó a asentir con la cabeza.

—No quiero molestarte —y se volvió hacia el piso—. Me asignaron para alegrarte —y saltó en redondo, haciendo una acrobacia—. Voy a ser tu paje —y le sonrió.

—¿Mi paje...? —lo miró de arriba abajo. Vio que su calzado estaba roto de las puntas. Tenía los largos brazos pintados con bolas rojas, amarillas y de otros colores. En su rostro tenía dibujada una exagerada sonrisa.

—Cada vez que tengas problemas, o te sientas confundido o triste, sólo llámame. Yo vendré a alegrarte, a divertirte. Mi función es mantenerte feliz —hizo una genuflexión ante Nezahualcóyotl. Le sonrió.

Nezali asintió.

—Gracias…

El paje salió de la habitación saltando. El enano Tícpac cerró la mampara. Desde afuera le gritó a Nezali:

—Señor príncipe, discúlpelos. Desde este momento ya nadie va a molestarlo más. Descanse bien, príncipe Nezahualcóyotl. Bienvenido a Azcapotzalco.

Acostado sobre la acolchada cama de suave tela de algodón prensado, esponjosa por las plumas de ganso, Nezali permaneció en silencio, mirando el techo.

Observó las largas vigas negras de madera olorosa que corrían de lado a lado. La habitación tenía un aroma dulce, un perfume: incienso de menta.

Cerró los ojos. Empezó a sonreír para sí mismo.

"Perdón. Amor. Olvidar el pasado."

En el vacío de la oscuridad vio el rostro avejentado del emperador Tezozómoc. Vio que él le sonreía, le ofrecía flores, llorando, mientras le decía: "Perdóname por lo que le hice a tu padre".

Alguien golpeó la puerta.

Nezali se levantó de la cama.

—¿Ahora qué...?

Sintió su corazón palpitar. Tocó su cuerpo en busca de sus armas. No las tenía. Se las habían quitado al subirse a la barca.

La mampara de la puerta comenzó a abrirse, con un rechinido.

Nezali empezó a ladear la cabeza.

—¿Tícpac...? —y buscó al enano.

No hubo respuesta. Empezó a aproximarse. Sonó otro rechinido.

A su espalda escuchó una voz femenina.

—*Otona kuyyut wekeli ahkatl.* Puedes hacerme lo que quieras.

Nezahualcóyotl se volvió hacia atrás. Era Yohualli. Vio en su frente la estrella de jade, iluminada por la luz del balcón. Estaba desnuda, con sus delicadas costillas pintadas de amarillo y blanco. Nezali tragó saliva. Ella le dijo:

—Quise tenerte desde que era una niña. Tal vez tú no me recuerdes. Tu papá y el mío nos reunieron cuando tú tenías nueve años. Fue su intento de alianza.

Nezali tragó saliva. Vio sus piernas, sus delicados brazos, su larga cabellera negra, que rozaba el piso. Ella lo miró con sus bellos ojos negros, ladeando la cabeza. Acercó el puño cerrado a Nezahualcóyotl. Lo abrió en la penumbra, en el espacio. En su palma apareció una pulsera hecha de gemas de muchos colores, que parecían gotas.

Nezali abrió los ojos.

Ella se la colocó en la mano.

—No vayas a decirle a mi padre que vine a visitarte —le sonrió—. Que estas visitas sean secretas. Sólo sabrá de ellas Tícpac.

Ella entrecerró los ojos. Suavemente lo tomó por la muñeca:

—Ven conmigo. Voy a enseñarte algo que nadie ha querido que veas.

Seiscientos años en el futuro, pocos metros al sur, trotamos dentro de la oscura iglesia: la catedral de los santos apóstoles Felipe y Santiago del barrio de Azcapotzalco de la Ciudad de México.

—¡Otra vez una iglesia! —le grité al padre Damiano—. ¡Todo lo que buscamos está en iglesias! ¿Aquí buscamos otro caballo?

Miré el retablo lateral. Estaba lleno de santos con expresiones perturbadoras, empotrados con ángeles dentro del maderal recubierto de oro.

El padre disminuyó el paso.

—Aquí no es un caballo. En Chalco tuvimos que buscar en la estatua del apóstol Santiago. En esta catedral exploraremos al otro apóstol: a Felipe —y lo señaló. Me sonrió y miró hacia arriba, a la cara de cerámica del apóstol Felipe, también con ojos de vidrio. El apóstol nos sonreía desde lo alto.

El padre Damiano comenzó a escarbar al pie de la estatua.

—Vamos, Rodrigo, ayúdame. Tenemos que encontrar la siguiente pista esta misma noche. No habrá un mañana para hacer esto. El después no existe. Este viernes vas a hablar ante millones. Más vale que sepas la verdad sobre México, sobre su origen, sobre el mundo azteca. Deberás desmontar todos los mitos: decir la verdad de los hechos. ¿Quiénes son los mexicanos realmente? ¿Qué se oculta en lo más profundo de su pasado? El mundo mismo te va a estar escuchando: las cadenas internacionales lo transmitirán en sus países. Una nueva potencia va a emerger.

Parpadeé:

—¿De verdad? ¿Una potencia...?

—Rodrigo, cuando hables ante ellos, deja que se suelte tu subconsciente: que él les hable, no tú. No le estorbes. Tu cerebro tiene una potencia veinte veces mayor que tú como entidad pensante. Estamos a punto de encontrar los números de la energía protónica de gluones. Son los números que están grabados en el calendario, y en poemas que sí escribió Nezahualcóyotl.

Abajo, en los profundos sótanos del palacio de Tezozómoc, Yohualli transportó a Nezali, sosteniéndolo por los dedos. Avanzaron por el corredor central del laberinto.

Yohualli le habló con su acento nasal del habla tepaneca-otonca-otomiana:

—¿Has pensado que tal vez ese que llaman "Quetzalcóatl", que dicen que fue tu ancestro, nunca existió?

Nezali abrió los ojos.

—No, no... Dime —la miró.

Ella siguió avanzando en la oscuridad. Nezali recordó cuando ella lo latigó en Texcoco. Ella le dijo:

—Es importante que lo sepas. Es tu pasado —y le sonrió.

Ambos caminaban con los pies descalzos sobre el piso de rocas.

—Tlacatéotl de Tlatelolco, nieto de mi padre, sobrino mío, fue quien venció al ejército de tu padre en Ixtapalocan la noche en la que tú y yo nos vimos por última vez, ¿lo recuerdas?

—Sí... cómo olvidarlo.

—Tlacatéotl mató a Tzoacnahuacatzin y a Quauhxilotin, tu mayordomo. Por eso mi padre lo recompensó dándole el gobierno de Tlatelolco, la ciudad gemela de Tenochtitlán, en la isla de los mexicas. Tlacatéotl tiene prohibido hacer alianza con Chimalpopoca, del sur de la isla. Las dos mitades no deben unificarse, pues los mexicas son un grupo peligroso. En sus expediciones, Tlacatéotl ha traído para mi padre restos de la ciudad antigua de Tollan, donde vivieron alguna vez los gigantes, la capital de los que tú llamas "toltecas", tus antepasados.

—Los toltecas... —y miró a los lados: los cientos de sacos con mercancías procedentes de todo el imperio.

—Las cosas que ha traído Tlacatéotl, son, entonces, explicaciones sobre tu pasado, sobre la verdad de tu ancestro Quetzalcóatl, el rey de esa ciudad abandonada. ¿Quieres verlas?

Nezahualcóyotl abrió los ojos.

—Ehh… sí —y comenzó a asentir.

—Todo esto viene de la vieja Tollan. Hoy está abandonada. Fue la capital de Quetzalcóatl —le dijo ella, señalando las cajas—. Estas esculturas existieron desde mucho antes de que cualquiera de nuestros antepasados siquiera arribara a estas tierras. Nuestro padre Xólotl era un salvaje cuando llegó con sus hombres a invadir Tollan.

Nezahualcóyotl observó las estatuas. Eran enormes guerreros cilíndricos, con pectorales en forma de mariposas de roca, de diseños rectilíneos. Empezó a negar con la cabeza.

—¿Esto… fue parte de la ciudad de Quetzalcóatl…?

—Sí, de Topiltzin Quetzalcóatl —le dijo ella. Caminó por el oscuro pasillo con los pies descalzos—. Después de esa invasión, la ciudad de los toltecas quedó vacía. Nuestro ancestro Xólotl quemó el palacio de Tollan. Nadie sabe a dónde se fueron los toltecas. Algunos dicen que los sobrevivientes fundaron Culhuacán, pero eso puede ser mentira. Los chalcas dicen que ellos son los sobrevivientes de Tollan, y eso también puede ser falso. De igual modo los acolhuas de Texcoco dicen ser los descendientes de Tollan: la familia de tu padre —y negó con la cabeza.

Señaló las gigantescas esculturas, en la parte más monumental de la cueva:

—Lo más seguro es que todo lo que sabemos sobre los toltecas sea una mentira —y se detuvo—. Lo inventamos nosotros mismos —y lo miró a los ojos. Lo observó en silencio. Suavemente se acercó a él. Lo besó en la boca—. Te he deseado desde el principio del tiempo.

Se abrazaron, piel contra piel, en esa catacumba de Azcapotzalco, embadurnándose con los pigmentos.

78

A dos metros de distancia, por debajo de la estatua del apóstol Felipe, el padre Damiano Damián acarició el muro que había pertenecido al antiguo palacio:

—El arqueólogo Luis Córdoba Barradas lo dice: "Se sabe que en el atrio de la parroquia de Felipe y Santiago de Azcapotzalco se encuentran, a unos 2.50 metros de profundidad, los restos del piso de estuco de la antigua plaza indígena, y frente a la misma parroquia, también sepultado, está el núcleo de adobe del antiguo *teocalli*". Es aquí.

Cuidadosamente acarició la pared de ladrillo. Con el dedo repasó el dibujo de una enorme hormiga de color negro. Tenía alrededor pétalos alargados, de color rosa.

—Ázcatl Xóchitl —nos susurró—. Hormiga Flor. La tatarabuela de Nezahualcóyotl.

Se volvió hacia mí.

—Ázcatl Xóchitl fue una de las más importantes reinas de la dinastía de Texcoco. De ella provenía Ixtlilxóchitl —y miró el dibujo—. Ázcatl era hija del príncipe Páchotl, hijo del último rey que tuvo Tula: Topiltzin Quetzalcóatl, la Serpiente Emplumada, del que todos hablamos sin saber nada. Topiltzin huyó de Tula cuando comenzó el declive, en el año 1150, la destrucción de la ciudad. Su hijo Páchotl, siendo príncipe, fue perseguido; tuvo que vivir como prófugo igual que siglos después lo haría Nezahualcóyotl, su descendiente. Su hija, Ázcatl Xóchitl, vivió también refugiada, miserable, perseguida. Incluso trabajó como esclava.

Caminó un paso. Con su linterna iluminó el muro. Decía en español antiguo:

Se dice, por cosa muy cierta y verdadera, haber quedado de dicha nación Tulteca, es decir, Tula, una niña llamada Ázcatl Xóchitl, la Hormiga Flor, hija de Pochotl, y de Huitzitzilin, y nieta de uno de los mayores señores Tultecas, es decir, Quetzalcóatl; a la cual su madre criaba en el pueblo de

Tlaximoloya, treinta leguas, poco más, o menos, de la Ciudad de México, a la parte del Poniente [...]. Y aunque la niña era de sangre ilustre, vivía y fue criada en grandísima pobreza y no daba la madre demostración de serlo, lo uno por ser pobre, y lo otro por no ocasionar a los Chichimecas, es decir, a la banda de saqueadores que comandaba el invasor Xólotl, a que la matasen, con sospechas, de que pensasen de que en algún tiempo, le tomaría gana de recuperar su señorío [...]. Y [...] sabiendo Xólotl quién era, y cuán a propósito le venía casarla con su hijo Nopaltzin, se la dio por mujer y esposa, en cuyo contrato y casamiento vio grandes regocijos y fiestas [...]. Y de aquí quedaron emparentados Tultecas, Chichimecas, Aculhuas, haciendo un linaje tres.

El padre Damiano me miró:

—Y fueron felices para siempre —me sonrió. Acarició el muro—. Este texto está en los capítulos veintiocho y veinticuatro de la *Monarquía indiana*, de Juan de Torquemada, publicada en 1615.

Miré la hormiga con pétalos.

—¿Qué significa esto ahora? —la señalé—. ¿Esto tiene que ver con Aztlán?

—Lo que significa es que la nieta de Quetzalcóatl, Ázcatl Xóchitl, es el puente entre la leyenda y la historia real. Quetzalcóatl pudo no haber existido jamás, ser un mito creado por sus futuras generaciones, como lo de ser una serpiente "emplumada". Pero ella sí fue real. Lo documentó Torquemada. Está en las genealogías. Es antepasada de Nezahualcóyotl, y de sus descendientes actuales: incluyéndote a ti y a la familia Pimentel Uribe. Los registros genealógicos publicados por Oswaldo Cámara Rodríguez establecen que Ázcatl Xóchitl fue hija de Páchotl y Toxochipanatzin Xochipantzin. Esto nos lleva a que el "Quetzalcóatl" de los mitos que conocemos rápidamente se va convirtiendo en un hombre real, que en verdad existió —y asintió con la cabeza.

79

—Por eso mi padre te envidia —le dijo la princesa Yohualli a Nezahual-cóyotl, en el corredor subterráneo del palacio—. Mi padre te envidia porque tú tienes la sangre de la civilización tolteca. Él no la tiene. Tú eres el futuro.

Siguió besándolo. Le acarició la espalda. Estaban a los pies de la traslúcida estatua de alabastro de la princesa tolteca Ázcatl Xóchitl de Tollan, con un enorme pectoral de mariposa, con su casco cilíndrico tolteca, característico de los "atlantes de Tula". La última princesa de Tollan de toda la historia. En su vientre tenía la hormiga con pétalos.

—Pero hay algo muy oscuro sobre tu pasado, Nezali, algo que tu padre se negó a revelarte —y lo miró a los ojos.

—¿Algo muy oscuro…? —retorció una ceja—. No te entiendo.

—Algo sobre ti mismo. Sobre de dónde viniste.

Nezahualcóyotl se volvió hacia abajo.

—¿Algo malo sobre mí mismo…? Bueno, no puede ser tan malo, si me estás besado —le sonrió.

Sonó un rechinido. Un chirrido metálico detrás de ambos. Un crujido.

Yohualli aferró a Nezahualcóyotl por la mano.

—Vámonos, Nezali —se volvió hacia la entrada. Vio la luz de una antorcha.

A la mañana siguiente, los hijos del emperador invitaron a desayunar a Nezahualcóyotl. El alto y delgado Tayatzin se colocó a la cabeza de la mesa. Empujó los cuencos de los vegetales hacia Nezahualcóyotl.

—*Rá kueta ra'bai ga dädi'maxi di te ha yá xi ya dädi'maxi, ha rá b'ai ra k'angi* —y le empujó también un plato lleno de enormes orugas vivas—. La oruga de la mata de jitomate vive de las hojas, su cuerpo es verde —y le sonrió—. Éstas son de mata de chía.

Nezali observó a los animales. En efecto, se contorsionaban sobre el plato, con los ojos dislocados. Algunos eran tan anchos como un dedo humano. Él las llamaba *cuetlas* —Arsenura armida—. En realidad eran grises, con manchas negras y verdes. Tomó una entre sus dedos. Se la llevó a la boca. La mordió. Los jugos se le escurrieron por la lengua.

—Quauhtli te va a llevar por los jardines acuáticos —le dijo Tayatzin, mientras mordía una oruga—. Quauhtli es nuestro enlace para todas las ciudades de la federación de tu padre, las que hablan el idioma náhuatl, de ancestralidad tolteca.

El delegado Quauhtli asintió con la cabeza. Siguió masticando. Saludó a Nezali. En la mesa estaban también el otomí Tlatólpotl, encargado de la supervisión de las ciudades de la lengua otonca y tepaneca del imperio; la princesa Yohualli, con cara pícara y mustia, viendo su platillo; Cuappiyo de Huexotla, hijo de Tezozómoc, de cincuenta años de edad, y, como invitado de lejos, el gordo Epcóatl de Tultitlán, otro de los hijos del emperador.

Tayatzin le dijo a Nezali sobre este último:

—Mi hermano Epcóatl gobierna en Tultitlán, al noroeste del lago, en la parte poniente —y señaló al tlatoani—. Mi papá lo puso tan al norte para mantener bajo yugo a los que nos molestan allá, los de Cuauhtitlán. Cuauhtitlán es salvaje; son obstinados. Mi papá personalmente tuvo que matar al último de sus reyes: Huehue Xaltemoctzin Atecpanecatl Tecuhtli. Lo estranguló en una fiesta como ésta, ¿verdad, hermano?

Sin dejar de masticar, el rudo Epcóatl asintió. Hizo con sus manos el ademán de ahorcar. Eructó, con olor a larva. Tayatzin dijo:

—Mi hermano llenó con tepanecas Tultitlán, para que ahora sea una Tepanohuayan en el norte, una colonia tepaneca —asintió—. La hija del último príncipe de Cuauhtitlán fue entregada como mujer a mi hermano, por orden de mi papá, para tenerla allá en Tultitlán como rehén y garantía en poder de mi hermano, ¿no es así, Epcóatl?

—Sí —y se tapó la boca para disimular un eructo—. La hija de Tecocohuatzin es buena en la cama —le sonrió a Nezali, con la boca llena de carne de oruga—. Es bueno fornicar con una hija de nómadas de Cuauhtitlán. Su idioma me excita —y con sus manos hizo una señal obscena.

Tayatzin le sonrió:

—Así es, Epcóatl. Además, tenemos como encargado de gobernar allá en Cuauhtitlán a un sobrino nuestro, el hijo de Tlacatéotl de Tlatelolco: el pequeño Tezozomoctli. Así los de Cuauhtitlán están con cadena.

El cocinero llamado Kuki Kuni, de raza otomí y complexión pequeña, colocó un brebaje de chía junto al brazo de Nezahualcóyotl. Le susurró al oído:

—Bienvenido al lugar de la fantasía —y permaneció callado por un segundo. Se alejó. Nezali lo vio irse. Lo siguió con la mirada. El cocinero lo miró de reojo. Tayatzin le dijo:

—Ahora prepárate, Nezali. En una hora, después de que hayas visto con Quauhtli los estanques, vamos a jugar todos pelota, el *tlachtli* —y señaló los campos de los deportes, decorados con flores—. Se organizó este torneo especial para ti, para que te sientas tepaneca.

Se levantaron todos de la mesa.

El cocinero miró a Nezali desde la distancia, oculto tras el muro de la cocina.

80

Nezali caminó entre las sillas, sobre el verde pasto, por debajo de los parasoles de tela, a la cocina. Se metió entre los tablados del muro. Los cocineros lo veían extrañados.

—¡Es el príncipe nuevo…! —se cuchicheaban.

Se hablaban unos a otros en diferentes idiomas. Algunos de esos lenguajes Nezali nunca los había escuchado. Eran de zonas remotas del imperio, como Toluca y Tamiahua, Veracruz.

Vio a personas de diferentes razas, de diferentes colores. Unos eran rojos, otros azulados. Unos tenían cristales incrustados en sus rostros. Se inclinaron ante él. Dos de ellos hablaron como si estuvieran cantando.

Siguió entre las plataformas a Kuki Kuni, el cocinero que le había dado el brebaje. Éste salió por la puerta trasera, a un corredor oscuro.

Nezali sacudió la cabeza y avanzó por el pasillo. Comenzó a caminar en la oscuridad. Observó a ambos lados, hacia el fondo del corredor. El chico, con acento otomí, lo sujetó por atrás, de las muñecas. Le dijo:

—*Ngóne ngóne* —y le puso un papel en la mano. Decía, con dados, lazos, limas y ganchos: NO PUEDO HABLARTE. ME ESTÁN OBSERVANDO. TEN CUIDADO. TODO ESTO ES UN ENGAÑO.

Nezali caminó al campo de juego, el *tlachtli*, llamado en tepaneca-otomí *nuni nt'eni*, el juego de pelota.

Los hijos del emperador y varios de los funcionarios lo observaron desde la cancha.

—Bienvenido, Nezahualcóyotl —le dijo el cortés Tayatzin—. Pensamos que podrías ayudar a Otontli con el agua —y señaló los baldes de agua.

—¿Los baldes?

—Sí, para refrescarnos. Para mojarnos cuando te lo pidamos.

Se quedó perplejo. Por detrás lo jaló una mano.

—Quiere hablar contigo.

—¿Conmigo? ¿Quién?

Era Yohualli. Lo jaló por los dedos. A través del jardín, lo condujo de regreso al palacio.

—Mi padre quiere hablar contigo.

Nezahualcóyotl tragó saliva.

Entró al salón del trono. Contra la pared vio a cincuenta mujeres, todas ellas exquisitas, de hermosas piernas, vestidas de seda. El emperador, en su silla, le sonrió a Nezali:

—Estas *nxumfo* de Tenochtitlán vinieron a pedirme que te perdonara. Me dijeron: "Clemencia para el nieto de Huitzilihuitl". Vinieron a pedirme también clemencia para tu madre —y se volvió a su derecha, hacia una de las columnas—. Debes darles las gracias por esta compasión que ahora tengo por ti, hijo mío —le sonrió—. Ven, acércate.

Cautelosamente, Nezali caminó con los pies descalzos sobre las losas.

El emperador lo miró con ternura.

—Arrodíllate, hijo —le sonrió—. Permíteme que te bendiga.

Nezali miró a los lados. Yohualli y los soldados hormiga, con las lanzas pegadas al cuerpo, lo observaban.

Nezahualcóyotl inclinó una de sus rodillas. El emperador, con su mano temblorosa, comenzó a acariciarle la cabeza. Le despeinó los cabellos. Lo miró sin parpadear.

—Hijo de Ixtlilxóchitl —le susurró con su acento otonca—. ¿Te han gustado tus habitaciones?

Nezali asintió.

—*Jamädi*. Gracias.

Tezozómoc le sonrió:

—*Te gi jamädi*. Qué agradeces. Quiero que tengas lo mejor en este palacio. Que no te falte nada. Ésta es tu casa. Quiero que todo lo que has sufrido puedas olvidarlo y que borres esos recuerdos malos, para siempre —y le puso un dedo en la nariz—. Perdón. Amor. Olvidar el pasado. Son lo único que importa. El pasado sólo nos trae odio, Nezali, resentimiento. Yo ya olvidé el pasado. ¿Podrás hacerlo tú? Limpia tu corazón —y le acarició los labios—. ¿Sabes? Quiero que me aceptes como tu padre.

Nezali abrió los ojos y se volvió hacia el muro. Vio unos huesos que estaban colgados. Vio una columna vertebral, unas costillas, un cráneo en lo alto, con objetos de cristal en los ojos, sostenido de la columna con eslabones de bronce. Tenía el cetro de la federación de Texcoco.

263

Tragó saliva. Se volvió de nuevo hacia los ojos membranosos del emperador Tezozómoc. Éste le sonreía. Su olor le llegó a las narices: un ácido descompuesto.

—Hermoso hijo mío —y le tocó la barbilla—. Voy a necesitar que vayas con tu hermano Maxtla, en cuanto él regrese de Coyoacán, donde gobierna, para que juntos viajen por las diferentes ciudades del imperio.

—¿Con… Maxtla…? —sacudió la cabeza.

El emperador le rozó el tatuaje de la gota de lava que Nezali tenía en el hombro. Se lo pellizcó con su filosa uña.

—Quiero que te quites esto. Mis médicos te lo extirparán en un minuto —y se levantó con sus piernas temblorosas—. Juntos Maxtla y tú irán a las diferentes ciudades del imperio, con mi comitiva. Hablarán con la gente de los pueblos, en las plazas, en los púlpitos de los templos, en los comercios. Quiero que ustedes dos me ayuden a empezar una nueva fase en nuestro imperio: la reconciliación —y le sonrió.

Nezali asintió.

—Entiendo… ¿Usted quiere que yo hable con la gente, que les hable sobre usted, sobre su gobierno?

Tezozómoc le sonrió.

—Así es —y le frotó la cabeza—. Quiero que les digas a todos que los he perdonado, como te he perdonado a ti, que tú eres mi primer ejemplo. Desde hoy, nuestro imperio será una fiesta de amor. Amor y perdón. Olvidar el pasado —y le sonrió—. Si me ayudas a hacer esto, mi hija —y con su raquítica mano señaló a Yohualli— va a ser para ti. Ella misma está deseosa de ser tu carne. Me lo ha dicho. Quiere ser tu consuelo.

La bella Yohualli se volvió hacia el piso. Le sonrió a Nezali.

—Te está engañando. Ahora ves para qué te trajo. Está creando un antídoto universal contra las rebeliones. Para eso sirven el "perdón" y el "amor". O más bien: las campañas de amor y perdón, para metértela, para que no protestes. Tú vas a ser su payaso.

Violentamente, se levantó Nezahualcóyotl de un salto. Estaba en su cama. La frase no la había soñado.

Se la había dicho el cocinero del palacio.

Permaneció en silencio por cuatro segundos, en soledad y empezó a sacudir la cabeza. Observó los brillos dorados de las mantas, la transparencia de la seda de gusano. Sobre su cabeza vio las largas vigas negras de madera y el candelabro. Miró los nueve espejos de la habitación, con las hormigas rojas de Azcapotzalco.

Lentamente se dirigió al balcón. Vio Tenochtitlán: la isla de los mexicas. Pensó por un momento en Itzcóatl, su tío guerrero. Miró al distante sur, hacia el remoto Chalco. Ahí debía estar Huitzilihuitzin, en su cueva del monte, con Coyohua, Tótel y todos los demás que había encontrado Coyohua en los barrancos. Miró más lejos aún, hacia los volcanes nevados Iztaccíhuatl y Popocatepetl. Ahí debía estar oculto el Hombre Fantasma, el brujo imperial Tlācanēxquimilli, con sus chamanes y ministros de culto. Observó todavía más lejos, detrás de los volcanes, hacia el valle de Tlaxcala. Ahí debía estar el tetrarca Tlacomihua, cabeza de Ocotelolco, el padre de la hermosa mujer Xipencóltzin, Ek HunK'aal Oxlahun, la Estrella Veinte-Trece. Con suavidad cerró los ojos.

—¡Buen día, amigo Nezahualcóyotl! —le gritó una voz. Detrás, una mano lo sujetó por el hombro.

Nezali se volvió en redondo.

Era el hombre largo, vestido con colores alegres. Nezali vio sus zapatos rojos, que tenían las puntas rotas. Era el arlequín. Éste le mostró a Nezali sus largos cordones de colores.

—Amigo de Texcoco —y lo tomó de los dedos—, yo vine aquí para alegrarte, para mostrarte el nuevo camino de la felicidad: la espiritualidad.

—¿Espiritualidad...? —y se volvió hacia el balcón.

El arlequín, con sus largos dedos, le aferró la cara.

—No instigues la guerra, ni la subversión, ni la revuelta. Eso no le sirve al mundo: sólo lo envenena más. ¿Estarás conmigo, amigo...? —le sonrió de nuevo—. ¿Comprendido...?

Nezali se volvió hacia abajo.

—¿Espiritualidad...?

El arlequín lo tomó por el brazo:

—Cuando hables en las ciudades, tú deberás llevarles este mensaje —y le sonrió—. El cambio es aquí —y tocó su propio corazón—. ¿Me entiendes? No intentes cambiar el mundo. ¡Nadie lo logra! Transfórmate tú mismo: eso sí puedes hacerlo. ¡Y con eso basta! ¡Transfórmate por dentro! ¡Punto! Es un trabajo tan duro, tan arduo, tan interminable e infinito, que no vas a tener tiempo para siquiera intentar cambiar al resto del mundo. ¿Estás de acuerdo?

—Yo... —negó con la cabeza.

—Nezahualcóyotl —lo aferró—, esto es muy importante. Tienes que prometérmelo. No vas a pelear. No vas a intentar ningún cambio. No vas a protestar ante nada. Perdona. Ama al que te agrede. ¿De acuerdo? —y le sonrió—. Así me gusta. Esto es la paz. ¡No responder al mal cuando éste te ataca! Y te insisto: tú no puedes cambiar la realidad. Avanza hacia el espíritu, hacia la superación personal. Olvida este mundo. Ni siquiera existe. Es un *temictli*, ¡es sólo un sueño! —y alzó los brazos al techo de la habitación—. ¡Todo esto que vemos es un *temictli*! ¿Vas a destruir tu vida en conflictos, vas a rebelarte contra algo que no existe, en vez de sentirte feliz, envuelto en la paz?

Sujetó a Nezahualcóyotl por el hombro:

—La guerra que tengas, que sea en tu interior, contra ti mismo —le sonrió—: Destrúyete; tú eres el que está mal.

82

—Se llama Nenexólotl. El Arlequín —dijo para sí mismo Itzcóatl, en la isla. Por la ventana de su tapanco del cuartel central de Tenochtitlán observó hacia abajo, hacia los cientos de hombres de Azcapotzalco que venían caminando sobre el lodazal de la plaza, siguiendo a los arlequines, escoltados por soldados hormiga.

Se volvió hacia su sobrino Tlacaélel:

—Están enviando a estos malditos payasos para idiotizar a la gente. Los están mandando a todas las ciudades del imperio: charlatanes, bufones, mira —y señaló a la plaza.

Abajo, los arlequines se subieron a los tablados que estaban a la sombra del poste de Mexi-Huitzilton. Comenzaron a gritarle a la gente mexica:

—¡¿Para qué quieren ustedes tener su propia escuela?! ¡¿Para qué quieren tener más riquezas?! ¡No peleen contra la vida! ¡No desgracien así sus cortas vidas! ¡Amor y perdón! ¡Olvidar el pasado! ¡Eso es lo único que importa! Digan para sí mismos: "Yo hoy elijo la paz, yo elijo decir adiós al pasado. ¡Yo elijo no hacer protestas, aceptar a mi emperador!"

Un mexica del público les gritó:

—¡Todo esto es una farsa! ¡¿Por qué no dejan de cobrarnos impuestos?! ¡Eso sí sería amor!

Los soldados se apresuraron a someter al individuo. Venía con su familia. Desde lo alto, el arlequín le gritó, señalándolo:

—¡Tú no puedes cambiar la realidad! ¡Pero puedes aceptarla! —le sonrió—. ¡Y la guerra que tengas, que sea en tu interior, contra ti mismo! ¡Tú eres el que está mal!

Sonaron aplausos.

Arriba, en el balcón de cáñamos, Itzcóatl le dijo a Tlacaélel:

—Tezozómoc está enviando caravanas como éstas a todo el imperio. Es su nueva campaña —y comenzó a negar con la cabeza.

El joven Tlacaélel, con sus ojos semejantes a los de un gato, observó a la gente. Comenzó a asentir.

Vio que los mexicanos reían, adoraban al bufón. Le dijo a su tío:

—Tezozómoc sabe muy bien cómo manipular a la gente. De eso no hay duda. Estos bufones son la mejor arma que alguien hubiera imaginado. En realidad sólo necesitas noventa de estos sujetos. Es más económico que enviar tropas.

En la parte norte de la plaza, los agentes de Tezozómoc, escoltados por sus hombres hormiga, les dieron órdenes, con ademanes, a los mexicas que estaban subiendo y acomodando los enormes cajones de la tasación tributaria para Azcapotzalco: tres mil tilapias, dos mil boquerones, cuatrocientos patos, cuatrocientos tejidos de algodón de Quauhnahuac —futura Cuernavaca—, trabajados y cosidos por las mujeres de la isla. Todo esto iba a ser llevado como tributo a la ciudad imperial, a Azcapotzalco, a través de la ciudad portuaria de Tacuba. También subieron a niños y niñas vivos a los canastos.

83

Los soldados hormiga llevaron a Nezahualcóyotl al salón del trono.

—El emperador quiere verte de nuevo —le sonrió uno de ellos. Lo empujó por el brazo, con su lanza—. Ya llegó a la ciudad su hijo, el príncipe Maxtla. Te están esperando frente al consejo.

Nezali se presentó. En el enorme salón estaban esperándolo los hombres de la comitiva de propaganda.

Enfrente del propio emperador, justo por debajo del resplandor del techo, estaba Maxtla: desnudo del pecho, pintado completamente de rojo, musculoso, con rayas de pintura blanca en su cuerpo, simulando los huesos de un esqueleto. Su cara también aparentaba ser un cráneo. En el centro del pecho, en el corazón, tenía grabado el sol negro de la muerte, con glifos tepanecas.

Le sonrió a Nezahualcóyotl. Lo señaló con su cuchillo:

—¿Con él quieres que trabaje…? —le preguntó a su padre—. ¡¿Quieres que viaje por el mundo con este derrotado, que aparezcamos juntos en las plazas?!

El emperador, con sus temblorosas articulaciones, comenzó a levantarse.

—Hijo Nezahualcóyotl —le sonrió—, ¿qué vas a responderle a mi hijo Maxtla? Te está retando. ¿Qué harás? Vas a tener que demostrarle tu valor.

Nezali se aproximó al musculoso Maxtla. Lo miró hacia arriba. Éste le mostró los dientes. Comenzó a caminar alrededor de Nezali. Lo golpeó en el brazo, con su lanza.

—Quiero que bailes —le dijo a Nezahualcóyotl—. Hazlo para divertir a mi padre. Demuéstranos que puedes entretener a la gente, que puedes ser un *nenexólotl*.

Nezali se volvió hacia el piso.

—¿Un *arlequín*…? —cerró los ojos.

El emperador comenzó a aplaudirles:

—¡Bravo! Me parece una buena idea. ¡Baila, Nezahualcóyotl! ¡Diviérteme! ¡Me alegrarás tras la muerte de tu padre! ¡Necesito un solaz! Con enorme fuerza, Maxtla lo azotó de nuevo en el brazo.

—¡Baila! ¡Maldita sea! ¡Te lo está ordenando mi padre! —y comenzó a reírse de él, a carcajadas. Se rieron también todos los hombres del consejo:

—¡Qué buen espectáculo! —se dijeron—. ¡Si el esclavo sabe bailar, vale diez mantas más que uno que es torpe en la danza!

El pequeño enano Tetontli, Piedrita, hermano del enano Tícpac, se le aproximó con un bulto de coloridas ropas. Se lo ofreció a Nezahualcóyotl:

—¡Póntelos, príncipe de Texcoco! ¡Ahora vas a ser uno de nosotros! ¡Un *nenexólotl*! ¡El nuevo arlequín favorito del imperio! —y soltó una carcajada profunda, con movimientos de mimo para divertir al consejo. Se apretó la nariz, dando saltos—. ¡Ahora vas a ser también un perro de risas, un payaso *nenexólotl*! ¡Viva el hijo del difunto Ixtlilxóchitl! ¡Ponte el uniforme de bolas!

Maxtla observó a Nezahualcóyotl.

—¡Vamos! ¡Ponte tus ropas de payaso! ¡Baila como lo vas a hacer en la gira! ¡Demuéstrale a mi padre que puedes divertir a los pueblos!

Con toda su fuerza volvió a azotarlo con la vara, en el brazo. Lo tumbó al suelo. Todos se carcajearon. En las losas, Nezali miró a su alrededor: los soldados, las mujeres del harén de Tezozómoc, los consejeros imperiales. Todos se estaban riendo de él, señalándolo. Le gritaron en el idioma de Azcapotzalco:

—¡*Nts'ẹ xá nọxke'ä ra ngọ*! ¡Está muy flaca esa carne! ¡*Nọts'e*! ¡*Nthọge*! ¡Divertirse! ¡Doblegarse! ¡Divertirse! ¡Doblegarse!

La princesa Yohualli también estaba riéndose de Nezali, a carcajadas, con tal intensidad que las lágrimas le bajaban por el rostro. Lo señaló con el dedo:

—¡Qué gracioso es este Nezahualcóyotl! ¡Fue buena idea traerlo de comediante!

Detrás del muro, el cocinero otomí Kuki Kuni observaba todo. En su rostro apareció la vergüenza al ver cómo el heredero de Texcoco se dejaba humillar.

El emperador se acercó temblando a Nezahualcóyotl, arrastrando en el piso sus sandalias. Se colocó justo frente a él. Con suavidad le acarició la frente:

—Arrodíllate. Me alegra que estés aquí con nosotros. Disfrutarás de tu trabajo al lado de mi hijo, quien es duro y exigente, pero no te tratará como a un animal. Juntos van a pasar momentos inolvidables —le sonrió a Maxtla—, recorrerán juntos el imperio. Me contarás cómo son las poblaciones, las culturas, lo que viven, lo que comen; lo que piensan y conversan. Y, sobre todo, les llevarás la diversión y la esperanza. Porque… —le sonrió— ésta es la nueva fase de mi conquista: la reconciliación.

84

—Te están usando —le dijo el cocinero otomí Kuki Kuni a Nezahual-cóyotl en el corredor trasero.

Lo sujetó violentamente por el brazo. Miró a ambos lados. Jaló a Nezahualcóyotl hacia atrás, para ocultarse con las mamparas. Lo llevó a la bodega, a un lado del pozo de desagüe.

—¿No alcanzas a ver lo que te están haciendo? —le dijo—. Eres la humillación de toda tu familia. ¡Te están convirtiendo en un bufón, en un payaso!

Nezali mantuvo la mirada en el suelo. Kuni le dijo:

—Mira, yo sólo soy el cocinero aquí. ¡Pero también tengo ojos! —ciertamente su figura no llamaba la atención, pero algo en su voz alertó a Nezahualcóyotl—. Yo no soy nada. ¡No soy nadie! Pero tú eres importante —y asintió con la cabeza—. ¡Sí! ¡Todos lo sabemos aquí! ¡Todos sentimos vergüenza ajena por lo que te están haciendo! —y miró a su alrededor—. Tú eres el hijo del rey a quien todos temían aquí. Ahora mírate. Eres el payaso del palacio de Azcapotzalco.

Lo miró por un momento. Lo tomó por el brazo:

—Dime, Nezax, ¿de qué sirvió la muerte de tu padre? ¿Qué opinaría él si te viera así, humillado, convertido en un bufón? La muerte de tu padre no tuvo ningún sentido. Lo estás humillando. Eres el hazme-rreír de Azcapotzalco. Su causa ya no tiene ninguna importancia. ¡Tú lo estás matando! —y miró hacia el pasillo—. Ahora tu papá es un chiste, una gracia igual que tú. Lo rebajaste. Vas a devaluar todo lo que alguna vez importaba de él y de toda tu familia. Todos esperábamos que tú hicieras algo aquí. Ahora eres una decepción, una desgracia. Te van a usar para divertir a las chusmas. Pero más que eso: ¡el empera-dor lo está haciendo para demostrarles a todos los pueblos, a todas las ciudades, que no hay esperanza, que es mejor rendirse, porque logró convertirte en un payaso, en un anulado! ¡Eras el hijo de un rey!

Nezali miró al piso. Kuni le dijo:

—Ahora mismo les está demostrando a todos en su corte cómo se divierte contigo. Y tú lo permites. Hermano, te están destruyendo. ¿Dónde quedó tu fuerza? No mueras. Hazlo por respeto a tu padre.

Detrás de la mampara hubo un movimiento. De la madera se asomó un ojo: el ojo de un enano. Suavemente parpadeó.

—Nezax —le dijo Kuni Kuki—, no lo permitas. Qué patético. Qué triste destino —y negó con la cabeza—. No dejes que te ofenda. Tu madre está también aquí como esclava. ¿Lo sabías? Y no haces nada. La van a humillar frente a ti.

Nezali abrió los ojos. Kuki le apretó el brazo:

—No es bueno olvidar el pasado. Especialmente cuando el pasado sigue siendo el presente.

Nezali sacudió la cabeza.

Tras la mampara, el enano Tetontli, Piedrita, comenzó a sonreír. Kuki soltó a Nezahualcóyotl:

—*Ani ri dada, mbo ra ri mui. Ya'ä dä Ani.* Despierta a tu papá, dentro de ti. Ya es hora de despertar.

Lo miró por un segundo.

Se fue.

Nezahualcóyotl se dirigió a su habitación. La cabeza le pulsaba. Se llevó las manos a la cara. De pronto, sintió que sus brazos se cubrían con las escamas, las plumas de Topiltzin Quetzalcóatl.

—¡No! —y se vio el brazo convertido en escamas.

Era como si de pronto empezara a convertirse por complento en algo más, en alguien más. Soltó un quejido, movió la cabeza hacia atrás y adelante, a los costados, para quitarse la sensación de cansancio y el asco que le apretaba la garganta, ya todo su cuerpo parecía estar repleto de escamas, como si fuera un animal primigenio, de los orígenes del hombre…

Repentinamente entró por la puerta, para la máxima humillación, el príncipe Tayatzin, hermano de Maxtla, y lo enontró solo, quitándose escamas imaginarias de los brazos y del pecho. Cuando volvió en sí supo que la presión le había jugado mal, pues ahora volvía a ser el mismo ser humano de siempre, pero las palabras de Tayatzin no le ayudaron a encontrar la calma:

—Está ocurriendo algo horrible, Nezali. Tienes que venir. Tienen a tu mamá ante el consejo. Debes venir ahora. La están humillando.

85

Trotaron por los corredores, de regreso al salón de la corte.

Nezali sintió el sudor en la frente.

Tayatzin le dijo:

—Pase lo que pase, no te destruyas por dentro —y lo tomó por el hombro—: Las cosas horribles son para hacernos más fuertes. Yo estoy contigo.

La tenían en el piso. Ella estaba hincada, arrodillada, ante Maxtla. Junto a él estaba el emperador mismo, con sus piernas temblorosas, justo al lado de ella, poniéndole su bastón contra la pierna.

—Viuda de Ixtlilxóchitl... —le sonrió—. Esclava de Maxtla —y le restregó el bastón—. Hazlo gozar.

Matlalcíhuatl comenzó a llorar. Sus cabellos estaban anudados en dos trenzas que caían por su espalda.

—¡Yo te sirvo, mi señor! ¡No me lastimes! —tembló ante Tezozómoc. Le gritó—: ¡Perdóname por ser mexica! ¡Los mexicas no servimos para nada nada! ¡Yo soy hija del tlatoani Huitzilihuitl; nieta del tlatoani Acamapichtli, que era tu servidor! ¡Pero en realidad soy tu sierva! ¡Sólo un tepaneca puede salvarnos a los mexicas de nuestra bajeza, de nuestra mediocridad, de nuestra falta de cultura e historia! ¡Nuestra economía depende totalmente del imperio de los tepanecas!

Nezahualcóyotl comenzó a acercársele, negando con la cabeza.

—¿Mamá...?

Ella siguió llorando, en el piso, con la cabeza pegada al muslo de Maxtla:

—¡Los mexicas no valemos nada! —le lloró en la pierna—. ¡Queremos ser tus esclavos, mi señor! Te prometo que nunca quitaré esta cadena que pusiste en mi cuello, la que tú jalas para dominarme. Quiero estar siempre bajo tu yugo, para que tú decidas lo que le pase a mi pueblo. Nosotros no podemos decidir nada. ¡Sólo somos migrantes! Necesitamos de Azcapotzalco, del imperio. ¡Te entrego a mi hijo, y me entrego yo misma a tus deseos, a tus decisiones, porque nosotros no valemos!

Lentamente se le aproximó Nezahualcóyotl:

—¿Mamá...? ¿Por qué dices eso? —y vio al emperador, y a Maxtla. Se estaban riendo. Se miraron.

Maxtla comenzó a levantar su varilla. La puso en la cara de la mamá de Nezali. Le dijo a ésta:

—Dame placer —y se volvió hacia Nezali—: Baila para tu madre. Inspírala para que me atienda. No querrás que la azote aquí mismo, ¿verdad?

—¡Perdónalo! —le gritó ella, llorando—. ¡Es mi hijo! ¡Amor y perdón! ¡Todos olvidemos ya el pasado!

Maxtla azotó a Matlalcíhuatl en la boca.

Nezahualcóyotl se arrojó contra Maxtla. Lo detuvo el emperador. Arrastró los pies sobre el suelo:

—No, hijo. Las ofensas no se resuelven con más violencia. Deja pasar las cosas. Olvida el pasado —le sonrió—. Acepta los golpes sin contestarlos.

Maxtla volvió a azotar a Matlalcíhuatl. El emperador sostuvo a Nezali.

—Eh, eh —le apretó el brazo—. No respondas a las agresiones. Haz la lucha dentro de ti. No afuera —le sonrió—. ¡Lo malo está dentro de ti! No busques culpar a otros por lo que te pasa. ¡Resuélvelo en tu interior! ¡La culpa de las cosas es tuya!

—Nacimos superiores a ustedes —le dijo Maxtla—. Es un hecho de la naturaleza —asintió—. Nos deben obedecer. Sin Azcapotzalco, todos se hundirían: las noventa ciudades. Sería una crisis para todos. No pueden solos. En todo dependen de nosotros.

La llorosa Matlalcíhuatl se volvió hacia su hijo:

—Sométete, hijo. Obedécelos. No pelees con ellos. ¡No vas a lograr nada! No puedes cambiar el mundo. Nadie puede. Ellos te van a aplastar. ¡Ve lo que le pasó a tu papá!

Por detrás se aproximó el enano Tetontli, Piedrita, con una larga navaja de obsidiana. Le sonrió a Nezali.

—Amiguito, vas a tener que arrancarte este tatuaje que te puso aquí tu padre —y le acarició el hombro—. Hazlo ahora. Te está viendo el emperador. Quítate el pasado. Amor y perdón. Olvida a tu padre —y le sonrió.

Nezali se volvió hacia su tatuaje: la gota de lava, Ipalnemohuani.

El enano colocó la navaja entre los dedos de Nezali. Todos lo miraron. El enano se apartó dando un salto de circo que deleitó a Tezozómoc.

Se hizo el silencio. Nezali comenzó a acariciar la navaja. Vio brillar el filo bajo la luz del techo. El emperador lo miró fijamente:

—Vamos, hijo adoptado. Demuéstrame que ahora eres mi hijo. Quítate toda memoria de tu padre. Ahora sólo existo yo. Yo soy todo para ti: para cuidarte, para doblegarte, para darte la felicidad, para quitártela —le sonrió—. Tu dios Ipalnemohuani no existe.

Nezahualcóyotl se volvió hacia su madre:

—Amada madre, ¿así aconsejaste a mi padre? —y la miró fijamente—. Ahora entiendo por qué lo mataron. Tú lo debilitaste.

En su mano empuñó fuertemente la navaja, al grado de cortarse la carne de sus propios dedos.

Miró al emperador. Comenzó a tensar los músculos de su brazo. Recordó las palabras de Huitzilihuitzin: "La fuerza te llegará en el momento más negro. No va a provenir de tus músculos, pues son más débiles que los de ellos. Tampoco va a provenir de tu mente; ni de tu corazón; ni tampoco de tu espíritu. No va a provenir siquiera de ti mismo. En tu interior hay una compuerta hacia algo que está fuera de ti, muy por debajo de ti: el sótano del universo, el océano de fuego. Busca la compuerta".

Cerró los ojos.

"El océano de fuego. El abismo de lava. Es el abismo de Dios."

Abrió los ojos. Aferró la navaja.

Sintió una mano en su espalda que lo aferraba por el hombro.

—*Thits'i. Nthumųi*. Dejémonos de tonterías. Papá, mejor esperemos a que esto se resuelva mañana.

Nezali se volvió hacia atrás. Era el príncipe Tayatzin.

Tayatzin condujo a Nezahualcóyotl de vuelta a su habitación.

—¿Qué van a hacerle a mi madre? ¿La van a tratar bien? —y miró hacia atrás.

—Tranquilo —le dijo Tayatzin. Siguió avanzando. Lo jaló por el brazo—. No va a pasarle nada. Todo esto no son más que juegos de mi papá y Maxtla. Así son. Tu madre es feliz en este palacio. Nunca antes había llorado.

Afuera se quedó el enano Tícpac, consternado. Vio a Tayatzin irse por el pasillo. Lentamente se volvió hacia la puerta cerrada y con cautela pegó la oreja a la misma.

—¿Señor...?

Adentro, Nezahualcóyotl caminó al balcón. Observó el lago oscuro.

En el silencio de la noche, subió un pie al barandal. Después subió todo su cuerpo, guardando el equilibrio, por encima de la ciudad de Azcapotzalco. Se colocó justo al borde, a dieciocho metros de altura. Miró hacia abajo, al horizonte siniestro.

—*Nehhuatl in quetzaltototl.* Soy un quetzal. El quetzal es bello e inmortal —y cerró los ojos. Comenzó a extender los brazos a los lados, a las estrellas. Empezó a levantar su pie derecho hacia atrás, como si flotara. Se tambaleó—: Soy un quetzal —y abrió los ojos—. No hay problema humano que le importe a un quetzal.

86

En la sala del trono, el emperador se quedó con su hijo Maxtla. Éste le dijo:

—Allá afuera está esperando verte tu nieto de la isla, Chimalpopoca. Tiene un problema con Itzcóatl.

Tezozómoc sonrió:

—¿Chimalpopoca? —asintió con la cabeza—. Hazlo entrar.

Chimalpopoca caminó con cautela, acompañado por cuatro de los hombres hormiga de su abuelo. Se postró ante él.

—Amado abuelo —bajó la cabeza.

Tezozómoc puso los ojos en blanco:

—¿Qué quieres ahora? ¿Ya enviaste mis ejércitos a Chalco? —y señaló a la ventana.

—Antes tengo que pedirte un favor. Me lo ha solicitado Itzcóatl.

—¿Antes? —y comenzó a enderezarse. Maxtla peló los ojos e inclinó el rostro.

Chimalpopoca colocó los dedos en el suelo.

—Abuelo, te pido por favor tu autorización para que mis hombres inicien la construcción del canal de piedra que nos pueda traer el agua de manantial dulce desde la cueva Cincalco, en la montaña de Chapultepec, en este litoral tuyo —y tragó saliva—. Nuestra isla no tiene agua para tomar ni para cultivar. Estamos rodeados de agua salada. El canal que intentamos construir hace años no funcionó. Nos impediste usar roca de base.

El emperador permaneció en silencio. Negó con la cabeza. Maxtla comenzó a hacer lo mismo.

Tezozómoc se le aproximó a Chimalpopoca:

—Nieto, deja de molestarme con eso del "canal de agua", ¿quieres? —le dijo, fastidiado.

—Pero el agua para beber, y la gente que...

—Parece que eres la boca de tu general Itzcóatl. ¿Él te comanda? ¿Él es quien te da las órdenes? ¡No trabajas para los mexicanos! ¡Tú no eres mexica! ¡Trabajas para mí! —y comenzó a pegarle en la cabeza—. ¡No va a haber ese maldito acueducto de los mexicas! ¡El agua que tendrán en esa isla es la que yo les daré! ¿Acaso piensan independizarse?

Chimalpopoca mantuvo la mirada en el piso.

—Yo... Abuelo...

—¿Desde cuándo trabajas para ese estúpido general? ¿Qué es lo que él pretende? —lo miró con ferocidad. Comenzó a caminar a su alrededor—. ¡Te puse en esa maldita isla para que me sirvieras a mí! ¡No a los mexicanos! ¡Por eso te eduqué aquí, en Azcapotzalco! ¡Tú no eres uno de ellos! ¡O acaso ya te convencieron? —le sonrió—. ¿Ahora crees que tú eres mexicano sólo porque tu padre fue el anterior rey en esa ciudad? ¡Yo lo sometí! ¡Tu madre es mi hija! —y lo abofeteó.

Chimalpopoca lo miró a los ojos.

—Abuelo... —se tocó la mejilla.

—Te puse en esa maldita isla para que controles a los migrantes de esa ciudad, para que no abusen del poder militar que les he dado. Deberías de actuar como tu primo Tlacatéotl: ¡él sí mantiene controlados a los mexicas de Tlatelolco! —y miró por la ventana, hacia el norte de la isla.

Su nieto bajó la cabeza.

Tezozómoc le agarró el labio:

—Diles a tus migrantes que yo les di esa isla: que no van a tener ningún acueducto hasta que yo diga. Regresa y dales las órdenes que yo te comando.

Chimalpopoca comenzó a fruncir la cara:

—Abuelo, me pones en una situación muy difícil. Los de la isla no me respetan. Prefieren a Itzcóatl. Temo que se está armando un golpe de Estado.

—¡Entonces mátalo! —y se volvió hacia Maxtla—. ¡Si permites que ese maldito general te haga sombra, me pondrás a mí en aprietos! ¡Debí yo mismo adivinar sobre el estúpido de Itzcóatl! ¡Envíalo a acabar con los chalcas! ¡Y a su regreso, lo matas! ¡Seis ejércitos! ¡Dos batallones! ¡Por mar y por tierra desde Míxquic y desde Tepepan! ¡Me haces arrepentirme de haberte puesto ahí al mando! ¡Porque no lo tienes!

Se volvió de nuevo hacia la ventana. Maxtla lo siguió con la mirada.

—Todo va a estar bien, padre.

Tezozómoc negó con la cabeza. Le dijo a Chimalpopoca:

—Si no cumples con esta sencilla orden, le cortaré a tu ciudad el suministro de armamento —y se volvió hacia él—. Sí. A ti y a Tenochtitlán los dejaré sin armamento, sin las hojas de corte de ninguna clase —y señaló la Sierra de las Navajas—. ¡Tu amado general Itzcóatl se quedará sin flechas, sin obsidiana! —y entre sus dedos acarició la delicada bola de su anillo—. Y entonces, cuando tus mexicas estén indefensos, voy a ordenarle a tu primo Tlacatéotl que los invada desde Tlatelolco, y que él se quede con toda la maldita isla, y que a ti te mate por inepto.

Chimalpopoca tragó saliva. Comenzó a asentir.

—Abuelo, tú eres nuestro sol. Tú eres nuestro señor. Tú eres nuestro papá.

87

En su habitación, Nezahualcóyotl no podía dormir. Se sentía inquieto. Comenzó a percibir presencias dentro, entre las paredes. Vio encima de él a los nueve espejos, en el techo.

—No, no… —se talló los ojos—. ¿Qué sucede…?

Sus reflejos en el techo empezaron a preguntarle:

—¿Quién eres? —y empezaron a llorar todos al mismo tiempo—: ¡Tú no eres nosotros! ¡Tú ya no eres nosotros! ¡Eres un cobarde!

Se sumió en el abismo de una selva, entre ramas que le cortaban la cara, en un bosque fantasmal. Los árboles de la muerte le pasaban por los costados del rostro, deformes, con orugas gigantes. Cada fruto de los árboles era ahora una pulpa, la cabeza cortada de alguno de sus amigos: Coyohua, Tiamintzin, Ócotl, Zacatlahto, Totopilatzin, Télpoch, Tecuxólotl; su primo de Huexotla, Itztlacauhtzin; su hermano Quauhtlehuanintzin; su sobrino Tzontechocatzin, y su nuevo amigo: Tótel-Matzatzin, de Chalco.

Las cabezas estaban llorando. Tenían los ojos arrancados. Comenzaron a volverse líquidas, a derretirse sobre las raíces del árbol, llenas de insectos.

—Te estuvimos esperando en el bosque, Nezahualcóyotl, con Huitzilihuitzin. Nunca llegaste. Nos asesinaron. ¿Por qué nos traicionaste, Nezali?

Detrás del árbol de cabezas muertas apareció una sombra viviente: el cocinero, Kuki Kuni, con los ojos y las manos arrancados. Le dijo a Nezahualcóyotl:

—No alcanzas a ver lo que te están haciendo. Te convirtieron en un payaso. Esto es lo que quería Tezozómoc. Eres la humillación, la decadencia. Traicionaste la memoria de tu padre. ¿Dónde quedó tu fuerza? ¿Dónde quedó tu hombría? *Ani ri dada, mbo ra ri mui. Ya'ä dä Ani.* Despierta a tu papá dentro de ti. Ya es la hora de despertar.

Lentamente salieron uno a uno, de entre las cañas, de las aguas del pantano, Coyohua, Ócotl, Zacatlahto, Télpoch, Tecuxólotl, Totopilatzin e Itztlacauhtzin como muertos, transformados en esqueletos larvados.

—Hijo de Ixtlilxóchitl —le dijo el cadáver de Ócotl—, el abismo está adentro de ti. Debes buscar en tu profundidad: en el mundo de los muertos, en el abismo de lava. El Mictlán, el mundo de la destrucción. Está adentro de tu pensamiento: el abismo de lava. Es tu mente interior. Aztlán no está en el futuro. Aztlán está en el Inframundo. Pregúntale a tu madre sobre el secreto que te ocultó tu padre: quién eres.

Nezahualcóyotl vio que el Cuarto Sol, el de la era tolteca, se volvía verde, se volvía negro, se pudría con gusanos en su viaje al Mictlán, siguiendo al abismo a los tres cadáveres de los tres soles anteriores.

El hermano mayor de Nezahualcóyotl, Quauhtlehuanintzin, le extendió una mano desde la negrura:

—Baja por el Mictlán, hermano, al mundo de los muertos —y de su boca comenzaron a salir renacuajos—. Tienes que sacar de lo profundo de ti algo que nunca antes ha existido —y su cara se llenó de escamas: las escamas de la serpiente Quetzalcóatl—. Tiene que surgir algo nuevo: algo que hasta ahora nadie ha visto —y comenzó a arrancarse la piel, como si fuera una serpiente—. ¡Emerge desde adentro, desde el abismo! ¡Conviértete en algo totalmente reconstruido! ¡Haz tu autocreación! —y su rostro se volvió luz.

Lo despertó una voz:

—¡Mi señor! ¡Está ocurriendo un complot!

Tlacayapaltzin entró corriendo a la habitación de Tezozómoc con un papel de *ámatl*:

—Papá, está ocurriendo un complot —y le mostró el documento.

Detrás de él entró el embajador Chalchiuh, con cuatro de los guardias:

—¡Alteza! Encontramos esto entre las pertenencias del príncipe Nezahualcóyotl —y le mostró un objeto de vidrio, cristalino: una redonda cuenta de ónix.

El emperador, a través de sus ojos membranosos, comenzó a ver dentro de la roca traslúcida. En el cristal distinguió una figura grabada: un ave con las alas abiertas. De su boca salían cuatro glifos: las volutas del sonido.

Levantó la cara.

—¿*Zentzontli*…?

—Así es. La confederación de Tlaxcala —y lo miró a los ojos—. La mujer que trajimos muerta desde el acantilado de Tlaxcala es la princesa Xipencóltzin Cuitlízcatl, hija del tetrarca Tlacomihua. Secretamente, Nezahualcóyotl hizo un trato con sus tíos de Tlaxcala. Pactaron con él para derrocarte.

Tezozómoc abrió los ojos. De pronto, en el rostro de Chalchiuh vio formarse una bola de fuego: era la cara de Nezahualcóyotl con llagas, con erupciones. Luego vio que se transformaba en la cabeza de un jaguar. Éste empezó a abrir las fauces. Tezozómoc se llevó una mano a la cara.

—Debí haberlo matado. ¡Debí haberlo matado! —y comenzó a negar con su cabeza llena de pústulas y escarabajos de bronce incrustados. Le gritó a Chalchiuh—: ¡Tráiganlo! ¡Traigan al maldito bastardo! ¿Vino como agente? —y se volvió hacia la ventana, hacia el agua oscura del lago—. ¿Qué es eso…?

Vio que en el lago se aproximaban setecientas canoas desde la isla mexica. Arriba del palacio, en las almenas, los vigías empezaron a soplar sus caracoles Strombus de alarma, sobre las torres de la muralla.

—¡Traigan al bastardo! ¡Preparen todas las defensas!

En su habitación, Nezahualcóyotl despertó, sudando.

—¡Dios! ¡¿Dónde estoy?! —y saltó de la cama. Miró el lago. Vio las setecientas canoas y embarcaciones que venían desde la isla mexica. Se talló los ojos—. ¡Dios...! ¿Qué está pasando?

Tícpac, el enano, entró por la puerta, alarmado:

—¿Está usted bien, mi señor? ¡Están llamando a todos, hay una alarma! —y escuchó en el pasillo las pisadas de los soldados.

En el corredor, los hombres hormiga jalaron del cuello al cocinero Kuki Kuni con sus bastones y garfios y le atravesaron la quijada.

—¡¿Estabas hablando mal del emperador con el maldito bastardo?! ¡¿Tú le metiste las ideas?!

El enano Tícpac sujetó a Nezahualcóyotl:

—Mi señor, algo malo está pasando aquí —y se volvió hacia el balcón.

Los guardias se aproximaron a la habitación con sus ganchos. Los venía guiando el *nenexólotl*, el arlequín, con sus zapatos rotos y su ropa de colores. Lo acompañaba el enano Tetontli, Piedrita, hermano del pequeño Tícpac. Señaló la puerta:

—Es allí. Es esa puerta.

La derribaron a patadas, despedazando el dintel. Entraron en estampida.

El *nenexólotl* avanzó entre los nueve espejos de ónix. Observó las columnas doradas, el candelabro en el techo. Se introdujo con pasos sigilosos. Miró a los lados:

—Amiguito... ¿Andas por aquí...? ¿Nezali? Te dije que no hicieras olas. Te dije que no investigaras el pasado, que no investigaras las injusticias, que no cuestionaras el sistema; te dije que te acoplaras. ¡Te dije que te doblegaras, que no combatieras a nadie; que te sosegaras en la paz interior, en la espiritualidad; que les permitieras hacerte el daño que ellos quisieran, siempre perdonándolos, siempre olvidando! ¡Te dije que te dedicaras a la relajación! ¡El mundo real no existe! ¡Es tu imaginación! ¡Pero quisiste perder el tiempo en cambiar al mundo! Te dije que la única guerra que debes librar en tu vida es contra ti mismo, porque ¡la culpa de todas las cosas la tienes tú y sólo tú! ¡Te dije que debes ser dócil, tranquilo, obediente! ¡Te dije que debes ser conformista! ¡Sólo Tezozómoc tiene el derecho de modificar la realidad! ¿No lo entiendes? —y caminó a su alrededor—. Tú, en cambio, te llenaste de odio sólo porque mataron a tu padre. ¡No busques culpables afuera! ¡Te enojaste sólo porque existen injusticias en este mundo! ¡No puedes cambiarlas! ¡Resígnate! ¡Haz como todos! Con tu enojo sólo contaminas más el mundo espiritual —y se lanzó sobre la cama, encima de dos bultos cubiertos por las sábanas doradas. Se estaban moviendo, temblando. De debajo salieron aleteando dos guajolotes.

Sacudió la cabeza.

—¡Maldito!

Un metro por debajo de él, dentro de la pared, Nezahualcóyotl y el enano Tícpac avanzaron gateando por uno de los túneles secretos de los aposentos reales de Tezozómoc.

—No debiste arriesgarte por mí —le dijo Nezahualcóyotl a Tícpac—. Todos los que se arriesgan por mí terminan muertos. Lo verás. Van a matarte.

—No, mi señor —y avanzó por el agua llena de los desechos humanos de Azcapotzalco—. Me asignaron para cuidar de usted, y eso voy a hacer —y arrugó su pequeña nariz—. Mi vida aquí es peor que cualquier cosa que pueda pasarme.

Nezahualcóyotl avanzó en la oscuridad, con las rodillas dentro del agua. Negó con la cabeza.

—¿Eres otomí, Tícpac?

—No. Soy de Aztlán.

Nezali se detuvo en seco.

—Un momento... ¿Cómo dices?

De los lados, por las herrerías del túnel, los atraparon dos ganchos, jalándolos de las quijadas.

90

Seis siglos más tarde, la linterna alumbró una antigua coladera en la roca. Estábamos en el tubo de drenaje por debajo de la calle Manuel Acuña y avenida Azcapotzalco, doscientos metros al sur de la catedral de los santos apóstoles Felipe y Santiago. El padre Damiano iluminó una figura en el muro: una espiral. Suavemente la acarició:

—Tícpac —susurró—. Significa "cúspide, cumbre". La cumbre de la tierra es Tlaltícpac —y me miró—. Estamos en el canal de cinco metros de ancho y ochenta centímetros de profundidad que excavaron Ortega y Vargas en 1913. Aquí encontraron un cráneo con agujeros, y huesos de perro y de guajolote. Tenían evidencia de que los habían cocinado.

Asentí con la cabeza. Siguió reptando:

—El mundo prehispánico ni siquiera debería llamarse así —negó con la cabeza—. Ése es un nombre precisamente "hispánico" —me sonrió—. No puedes definir algo por lo que no es, sino por lo que sí es. Su verdadero nombre debería ser Xitan Tinneh, o Tanax, o Mokaya.

—¿Xitan Tinneh…? ¿Tanax…?

—Es la palabra más antigua de los pueblos que poblaron América cuando llegaron por Bering: los na-dené, ancestros de los actuales navajos. Ése sería el nombre de este continente, porque América tampoco debería llamarse así. Es un nombre italiano: por Américo Vespucio. Debería llamarse Tanax, aunque tiene modalidades: "Dene", "Dena'ina", "Tanana", "Ahtna", "Hit'an", "Xitan", "Tanoa", "Tañoan". Es una misma raíz fonética: "dene". Significa "humanos". Los tewa lo llaman "Tha nú": gente. Los comanches lo llaman "Tenahpu" o "Tenapu", es decir, "hombre"; y "Tanú", "nosotros". Los navajos se dicen a sí mismos "diné, dinétah". Los zapotecas, "binni", "gente". Los huastecos, "tenek". Los mayas, "wiinak".

—¿Tanax…?

—Las culturas que habitaban lo que hoy es México, es decir, Mesoamérica, no sólo eran aztecas, otomianas, mayas, zapotecas, mixtecas, totonacas, huastecas o tarascas. Sin embargo, todas tenían algo común en el pasado. Todas eran consecuencia y herencia de una misma cultura previa: la olmeca. Fue la cultura madre. Y los olmecas provenían de los mokaya, identificados así por John Clark y Søren Wichmann. La cultura mokaya es el tronco proto-mixe-zoqueano-olmeca, el origen de todas las civilizaciones que hoy llamamos "mesoamericanas" o del "México prehispánico". Así que tampoco debes llamarlas ya "mesoamericanas", ni del "México prehispánico", sino culturas del "mundo mokaya-olmeca", o "Näs-Kan", que era la frase olmeca-mixe-zoque para decir: Mundo Jaguar.

Seguí avanzando entre las tinieblas. Le pregunté:

—Pero entonces... ¿Nezahualcóyotl estuvo aquí, preso, en el palacio de Azcapotzalco? ¿En este túnel?

—Lo adoptó Tezozómoc, el que había asesinado a su padre. Intentó escapar por aquí.

—¿Pero cómo pudo aceptar eso...? —sacudí la cabeza.

—A veces sucede. Te ofrecen cosas y aceptas. No te das cuenta en qué momento firmas tu pacto de esclavo —y se volvió hacia mí—: Es lo que quieren de ti los del tratado. Ésta es la lección más importante de toda esta historia, Rodrigo: te pueden destruir sin necesidad de armas. Para eso es la manipulación. Sólo necesitan meterse a tu mente, desconectar tu alma, romper tus cables internos. Apagar en ti el motor: tu capacidad de cuestionar.

Asentí en silencio.

—Vaya. Eso es terrible. Creo que nos lo hicieron a todos los mexicanos.

—Ésa es tu misión: tienes que reprogramarlos. Que se haga una reacción en cadena: una reacción de desmanipulación —y en el muro vio un dibujo azteca: una serpiente arrancándose la piel—. Te han hecho odiar tu pasado azteca. También te hicieron odiar tu pasado español. Es hora de cambiarlo todo. Intégralo todo: construye el nuevo imperio.

Silvia Nava le dijo:

—Usted quiere que Rodrigo salga a la calle con un taparrabos y su penacho. ¿Eso es lo que quiere?

El sacerdote siguió avanzando.

—Amiga, en Tokio un japonés no anda por la calle vestido como un samurái, sin embargo, el samurái está en su interior. Si no, pregúntaselo —y le sonrió—. Intenta quitarle a un japonés el samurái que tiene adentro. Él responderá, y lo hará sin dudarlo —y me dijo—: No dejes que destruyan al azteca que llevas dentro. Que no te lo quiten. Que no extingan en ti esa flama que arde en tu interior. Con ella vas a iluminar al resto del mundo.

Detrás de nosotros avanzó, reptando, mi novia Silvia Nava. Nos gritó:

—¡Detesto todo esto! ¡Teníamos que dar una conferencia este viernes! ¡Ya no tengo fuerzas! ¡Estoy acabada!

Seiscientos años atrás, en Azcapotzalco, Nezahualcóyotl y el enano Tícpac fueron llevados encadenados. Con enorme violencia los arrojaron al centro del salón. Era el recinto del sacrificio gladiatorio: el Salón Temalácatl. Había una enorme roca redonda en el piso.

Era un espacio apagado. El disco de roca era una escultura gigante: la monstruosa diosa de la tierra, Tlaltecuhtli, con las fauces abiertas. La diosa tenía los brazos y piernas como garras, hacia los extremos del mundo. Sus uñas salían del piso, como palas. De su boca emergía una lengua a modo de dardo.

El emperador, en silencio, observó detenidamente a Nezali y también al enano Tícpac. Los amarraron a una cruz en la boca de la bestia. Tezozómoc permaneció sentado en su silla de cañas. A su lado estaba Maxtla, con sus musculosos brazos cruzados. Comenzó a arrugar la nariz. Nezali observó la escultura colgante hecha con el esqueleto de su padre: la columna vertebral y el cráneo, con cristales en los ojos. Al interior de su boca habían puesto una planta.

—Es tu padre —le sonrió Maxtla—. ¿Lo reconoces? El gran rey de Texcoco. Mira su corona. Yo mismo lo preparé —asintió—. Dispuse esta estatua para este día: para el día de tu muerte. Ahora estarán juntos de nuevo —y le mostró los dientes—. ¡Traigan a las hormigas!

De los lados del salón, en la oscuridad, se aproximaron los soldados. Depositaron a un metro de Nezahualcóyotl dos jarrones de alabastro.

El emperador se levantó de su silla:

—Hijo mío —le dijo a Nezali—, estas hormigas rojas las trajimos de los arenales de Azcapotzalco para ti. Te las vamos a arrojar —y le sonrió—. *Ya xäjuga donefani*. Las hormigas pardas *donefani*. Son más de cinco mil. Devoran a un coyote en poco más de tres horas. Veremos cuánto se tardan contigo. Tu sangre la beberá Tlaltecuhtli —y asintió—. Muéstrenle a la niña.

Desde la oscuridad, los soldados le aproximaron una escultura colgante hecha con otro cuerpo desollado: el de la princesa tlaxcalteca

Xipencóltzin Cuitlízcatl, hija de Tlacomihua. Los tepanecas habían embalsamado el cuerpo, así que aún mantenía algo de su juventud. El cuerpo estaba adornado con flores.

Nezali bajó la cabeza.

—No. ¡No! —se sacudió al observar el cadáver.

—¡Mira a cuántos has destruido, Nezali! —le sonrió Maxtla—. Toda esta gente murió por ti. Eres el mal. ¡Tú eres tu propio enemigo! ¡Tráiganle a su amigo, el de la cocina!

Los soldados aproximaron, raspando las losas, un cadáver más, sostenido por maderos: era el cuerpo mutilado y colgante del cocinero otomí Kuki Kuni. Le habían arrancado la cara.

Nezali lloró en silencio.

—¡Dios mío! —y se sacudió, anclado a sus amarras.

—Ahora dinos —le sonrió el emperador—, ¿qué negociaste con tus tíos de Tlaxcala? ¿Qué piensan hacer? ¿Vienen aquí a atacarme? ¿Qué hacen allá afuera esas canoas? ¿Se aliaron con los mexicas? —y señaló a la derecha—. ¡¿Tú eres parte de esto?!

Maxtla apretó un látigo de picas. Miró a Nezahualcóyotl.

—¡Contéstale a mi padre! —y le arrojó las puntas de obsidiana al cuerpo. Le arrancó pedazos de piel. Nezahualcóyotl comenzó a gritar.

El emperador se levantó:

—Voy a atormentarte, hijo —y asintió hacia Nezali—. ¿Tienes un plan contra mí? ¿Por eso viniste? ¿Te mandaron para asesinarme? ¿Para espiarme? ¿Les estás enviando mensajes desde tu alcoba?

Con las piernas temblorosas, endebles, caminó enfrente de Nezali:

—Ya tengo todo preparado para una invasión inmediata a Tlaxcala —le sonrió—. Tengo pertrechadas todas las islas que ves ahí, hijo: todos esos fuertes —con su huesudo dedo señaló hacia la ventana de roca—: Aculco, Atlazopa, Nextipan, Tetecpilco, Ticoman, Tepetlatzinco, Iztacalco, Ahuehuetlan, Zacatlalmanco, Mixiucan, Acachimanco, Xocotitlan. Todo está fortificado. No pueden atacarme. Todo es una línea de defensa. Además tengo Tacuba. Es la muralla más grande que existe en la costa. Mi nieto Totoquihuatzin no va a permitir que nadie pase de Popotlan. Tacuba es la puerta de Azcapotzalco. Incendiaremos a cualquiera desde lo alto de la muralla, con ácidos.

Maxtla miró fijamente a Nezali.

Con una fuerza descomunal le azotó el cuerpo de nuevo. El látigo le abrió la carne del pecho a Nezali. Comenzó a chorrearle sangre.

Maxtla le gritó:

—¡Ha comenzado la fiesta de la carne!

Nezali empezó a gritar. Sintió que se desangraba. El emperador y Maxtla comenzaron a reírse de él.

—Dale otro latigazo.

Maxtla se echó hacia atrás. Sacudió los músculos de sus brazos. Miró a Nezahualcóyotl sin parpadear.

—Tu "Dios" no existe. ¿Dónde está ahora para ayudarte? ¡¿Dónde está?! ¡¿Te ha abandonado?! ¡Invócalo! ¡Quiero verlo!

Dio cuatro saltitos hacia atrás. Sacudió la cabeza para destensarse el cuello.

Nezahualcóyotl observó que las pinturas del muro se desfiguraban. También vio las enormes columnas doradas. El fornido Maxtla le dijo:

—He ansiado este momento desde que te conocí. Destruirte. Torturarte —y con fuerza, sudando, disparó el cordel del flagelo. Estalló en las costillas de Nezali.

Yohualli comenzó a reírse, a aplaudir. Le gritó a su hermano:

—¡Bravo! ¡*Nts'anganza*! ¡Es grandioso! —y se tapó la cara.

Maxtla le sonrió a su padre:

—¡Yo soy tu arma más peligrosa! ¿No es cierto? —y le dijo a Nezali—: ¡Eres la bondad! ¡La bondad te hace débil! ¡La bondad debe ser destruida!

Las puntas cortantes de la obsidiana abrieron el cuerpo de Nezali. La sangre caliente chorreaba por sus muslos.

—Me dejé capturar —se dijo Nezali y volvió el rostro al piso—. Me dejé derrotar. Qué fácil acabaron conmigo.

Sonó un crujido.

Se aproximó en silencio, en la penumbra, por en medio de las columnas, una comitiva.

Tezozómoc quedó atónito.

—¿Qué es esto? —y señaló a los intrusos. Vio a sus guardias, inmóviles en sus posiciones, sin mirarlo. Maxtla se quedó paralizado.

—Los navíos que ves allá afuera no son de Tlaxcala —le dijo una voz. Era Itzcóatl—. Son míos. Son mexicas. Son los que me pediste llevar a Chalco, para invadirla —y se le acercó al emperador—. Ahora yo te pido: deja en libertad a este chico. Es mi sobrino. Es mexica —y lo señaló con su cuchillo Xiuh-Cóatl.

Tezozómoc parpadeó, incrédulo.

—¿Cómo te atreves...?

Detrás de Itzcóatl había una formación de cincuenta soldados serpiente.

93

—Itzcóatl era un agente especial —me dijo el padre Damiano—. Era un jefe de operaciones de infiltración, de penetración; un SWAT del pasado; un Navy SEAL azteca. Para eso eran los Hombres Serpiente, los Tlacacóatl. Para eso los había creado Tezozómoc. Eran sus sicarios. En ese momento, por primera vez, su brazo armado se le estaba volteando.

Avanzamos por el canal prehispánico, o mejor dicho, epimokaya o epiolmeca.

Nos dijo:

—Durante años se dijo que el cadáver de Ixtlilxóchitl no lo tenía Tezozómoc en su poder, y que tras morir el tlatoani texcocano, sus leales lo enterraron con honores, mientras Nezahualcóyotl huía. Pero eso no puede ser. Si capturas a tu enemigo, lo que haces es presumir su cadáver. Es lo que han hecho todos los conquistadores; desde los romanos hasta George Bush con Saddam Hussein. Hitler prefirió suicidarse y que quemaran su cuerpo, sabedor de que los Aliados humillarían su cadáver como trofeo, como lo habían hecho con Mussolini: colgándolo y sacándole millones de fotos para avergonzarlo en el futuro.

Sobre las tibias aguas del lago, la embarcación de Itzcóatl transportó a Nezali y al enano Tícpac de vuelta a la isla mexica. Las garrochas de los remeros se hundían en el fangoso lecho lleno de algas.

Itzcóatl observó a los hombres que le estaban haciendo las curaciones a su sobrino: los vendajes, las aplicaciones, con maripenda (liquidámbar), leche de *itzontecpatli* (cardo), pasta de tabaco, miel con sal, aceite de resina de ocote y baba de maguey (*meulli*). Le estaban gritando y cantando los conjuros mágicos de Coatlicue, Nuestra Madre. Las rajaduras de la carne se las estaban cosiendo con cabellos humanos, por medio de perforaciones hechas con punzos de obsidiana. Sobre las curaciones le estaban vaciando gotas de *ulli* (hule) derretido.

Itzcóatl le dijo a Nezahualcóyotl:

—Comprenderás que acabo de declararle la guerra a Tezozómoc. Tiene a sus ejércitos repartidos por todo el Anáhuac.

Nezali permaneció inmóvil. Observó el cielo. Sintió en su carne las agujas de obsidiana.

—E imaginarás —le dijo Itzcóatl— que esto se va a convertir en el infierno. Tezozómoc va a venir con su ejército para destruir esta isla. Yo tengo sólo siete ejércitos de hombres águilas y serpientes. Él tiene todas las flotas navales de Xochimilco, Tláhuac, Ayotzinco, Churubusco, Otompan, Texcoco. Te preguntarás por qué lo hice.

Nezali parpadeó.

—No me vayas a decir: lo hiciste por mí.

Itzcóatl le puso la mano en el tobillo.

—Sí, Nezali, lo hice por ti. Pero no lo hubiera hecho si no tuviera un plan. Así que tengo uno.

Nezahualcóyotl se enderezó.

—¿Lo tienes...? —y permaneció en silencio.

La nave avanzó flotando entre los juncos, hacia la rústica entrada de la isla. El embarcadero de Tenochtitlán era una plataforma de cañas.

Itzcóatl le dijo:

—Somos una isla pobre —y la señaló—. No somos nada. Pero eso está a punto de cambiar para siempre —le sonrió—. Lo vas a cambiar tú.

Nezali abrió los ojos. Su tío le dijo:

—Tú nos diste todas las ideas —levantó las cejas—. ¿Recuerdas? El dique para dividir la región de agua salada del lago y crear en esta isla la operación agrícola flotante más grande del mundo, a semejanza de Xochimilco. También sugeriste apoderarnos del cerro de la obsidiana —y miró al otro lado del lago—. Ya hice mis movimientos —y se le aproximó—. Tú serás el arquitecto de todo esto. Y ahora vas a dar el paso más crucial para ganar esta guerra que se avecina, y que cambiará el futuro del mundo.

95

Caminaron por la ciudad de Tenochtitlán. Pisaron las charcas con sangre. Itzcóalt señaló los barrios de adobe y cañas; los techados de palma, las cercas de magueyes, los cactos. Unos cuantos niños se asomaron por las ventanas, en la oscuridad, con los ojos resplandeciendo como fuego.

—Todo se va a distribuir en cuatro sectores, Nezali. Esta ciudad va a cambiar —y señaló en redondo—. Todo lo estamos reconstruyendo para que tenga un trazo perfecto, como Texcoco.

Nezali pestañeó.

—*Cualli, cualli* —asintió. Miró el ocelote que estaba equilibrándose sobre la barda.

Por detrás de ambos, el pequeño Tícpac, también herido por los azotes, y curado con vendas y suturas, avanzó a tumbos, sobre el fango:

—¡Qué horrible nos azotaron! —y sacudió la cabeza—. ¡Mi Señora Tlaltecuhtli hoy probó mi sangre! ¿Verdad que soy delicioso?

Itzcóatl siguió avanzando. Tomó a Nezali por el brazo:

—Tezozómoc nos dejó salir de su palacio sólo por una razón: porque no quiso enfrentarse a mi flota esta misma noche. Él no actúa por impulso. Es un estratega —y miró a Nezali—. El emperador planifica. Nos va a atacar. Pero lo hará con toda su fuerza, para aniquilarnos. Mandará llamar a sus ejércitos repartidos en todo el Anáhuac. Eso le llevará días.

Se volvió al norte, a Tlatelolco:

—Me va a invadir desde allá, desde Tlatelolco, por medio de su nieto Tlacateotzin, por el canal Tezontlemacoyan. Después va a enviar contra mí sus flotas de Coyoacán y Xochimilco, y la propia flota de Azcapotzalco, que coordina Tayatzin. Luego, para cubrir la retaguardia en tierra, traerá desde el norte los ejércitos que tiene en Cuauhtitlán y Tultitlán, controlados por su hijo Epcóatl y por su bisnieto Tezozomoctli, que es hijo del propio Tlacatéotl —y señaló hacia Tlatelolco.

—Pero dijiste que tienes un plan —le dijo Nezali—. ¿Cuál es?

Itzcóatl lo tomó por el brazo:

—Mi plan eres tú.

Nezali abrió los ojos.

—Lo imaginé.

Se volvió al horizonte de tunas y magueyes.

—Tú conoces a todos —le dijo Itzcóatl—. Anduviste ya por todas las ciudades. ¡Te tuvieron preso en todos los reinos! —y le sonrió, le apretó el brazo—. Es la hora de que actives todos esos contactos que has generado. Necesito que vayas a Tlaxcala. Reactiva lo que comenzaste. Habla con tus tíos: Cocotzin de Tepetícpac, Xayacamachan, Tenocélotl de Huexotzinco y Tlacomihua de Ocotelolco. Convéncelos de que éste es el momento. Ellos no tienen el suficiente armamento, pero esta vez contarán conmigo.

Nezali observó las oscuras aguas del lago. Miró a su tío. Comenzó a asentir con la cabeza.

—Está bien. Vamos a hacerlo. Te voy a traer un ejército de doscientos mil.

Detrás de las cañas del pantano comenzaron a salir figuras humanas, sosteniendo varas: el alto Coyohua, el anciano Huitzilihuitzin, el gigantesco Tótel de Chalco. Nezali vio la barca en la que venían veinte metros al norte. Vio a su hermano Quauhtlehuanintzin, a su sobrino Tzontechocatzin; a Tiamintzin, a Ócotl, a Zacatlahto, a Totopilatzin, a Télpoch, a Tecuxólotl; a Motoliniatzin de Tezmo, y a su primo Itztlacauhtzin, príncipe de Huexotla.

Le sonrió a Itzcóatl.

—Los trajiste…

—Hola, primo —lo saludó Itztlacauhtzin, con su acento texcocano—. Te vamos a ayudar en esta encomienda.

Detrás de él, Nezali sintió a sus otros tres primos, los mexicas Moctezuma Ilhuicamina, Tlacaélel Atempanecatl y el joven Huehue Zaca. Lo tomaron por los brazos.

—Te vamos a esperar aquí, primo. Tú eres hoy nuestra esperanza. Consigue la alianza —y lo abrazaron—. *Nocni. Nocóne. Nonantzin.* Hermano. Hijo. Mamá —y lo besaron en las manos.

96

Nezali salió rumbo a Tlaxcala. Emprendió la travesía al oriente de las montañas con sus trece amigos.

Detrás de ellos vino trotando también el pequeño Tícpac:

—¡No se vayan! ¡Yo también quiero ir!

Tótel avanzó con su imponente porte entre los arbustos. Se montó a Tícpac en los hombros. Lo aseguró firmemente aferrándole las piernitas.

—Yo te llevaré, pequeño solecito —y le dijo a Nezahualcóyotl—: El que va a decidirlo todo es el ejército de Chalco. Tezozómoc nunca ha logrado aplastar a mi tío Toteotzin. Mi tío siempre ha querido destruir Azcapotzalco, convertirse él mismo en el emperador del mundo. Pero los peores enemigos de mi tío son los mexicas. Nunca va a entrar en una alianza en la que participen los mexicas.

Nezali caminó sobre las hierbas. Vio la cañada para entrar por las montañas.

—Tótel, ¿podrías ir tú a negociar con tu tío Toteotzin? Convéncelo.

—Olvidas que asesinó a mi padre.

Nezali le dijo:

—Tótel, ya estamos muertos. Estuvimos muertos desde el día en que nacimos. Sólo estamos luchando para investigar si estamos vivos.

Itztlacauhtzin, príncipe de Huexotla, le dijo:

—Primo, ¿has pensado que todo esto es una fantasía? —y empezó a negar con la cabeza.

—¿Fantasía…? ¿A qué te refieres? —y miró al paso Telapón-Zoquiapan: el futuro paso de Río Frío, autopista México-Puebla.

—Me refiero a que los tetrarcas de Tlaxcala y Huexotzinco no van a meterse en esta guerra. ¿Para qué lo harían? ¿Qué ganarían con ello? —y se mató un mosco en la cara—. Sólo mandarían a la muerte a miles de sus ciudadanos. ¡Perderían la paz en la que ahora viven! ¡Les costó décadas! No se van a arriesgar por ti. ¡Dime una sola razón por la que tus tíos vendrían a una guerra tan horrible contra Tezozómoc! A cambio de qué —y lo miró a los ojos—. ¡Por tu culpa mataron a la hija de Tlacomihua! ¡¿Crees que va a querer ayudarte?!

Nezali siguió caminando, sobre las piedras. Coyohua le dijo:

—Lo más probable es que Tezozómoc ya se nos esté adelantando de nuevo. Enviará a Chalchiuh para pactar con los tetrarcas. Nos van a estar esperando en Tlaxcala y Huexotzinco para capturarnos.

Itztlacauhtzin les dijo a todos, señalándolos con su puñal:

—¡En Tlaxcala sacrifican a los cautivos de la manera más sádica que en cualquier otra ciudad que yo haya conocido! ¡Espero que Nezali no nos esté llevando a Tlaxcala sólo a que nos maten! Si es así, ¡que Dios te perdone!

Adentro del palacio de Azcapotzalco, el emperador comenzó a gritarle a Maxtla:

—¡Dejaste crecer a esos mexicas! —y señaló hacia la ventana—. ¡¿Cómo permitiste que eso sucediera?! —y se llevó las manos a la cabeza. Empezó a arrancarse las grapas de escarabajo. Se le reventaron las verrugas—. ¡La esposa de Chimalpopoca, Matlalatzin, también es mi nieta, es hermana de Tlacatéotl! ¡¿Cómo permitió ella esto?! ¡La esposa del bastardo Itzcóatl, Huacaltzintli, es mi nieta, hermana también de Tlacatéotl! ¡¿Cómo es que no me informaron nada sobre lo que estaba pasando?!

—Padre —intentó sujetarlo.

—¡Lárgate, bastardo! —y con sus duros nudillos le pegó en la cara—. ¡Te desconozco como hijo! ¡Eres un fracaso! Ya no eres mi heredero. ¡Que venga Tayatzin! ¡Ahora Tayatzin va a ser el heredero al trono! —y gritó a sus ayudantes—: ¡Que venga Quauhtli, mi delegado de la zona nahuatlaca! ¡Que venga Tlatólpotl, mi delegado ante las naciones otomíes y tepanecas! ¡Que venga mi hijo Cuappiyo de Huexotla y mi hija Yohualli-Tlayouatl!

Entraron en tropel, desde el pasillo.

—¿Qué pasa, papá? —le preguntó Yohualli. Miró a Maxtla—. ¿Todo bien? —y se acomodó el cabello.

El emperador comenzó a gritarles:

—¡Que nunca se perdone a Nezahualcóyotl! ¡Quiero que lo maten! ¡Me metió en este problema con los de la isla!

Maxtla lo aferró por el brazo:

—¡Espera, papá! ¡Esto lo vamos a solucionar!

—¡Calla, imbécil! —y lo golpeó de nuevo, en la boca—. ¡No pudiste estar a la altura de este imperio! Yo lo construí a partir de nada —y se empezó a pegar en el pecho—. ¡El que me suceda en este trono no deberá opacar mi memoria! ¡Lo mejor empezó y acabó conmigo! ¡Después de mí, el diluvio! —y sonrió para sí mismo. Cerró los ojos.

Comenzó a susurrar, paladeando la lengua—: *Nu'uga'tho mä t'u̱ dí pe̱'tsi, 'natho mä hmäkat'u̱.* De todos los hijos que tengo, uno solo es mi hijo amado —y se volvió hacia el alto Tayatzin—. Tú eres mi hijo amado, *Hmäka.* Tú eres mucho menos ambicioso que Maxtla. Tú nunca vas a opacarme —y les dijo a todos—: ¡Heredo todo el imperio, con todas sus posesiones en las noventa ciudades; con todas sus armas, sus insignias, capitanías y ejércitos, con todas sus minas y chinampas, a mi hijo amado, Tayatzin —y les sonrió a todos. Con debilidad se volvió hacia Maxtla. Le dijo—: A ti te repudio. Tu error fue creerte más que tu padre. No debiste haber existido.

El aire en la habitación se congeló. Maxtla inclinó el rostro en señal de reverencia y dio pasos hacia atrás.

El viejo se llevó las manos al estómago y bufó, apretó los labios, y se arqueó como si con ese movimiento pudiera sacarse de encima un dolor que le iba comiendo los intestinos.

Abrió más los ojos. Intentó ponerse en pie, pero un retortijón lo hundió sobre la estera bellamente adornada con piedras preciosas y turquesas. Sus ojos se volvieron pastosos. Se sumergió en el silencio. Su cuerpo cayó hacia delante, tembló un par de veces y luego sobrevino un eructo inmenso, que olía a muerte, que le estremeció el cuerpo y al fin, el gran emperador Tezozómoc dejó de moverse.

—Ha muerto —susurró Chalchiuh—. ¡El emperador ha muerto!

98

Apenas la noticia salió del palacio una serie de eventos, como predeterminados, empezaron a suceder con la rapidez con la que los mensajeros llegaban a las noventa ciudades controladas por Tezozómoc.

En su nave, Tlacatéotl, nieto del emperador y tlatoani de Tlatelolco, le dijo a su barquero:

—¡Por allá! —y señaló los cañaverales de Popotlan. Vio a su derecha el faro luminoso de la torre de vigilancia del islote Nextitlán, en la entrada lacustre hacia Popotlan: el pórtico de Tacuba y Azcapotzalco. Desde lo alto lo saludaron los hombres hormiga.

Sintió una punzada en el vientre. Su barquero le había sumido el puntiagudo remo de madera en el tórax. Tlacatéotl escupió sangre. El barquero hundió a profundidad el pico. Luego lo giró al interior del cuerpo del tlatoani para reventarle el bazo, los riñones. Vio cómo se le llenaba la boca de sangre.

—*Amotoca in amazteca. Ne mexica* —le sonrió—. Yo no soy azteca. Soy mexica.

En Cuauhtitlán, treinta y dos kilómetros al norte de Tlatelolco, el hijo de Tlacatéotl, el tlatoani Tezozomoctli —o Pequeño Tezozómoc—, bisnieto del emperador, en su palacio llamado Huexocalco, se acercó a su madre, Xiuhtomiyauhtzin, hija del viejo rey de Coatlinchán, Acolmiztli.

Se miraron por un momento, iluminados por las flamas de la chimenea.

Ella tiernamente tomó al joven tlatoani de la mano:

—Si este pueblo al que gobiernas se nos rebela, aplástalo por medio de los pueblos vecinos. Son leales a tu bisabuelo: Tultitlán, Tepotzotlán, Zumpango, Coyotepec, Citlaltépetl. Gustosos destruirán Cuauhtitlán —le sonrió—. A todos ellos los controla tu tío Epcóatl, desde Tultitlán —y señaló al oriente—. Epcóatl tiene en su poder a la hija del príncipe

Tecocohuatzin, tu antecesor, a quien mantienes prisionero —y se onduló el cabello—. En caso de que estos cuauhtitlancalcas se levanten, Epcóatl organizará la invasión a la ciudad con nuestros vecinos, para apoyarte. Te mantendrá en el trono.

—Sí, madre —y comenzó a acariciarla—. Yo voy a controlarlos. Los cuauhtlinchantlacas siempre han sido insubordinados contra mi bisabuelo Tezozómoc.

De pronto, por la espalda lo amarraron del cuello. Comenzaron a meterle veneno en la boca.

—¡Vas a pagar! —le gritaron. Su madre le dijo:

—Cuauhtitlán ya no va a aceptar a ningún tirano. Alianza mexica.

Cinco kilómetros al oriente, en Tultitlán, la hija del príncipe desposeído de Cuauhtitlán, Tecocohuatzin, una bella muchacha de cabellos castaños, observó por la ventana su ciudad, Cuauhtitlán. Vio el palacio de Huexocalco en llamas. Comenzó a sonreír. Cerró los ojos.

Dijo para sí misma:

—El golpe —y acarició su nuevo tatuaje en el brazo: el símbolo de la alianza de Itzcóatl, la serpiente de obsidiana. Se volvió hacia la puerta de la habitación. Vio la silueta de su esposo Epcóatl, el gordo y burdo hermano de Maxtla. Comenzó a apretar en su mano la hoja cortante.

En el palacio Huexocalco, en medio del fuego, la turba comenzó a levantar unos estandartes gigantescos: la serpiente de obsidiana de Itzcóatl, el símbolo de la nueva alianza armada por los mexicas. Empezaron a golpear los tambores. Gritaron:

—¡*Tēahcomanaliztli*! ¡*Icniuhyaoyotl*! ¡Revolución!

En medio de todos, subió el príncipe Tecocohuatzin, recién liberado de su encierro. La turba empezó a aclamarlo:

—¡Tecocohuatzin! ¡Libertad! ¡Tecocohuatzin! ¡Libertad!

El hombre trepó por la muralla de Cuauhtitlán. Observó al oriente, hacia Tultitlán. Le gritó a su hija, esposa del tepaneca Epcóatl:

—¡Hija amada! —y levantó el puño al cielo—. ¡Cuauhtitlán es libre de nuevo! ¡Te voy a liberar también! ¡Mataré a Epcóatl! ¡Hoy termina la opresión! ¡Hoy termina la noche! ¡Ahora voy a sacarte de ahí!

99

En Tenochtitlán, los soldados serpiente entraron trotando al salón de comando de Itzcóatl:

—¡General! ¡Están ocurriendo muchas cosas! ¡Acaba de morir el emperador Tezozómoc! ¡También asesinaron al tlatoani Tlacatéotl, en su canoa! ¡Y a su hijo Tezozomoctli, en Cuauhtitlán!

Itzcóatl permaneció pegado a la ventana. Contempló en silencio el horizonte, al norte. Suavemente sonrió para sí mismo. Se volvió hacia ellos.

—Ya tengo acuerdos hechos con Tayatzin. Él va a disolver el imperio de su padre —y les sonrió—. Acaba de comenzar la era de los mexicas.

100

—¿Fue Itzcóatl?

Esto se lo pregunté al padre Damiano:

—¿Él organizó los golpes? —seguí avanzando con él sobre el canal subterráneo de Azcapotzalco, a la compuerta de acceso al túnel del tren del metro Camarones.

—¡Itzcóatl fue un superconspirador entonces! —le gritó mi novia Silvia Nava, desde atrás. Se recogió el cabello, ahora manchado de excrementos de Azcapotzalco.

Avanzamos empujando el agua oscura con nuestras piernas. El padre nos dijo:

—Qué bueno que lo fue —le sonrió a Silvia—. Sólo necesitas a un Itzcóatl para crear un imperio azteca. Necesitas a alguien que conspire, que esté dispuesto a todo para sacar a su país de la miseria y llevarlo a su máxima grandeza. Alguien con un plan, con inteligencia. Conspirar no es lo malo. Lo malo es no conspirar, porque entonces lo hacen tus enemigos. Y créeme: todas las potencias lo hacen.

—¡¿Usted habla de conspirar?! ¡¿Qué clase de sacerdote es usted?!

Yo sacudí la cabeza:

—Yo quiero que surja alguien con grandeza que quiera sacarnos hoy de esta mierda —le dije. Miré hacia abajo, en mis pies: el canal lleno de heces. Las sentía en mis piernas.

Silvia comenzó a negar con la cabeza.

—¡No puede ser cierto! —y le mostró al sacerdote la luminosa pantalla de su celular—. ¡Aquí dice que Itzcóatl no mató al señor Tlacatéotl de Tlatelolco: fue Maxtla, el de Azcapotzalco! ¡Tampoco asesinó a Tezozomoctli en Cuauhtitlán! ¡Mire! ¡Fue un suicidio!

—No creas todo lo que ves en tu celular. Itzcóatl fue quien manipuló los libros de historia que llegaron a ti, es decir, la base de todo lo que tú has leído. Itzcóatl quemó los libros anteriores a él en cuanto llegó al poder y se volvió el primer emperador azteca. Él creó la nueva historia.

La editó. Él inventó el pasado: lo que hoy conocemos. Fue el primer maquillador histórico.

—¡Eso no es cierto! ¡Qué absurdo! ¡No puede ser!

—Fue Itzcóatl el que creó la última versión que hoy tenemos sobre Aztlán: la llegada de los mexicas a "México-Tenochtitlán"; la historia del águila y la serpiente parados sobre un nopal. ¡Todo eso nunca sucedió! ¡Todo lo inventó Itzcóatl!

—No, no, ¡no! —se llevó las manos a la cara—. ¡Usted está destruyendo todo lo que yo creo! ¡No voy a oírlo! ¡Prefiero los datos que me hacen sentir segura!

—En cuanto a las muertes de Tlacatéotl y Tezozomoctli, es verdad que Fernando Alva Ixtlilxóchitl dice en su *Historia chichimeca* que "Tlacateotzin se pudo escapar por entonces, entrándose en una canoa grande cargada de preseas de oro y pedrería y tomando la vía de Tetzcuco se fue huyendo por la laguna. Los tepanecas dieron tras de él y lo alcanzaron en medio de ella y lo alancearon". Y en su *Historia general de esta Nueva España* puso una versión casi igual de lo mismo: "Tlacateotzin se entró en la laguna huyendo en una canoa, en medio de ella le alcanzaron [...], le dieron lanzadas y lo mataron". Pero Alvarado Tezozómoc escribió en su *Crónica mexicáyotl*: "A este Tlacateotzin le mataron, ahorcándole, en Atzompan, los de Aculhuan, por lo que a causa de ellos dió comienzo, en el año mencionado, la guerra en el Tepanecapan". Entonces, yo les pregunto a ustedes: ¿lo lancearon en una canoa en el lago o lo ahorcaron en Atzompan, que es hoy Ozumba, en la falda oeste del Popocatépetl? ¿Cómo pueden matarte en dos lugares al mismo tiempo?

Yo le dije:

—Una incoherencia más entre los cronistas.

—Así es, Rodrigo. Esto sólo demuestra lo poco confiables y frágiles que son las fuentes que tenemos sobre toda esta historia. Cuando los españoles hicieron escribir todo ese pasado, éste ya había sido alterado décadas antes. El propio Itzcóatl lo había modificado todo cien años atrás, en 1429, borrando lo que él ya no quería que llegara al futuro. Llenó la narrativa con pasajes artificiales que hicieron ver a los mexicas como los protagonistas, como los héroes de todo el pasado. Si algo enseña la historia, es que la historia se inventa en el futuro. Si quieres saber qué ocurrió realmente en el pasado, requieres de algo diferente a la historia: la polistoria, la reconstrucción forense del pasado.

—¿Reconstrucción forense...? —abrí los ojos—. ¿"Polistoria"?

—La reconstrucción detectivesca, poligráfica, policiaca del pasado a partir de comparar las muchas versiones contradictorias que existen, que son heredadas de testigos que por supuesto tienen intereses y tendencias. Polistoria es sacar la verdad a partir de muchas "verdades" subjetivas, conjugándolas, colisionándolas unas contra otras, como si se tratase de la investigación de una escena del crimen.

—¿Como si fuera la investigación de un crimen…?

—Los autores de *México a través de los siglos* se enfrentaron a este problema: el general Vicente Riva Palacio y el arqueólogo Alfredo Chavero, en 1884, así lo expresaron: "Veamos si del laberinto de crónicas contradictorias puede salir la clara verdad […]. Nos descubren […] cómo en este punto han andado descuidados los escritores antiguos y se advierten en ellos contradicciones notorias […]. Querer acordar estas diferencias es cosa imposible […], pero ya que queremos escribir la historia, hagamos por lo menos cuanto esfuerzo podamos para fijar la verdad de los hechos".

Siguió avanzando. Le dije:

—La verdad de los hechos…

—Por cinco siglos muchos historiadores se han tragado y repiten como pericos las historias que hicieron los "cronistas" de la Nueva España, que no cuadran unas con otras; que presentan añadiduras tan fantásticas, tan infantiles y tan mitologizadas que sólo puede aceptarlas un retrasado mental. Las han tragado sin cuestionarse; sin intentar siquiera deconstruir estas fuentes, comparar sus contradicciones y formar con ellas una tabla, una megaestructura, a partir de la cual comenzar a reconstruir el pasado verdadero, lo que realmente sucedió. Por eso los mexicanos actuales no tienen una identidad, o la que tienen es una imagen fracturada, semejante a un Frankenstein, con partes que no encajan. ¡Es natural! ¡Por eso pueden ser utilizados por todos los demás países! Cuando no tienes identidad, naciste para ser un esclavo.

—¡Diablos! ¡Hablan de ese Itzcóatl como si fuera el Padrino! —y negó con la cabeza.

—Lo era —le dijo el padre Damiano—. Tienes que ser como el Padrino. Si no actúas así, no llegas a emperador. Todos lo hacen. Itzcóatl no hizo nada diferente a lo que cualquier hombre de poder hace en el mundo. El que no conspira es aplastado por los que sí lo hacen. Les pido a ustedes que comiencen a hacerlo, como país. Se llama estrategia.

—¡Usted no puede hablar así! ¡Usted es un sacerdote!

—Amiga, cuando quieres defender a quienes amas, tienes dos opciones: la moral clásica y la moral real. Pero lo realmente inmoral es no defender a tu país.

En el muro, junto a una puerta de hierros, vimos un letrero. Estaba mojado por el agua. Decía con letras oxidadas: AZTLAN 1325 SCJN.

Maxtla permaneció en silencio, apoyado en el borde de la ventana. Miró al infinito, el vacío, el lago. Se llevó una mano al centro del pecho, a su corazón, al sol negro tepaneca. Debajo decía con glifos: MÄ DADA. MÄ HYADI. Mi Padre. Mi Sol.

Lentamente se llevó la punta del cuchillo al tatuaje. Comenzó a raspárselo, para arrancarlo.

—Te voy a borrar —le dijo—. ¡Te voy a borrar! —y con la punta se arrancó el pedazo de piel. Empezó a llorar.

En la lejanía del propio palacio escuchó los cánticos, los tambores, las risas. Era la fiesta de la entronización de Tayatzin. Lentamente cerró los ojos. Recordó las últimas palabras de Tezozómoc: "Tu error fue creerte más que tu padre. No debiste haber existido".

Se llevó la punta del puñal al cuello, a la base de su garganta. Comenzó a cortarse la tráquea.

—¡Señor Maxtla! —le gritó una voz.

Abrió los ojos. Retrajo el cuchillo de la nuez de su cuello.

Era Tetontli, el enano, Piedrita.

El pequeño bufón se le aproximó por la espalda con diecinueve generales del imperio. También llegaron dos nobles: Quauhtli y Tlatólpotl. Se perturbó.

—¿Qué pasa? ¿Van a arrestarme?

Los hombres lo miraron de arriba abajo. Observaron su cuerpo: musculoso, pintado de rojo, con las cicatrices de guerra. Su tatuaje del pecho estaba sangrando. También la garganta.

Tlatólpotl le mostró un *ámatl*. Le dijo, con su acento otonca:

—No queremos a un emperador que sea débil o temeroso. Necesitamos a un hombre que sea ambicioso, que quiera creerse más que su padre —y le empujó el documento a la cara, para que lo leyera—. Lo queremos a usted. Todos los aquí presentes estamos de acuerdo para dar el golpe.

Los observó en silencio. Eran los veintiún mandos militares supremos. Comenzó a asentir.

—¿Están dispuestos a desafiar una orden directa de mi padre?

Entraron juntos de vuelta al salón de los festejos.

Tayatzin estaba rodeado por sus invitados. En una mano tenía su tubo de tabaco, el *acáyetl*. Suavemente lo metió a su boca. En el paladar sintió el delicioso aroma caliente del tabaco. En la otra mano tenía un ramo de flores. Les dijo a los embajadores, sonriéndoles:

—¿Saben? Mi primera orden es ir contra Itzcóatl. Háganlo ahora —y dejó salir el humo caliente—. La siguiente es ir contra Chalco. Ese Toteotzin debe pagar por lo que le hizo a mi padre.

El delegado Tlatólpotl colocó las manos alrededor del cuello del príncipe.

—¡Tú no tienes la maldad que necesitamos! ¡Estamos enfrentando una guerra que está comenzando! —y le arrancó de la boca el *acáyetl* que estaba fumando—. ¡Tú no eres el hombre indicado para dirigir el imperio de Azcapotzalco! —y le clavó el *acáyetl* en el tórax.

Todos en el salón comenzaron a gritar, despavoridos, aterrorizados. Los soldados hormigas se precipitaron desde los costados, para golpearlos. Se inició una batalla entre dos cuerpos de hombres hormiga: los golpistas de Tlatólpotl y los que aún defendían a Tayatzin.

Tlatólpotl levantó la mano de Maxtla:

—¡Éste es nuestro emperador! ¡Maxtla! ¡Maxtla! ¡Maxtla! ¡Maxtla! ¡Tayatzin está muerto! ¡Que esta noche inicie una nueva edad para Azcapotzalco! ¡Que nuestro nuevo emperador sea mucho más grande y poderoso que su padre!

Los ojos de Maxtla brillaron. Aún sangraba su corazón. Sin embargo, comenzó a recibir una lluvia de flores sobre su cuerpo: eran Lalax Xóchitl o Perla Azteca, la flor de naranjo de Azcapotzalco.

Cerró los ojos. Empezó a levantar los brazos.

En Tenochtitlán, el noble Ayáxac Tícic se acercó trotando al *cihuacóatl* Itzcóatl:

—¡Mi señor! ¡Acaban de matar a Tayatzin! —y le mostró el papel—. ¡Los nobles de Azcapotzalco dieron un golpe de Estado! ¡Nombraron a Maxtla!

Itzcóatl lentamente se volvió hacia abajo. Extendió la mano para que Ayáxac le entregara el papel. Comenzó a negar con la cabeza. Miró a su sobrino Tlacaélel:

—Te lo dije. Estuvo a punto de ser perfecto. Pero era previsible —y comenzó a levantarse de su asiento de huesos barnizados. Lentamente caminó a la ventana. Contempló Azcapotzalco. Vio las flamas subir desde el castillo. Empezó a negar con la cabeza—. Ahora nos enfrentamos a un enfermo mental.

El joven asesor abrió sus ojos felinos. Asintió.

—Además tenemos otro problema —le dijo—. El tlatoani Chimalpopoca no quiere desafiar a Maxtla. Acaba de anunciarlo ante los hombres del *calmécac*.

Itzcóatl tomó a Tlacaélel por el brazo.

—Vamos.

Caminaron juntos por el corredor Quachic del *calmécac*, seguidos por Ayáxac Tícic. Éste le dijo:

—Dice Chimalpopoca que Maxtla es su familia; que él no puede actuar contra su tío, que su abuelo se molestaría.

—Su abuelo está muerto —le dijo Itzcóatl. Se aproximó a los dos sacerdotes que estaban esperándolo en el *calmécac*: Tlacotzíncatl y Zaxáncatl, llegados desde Tacuba. Ellos le dijeron al general:

—Está en el templo —y señalaron hacia dentro—. Sigue llorando por Tezozómoc.

—Síganme —les dijo Itzcóatl. Lo acompañaron todos: Tlacotzíncatl, Zaxáncatl, Tlacaélel y Ayáxac Tícic.

Entraron al salón donde estaba Chimalpopoca. Se encontraba en Tlatlacápan, el Huitzcalli, el salón del templo o Casa del Colibrí, dedicado al general Mexi-Huitzilton.

El rey estaba en el corredor del salón, en medio de sus mujeres, conversando con ellas. Ellas estaban vestidas con sus *cuéyetl* de color negro con rojo grana. Se volvieron hacia Itzcóatl. A dos de ellas las reconoció el general: Tezcatomiyauh y Xiuhtoma.

Detrás del joven rey estaba trabajando su escultor favorito. Se encontraba cincelando la estatua del dios Techuxílotl. La cara de la deidad era la del propio Chimalpopoca, quien le sonrió al general Itzcóatl.

—¿General? ¿En qué puedo ayudarlo? —y acarició a la bella Xiuhtoma.

Itzcóatl permaneció a cuatro metros del monarca, inmóvil, sobre las losas.

—Te amo, amado Chimalpopoca. Pero yo ya no soy azteca. Yo soy mexica. Ha empezado la era mexica.

Los sacerdotes Tlacotzíncatl y Zaxáncatl arrojaron sus pesados látigos de obsidiana contra la cara del rey. Le arrancaron pedazos de carne. Las mujeres comenzaron a gritar, embarradas con la sangre del nieto imperial. Zaxáncatl tomó el mazo del escultor. Con toda su fuerza lo estrelló contra la cabeza de Chimalpopoca. El cerebro del tlatoani, caliente y pulsante, se embarró contra los rostros de las damas.

Zaxáncatl comenzó a amarrar el cuerpo del rey con una cuerda que sujetó alrededor de su cuello y de sus brazos.

—Vamos a decir que esto lo organizó Maxtla —le gritó el sacerdote Zaxáncatl a Itzcóatl—. La gente va a creer todo lo que usted les diga.

103

—Y así fue —nos dijo el padre Damiano Damián.

Corrimos por el callejón Marconi, en el centro de la Ciudad de México, al corazón de la misma: el Zócalo, el origen de todo. Nos dijo:

—Por seiscientos años se les ocultó a los mexicanos la verdad: el Imperio azteca está basado en un asesinato político. Un rey mexica, Itzcóatl, asesinó a otro rey mexica, Chimalpopoca. Ese asesino se convirtió en el primer emperador de Tenochtitlán, y creó la historia que conocemos, el pasado. Borró su crimen.

—¿Por qué ocultaron eso? —le pregunté.

—Hasta ahora lo están investigando los que tienen el valor para hacerlo, tanto arqueólogos como historiadores. Carlos Santamarina Novillo, de la Universidad Complutense de Madrid, en su informe "La muerte de Chimalpopoca. Evidencias a favor de la tesis golpista", lo dice: "Las fuentes son en su mayoría coincidentes al afirmar que Chimalpopoca de Tenochtitlán y Tlacateotl de Tlatelolco fueron asesinados por Maxtla [...]. Es la que aquí llamaremos versión oficial por ser la mantenida por la clase dominante azteca que encontraron los españoles [...]. Una segunda versión [...] sostiene, por el contrario, que se trató de una conspiración dentro de la cúpula del poder tenochca, que dio muerte a Chimalpopoca y organizó un levantamiento general contra el Imperio tepaneca". Es decir, dirigida por Itzcóatl. Alfredo Chavero y el general Vicente Riva Palacio lo denunciaron también: "Se inventaron las dos fábulas: una que [a Chimalpopoca] lo había mandado matar el señor de Azcapotzalco [Maxtla], la otra que él mismo se había ahorcado, preso en esa ciudad [Azcapotzalco] pero aparece ya como verdad que los tenochca dieron muerte a su rey [Chimalpopoca] [...]. Los cronistas que atribuyen la muerte de Chimalpopoca a Maxtla, colocan hacia la misma época la de Tlacatéotl", el tlatoani de Tlatelolco, también nieto de Tezozómoc. Sin embargo, la muerte de este último también fue adulterada por la Reingeniería del Pasado que hizo Itzcóatl.

—¿Reingeniería del Pasado…? —le pregunté.

Silvia Nava sacudió la cabeza:

—¡No me importa el pasado! ¡Viva el ahora! —y comenzó a golpearse la cabeza—. ¡¿Por qué hablan de lo que ya sucedió?! ¡No se traumen! ¡Piensen en el futuro, en el tratado!

—Miguel Ángel Ruz Barrio y Juan José Batalla Rosado concluyeron que "la relativa abundancia de fuentes referentes a Tenochtitlán nos ha permitido demostrar el asesinato de Chimalpopoca, como tlatoani tepaneca-tenochca, por instigación de Itzcóatl". Carlos Santamarina sacó a la luz una carta que estaba perdida de Pablo Nazareo al rey de España Felipe II, hijo de Carlos V: "Chimalpopoca […], por haber hecho traición a los mexicanos, fue condenado a muerte y privados sus descendientes de dignidades". Por su parte, la *Crónica mexicáyotl* de Alvarado Tezozómoc dice, en su capítulo 185, que "entonces mataron furtivamente los tepanecas [de Azcapotzalco] a Chimalpopoca", como si hubiera sido orden de Maxtla; pero María Castañeda de la Paz, de la Universidad de Sevilla y del Instituto de Investigaciones Antropológicas de la UNAM, tiene razón cuando cuestiona esta versión: "Lo sorprendente es que a Chimalpopoca lo mataran los propios tlacopanecas [tepanecas súbditos de Azcapotzalco], por los estrechos lazos que tenía con esta casa real, de ahí que como explica Carlos Santamarina […] serían Itzcóatl y Moctezuma I quienes estuvieran detrás de su muerte. La verdad es que la única manera en la que ambos podían alcanzar el trono en Tenochtitlán era con la eliminación de Chimalpopoca, no obstante la ilegitimidad de Itzcóatl [pues] algunas fuentes […] señalaban la baja condición social de su madre, a la que tachaban de esclava o verdulera de Azcapotzalco".

Silvia le gritó:

—¡Padre Damiano! ¿Está usted diciendo que asesinar a un rey es la única forma de llegar al poder si uno es hijo de una verdulera?

El padre Damiano trotó por la calle de Tacuba, por el costado norte del enigmático Palacio de Minería:

—Xavier Noguez, en diciembre de 2015, escribió: "Se menciona que Chimalpopoca […] había sido ejecutado por tepanecas de Tacuba con un discreto apoyo de Itzcóatl, el primer Motecuhzoma y el *cihuacóatl* Tlacaélel. Quizá la razón de esta acción fuera la cercanía de Chimalpopoca respecto a Tezozómoc y Maxtla", quien era su tío. Por su parte, Daniel Díaz y Jaime Montell dicen: "Del crimen [de Chimalpopoca] hay dos versiones: una dice que fue asesinado por soldados enviados por

Maxtla con el fin de detener el creciente poderío mexica; la otra afirma que fue su sucesor, Itzcóatl". Dejo a la inteligencia de ustedes, jóvenes, el veredicto forense final sobre este crimen histórico del cual se derivó el surgimiento de México y de nuestra presencia aquí esta noche; así como nuestra existencia misma.

Observé la fachada tétrica del Palacio de Minería. Le pregunté:

—Padre Damiano, ¿por qué no saben esto los mexicanos?

—No se cuenta en las escuelas. A los niños se les enseña la "historia de bronce".

—¿"Historia de bronce"?

—Carlos Santamarina Novillo lo dice: "El detonante de la llamada Guerra tepaneca (1428-1430) fue la muerte de Chimalpopoca por orden de Itzcóatl". Esto fue lo que desencadenó en realidad el estallido de la guerra entre Azcapotzalco y Tenochtitlán, de la que surgió el Imperio azteca, la era mexica. Santamarina dice también que "posteriormente, la historia oficial mexica se encargaría de hacer recaer la culpa de la muerte de Chimalpopoca en el propio Maxtla, a quien, como a su padre, califican de tirano". Jaime Montell dice: "En Tenochtitlán reinaba Chimalpopoca, nieto de Tezozómoc, quien era obstáculo para los deseos de expansión de los mexicas, quienes necesitaban un líder guerrero que los capitaneara". Ese líder fue Itzcóatl. Fue un golpe de Estado.

—¿"Golpe de estado"? —se alarmó Silvia—. ¡Usted y sus conspiraciones! ¿Por qué voy a creerle más a usted que a lo que me enseñaron en la escuela?

—Montell dice más —me dijo el padre—: "Chimalpopoca fue asesinado [...]; el crimen, como suele suceder en los asesinatos de la realeza, quedó sin aclarar. Los mexicas culparon a Maxtla [e] Itzcóatl [...] fue coronado como cuarto tlatoani de Tenochtitlán. Era guerrero maduro y valeroso [...], tío de Motecuhzoma Ilhiucamina y Tlacaélel. Itzcóatl, Motecuhzoma y Tlacaélel formaban parte de una 'facción dura' que pugnaba por una rebelión que alejara a Tenochtitlán del vasallaje tepaneca", de Tezozómoc y Maxtla. "Por largo tiempo habían tenido comunicación secreta con Nezahualcóyotl, sobrino de Itzcóatl."

Yo seguí avanzando por la calle empedrada, entre los faroles de la era colonial española:

—¿Cuál era el secreto que quería borrar Itzcóatl? ¿El de su madre...? ¿Que era una "verdulera"...?

—Itzcóatl es el secreto de todo, Rodrigo. Aztlán, el dios Huitzilopochtli... la serpiente y el nopal... la historia de los cinco soles... la profecía del Sexto Sol. Todo es un mismo complejo psicológico: es la proyección de la propia mente de Itzcóatl —y observó hacia el fondo siniestro de la calle: el Zócalo de la Ciudad de México.

—No... —Silvia ladeó la cabeza—. ¿Todo...?

—Itzcóatl hizo la Reingeniería del Pasado más grande que se ha conocido en la historia del mundo, bueno, sin considerar las que antes hicieron el emperador Shi Huang Ti de China y el emperador Octavio Augusto de Roma, que de plano inventaron el origen de sus imperios, borrando el pasado.

A mi derecha vi el Museo del Ejército Mexicano. En su pared de color ladrillo vi las estatuas metálicas de Itzcóatl y Nezahualcóyotl. Tragué saliva.

Detrás, el padre Damiano nos dijo:

—Con esto no busco demeritar la imagen de Itzcóatl. De ninguna manera. Al contrario. Cuando cada mexicano tenga en la cabeza que en su interior vive un Itzcóatl, entonces van a refundar México, y el Imperio azteca resurgirá, con todo su poder.

Empecé a sacudir la cabeza. El padre me gritó:

—Rodrigo Roxar, la mitad de la historia de tu país es falsa: una "historia de bronce" que inventaron los políticos, los sacerdotes, los cronistas, los emperadores. Cada régimen moldeó y manipuló la historia para que su poderío estuviera sustentado en el pasado, con héroes inventados o modificados a su gusto. Esto pasa en todos los países, y en todas las épocas. Ocurre en los Estados Unidos, en Inglaterra, en Japón. México no es la excepción. Lo hacían los romanos, los asirios. Debes reescribir la historia para modificar la percepción de ti mismo y así lanzarte a conquistarlo todo. La Reingeniería del Pasado.

—¡Eso no es ético! —le gritó Silvia.

Continuamos avanzando por la calle Tacuba. El padre nos dijo:

—La mejor forma de detectar una Reingeniería del Pasado es cuando los acontecimientos que se describen no cuadran, o presentan "agujeros de guion", problemas de lógica, "fallas en la matrix". Significa que alguien los imaginó o los alteró. Cuando una historia es fantasiosa y rebuscada, significa que alguien la manufacturó con una Reingeniería del Pasado hace muchos siglos —me sonrió—. La historia que hoy se cuenta sobre Nezahualcóyotl y sobre el nacimiento del Imperio azteca son crónicas llenas de fantasías, historietas infantiles con muchos detalles bobos, añadidos por escribanos contratados. El general Riva Palacio los señaló —y abrió una compuerta—. Por el amor a los mexicanos actuales, tenemos que redecodificar el pasado, por medio de la polistoria.

Nos detuvimos por un momento en el cruce de las calles Tacuba y Allende, a veinte metros del Café Tacuba.

Avanzamos por la acera.

—Rodrigo —me dijo—, Itzcóatl fue quien le dio la forma final al mito original de Chicomóztoc y Aztlán, para incluir en él a los mexicas. Prepárate para saber la verdad. Los mexicas no eran aztecas. Nunca lo fueron. De hecho: todos lo eran, excepto los mexicas.

Silvia empezó a golpearse la cabeza:

—¡Dios…! ¡Dios…! ¡Dios…! —y se volvió hacia abajo—. ¡Esto no puede ser! ¡No puede ser!

Comencé a negar con la cabeza.

—Esto es… ¿escalofriante…?

El padre Damiano nos dijo:

—El arqueólogo Eduardo Matos Moctezuma lo dice: "Aztlán […] no se sabe a ciencia cierta en dónde se encuentra […] o si en realidad nunca existió […]. [Respecto a] los mexicas es evidente que muchas de las ideas sobre su lugar de procedencia […] están tomadas de relatos de pueblos anteriores". Los tlaxcaltecas, los xochimilcas y los chalcas eran aztecas; los tepanecas eran aztecas o decían serlo, pues afirmaban venir de Aztlán, fuera o no un lugar real. Los mexicas no. ¡Ellos arribaron después! ¡Es como si los actuales mexicanos chicanos que han cruzado como mojados a los Estados Unidos de pronto dijeran que ellos llegaron desde Inglaterra en el barco *Mayflower*! Se llama Apropiarse del Pasado Ajeno por Motivos de Prestigio y para Adquirir los Derechos de tus Opresores. Todos lo hacen en la historia. También se llama "Robar la Anterioridad".

Sacudí la cabeza.

—Me siento como un perro al que le informan que no es perro.

—Rodrigo, la pregunta ahora es: ¿Aztlán existió en verdad?

Nos detuvimos frente al muro de un edificio en el cruce de la calle Tacuba con Motolinía. El sitio estaba deteriorado: las ventanas apagadas, la pared llena de grafitis. Con su linterna el padre iluminó la pintura burda hecha con aerosol. Silvia me acompañó y señaló algo sobre la pared.

—Alguien estuvo aquí —dijo el padre, y con el dedo borroneó la pintura de spray. Era un dibujo de colores: la fundación de México, la ciudad de México-Tenochtitlán. Un grupo de mexicas bajaba de una canoa y otros caminaban descalzos en el islote hacia el peñón donde había un nopal, y encima de éste, un águila devorando una serpiente. Decía AZTLAN-1325.

Tragué saliva. Me volví hacia el sacerdote.

—¿Qué nos va a decir usted ahora? —le dijo Silvia—. ¿Quién pintó esta basura?

—En realidad, los mexicas tomaron esta águila de la historia fundacional de los tlaxcaltecas, que era anterior. Es el águila que guió al tlaxcalteca, bisnieto de Xólotl, Quánex Culhuatecuhtli, también llamado Culhua Quánez, proveniente de Chicomóztoc, al valle de Tepetícpac, donde fundaron Tlaxcala. El águila es Camaxtle, el pájaro de las cuatrocientas voces. Es el Huitzilopochtli de los tlaxcaltecas. Los mexicas simplemente clonaron el mito.

—Diablos —me dije. Llevé la mano a mi bolsillo. Comencé a sacar mi billete de cien pesos. Ahora estaba arrugado, mojado, con sangre, lodo y caca. Lo desdoblé. Junto al rostro de Nezahualcóyotl, vi al pájaro de las cuatrocientas voces.

104

Caminamos en la oscuridad. Con mi celular en mano, le dije al padre:

—Según mi lógica, la clave "AZTLAN 1325 SCJN" significa la "Plaza de la Fundación" —y señalé hacia delante—. Está frente a la Suprema Corte de Justicia de la Nación, calle José María Pino Suárez número 2, junto al Zócalo, a un lado del Palacio Nacional. Es una escultura monumental. La construyó Juan Olaguíbel. También se llama Monumento a la Mexicaneidad. Es una fuente.

—¿Una fuente? ¿Vamos a bañarnos? —me gritó Silvia.

—Retrata en bronce el momento exacto en el que se supone fue visto por primera vez el nopal con el águila encima, devorando a la serpiente, el supuesto día 17 de julio de 1325, cuando los mexicas llegaron a fundar Tenochtitlán.

Seguimos caminando en la oscuridad. Sentí presencias a mi espalda. Eran tres hombres ebrios. Silvia se aferró a mi brazo.

—Cuídame, soy tu prometida.

El padre Damiano sonrió y señaló el lugar:

—En el pasado, ese lugar fue la Plaza del Volador: el poste de Huitzilopochtli. Son las coordenadas de geolocalización 19.4327 y 99.1333.

105

En ese mismo lugar, en la Plaza del Volador, seiscientos años antes de que nosotros camináramos hacia ella, en la explanada de fango con sangre, al pie del poste totémico del colibrí Mexi-Huitzilton, el general Itzcóatl comenzó a tallar la punta de su cuchillo.

Observó la obsidiana: sus brillos de color verde. Se le aproximaron gritando:

—¡General! ¡Mataron a nuestro rey! ¡Mataron al joven Chimalpopoca! ¡También mataron a su guardia, a su hijo Tecuhtláhuac y al general Teuctlehuacatzin!

Itzcóatl se enderezó. Observó el movimiento en la plaza: los guerreros serpiente y los águila. Cargaban y apilaban costales de arena y tierra sobre las plataformas: los preparativos para la guerra.

—Demonios... no lo sabía... —les sonrió. Observó los pertrechos: madera, vigas, costales, arena.

Comenzó a caminar por la plaza. Lo interceptaron los veinte jefes de las tribus de Tenochtitlán, los jefes de los *calpulli*:

—¡Itzcóatl! ¡En Tlatelolco ha sido nombrado un nuevo tlatoani: un chico llamado Cuauhtlatoa: la "Voz de Águila"!

—Lo sé —le sonrió—. Yo lo coloqué en ese trono.

Al norte, en Tlatelolco, el nuevo tlatoani Cuauhtlatoa, de dieciocho años, nieto de Tlacatéotl y bisnieto de Tezozómoc, levantó por encima de su cabeza el largo estandarte rojo de seda, con la imagen blanco con verde de la serpiente de obsidiana: el símbolo de Itzcóatl.

Les dijo a sus hombres:

—La era en la que los mexicas de esta isla estábamos divididos norte contra sur ha terminado. ¡Desde este día Tlatelolco y Tenochtitlán somos ciudades hermanas! *Amotoca in amazteca. Ne mexica.* Nosotros no somos aztecas. ¡Somos mexicas! —y mostró en su pecho la serpiente de Itzcóatl.

Sus hombres, los tlatelolcas Cuachayatzin, Atepocatzin, Tecatlatoatzin y Callatlaxcaltzin, originarios de Amáxac, lo vistieron con la larga manta real del trono, también de color rojo. En su mano colocaron el cetro de arena cristalizada: presea real de Tlatelolco. El joven de ojos risueños los miró con ternura. Les dijo:

—Vayan al bosque del Monte Tláloc. Encuéntrense con mi hermano Nezahualcóyotl en el camino a Tlaxcala. Su negociación con esa ciudad es crítica para el futuro. Ayúdenle en esta misión diplomática. De ella depende todo.

En Tenochtitlán, los nobles Ayáxac Tícic y Ekalmech le colocaron a Itzcóatl la corona: la diadema Xiuhhuitzolli, hecha de oro con turquesas.

—Ahora tú eres nuestro rey.

Derramaron aceite sobre su cabeza. El sacerdote Tézcatl, Espejo, le puso en la nariz la nariguera tolteca Xiuhyacamitl, hecha de jade, que había pertenecido a Chimalpopoca. A su lado colocaron la caja con el cadáver del joven rey asesinado. Itzcóatl se volvió hacia el cuerpo. Miró su rostro, sus ojos cubiertos con flores. Adentro de la boca tenía una fruta: un *xócotl*. Suavemente le sonrió.

—Perdóname, sobrino mío —y cerró los ojos—. Te amo. Pero tengo que defender a mi pueblo —y bajó la cabeza. Apretó los puños en silencio.

A su alrededor se formaron dos filas de treinta soldados serpiente. Le mostraron los puños en el pecho: el símbolo de Itzcóatl, la cabeza del reptil.

—¡*Nocóne*! ¡*Nocni*! ¡*Nonantzin*! ¡Eres mi hermano, mi hijo y mi madre!

Por su lado derecho se le acercó su sobrino Moctezuma, con un documento:

—Maxtla acaba de cerrarnos el tránsito hacia todas direcciones en el lago. Es un bloqueo naval. Hay cuatro mil botes de las flotas de Xochimilco, Coyoacán, Acolman y Texcoco rodeando nuestros puertos. No podemos salir ni recibir mercancías o suministros de nuestros aliados. Les prohibieron cualquier transacción con nosotros. En nuestras bodegas tenemos alimentos sólo para tres o cuatro semanas, armamento para dos o tres batallas. Después de eso, estaremos indefensos, o tendremos que usar armas de caña.

Itzcóatl lo miró fijamente.

—¿Qué más?

—Vienen hacia acá los ejércitos de Maxtla con un frente de seiscientas canoas desde Tacuba, Iztapalapa y Tepeyac, con catapultas y quebradores por tierra.

Ambos miraron en las tres direcciones.

Itzcóatl lentamente entrecerró los ojos. Observó Azcapotzalco. Vio la línea de barcos:

—Amado Ilhiucamina —le dijo a Moctezuma—, ahora te nombro comandante supremo de todos los ejércitos de Tenochtitlán y Tlatelolco. Vas a defender esta isla de la inminente invasión, con mando sobre un total de cuarenta mil hombres de las dos ciudades mexicas.

Sobre la cabeza de Moctezuma colocó el Cuatepoztli Tzitzimime, el casco de la muerte. Le dijo:

—Ahora tu nombre es Tlacochcálcatl de la Alianza Excan Tlahtoloyan. Serás mi sucesor cuando yo muera.

Moctezuma asintió con la cabeza.

—Sí, tío. Pero evitaré que tú mueras.

Itzcóatl señaló hacia Azcapotzalco:

—No dejes que vuelvan a humillar a los mexicas —y lo agarró por el cuello—. ¡Vamos a transformar la realidad de una forma que nadie ha imaginado! Si tu pasado te condena a ser un esclavo, ¡entonces modifica tu pasado! Nadie tiene por qué decirte lo que eres —y lo sacudió—. Y si tu destino no es lo que tú deseas, entonces destrúyelo. La función principal de un hombre es modificar su pasado y su futuro. Tú crearás el destino, ¡no los demás! —y con toda su fuerza le ajustó el cinto Tlacochcálcatl en el pecho—. Ahora la realidad va a cambiar.

A las faldas del volcán Tláloc, al norte del Iztaccíhuatl y del Popocatépetl —en la futura localidad de San Dieguito, treinta kilómetros al oeste de Calpulalpan, Tlaxcala, y a cincuenta kilómetros de Apan—, Nezahualcóyotl avanzó con sus trece compañeros entre las hierbas, hacia el paso por detrás del volcán, al valle de Tlaxcala por la vía norte.

Cansados, se desplomaron sobre las rocas. Estaban en el bosque llamado Tezcutzinco, el Pequeño Texcoco. Por la izquierda, se le acercaron a Nezahualcóyotl sus tres antiguos sirvientes del palacio de Texcoco, con los rostros manchados de ceniza: Colícatl, Calminilólcatl y Tecpan:

—Hermano Nezahualcóyotl, nosotros vamos a ser tus guaruras desde ahora. Necesitas protección —y le mostraron sus raquíticos músculos—. Nosotros seremos tus guardias personales.

—¿Ustedes? —los miró de arriba abajo. Les sonrió—. Bueno, está bien —y siguió avanzando.

Señaló hacia Tlaxcala:

—Hermanos, estamos a veintiún horas caminata. No tenemos tanto tiempo —y se volvió en dirección a Tenochtitlán—. Voy a pedirles a Tzontechochatzin y Zacatlahto que se adelanten a Tlaxcala. Son los que trotan más rápido —y los tomó de las manos—. Hermanos, por favor pidan personalmente ver a Tlacomihua de Ocotelolco —y cerró los ojos—. Díganle que lo aprecio mucho. Que lamento lo que…

Su primo Itztlacauhtzin lo sujetó por el brazo:

—¡Todo esto es un fracaso!

Nezahualcóyotl se zafó. Le dijo a Coyohua:

—Por favor, tú ve a Huexotzinco, con los que conocimos: Tenocélotl, Xaya Camechan, Temoyahuitzin, Chiyauhcohuatzin y Texochimatitzin, los generales supremos de Tlaxcala y Huexotzinco. Llévales el mensaje. Que te acompañe Zeotzíncatl —y se volvió hacia éste.

Nezahualcóyotl empezó a encomendar mensajeros para todas las ciudades al borde o cercanas al lago.

—Nezali —le dijo Coyohua—, por favor. ¿Cómo vamos a lograr conciliar a todas estas naciones y conseguir estas alianzas si todos los pueblos han estado enfrentados entre sí durante muchos años? Y especialmente odian a los mexicas.

Nezali lo miró a los ojos, con lentitud. Les dijo a todos:

—Dependo de ustedes: ustedes son los emisarios para un proyecto que puede cambiarlo todo. Tenemos que pensar diferente. No quiero que se odien unos a otros. ¡Eso ya pasó! ¡Eso ya terminó! Desde ahora todos somos hermanos, incluso los tepanecas. Ya no hay xochimilcas, cuauhtlinchantlacas, acolhuas, mexicas, otomíes, tlahuicas, huexotzincas, tlaxcaltecas. Desde ahora todos somos aztecas. Somos hermanos. Aztlán no es un lugar en el pasado, de donde salieron siete tribus. Así no fue. Eso nunca ocurrió. Aztlán no está en el pasado: está en el futuro. ¡Somos nosotros! Aztlán es la reconciliación del mundo. ¡Es cuando las tribus, las naciones de todas las regiones de la tierra, se unifican! ¡Todos! ¡Ser azteca no es una raza! ¡No es un país! ¡No es una tribu! ¡No es una religión! Ser azteca es una forma de ser: es una decisión. Ser hermanos. Todos en este mundo somos aztecas.

Señaló una piedra, hacia una blanca y larga garza que estaba sobre ella, limpiándose las patas. Agitó su larga cola de encajes:

—¡Ella es *áztatl*! ¡*Áztatl* es la garza! ¡De ahí viene la palabra Aztlán! ¡Las garzas son el símbolo el alma, el símbolo de los humanos! Todos somos hermanos, señores. Todos somos como esas garzas.

Suavemente tomó a Coyohua por el brazo:

—Y si ves a alguien con desesperanza, dale el calor de la existencia. Tú tienes en tu interior el océano de fuego, porque está contigo Ipalnemohua. Busca la entrada de esa misteriosa cueva que has visto en sueños. Siempre ha estado ahí. Es una puerta real. ¿Qué hay ahí? Ahí te está esperando el que creó el universo —lo miró fijamente—. El lugar de las siete cuevas también es real. Existe. Pero no está en el pasado. No es de donde alguna vez salieron siete tribus, sino donde un día se encontrará de nuevo toda la familia humana. Es el Sexto Sol.

Cuarenta kilómetros al oriente, en la barranca de Calnapanolco, en el bosque de Tetzcutzinco, el paje Télpoch, Nezahualcóyotl, sus nuevos guaruras: Colícatl, Calminilólcatl y Técpan; su joven sobrino, Tzontechochatzin; y el enano Tícpac caminaron entre las ramas sobre el arroyo de rocas.

La luz de la luna creaba un bosque de reflejos en las hojas.

Nezahualcóyotl caminó por el agua, sobre las piedras filosas.

Sintió el agua fría en sus tobillos y dedos. Miró al oeste, entre las ramas. De pronto, distinguió a una figura humana que se movió. Se detuvo. Empezó a abrir la boca.

—Un momento... —y detuvo a Tícpac. Lentamente se volvió hacia los lados.

Por detrás, sus guaruras Colícatl, Calminilólcatl y Técpan comenzaron a temblar.

—¿Qué está pasando?

Nezali se volvió a su derecha. Vio la figura de un humano que estaba tensando una cuerda de flecha, apuntando hacia él.

Nezahualcóyotl sintió en los tobillos el agua que corría alrededor.

Las ramas empezaron a sacudirse, a quebrarse. Todos se mantuvieron inmóviles, espalda contra espalda. Escucharon los gritos:

—¡*Cahuaqui in amo yaotlatquitl*!

Nezali se volvió hacia atrás, empuñando su cuchillo. Las sombras se aproximaron entre las ramas y las hojas: docenas de hombres, con arcos apuntándoles a las caras.

El pequeño Tícpac alzó las manos:

—¡Yo no hice nada! ¡Fue él! —y señaló a Nezahualcóyotl.

Télpoch le susurró a Nezali en el oído:

—Mi hermano, ¿cómo se supone que "nunca debemos rendirnos" en esta clase de situación?

Empezaron a bajar todos esos hombres. Iban vestidos con pectorales anaranjados y máscaras de paja y madera, envueltas en largos pelambres, con ocho ojos incrustados en ellas, simulando los de las arañas.

Nezali se quedó inmóvil.

Comenzó a levantar los brazos.

—¡¿Te vas a rendir?! —le preguntó Télpoch.

—No me distraigas, estoy pensando… —y pestañeó.

Eran aproximadamente sesenta hombres.

Se volvió hacia el que tenía una máscara de murciélago.

—¿Tú eres el líder? —y lo señaló con el cuchillo.

—Ya va a intentar convencerlo —le susurró Tícpac a Télpoch—. Cada vez que lo hace, alguien muere.

El que tenía el mascarón del murciélago le dijo:

—Tus tíos de Tlaxcala te mandan un mensaje.

108

En Tenochtitlán, los soldados Ahuatle de Azcapotzalco, guerreros Chinche o Anfibios, comenzaron a desembarcar por cientos. Saltaron de las barcas acorazadas, blandiendo sus mazos de picas *cuáhuitl* contra las frentes de los mexicas, reforzados a la retaguardia por la línea de arqueros de Otompan. Un kilómetro atrás estaba la línea naval. Corrían en paralelo las isletas Huacalco, Xochimanca, Nextitlán, Mazantzintamalco y Xocotitlan, con catapultas que disparaban contra Tlatelolco y Tenochtitlán.

—¡Están entrando! —gritó una mujer en la plaza, llorando. Tenía a sus dos hijos en brazos. Trotó en el lodo; sus pies se hundían en el fango. Los soldados mexicas la empujaron:

—¡Quítese! ¡Está en la zona de fuego!

Ella vio el borde del lago. Se erigió ahí, como un monstruo, una enorme torre, semejante a una langosta, con tenazas. Era la artillería tepaneca. Empezaron a levantarse otras doce torres.

—¡Quítese! —le insistieron. Uno de ellos la alejó de la explanada.

Vieron volar por el cielo la primera esfera de fuego. Pasó por encima de ella. Cayó por detrás, en el centro cívico, junto al poste de Mex-Huitzilton, sobre el templo en construcción. La cúpula estalló en pedazos.

Otro proyectil de doscientos kilos voló por el aire, girando en el cielo, lanzando ráfagas a los lados, como si las escupiera. Se impactó contra la estructura de adobes de la basílica de Toci Coatlicue. La fragmentó, volando las pieles humanas y la escultura de Tonantzin. Los pedazos se dispersaron como rocas incandescentes, volándoles las cabezas a los soldados.

Comenzó una lluvia de bolas de hule endurecido bañado en brea incendiaria.

La plaza de Tenochtitlán era un mar de fuego con humo. Los nenexólotl y los sacerdotes salieron despavoridos a las calles con banderas de paz:

—¡Debemos rendirnos! ¡Debemos rendirnos! —gritaron en náhuatl—: ¡Que nos perdone Maxtla! ¡Detengan esta guerra! ¡Sólo Itzcóatl quiere esta guerra!

Al frente del combate, con su *macuahuitl* estrellado contra la cara de un tepaneca, Tlacaélel se volvió hacia Itzcóatl:

—¡Mira allá! —señaló los caseríos—. ¡Los payasos de Maxtla están haciendo que se rinda la gente!

Itzcóatl arrojó su garrote contra el capitán tepaneca llamado Pahyadi. Se enderezó, mojado en sangre. Arrancó el mazo de la cabeza quebrada.

Vio a los arlequines, que le gritaban a la gente:

—Ellos son la verdadera arma del imperio.

Tlacaélel trotó con su arma en la mano. Giró en el suelo, sobre el fango, esquivando el fuego aéreo. Se tapó la cabeza con su escudo de madera con cubierta de algodón. Comenzó a correr hacia el grupo de familias que estaban escondiéndose, levantando estandartes blancos desde detrás de los maderos, gritando:

—¡Perdónennos! ¡Nos rendimos! ¡Nosotros no queremos esta guerra!

Se colocó frente a ellos. Eran mujeres, hombres adultos, jóvenes. Los miró extrañado.

—¿Qué están haciendo? —e inclinó la cabeza.

Se le aproximó uno de los arlequines. Le gritó:

—¡Tú nos quieres destruir a todos! ¡Tú y tu maldita guerra! ¡Estamos mejor con Azcapotzalco! ¡Amor! ¡Perdón! ¡Olvidar el pasado! ¡¿Para qué nos enfrentamos contra ellos?! ¡Dependemos de ellos para todo!

Tlacaélel sacudió la cabeza. Se limpió la sangre de la cara.

—¿Te gusta pagarles impuestos? ¡Es dinero tuyo!

—¡Confrontarlos no tiene sentido! ¡Sólo nos va a traer más problemas! ¡Míralos! ¡No podemos contra ellos! ¡Son superiores en todo! ¡Nos van a aplastar! —y señaló la rivera, en el futuro cruce de avenida Reforma con avenida Hidalgo, la cortadura de Tlaltecayohuacan.

Los tepanecas estaban matando a cientos de mexicas, rebanándolos como a animales. Empezaron los gritos de las mujeres, los alaridos.

—¡Tú y tu sanguinario tío quieren que toda esta gente muera descuartizada! ¡No somos nada contra los tepanecas! ¡Detengan esto ya! ¡Estúpidos! ¡Les van a cortar los brazos, las cabezas! ¡Esta guerra es sólo de ustedes dos, que quieren el poder! ¡Dejen en paz a los ciudadanos! ¡Todo esto puede ser evitado si ahora mismo ustedes se rinden!

Tlacaélel vio a la multitud de señoras y hombres adultos, de más de cincuenta años, que le estaban gritando:

—¡Asesino! ¡Asesino! ¡Asesino! ¡Asesino! ¡Acaba tu maldita guerra! ¡Preferimos a Maxtla!

Empezó a negar con la cabeza.

—¿Qué no ven que él les roba lo que cosechan?

—¡Eso no importa! ¡Queremos vivir en paz, tranquilos!

Tlacaélel caminó frente a la gente. Sobre su cabeza volaron los proyectiles de alquitrán y resinas. Le pasó rozando una llamarada de humo caliente.

—¡Ellos son muchos! ¡Son más que nosotros! —le gritó una señora—. ¡Mírelos! ¡Dependemos en todo de los tepanecas! ¡Nuestra economía! ¡Nuestra educación! ¡Y si acaso les ganáramos, empezaría una crisis! ¡Sin ellos nosotros no somos nada! ¡Toda nuestra economía depende de ellos!

Tlacaélel la miró sin parpadear:

—Señora, de eso se trata este esfuerzo que estamos haciendo. ¡Podemos ser nosotros la economía de la que dependan los otros! —y le sonrió—. ¿Por qué creyó usted que tenemos que ser inferiores?

Un *nenexólotl* le gritó:

—¡Esto es una fantasía! —y comenzó a golpearse la cabeza—. ¡Teníamos paz!

—¡Una paz como esclavos! —y le apuntó con el filo de su cuchillo—: ¡¿Esto es lo que tú quieres?! ¡¿Quieres que mi gente sea siempre esclava de otros?! ¡¿Viniste a manipularlos?!

El arlequín lloró.

Con su brazo, tembloroso, Tlacaélel lo señaló a la cara. Por sus costados pasaron flechas:

—Que la gente elija —y se volvió hacia la señora. Le gritó—: ¡Hoy podemos morir por la libertad o vivir por siempre en la inferioridad! ¡¿Por qué ellos tienen el derecho al triunfo?! ¡¿Nosotros no?! Yo sólo les digo una cosa: ustedes van a elegir. ¡De la elección que tomen este día, de lo que decidan en este momento del tiempo, va a depender lo que será el resto de sus vidas, así como el destino de sus hijos! ¡¿Quieren para ellos la grandeza o la sumisión?! ¡¿Quieren para ellos el poder o la inferioridad?! —y se volvió hacia el *nenexólotl*—: Siempre va a existir una opción más fácil, rendirse, doblegarse, traicionar —y en silencio los miró a todos, sin parpadear—: No luchar siempre será más fácil. No alzar la voz. Esconder la cabeza. Permitir que otros abusen de ti y de los que amas. Tener la paz del vencido, del payaso. ¿Eso es lo que quieren para sus familias? ¿Eso quieren ustedes para sus vidas? ¡¿Algún día va a cambiar esta historia?!

109

—El mayor enemigo que vas a enfrentar en esta vida no son tus adversarios, sino tus propios miedos, y los de quienes amas.

Eso me lo dijo el padre Damiano. Me tomó por el hombro. Miré la estatua. Estábamos en el lugar. Coordenadas 19.4327 y 99.1333, frente a la Suprema Corte de Justicia de la Nación, donde seiscientos años atrás había sido la Plaza del Volador, la columna de Mexi-Huitzilton.

Me aproximé a la escultura monumental creada por Juan Olaguíbel: la Plaza de la Fundación, el Monumento a la Mexicaneidad; la fuente. Silvia me acompañó también.

Observé en silencio a los cinco personajes humanos moldeados en bronce. Parecían estar emergiendo del agua; todos ellos presuntos mexicas de hacía setecientos años. Ahora eran de color verde, por la oxidación. Aparecían asombrados, congelados en el tiempo; absortos ante un nopal, también de bronce, sobre el cual estaba parada un águila devorando una serpiente. Debajo decía: JULIO 17, 1325-FUNDACIÓN DE TENOCHTITLÁN.

Le dije al padre Damiano:

—Entonces... ¿este suceso nunca ocurrió...?

Él se aproximó:

—Cada quien dice una fecha: 17 de julio de 1325. O 13 de marzo de 1325. O 20 de junio de 1325. Elige la que prefieras.

—¿Ese hombre es Tenoch...? —le preguntó Silvia. Señaló al protagonista de la escultura: un musculoso azteca de larga capa.

—En realidad, Tenoch es un nombre mítico —le dijo—. Un topónimo, o "nombre geográfico". Tenoch significa "tunal", pues "*tétl*" es "piedra" y "*nochtli*" es "tuna". ¿No es casualidad que un líder que se llamaba Tenoch desde antes de llegar al tunal, llegase precisamente a un tunal, a un *tenoch*? Eso sería por sí mismo más llamativo y profético que la profecía por parte de Huitzilopochtli de encontrar un águila, y hasta el águila saldría sobrando. Esto se llama "toponirismo": la creación de mitos sobre el lugar en el que vives cuando no sabes por qué llegaste ahí. El mito se inventa mucho muy lejos en el futuro, en reversa, hacia atrás en el tiempo, para explicar tu origen. Los de Roma lo hicieron. Inventaron que los fundó un "Rómulo", ya que querían entender por qué su ciudad se llamaba "Roma". Ellos no lo sabían porque en realidad el nombre era mucho más antiguo que ellos: el lugar había estado habitado desde siglos atrás por los etruscos. En el idioma etrusco, el fluir del agua se decía "ruma", y así llamaban al río Tíber, el "Rumon". Los romanos, al desconocer todo esto, inventaron a los personajes Rómulo y Remo, y luego creyeron que realmente habían existido.

Me tomó por el brazo.

—Rodrigo, a nadie le gusta decir que no sabe o no entiende su origen. Cuando no lo sabes, lo inventas. Se llama "confabulación". Tu subconsciente te fabrica las explicaciones. Tú mismo ¿te acuerdas de tu nacimiento?

—Ehh…

—Seguro que no. Alguien te tuvo que contar lo que hiciste, si te echaste pedos al nacer, si lloraste, si te vomitaste en el doctor o en tu mamá. Los pueblos, en toda la historia humana, han creado mitos para explicarse lo que no entienden, y la mente a veces te juega sucio. Te hace creer que el invento es verdad.

—Entonces, Tenoch… —y miré la estatua.

—¿Esto es la "historia de bronce"? —le preguntó Silvia.

—Hija, todos los países tienen una "historia de bronce". Ha servido para unificar naciones, para darles identidad, patriotismo, valores. Ésa ha sido la parte positiva. El problema es cuando la historia de bronce envenena a los pueblos: los vuelve idiotas y les borra su verdadero pasado. Les elimina las explicaciones verdaderas de las cosas: del porqué están como están, puesto que los recuerdos de lo verdadero les fueron borrados. Un país que no sabe su verdadera historia es como una persona con amnesia. Todos pueden abusar de ti a gusto. Estás indefensa.

Observó detenidamente las efigies del monumento:

—Lo que Itzcóatl hizo fue borrar el verdadero origen de los mexicas, y creó otro mucho más grandioso. Ellos en realidad no habían llegado de Aztlán, como pretendió Itzcóatl con su colosal reingeniería del pasado. De hecho venían de un origen mucho más humilde: los malinalcas y los matlatzincas del valle de Toluca, pueblos del ramo lingüístico otomiano-otopame y otomangue, mucho más emparentados con los otomíes; todo lo cual queda comprobado porque Itzcóatl y Tlacaélel olvidaron borrar un nombre en el mito editado: Malinalxochitl, la madre de Copil, que es la tuna roja o "corazón" que supuestamente había engendrado a este nopal, justo en este lugar donde ahora se encuentra este monumento que estamos viendo.

Silvia le preguntó:

—¿Por que se llama "historia de bronce"? ¿Es por estas estatuas?

—Así es —le sonrió—. El concepto lo acuñaron pensadores como Paul Valéry, Antonia Pi-Suñer, Luis González y González. Se llama así por estatuas como ésta, que son de bronce. Generalmente en los países los héroes oficiales que imponen los gobiernos se colocan en plazas como ésta y casi siempre están hechos de bronce, siempre verdosos por el óxido, el "cardenillo", acetato de cobre —y en la base de la escultura señaló el texto:

Id y ved un nopal salvaje: y allí tranquila veréis un águila que está enhiesta. Allí come, allí se peina las plumas [...], ¡allí está el corazón de Copil [...], allí les haremos ver: a todos los que nos rodean allí los conquistaremos! ¡Aquí estará perdurable nuestra ciudad de Tenochtitlán! El sitio donde el águila grazna, en donde abre las alas; el sitio donde ella come y en donde vuelan los peces, donde las serpientes van haciendo ruedos y silban! ¡Ése será México Tenochtitlán, y muchas cosas han de suceder!

—"Y muchas cosas habrán de suceder..." —me dije. Miré a mi alrededor: los gigantescos edificios de la Ciudad de México—. Y sucedieron...

Observamos al mexica hecho de bronce.

—Éste no es Tenoch —le dije al sacerdote—. Es Itzcóatl —señalé su diadema imperial, su capa—. Es él mismo, el que creó este mito. Es un mito hermoso. Al crearlo, creó una nación, y creó un sueño.

Me aproximé a la estatua. Hice una genuflexión ante el tlatoani que a Silvia le arrancó una carcajada. Le dije:

—Señor Itzcóatl, yo ya no voy a creer en Tenoch, pero voy a creer en usted, en lo que usted hizo por el mundo y por México. Seré como usted. Si usted lo logró, yo también lo voy a lograr —y miré la plaza, hacia el Zócalo—. Vamos a transformar la realidad, una vez más, de una forma que nadie ha imaginado —y observé los objetos de la plaza.

Silvia volvió a sonreír.

—Estás mal del cerebero, Rodrigo, tú y este sacerdote que nos ha paseado toda la noche para decirnos cosas que un niño cualquiera sabría...

—Puedes tener el derecho a no creer la verdad, pero ¿entonces eso qué dice de ti? —le dije, ya enojado.

La plaza de pronto comenzó a transformarse en lo que había sido seiscientos años atrás, como si las calles volvieran a llenarse de lodo, a ser de tierra apisonada sobre campos de nopales y rocas; como si de pronto empezaran a aparecen en el espacio figuras fantasmales: espectros del pasado, los seres humanos que habían vivido ahí en las eras remotas; como si después de seis siglos, ahora por fin fueran a volver a la vida.

110

Treinta y cinco kilómetros al oriente, los hombres con mascarones de murciélago le entregaron a Nezahualcóyotl un atado de tela. En su interior había un mechón de cabellos, anudados. Olían a flores.

—Son los cabellos de la princesa Xipencóltzin —le dijo el hombre al entregar el presente—. Su padre quiere que tú los tengas.

Nezali los llevó a su rostro. Cerró los ojos. Los puso en sus labios.

—Vinimos a ayudarte —le dijo el hombre. Detrás de él, empezaron a salir los agentes de la confederación tlaxcalteca: Tlotlililcauhtzin y Tlatlalpantzin Cuitlízcatl, hermanos de la princesa. Se le aproximaron también Coyohua, Zeotzíncatl, Callatlaxcaltzin de Tlatelolco, Callaxóchitl de Cuauhtitlán, y sus auxiliares Cuachayatzin, Atepocatzin, Tecatlatoatzin, Chichanitzin, Tiuhcoatzin y Coatzin.

—Los tetrarcas y comandantes de Huexotzinco y Tlaxcala están con nosotros —le sonrió Coyohua—: Tenocélotl, Xaya Camechan, Temoyahuitzin, Tlacomihua, Cocotzin, Huitlalotecuhtli, Taxcayohua Chiyauhcohuatzin y Texochimatitzin. Representan un ejército de ciento setenta mil hombres. Vas a contar con ellos mañana.

Por la derecha de Nezahualcóyotl bajó hacia él su enviado Maxtlapiltzin.

—¡Tenemos de nuestro lado a los generales rebeldes en Coatlinchán! ¡Van a rebelarse contra Quetzalmaquitztli, sobrino de Maxtla!

Por la izquierda bajaron al arroyo Tiamintzin, Ócotl, Tehuitzitzilin, Tochin y Zacatlahto. Le dijeron:

—Tienes también al rey de Chollolan. Te ofrece siete mil soldados.

Se aproximaron por las rocas siete hombres otomíes, vestidos con trajes de color morado:

—Hola, Nezali. Tu amigo Coácoz, de la sierra de Patlachiuhcan, del puesto de Olopan, en Zacaxachitla, recibió tu mensaje. Lo está propagando por los pueblos. Aquí te traigo cinco otomíes de estas montañas. Te van a ayudar a pasar por todos estos terrenos: son Nochcoani, Nolin, Coatltlalolin, Tato y Xochtónal —y los señaló.

Coyohua tomó a Nezali por el hombro:

—¡Lo estamos logrando! Esta guerra se va a ganar no en los campos de batalla, sino con todas estas negociaciones que están ocurriendo. Éste es el verdadero campo de combate: la concertación y la diplomacia —y señaló a todos los reunidos—: ¡Creo que ya puedes decir que ganaste esta guerra! —y le levantó el brazo—. Estás creando la mayor alianza militar que se ha visto en la historia de la guerra.

Nezali comenzó a caminar entre todos esos hombres, de muchas naciones, vestidos, credos y razas.

Avanzó chapoteando sobre las rocas. Le dijo al hombre del mascarón de murciélago:

—Dile a Tlacomihua que voy a pelear teniendo este mechón de cabello justo aquí conmigo —y colocó los cabellos de Xipencóltzin en su corazón.

El hombre comenzó a quitarse la máscara. Por la derecha llegó Quauhtlehuanintzin, el hermano de Nezahualcóyotl, junto con Totopilatzin y Tecuxólotl:

—¡Nezali! ¡Ya visitamos a Toteotzin, rey de Chalco! Quiere que pagues por la muerte de su hermano —y jalaron por los brazos al enorme Tótel-Matzatzin—. Quiere que pagues ¡ganando!

Tótel le dijo:

—Mi tío te ofrece noventa mil soldados de Chalco y Tlalmanalco —y le entregó un cordel dorado—. Se unirá contigo mañana, para comandar personalmente a sus tropas. Dice que más te vale hacerlo bien, que vendrá a supervisarte, "muchacho". Te quiere ver mañana derrocando a tu hermano Yancuiltzin. Mañana tú te convertirás en el rey de Texcoco.

—¡Pero no tienen el armamento! ¡¿Cómo pueden atreverse a intentar eso?! ¡¿Están dementes?! —y con gran violencia golpeó la mesa de los mapas. Se trozó la madera.

Quauhtli y Tlatólpotl observaron la poderosa espalda de Maxtla. Lo vieron abatido, apoyado contra la ventana. Respiraba como un animal.

—¿Ustedes qué opinan? ¡Maldita sea! ¡Hablen! ¡Ustedes son mis delegados generales de todo el imperio! —y se volvió hacia ellos. Los miró sin parpadear—. ¡¿Les cortaron la lengua?!

Los ministros se volvieron hacia abajo.

Entró por el corredor el general en fuerza del ejército imperial: Mázatl.

—Te envía esto el líder de la tetrarquía de Tlaxcala: Cocotzin de Tepetícpac. Es su respuesta a tu petición de alianza.

Maxtla comenzó a ladear la cabeza. Se aproximó al canasto que Mázatl había colocado sobre la mesa. El cesto tenía ropas.

—¿Qué es esto?

Se lo acercaron.

Maxtla observó los ropajes de combate enviados por el tlaxcalteca: un uniforme de soldado zorro. Incluía la máscara de ese animal. Debajo de la misma había una nota, con manchas de sangre. Maxtla tragó saliva. Comenzó a desdoblarla. Las palabras estaban escritas con sangre. Con ganchos, dados, lazos y limas decía:

Estas ropas son tu traje de guerra, para que te lo pongas. Te lo envío para declararte la guerra. También te mando un recuerdo de tu embajador Chalchiuh.

Retiró la parte inferior de las prendas. Vio la cabeza cortada de Chalchiuh. En la boca tenía incrustada una mazorca de cristal, mojada con la sangre del embajador.

En Tenochtitlán, una niña de cinco años trotó sobre el lodo a los brazos del tlatoani Itzcóatl. Por el cielo estaban cruzando flechas con fuego y bolas de las catapultas de Azcapotzalco.

—¡Mi señor!, ¿qué va a pasar si perdemos? ¿Qué nos van a hacer ellos? —señaló los embarcaderos—. ¿Qué van a hacerles, a nuestros papás?

Itzcóatl se volvió hacia las casas. Las personas estaban ocultas tras las ventanas, asomadas por los resquicios. Suavemente tomó a la niña de la barbilla.

—Chiquita, tú tienes mi promesa. No les va a pasar nada. Ni a tus papás ni a ti, ni a nadie que amas —y le acarició el cabello. Escuchó a sus espaldas una explosión. No parpadeó—. No voy a fallarte. ¡Guarézcanla aquí! ¡Que no cruce la línea de fuego!

Tlacaélel, mojado en sangre, lo aferró por el brazo:

—¡¿Qué va a pasar si Nezahualcóyotl no viene?! —y miró la trinchera.

Itzcóatl observó los estallidos de fuego. Los soldados hormiga comenzaron a despedazar los entablados.

—Si Nezali no viene, entonces estamos perdidos.

Cincuenta kilómetros al oriente, en Ahuatepec —futura localidad de San Martín Ahuatepec, al noreste de Tepetlaóxtoc, Texcoco, y al noroeste de Calpulalpan, Tlaxcala, por el borde norte de los volcanes—, con el rojo amanecer del sol a sus espaldas, Nezahualcóyotl corrió seguido por ciento cincuenta mil hombres, organizados en tres ejércitos del valle: la división chalca dirigida por el rey Toteotzin de Chalcáyotl, acompañado por su general superior Nauhyotl y por el príncipe Itztlacauhtzin de Huexotla; el ejército tlaxcalteca-huexotzinca dirigido por Temoyahuitzin de Huexotzinco, acompañado por el general tlaxcalteca Cetmatzin, y el frente texcocano-tlaxcalteca dirigido por el propio Nezahualcóyotl, acompañado por su segundo al mando: Huitzilihuitzin.

A su espalda tenía amarrado su tambor azul de combate, el *huéhuetl* diseñado por Huitzilihuitzin, que sonaría con el timbre de su voz.

Se dirigió trotando a la pequeña cima del borde del río Otoncatoyatl —futuro río San Juan—. Desde ahí vio hacia abajo las luces de la ciudad al fondo: Otompan. Levantó en alto su mazo de guerra. Les gritó a todos:

—¡Otumba es la puerta por el norte para entrar a las planicies de Texcoco! ¡Y Texcoco es la llave para abrir todo el Anáhuac! ¡Abramos esa puerta, hermanos!

Por ambos lados se alinearon en forma de olas las escuadras de miles de hombres tlaxcaltecas, chalcas, huexotzincas, cholultecas, zacatlancas y tototepecas. Desde los extremos distantes, escuchó los tronidos de los tambores que les comunicaban sus posiciones. Eran cuatro pulsos largos y tres cortos. Nezahualcóyotl tomó el suyo: el *huéhuetl* de color azul. Olió el cuero de venado, los barnices. Lo besó. Cerró los ojos.

Empezó a golpearlo con gran fuerza. El código de los catorce sonidos se escuchó en todo el valle. Resonaron las percursiones detrás de él, en el lejano monte Coamilpa. También en el cerro Tepetitlán. Eran las respuestas de sus equipos de observadores. Les gritó:

—¡Hermanos de todas las naciones! ¡Esta mañana comienza aquí una nueva época del mundo! ¡La era azteca! ¡Que esta guerra sea el fin de todas las guerras y de todas las divisiones! ¡En la larga historia de la humanidad ha habido misiones como ésta, que eran imposibles! ¡Pero los hombres que las tuvieron a cargo lograron la victoria! ¿Somos acaso nosotros diferentes a ellos? ¡Si esos hombres del pasado lo consiguieron, entonces nosotros también lo haremos! ¡Todo está conectado! ¡Esos hombres del pasado son ahora nosotros! —y se volvió hacia arriba, al cielo pintado de rojo—: ¡Que ésta sea la mañana en la que comience a cambiar el mundo!

Miró a Tótel a la cara:

—Hermano —lo tomó de las manos—. Tú eres mi clave para ganar esta guerra.

Tótel subió a sus hombros al pequeño Tícpac, con el rostro y el cuerpo cubiertos con bronce.

—¡Yo también soy tu clave! ¡Soy tu paje!

Sonaron los caracoles Strombus. Los ciento cincuenta mil hombres empezaron a chocar las lanzas contra sus cuerpos, a gritar, a hacer temblar la montaña al patear la tierra.

Nezali emitió un rugido hacia las montañas:

—¡Vamos, hermanos! ¡Hoy es el día de la venganza!

Bajaron como un estruendo en las tres direcciones: por la zona frontal del río el grupo de Nezahualcóyotl, Huitzilihuitzin y Coyohua; por Tocuila al sur de Otompan los de Chalco, dirigidos por Tótel, y desde el norte por Xamimilolpa los de Temoyahuitzin de Huexotzinco.

Comenzaron a entrar por las calles de la ciudad otomí de Otompan, creada por Techotlala, entre las casas color crema, pintadas con mascarones de pájaros.

Las familias salieron con palos, para defenderse, gritando:

—¡*Dakate*! ¡*Dakate*! ¡*Nzoho*!

Los soldados de Nezahualcóyotl iban cubiertos con sus escudos-escama sobre la cabeza y la espalda, formando tres enormes serpientes humanas que ondulaban entre el laberinto urbano, soportando con esas conchas las flechas que les estaban cayendo desde los techos de las casas.

En el centro ceremonial, en lo alto del templo en forma de Yocippa, el Dios Pájaro —futuro Templo de la Purísima Concepción en la actual Otumba—, el rey de los otomíes, Lacatzone, con el rostro arrugado, observó hacia abajo: la destrucción.

—¡*Ge thogi*! ¡¿Qué está pasando?! —y aferró por el cuello a su leal asistente, Xoch-Poyo, el espía—. ¡Habla!

Xoch-Poyo se llevó una mano a su faldón de color rosa. Comenzó a extraer del bolsillo un objeto brillante: un espejo. Lo colocó enfrente de Lacatzone:

—¡Mírate! —y le hizo una mueca horrible. Lacatzone vio su propio rostro deformado.

—¿Qué me está pasando…?

Xoch-Poyo empezó a reír. Le clavó el espejo en la tráquea.

Los ejércitos del príncipe de Texcoco comenzaron a converger en la plaza. Se arremolinaron en la explanada. Empezaron a subir como tres serpientes por las escaleras del templo.

Entró Nezahualcóyotl, mojado en sangre, seguido por Coyohua y Tótel, a la sala superior del templo. Se acercó a Lacatzone con su verde cuchillo Xiuh-Cóatl en la mano embarrada con sangre.

Lo vio en el piso: Xoch-Poyo estaba pisándole el cuello. Éste le sonrió a Nezali:

—Ya lo maté —y subió las manos.

Nezali lo miró fijamente. Asintió. Se le aproximó.

—Xoch-Poyo, tú mataste a mi primo —y le susurró al oído—: Traicionaste a mi primo cuando vino a pedirte auxilio. Lo trajiste a esta trampa —y le colocó la punta del puñal de jade contra el cuello—. Éste es el día de ajustar cuentas.

Le enterró la piedra traslúcida y la giró para cortarle la tráquea. Escuchó el tronido. Se empapó la cara con la sangre de Xoch-Poyo.

Coyohua se le aproximó por la espalda:

—Nezali, estás combatiendo al mal con el mal. No quiero que te conviertas en Maxtla.

Nezali miró a Coyohua. Escupió la sangre en el piso. Se limpió la boca.

—No, Coyohua. Lo único inmoral es perdonar el mal. El que es bueno con los malos, es malo con los buenos. Desde hoy, ésta es la moral.

114

Temayahuátzin se aproximó a Nezali con un papel de *ámatl*, también mojado en sangre:

—Maxtla ya sabe sobre nuestros movimientos, mira —y señaló el papel con el dedo—: Está movilizando tropas de hombres hormiga desde Acolman hacia el sur para proteger Texcoco, para impedir que recuperes la plaza y para desde ahí emprender la defensa marítima de Tenochtitlán en el lago. Van a impedirte llegar hasta Itzcóatl. También está moviendo tropas desde el sur hacia Texcoco, desde Huexotla y Coatlinchán —y señaló al ventanal—. Cuando lleguemos a Texcoco, todos esos ejércitos de Yancuiltzin, Maxtla, Cuappiyo, Teyolcocohuatzin y Quetzalmaquiztli van a estarnos esperando. Es ir a una trampa.

Nezali retiró el cuchillo ensangrentado del cuello de Xoch-Poyo.

—Tengo una idea.

Empezó a caminar dentro del salón oscuro, sobre los cuerpos de Xoch-Poyo y Lacatzone. En el muro vio al dios de los otomíes: Yocippa, el pájaro. Lo miró detenidamente: su rostro de múltiples ojos estaba mojado con la sangre de Lacatzone.

—Muchas gracias por lo de hoy —les dijo a todos. Señaló hacia Temayahuátzin—: Tío, ¿qué sucedería si atacáramos a las cuatro ciudades de la federación de Texcoco al mismo tiempo?

El general abrió los ojos.

—¿Al mismo tiempo?

Nezali miró hacia la ventana.

—Tres formaciones —y comenzó a dibujar en el aire, con el dedo—: Tú con todo el ejército de Tlaxcala hacia el norte, a Acolman. Ahora está desprotegida porque Maxtla desplazó sus defensas a Texcoco, para proteger a Yancuiltzin. Tú y Cetmatzin apodérense de Acolman. Teyolcocohuatzin de Acolman es nieto de Tezozómoc, sobrino de Maxtla. Mató a mi tío Tlatocatlatzacuilotzin, que estaba ahí —y se volvió hacia el enorme Tótel de Chalco—. Tú dile a tu tío Toteotzin que ataque con sus cuarenta mil hombres a Coatlinchán, en el sur, desde Chalco. Que entre por la ciudad, se apodere de ella, que desde ahí avance hacia el norte, a Huexotla, y que también la tome. Ahí gobierna Cuappiyo Tlacotzin, hijo de Tezozómoc, hermano de Maxtla. Mató a mi tío Quatlahuicetecuhtli, que gobernaba ahí. En Coatlinchán gobierna Quetzalmaquiztli, también nieto de Tezozómoc. Mató a mi tío Mozocomatzin.

Nezali se volvió hacia Huitzilihuitzin:

—Nosotros somos el tercer grupo. Iremos directamente a Texcoco. Atacaremos a mi hermano Yancuiltzin. Recuperaremos la ciudad. Al medio día los tres grupos nos reuniremos en medio, en el puerto Huexotla. Desde ahí iniciaremos juntos la expedición por el lago, para defender la isla mexica.

Los miró a todos.

—Hermanos, una vez que tengamos a salvo la isla mexica, la convertiremos en nuestra nueva base militar y desde ahí marcharemos por mar y por tierra para invadir y destruir a Azcapotzalco. Entonces crearemos una nueva confederación del mundo: una confederación de todos los aztecas. Aztlán, donde todos seremos de nuevo hermanos.

115

En el palacio de Texcoco, el general Petlácatl comenzó a gritar:

—¡Todos a sus puestos!

El joven Yancuiltzin, medio hermano de Nezahualcóyotl, caminó arrastrando su brillosa capa de seda por detrás de sus tobillos, a través del piso de mármol. Se dirigió al enorme corredor Quinatzin. La batalla contra los hombres de Nezahualcóyotl se había extendido por todas las calles de la ciudad. El combate había sido violento al principio, pero pronto las tropas tepanecas que protegían al tlatoani empezaron a desfallecer y las guardias texcocanas eran derrotadas fácilmente, casi podría decirse que se pasaban al bando contrario.

Yancuiltizin observó a través de las esbeltas columnas de serpientes la vista del lago: el fuego de los incendios en Acolman, Coatlinchán y Huexotla. Comenzó a negar con la cabeza.

Detrás de él caminaban seis de sus deliciosas concubinas texcocanas.

—¡Amado rey! ¡¿Qué está pasando?!

El tlatoani había destrozado los retratos de su padre, Ixtlilxóchitl, y los había puesto de cabeza.

Su concubina Nezahualcíhuatl comenzó a ponerle frutas en la boca.

—Cómelas, hermoso. ¡No pienses en los problemas! Disfruta de tu poder. ¡Nada te va a pasar! ¡Tú eres invencible! ¡Te protege Maxtla!

Sus mujeres lo acariciaron.

Por los lados se acercaron los nobles texcocanos, los que habían traicionado a Ixtlilxóchitl y a Nezahualcóyotl en el pasado: Toxpilli de Chimalpa, con sus ojos hundidos y saltones; la reina, madre de Yancuiltzin, Tecpaxochitzin, hija de Tezozómoc; su nuevo esposo, Técpal de Atotonilco; Tozcuentzin, hermana de Yancuiltzin y de Nezahualcóyotl, y su esposo, Nonoalcatzin.

Tozcuentzin, ataviada con oro y apoyada contra el busto de roca de Yancuiltzin, le dijo:

—Amado hermano, ¡Nezahualcóyotl no puede matarte! ¡Tú eres inderrocable!

Toxpilli lo sujetó por el brazo:

—Tu hermano te está enviando a estos danzantes. Son su oferta de paz.

Yancuiltzin los observó. Eran mujeres y hombres vestidos de rojo, con sedas enormes. Vio sus cabezas: iban ataviadas con grandes penachos de plumas de pavos. Uno de ellos, con voz de hombre, le dijo a través de los velos:

—Majestad, somos la compañía de danzantes de Cuautla. Que nuestro baile te alegre y te complazca.

Por los pasillos llegaron trotando, con sus armas en alto, chocándolas contra sus escudos, los soldados de Nezahualcóyotl: chalcas, huexotzincas, tlaxcaltecas y tlalmanalcas.

—Te ofrezco que te rindas —le gritó Nezahualcóyotl a su hermano. Lo señaló con su cuchillo Xiuh-Cóatl.

Yancuiltzin tragó saliva. Abajo, sus guardias habían sido asesinados.

Miró hacia la pared. Ahí se encontraban los enormes murales pintados con las hazañas de sus antecesores: Techotlala, su abuelo; Quinatzin, su bisabuelo; Tlotzin Póchotl, su tatarabuelo; su chozno Nopaltzin de Tenayuca con su esposa Ázcatl Xóchitl, princesa tolteca, nieta del rey Topiltzin Quetzalcóatl, y, por último, el gran Xólotl, creador de todas las dinastías reinantes de la tierra.

Lo rodearon los jefes de los ejércitos de Nezahualcóyotl: Callaxóchitl de Cuauhtitlán, Callatlaxcaltzin de Tlatelolco, Huitzilihuitzin, Coyohua, Coácoz y los hombres de Zacatlán, Tototépec y Cholula.

Nezali caminó frente a él. Yancuilztin pestañeó.

—¿Vas a matarme...?

—Amor y perdón. Olvidar el pasado —le dijo Nezahualcóyotl—. Contigo lo aplicaré. Dame tu mano.

Yancuiltzin se quedó perplejo. Comenzó a sacudir la cabeza.

—¿Amor y perdón...? —comenzó a retorcerse—. ¿Olvidar el pasado...? —se dijo. Miró a Nezahualcóyotl—. ¿Hablas en serio? —se desempolvó el faldón—. ¿Me permites pasar al baño?

Nezali se extrañó. Se volvió hacia Callaxóchitl y Coyohua. Éstos se encogieron de hombros:

—Cuando tienes que ir, tienes que ir —le sonrió Coyohua.

Nezahualcóyotl asintió. Se recargó contra la columna. Yancuiltzin comenzó a arrastrar sus sandalias hacia el baño, por entre las noventa columnas. Su capa de seda rozó las losas de mármol. Siguió repitiéndose las palabras de su hermano:

—Amor… Perdón… Olvidar el pasado… —y de cuando en cuando se volvía hacia Nezahualcóyotl. Le sonrió—. Olvidar el pasado…

Se metió al baño.

116

—Nunca lo vieron salir. Desapareció para la historia —me dijo el padre Damiano—. Yancuiltzin es un misterio de México.

En el silencio absoluto del vestíbulo del palacio, sobre el piso de mármol que ahora tenía media docena de cadáveres, Nezahualcóyotl avanzó al mirador. Se colocó entre las gigantescas columnas de las serpientes, cuyas fauces apuntaban al lago. Contempló el agua, la isla mexica, las explosiones.

Vio las luces de las poblaciones del Anáhuac. Estaban encendidas con sus miles de antorchas, como la última vez que él las había visto desde ese mismo lugar, con su papá.

Observó el cielo.

Empezó a sacudir la cabeza. Meses atrás había estado ahí mismo, pero escapando por su vida. Recordó a su padre Ixtlilxóchitl. Ya se encontraba con su abuelo Techotlala, con sus ancestros, con Xólotl. A la generación anterior le había correspondido guerrear toda su vida y a la suya también. ¿Cuándo se terminaría el ciclo de los hombres que desean conquistar y matar a otros hombres?

—¡Sé que estás ahí, padre! —le gritó con toda su fuerza, hacia el cielo—: ¡Aquí estoy de nuevo, papá! ¡Ya estoy aquí de regreso! ¡Estoy aquí contigo! —y tocó su corazón—. ¡Esta noche has vuelto tú a este trono! ¡No soy yo ahora el rey de Texcoco! ¡Lo eres tú! ¡Siempre!

Acarició el barandal. Le susurró:

—Lo que tú soñaste se hará realidad —y levantó el rostro al cielo—: ¡El mundo va a ser mejor desde ahora! ¡Te lo prometo!

En el horizonte vio la estrella Ek Hunk'aal Oxlahun, Veinte-Trece. Venus. Lentamente llevó la mano al pecho. De entre sus correas del armamento extrajo el mechón de cabellos de Xipencóltzin. Lo acercó a su nariz. Comenzó a olerlo. Le susurró en silencio:

—Tú serás la princesa aquí —miró la estrella—. El mundo va a convertirse de nuevo en Yáax k'iin, la Casa de la Primavera. Haré que suceda. Destruiré al mal que habita en la mente del hombre. Te lo prometo también —y besó los cabellos—. Todo volverá a comenzar de nuevo. Vendrá el Sexto Sol.

Se recargó contra el balcón. Lentamente subió el pie derecho. Después subió todo su cuerpo, guardando el equilibrio por encima de la ciudad de Texcoco, para no caerse. Se colocó justo al borde. Lo miró todo, desde quince metros de altura. Comenzó a extender los brazos hacia los lados.

—Soy inmortal —y cerró los ojos. Se sonrió a sí mismo, en silencio, ante el paisaje de Texcoco. Comenzó a levantar el pie derecho hacia atrás, como si flotara—. Al quetzal no le importan los problemas de los humanos. *Nehhuatl in quetzaltototl.*

Por detrás sintió un empujón, una presencia fantasmal. En su nariz percibió un intenso olor a incienso. Escuchó una voz femenina:

—*Otona kuyyut wekeli ahkatl* —le dijo la mujer a sus espaldas—. Puedes hacerme lo que quieras. Me envía mi hermano Maxtla. Soy su oferta de paz.

Nezahualcóyotl pestañeó y con grandes trabajos se dio vuelta.

—Dios… —y entrecerró los ojos. Era Yohualli.

Ella lo tomó por el tobillo. Comenzó a acariciárselo.

—Suelta el arma, no la necesitas —le sonrió ella.

Nezali vio su cuerpo: la piel de su tórax pintada con líneas amarillas. Vio sus ojos negros, brillantes. Ella le dijo:

—No soy una trampa —y negó con la cabeza. Le acarició la pantorrilla—. Apoyé a mi padre, a Tezozómoc, cuando él asesinó al tuyo —y se volvió hacia el salón silencioso—. Lo apoyé porque en ese momento era lo correcto. Pero ahora todo ha cambiado. Ahora mi hermano no está peleando por la justicia. Ahora tú eres la justicia. Voy a estar de tu lado.

Nezali sacudió la cabeza. Saltó a un lado de ella. Mantuvo empuñado su *macuahuítl.*

—No eres real —y con temblor en la mano, comenzó a acariciar su rostro. Su piel estaba fría—. No eres real… Nunca lo fuiste…

—Voy a luchar a tu lado —le sonrió ella.

—¡¿Qué eres…?! —y caminó en torno a ella, con su *macuahuítl* en alto.

—Voy a ser tu aliada —y empezó a besar el rostro de Nezahual-cóyotl.

Él sacudió la cabeza:

—Dios, Dios... ¡Dios! —se llevó las manos a la cara—. ¿No existes? ¡¿Todo el tiempo fuiste un espejismo?! ¡¿Eres un *temictli*?! —y vio sus labios, perforados con punzos de jade, ahora transparentes, como si fueran de líquido, de vidrio.

Yohualli, la Oscuridad de la Noche, lo apretó por los dedos. Le susurró con su dulce voz:

—Vengo a infundirte el terror para que cambies al mundo. Vengo desde lo oscuro, para infundirte el fuego del universo —y con un calor eléctrico lo besó en los labios.

Nezahualcóyotl sintió los torrentes de la energía cósmica en su cabeza. Se quiso separar. Ella lo mantuvo abrazado, atrapado, con el poder ultranatural de sus brazos y sus piernas.

Ella, transformándose en líquido, le dijo:

—Tu primo Tlacaélel va a traer un nuevo terror al mundo. Será peor que mi abuelo. Será peor que todo lo demás que alguna vez has conocido. La era mexica.

Nezali la vio evaporarse así, entre sus dedos, como pequeñas gotas de luz, como reflejos.

117

—Ellos van a imponer un nuevo terror en el mundo. No lo permitas. Será peor que todo lo que ha existido. Ellos van a traer el más horrendo dominio del mal.

Nezahualcóyotl despertó sudando, agarrándose la cara. Tembló en silencio. En su cama encontró lo que había visto en la isla mexica, en Tenochtitlán: los cuerpos humanos mutilados, sin piel, sin cabeza, sin brazos, con los intestinos colgando contra la luz del sol sobre la estatua de la diosa Toci Coatlicue. Vio que los niños mexicas tenían los ojos en blanco y comían de la carne de los extranjeros capturados. Se empezó a sacudir en espasmos.

—No permitas el horror —le dijo la voz en su cabeza.

Al otro lado del lago, cuatro barcas de catapultas de la línea naval de Azcapotzalco, moldeadas como salamandras, lanzaron al cielo cuatro bolas de hule en llamas. Volaron pintando sus estelas de humo negro con fuego. Se estrellaron contra las casas mexicas de adobe.

Tenochtitlán y Tlatelolco ahora eran dos charcas de sangre con lodo, con las casas ardiendo en llamas. Las paredes estaban cayéndose a pedazos.

—¡¿Dónde está Nezali?! ¡¿Por qué no llega?! —le gritó Moctezuma Ilhiucamina a su tío Itzcóatl. Azotó su pesado mazo esférico *cuauholli* contra la cara de un hombre hormiga tepaneca. Le reventó la cabeza—. ¡¿Dónde está el maldito Nezahualcóyotl?! ¡¿Dónde están sus supuestas tropas de Tlaxcala?!—y recibió una cortada en el brazo.

Cuatro metros atrás de él, los desmembrados de la batalla estaban siendo jalados, arrastrados por los rodillos de los soldados. El tlatoani Itzcóatl, con el cuerpo completamente mojado en sangre, retrocedió, hundiendo los pies sobre el fango con sangre. Les gritó a sus hombres:

—¡Terminen de levantar esta maldita valla! —y los señaló.

Sus miles de hombres hundieron en el lodo sanguinolento los anclones, los tableríos de cáñamos sellados con chorros de hule derretido. Con el peso de cuatro hombres, clavaron los troncos, agitando el agua a los lados. La población debía permanecer guarecida tras esa muralla. Itzcóatl les gritó a sus hombres:

—¡Que ninguna mujer ni niño salga de esa ciudadela! ¡Los que estamos aquí afuera existimos sólo para que nadie entre a ultrajarlos!

Las familias ya no se encontraban en sus casas, porque éstas estaban ardiendo. Los soldados de Itzcóatl empujaron a las señoras y niños dentro de ese perímetro interno de la isla, en torno al templo en construcción, al palacio de Itzcóatl y al poste de Huitzilton, que también estaba humeando, lo que en el futuro serían las calles de Monte de Piedad, 16 de Septiembre, Correo Mayor y República de Venezuela.

Más allá de los bordes de la isla, las seiscientas canoas azcapotzalcas y xochimilcas, armadas con sus disparadores de cáñamos, recibieron una orden por medio de un bramido de los caracoles Strombus:

—¡El emperador está encolerizado! ¡¿Cómo es que no pueden entrar por los muelles?! ¡Derriben las empalizadas! ¡Entren por los costados de la isla, maldita sea! ¡Entren por los juncales!

—Por los juncales —se dijo uno de los remeros. A toda velocidad hundió su garrocha dos metros abajo, en el sargazo del lecho del lago, empujando los cuerpos que estaban flotando sobre el agua.

Avanzó con su barco con forma de ajolote por el costado pantanoso y no construido de la isla —en la actual juntura de la avenida Congreso de la Unión y Penitenciaría—, entre los cañaverales y los tulares invadidos de garzas, entre las matas de tótoras pobladas de zopilotes, los cuales se encontraban comiendo carne humana.

—¡Por entre los cáñamos, idiotas! ¡Métanse! ¡Entre los *popotli*! ¡Métanse a la isla por los pantanos! ¡Sólo así vamos a poder invadirla!

La periferia de la isla, una extensión de dieciocho kilómetros —la mitad norte correspondiente a Tlatelolco y la mitad sur a Tenochtitlán— era ahora un cordón humano informe, compuesto por cuatro filas de soldados mexicas de sexo masculino: al frente el equipo profesional de jaguares y águilas, y atrás, jóvenes y adultos. Este cordón tenía sus puntos de mayor concentración en los embarcaderos, los cuales resistían como escudos de carne a los soldados hormiga azcapotzalcas que estaban enterrando sus lanzones en las personas de la primera fila.

Itzcóatl caminó sobre los charcos de sangre, junto a Tlacaélel. Señaló los esteros.

—¡¿Ya están avanzando?!

—¡Tlatoani Itzcóatl! —le gritó un oficial desde atrás, quien se acercó trotando sobre los charcos rojos, con un papel de *ámatl*—. El príncipe Nezahualcóyotl le envía a usted este mensaje:

Amado tío:

Voy a ayudarte. Ya estoy en camino. Tengo al ejército de Chalco y a los de Tlaxcala, Huexotzinco y Cholollan. Sólo te pido una condición: que en Tenochtitlán y en Tlatelolco ordenes la total suspensión de los sacrificios humanos. Dios no es un animal sediento de sangre. El terror tiene que parar.

Itzcóatl se quedó petrificado. Se mantuvo inmóvil, con el papel en la mano. Se volvió hacia Tlacaélel. Éste lo miraba. El joven sobrino tomó el pequeño papel. Lo leyó. Empezó a negar con la cabeza:

—¿Ahora Nezahualcóyotl quiere decirnos qué hacer? ¿Él nos va a imponer su religión? —y señaló hacia Texcoco—. ¡¿Quién va a ser el rey aquí, en esta isla?! ¡¿Tú o Nezahualcóyotl?!

Itzcóatl observó cómo sus soldados estaban siendo masacrados. Le pasó por un costado un proyectil de Azcapotzalco.

Tlacaélel lo tomó por el brazo:

—Tío, no necesitamos un dios débil como el de Nezahualcóyotl. Tampoco necesitamos un dios que se arrodille y llore como Quetzalcóatl. ¡Necesitamos un dios que sea superior a Tezcatlipoca! ¡Un dios que no se rinda ante nadie! —y con toda su fuerza señaló hacia lo alto del poste, a la estatua del general Mexi-Huitzilton, el Colibrí—: ¡Necesitamos un dios con un poder superior a todo: una fuerza inderrotable, indestructible, como nunca antes se ha visto!

Itzcóatl asintió.

—A mí no me importa quién sea el dios, sino que funcione.

Tlacaélel se lanzó hacia los soldados, sobre la charcaza de sangre. Comenzó a gritarles:

—¡Hermanos! ¡Los tepanecas nos hicieron creer que su emperador nos había regalado esta isla! ¡Eso es mentira! ¡Esta isla nos la regaló nuestro dios! ¡Un dios mucho más poderoso que cualquier otra cosa que exista en el universo! —y señaló a lo alto del poste—. ¡Nosotros también salimos de las siete cuevas, aunque nuestros enemigos lo nieguen! ¡También somos una de las siete tribus! ¡Somos la mejor de todas!

¡Dios nos prefiere a nosotros! ¡Somos sus elegidos! ¡Nuestro dios le dijo a nuestro comandante Cuauhtlequetzqui: "Vayan y sigan esta águila. ¡Yo les voy a mostrar con ella su tierra prometida! ¡Allí donde el águila grazne, en donde ella abra las alas; el sitio donde ella coma y en donde vuelen los peces, donde las serpientes vayan haciendo ruedos y silben! ¡Ése será México-Tenochtitlán! ¡Y a todos los que les rodeen allí los conquistaremos! ¡Ahí será perdurable su ciudad: México-Tenochtitlán! ¡Y muchas cosas habrán de suceder!"

Itzcóatl comenzó a sonreír, a asentir.

—Sí… —y se llevó una mano a la barbilla. Negó con la cabeza. Los soldados comenzaron a gritarle, a reír, a llorar:

—¡México-Tenochtitlán! ¡México! ¡México! ¡México! —y se lanzaron con sus mazas de picas contra las fuerzas tepanecas.

Mil quinientos metros al este, en el pantanoso estero oriente —en el futuro entrecruce de la avenida Congreso de la Unión con Penitenciaría, o metro Morelos—, las barcas de Maxtla continuaron acercándose por los juncales, entre las matas de tules, entre los largos postes del cañaveral. Las libélulas de la ciénaga les pasaban por la cara.

—¡Entren por ese popotal, maldita sea! —el barquero señaló la costa—. ¡Entren por estos juncos!

La barcaza imperial se empezó a atorar entre las enormes varas de junco.

—¡No puedo pasar!

El barquero picó el fondo con su larga garrocha, para empujar hacia delante. Miró a los costados: las matas de tules coronadas por garzas blancas. Éstas los miraban en silencio, imperturbables, en una forma muy inquietante. Una empezó a graznarle.

Los largos cáñamos de los juncos que rodeaban la barca comenzaron a moverse.

—Un momento… —se detuvo el barquero. Observó a todos lados. Escuchó el chiflido del viento—. Aquí hay algo mal.

—No son juncos —le dijo su compañero. Empezó a elevar en el aire su machete *tzotzopaztli*—. Estamos rodeados —les dijo a sus tripulantes—. ¡Estamos rodeados!

Treinta navíos quedaron atrapados en esa telaraña de postes.

—¡No son juncos! —y cundieron los gritos. Empezaron a cortarlos. Los postes eran artificiales, colocados ahí intencionalmente por orden de Itzcóatl. A los lados, las matas de tules comenzaron a moverse. Las garzas salieron volando.

—¡Dios…! ¡No son tules!

Las matas eran hombres disfrazados. Se quitaron los camuflajes de palmas y carrizos. Saltaron desde sus plataformas flotantes sobre los barcos imperiales, con sus *macahuimeh* de puntas de obsidiana, para cortar los rostros de sus enemigos. El agua comenzó a pintarse de rojo.

En las puertas de las acequias empezaron a detonar los aparatos explosivos de la fuerza naval de Azcapotzalco. Estallaron en el aire toneladas de tierra mojada con pedazos de cuerpos humanos.

Saltaron desde el agua, desde los navíos acorazados de tipo lagarto, cientos de hombres tepanecas, gritando en su dialecto otonca:

—¡*Ngi*, carne! ¡*Ji*, sangre! ¡*Ngi Noyo Jwä Mexica*! ¡*Antängotü*! ¡Gran fiesta de la muerte contra los mexicas!

Por los doce muelles, distribuidos en los cuatro lados de la isla, entró una fuerza de cuarenta mil guerreros entre tepanecas, xochimilcas y culhuacanos armados con arietes de puntas de bronce.

Itzcóatl cerró los ojos. Tlacaélel lo aferró por el brazo:

—¡Te lo dije! ¡Ellos tienen ese metal! ¡Puede romperlo todo! —y señaló las explosiones—. ¡Nezahualcóyotl no va a venir! ¡Confiaste todo el futuro de esta isla en un solo individuo al que ni siquiera conoces! ¡Nezahualcóyotl siempre nos despreció, igual que su padre! ¡Él no es mexica! ¡Él es tolteca! ¡Te va a quitar la autoridad en esta isla!

Itzcóatl se volvió hacia el borde este.

—Un momento… —y señaló al oriente.

Comenzaron a entrar, como un huracán, cuatro hordas de miles de hombres pintados de azul, gritando, levantando sus picas, sus lanzas, rotando en el aire sus hondas, disparando rocas contra las cabezas de los tepanecas. Empezó la conmoción.

—Sobrino… —le sonrió Itzcóatl—. ¡Es mi sobrino Nezahualcóyotl! —les gritó a todos, con lágrimas en los ojos. Vio las banderolas amarillas de Chalco, las rojas de Tlaxcala, las cruzadas de Huexotzinco, las naranjas de Huexotla y las azules de Texcoco.

La región oriental de la isla se enfrascó en un combate naval como nunca antes había sucedido en la historia, y tal vez como nunca volvería a verse en aquel lugar: setecientos navíos de todas las nacionalidades abarcaban una extensión de quinientos kilómetros cuadrados sobre el agua. Iban cargados con lanzadores de resina de pino *ocotzotl*, hule y esporas, catapultas de amortiguadores y torres expansibles de flechadores. Estaban a punto de enfrentarse cuerpo a cuerpo medio millón de seres humanos: doscientos cincuenta mil por cada lado; azcapotzalcas contra tlaxcaltecas, mexicas y confederados de Texcoco.

Tlacaélel comenzó a bajar la cabeza. Itzcóatl lo tomó por el brazo:

—¿Estás bien? ¿Qué te sucede?

—No confío en él.

Itzcóatl parpadeó.

—¿Qué dices?

—No confío en Nezahualcóyotl.

—Pero es tu primo… ¡Es mi sobrino!

Tlacaélel frunció los labios.

—Tu sobrino soy yo.

118

La guerra cundió por el lago hacia todas las ciudades costeras en una extensión de cien kilómetros de norte a sur: Zumpango, Cuauhtitlán, Tultitlán, Huehuetoca, Ecatepec, Tenayuca, Acatitlan, Tlalnepantla, Culhuacán, Xochimilco, Tláhuac, Míxquic, Iztapalapan. El sonido del clamor de los miles de tambores ubicados en los montes y en los campos de batalla, percutidos por operadores de tantos ejércitos, se convirtió en un estruendo.

En su navío, Nezali se volvió hacia sus siete acompañantes. Todos lo estaban observando, estupefactos: el pequeño Tícpac; el enorme Tótel; el largo Coyohua; el robusto Chimal de Tenochtitlán; el soberbio Itztlacauhtzin de Huexotla; el sudoroso Motoliniatzin de Coatlinchán, y sobre todo, el musculoso anciano Huitzilihuitzin. Nezali les sonrió a todos:

—¿Cómo se sienten? ¿Todo bien? ¿Contentos?

Ellos asintieron. Tícpac le dijo:

—¡Me encanta el agua!

Nezahualcóyotl se colocó entre ellos. Les mostró un mapa:

—Miren, esto es lo que sucederá —y tocó el mapa—: Mi tío Temayahuátzin de Huexotzinco se va a sumar a la fuerza de Itzcóatl en el centro de Tenochtitlán. Desde ahí van a empujar a los hombres de Maxtla hacia afuera, hasta sacarlos de la isla por la calzada de Tenochtitlán, que conecta hasta lo otra orilla con la muralla de Tacuba, para entonces penetrar en la ciudad y ahí atacar Azcapotzalco.

—¿De verdad? —pestañeó Tícpac.

—Los apoyarán flechadores desde el agua, en nuestras canoas. Por el otro lado, al norte de la isla, en Tlatelolco, mi primo Moctezuma y el nuevo tlatoani, Quauhtlatoa, van a empujar al ejército de Maxtla hacia afuera, por la calzada norte, Nonoalco, hacia Azcapotzalco hasta penetrar en la ciudad desde ese flanco. Hoy invadiremos Azcapotzalco. Tomaremos el palacio de Maxtla.

Itztlacauhtzin negó con la cabeza:

—No, no, no… Eso suena como a un plan muy estúpido. ¡No vas a poder! ¡Los tepanecas nunca van a dejarlos pasar! ¡Esa muralla es indestructible! ¡¿Estás soñando?! ¡Nadie puede penetrar la muralla de Tacuba! ¡Nadie lo ha logrado jamás! ¡El acceso a Azcapotzalco es Tacuba! ¡Mira! —y señaló hacia el puerto, a los cañaverales de Popotlan—. ¡Es imposible!

Nezahualcóyotl lo tomó por el brazo.

—Primo amado, el tercer grupo es el que hará posible todo esto. Va a atacar a Azcapotzalco desde atrás, desde las montañas —y señaló a lo lejos, hacia los montes del norponiente: Tontepec, Atlaco y Totoltepec —futuros Sierra de Guadalupe, Arboledas, Lomas Atlaco, Atizapán y Los Remedios, Naucalpan—. Atacarán a Maxtla por donde no lo espera.

Tícpac comenzó a sacudir la cabeza.

—¿De verdad? ¡Mi señor! ¡Usted siempre tan inteligente!

Itztlacauhtzin se zafó de Nezali.

—¡Qué absurdo! ¿Y quiénes van a ser los idiotas que harán eso?

—Nosotros. Los que estamos en este bote.

119

Seiscientos años después, el padre Damiano nos condujo trotando por el oscuro corredor norte del Museo de Antropología de la Ciudad de México, a la Sala Mexica:

—El plan de Nezahualcóyotl para esa enorme movilización, para transformar la invasión de Maxtla a Tenochtitlán en una invasión hacia Azcapotzalco fue una de las acciones militares más complejas de la historia humana, comparable con la de los aliados del Día D, en la Segunda Guerra Mundial. Exigió una increíble sincronización y coordinación de miles de hombres: un cuarto de millón de personas que trabajaron bajo su mando. La clave del éxito era que cada cosa ocurriera en el momento exacto en el que debía ocurrir. Todas las piezas estaban concatenadas: cada etapa del plan dependía de la otra. Si una parte del plan de acción hubiera fallado, la historia del mundo habría sido otra, y nosotros no estaríamos aquí. De esa batalla surgió el Imperio azteca.

Se aproximó por detrás del caracol gigante de roca a la entrada monumental de la Sala Mexica. Observó el cristal. Estaba cerrado:

—La parte que le tocó al propio Nezahualcóyotl fue la más delicada de todas: atacar el palacio de Maxtla desde la retaguardia, bajar desde las montañas del oeste, penetrar en el castillo y matar personalmente a Maxtla. Para ello tenía que bordear por todo el norte: llegar primero al puerto Tepeyac, donde está hoy la Villa, que estaba en poder de Azcapotzalco. Debía enfrentar ahí a las tropas de Maxtla y después movilizarse cada vez más a la izquierda y al norponiente, pasando uno por uno los puertos de Zacatenco, Ticomán, Atepetla y Tenayuca, y, una vez en el dominio de Tlanepantla, comenzar a doblar al sur, hacia Azcapotzalco, por los puertos Iztacala, Acolnahuac, Xalpan y finalmente Pantlaco, donde hoy están las estaciones Pantaco, Ferrería y Fortuna, en avenida Ceylán, frente a la isleta que existía entonces: Colhuacatzinco, hoy Industrial Vallejo, Norte 45 y metro Vallejo. Todas esas poblaciones eran la orilla del lago por el norte de Azcapotzalco y estaban bajo el control de Maxtla.

Con su credencial electoral abrió la cerradura del portal de vidrio. Utilizó un aparato en forma de pulsera para desactivar la alarma:

—Como podrás imaginar —me dijo—, para ese instante ya estaba declarada otra guerra, y ésta iba a definir el futuro de México: la guerra entre Tlacaélel y Nezahualcóyotl. Dos visiones del mundo completamente contrarias: la universal azteca de Nezahualcóyotl y la visión hipernacionalista y supremacista mexica de Tlacaélel. Una estaba en contra de los sacrificios humanos y la otra iba a convertirlos en el eje principal de la dominación de la tierra. Era la guerra entre dos dioses nuevos: los últimos dioses creados por la mente azteca, ahora enarbolados por las corrientes opuestas de Tlacaélel y Nezahualcóyotl: Huitzilopochtli e Ipalnemohuani.

Avanzó en silencio por la majestuosa y perturbadora sala de cuarenta y cinco metros de ancho, cuarenta de profundidad y once metros de altura. Caminó haciendo sonar sus pisadas contra los titánicos muros. Se colocó a los pies del Calendario Azteca, al fondo del salón. Con su linterna iluminó la gigantesca roca de veinticuatro toneladas:

—Esto que ves es el verdadero escenario de la guerra: la guerra cósmica, los seis soles.

Avancé con él. Observé el calendario.

—¿Guerra cósmica? —le pregunté—. ¿Se refiere a la mujer que está en el centro, la señora de la moneda de diez pesos? ¿La que está sacando la lengua…?

Señaló las dos serpientes gigantescas que estaban bajando por los dos lados de la roca del sol:

—Esas dos serpientes. Las de tu moneda de cinco pesos.

Me miró fijamente:

—Rodrigo, en algún lugar más allá de las estrellas —y señaló hacia arriba— está ocurriendo una guerra cósmica: la guerra entre el bien y el mal. También está sucediendo aquí —y me tocó la frente—. Son los poderes que se están disputando el control de tu subconsciente.

—El bien y el mal… —le dije. Caminé hacia el calendario.

—El bien y el mal, las fuerzas antagónicas del universo que combaten a cada momento, incluso en el interior de los átomos: la negatividad contra la positividad; la atracción contra la repulsión, la destrucción contra la creación. En los cinco mundos anteriores venció Tezcatlipoca: el mal. Ahora, Rodrigo, estamos terminando la etapa del Quinto Sol.

Va a empezar el Sexto. Las serpientes ahora son Huitzilopochtli e Ipalnemohuani.

Me quedé asombrado. Me dijo:

—Rodrigo, tú eres ahora la última frontera: el último campo de guerra. Tu cerebro. Tu subconsciente. Tú eres él esta noche —y señaló al otro lado de la pared, al retrato gigante de Nezahualcóyotl.

Tragué saliva. Ahí estaba Nezahualcóyotl. Tenía un traje militar azul, de plumas; su *macuahuitl* en la mano y su escudo con la gota de lava de Ipalnemohuani. A la espalda llevaba su tambor de guerra, también azul.

—Es lo único que queda de él en este mundo, este retrato —y lo iluminó con su linterna—. Traje azul de plumas de *xiuhtótotl*, que es el pájaro Sialia Currucoides o Azulejo de las Montañas. Lo pintó Francisco Hernández en el *Códice Ixtlilxóchitl*, escrito en 1550. Es la cara del propio pintor.

Su rostro me pareció vivo.

Lentamente toqué mi propio rostro.

—En verdad sí me parezco. ¿No lo cree…?

Con su linterna iluminó las marcas del retrato. Decía:

Nezahualcoyotzin, rey de Texcoco. 1. 206. Collection E. Eug. GOUPIL à Paris. Ancienne Collection J. M. A. Aubin. No. 65271.

El padre Damiano comenzó a caminar a la salida de la Sala Mexica, hacia los cristales.

—Ven, Rodrigo, acompáñame. Ahora voy a revelarte un secreto profundo de tu pasado. Vas a ver quién es Huitzilopochtli, quién es realmente.

Se colocó frente al cristal. De nuevo utilizó su credencial y su pulsera para abrir la puerta.

—El ser más misterioso e importante del mundo azteca; el dios prehispánico más popular de México y del Imperio azteca, Huitzilopochtli, no tiene ni una sola estatua en el actual México. ¿Lo sabías?

—Un momento —le dije—. ¿Ninguna…?

—Nadie sabe cómo es o cómo fue. Mira a tu alrededor. ¿Ves a Huitzilopochtli? No. De todos los dioses que ves en la Sala Mexica, y en todo el Museo Nacional de Antropología, ninguno es Huitzilopochtli, el dios más poderoso creado en el mundo mokaya-epiolmeca, o para el caso, en todo el continente Tanax. Ni siquiera en el Museo del Templo

Mayor hay una sola representación escultural suya, a pesar de estar dedicado a la pirámide de este dios ultrapoderoso, donde de hecho existe una sala entera dedicada a Huitzilopochtli, la Sala 4. En ella sólo es posible encontrar "objetos relacionados".

Silvia Nava sacudió la cabeza:

—¡Espere! ¡Esto se debe a que los monjes las destruyeron!

—Por lo que sea —y comenzó a caminar a la escalera del ala suroeste, a nuestra derecha, para subir al primer nivel: a las salas etnográficas. Me dijo:

—Te voy a conducir hacia el secreto más grande de todos, el secreto más grande de México; el cimiento mismo de todo: el secreto de Huitzilopochtli. Y ése te llevará al secreto azteca.

Troté detrás de él. Empezamos a subir las escaleras. Me dijo:

—Ignacio Bernal escribió en 1974: "Huitzilopochtli no es sino un Tezcatlipoca de cuño más reciente". Los mexicas tomaron al Tezcatlipoca tolteca y simplemente lo volvieron "turbo", superlativo. Dice Bernal: "Tezcatlipoca [era] el gran dios tolteca-chichimeca", mientras que "Tláloc, el dios de la lluvia, [era el] representante principal de las civilizaciones más antiguas". ¿Y quiénes eran esas civilizaciones más antiguas, anteriores a los toltecas? Dice Héctor Vázquez Valdivia junto con Pedro Carrasco que los otomíes "se establecieron en la zona de Tula en una época anterior a la tolteca. Al sobrevenir la invasión de los grupos nahuas que constituyeron el llamado Imperio tolteca, los otomíes fueron sometidos [...] hasta la destrucción del imperio [tolteca] en 1168".

"Es decir —siguió—, los mexicas tomaron a un dios de sus vecinos, Tezcatlipoca, y lo 'mejoraron'. Lo hicieron 'anabólico', con mayor 'octanaje'. Es lo mismo que los romanos hicieron para crear a Júpiter: tomaron al dios griego Zeus y le agregaron los poderes del dios etrusco Tinia, así formaron a Iuppiter Ruminus, fuente del Imperio romano —y dobló por el corredor superior sur, hacia la Sala 22—. María Castañeda de la Paz lo dice claramente: 'Lo que hizo Itzcóatl fue crear un lugar de origen, Aztlán, que también es una isla [como Tenochtitlán], para que todos se reconozcan en ese espacio; y va a crear una deidad nueva, Huitzilopochtli'. En otras palabras: lo creó Itzcóatl.

Yo comencé a negar con la cabeza.

—No es posible... Nunca imaginé que una deidad como Huitzilopochtli pudiera ser diseñada así, como si fuera un modelo de carro... ¿Cómo puede una sola persona inventar a un dios...?

—¡Rodrigo! —me sonrió—. ¡Eso se ha hecho incontables veces en la historia! Ptolomeo II, Mursili II, Nabucodonosor II. Incluso existen ejemplos en la Biblia. ¡En todos estos casos fueron hombres que diseñaron dioses por motivos políticos! Los dioses son generalmente creados, Rodrigo. Sólo hay un caso en el que no es así. Pero ¿Huitzilopochtli fue en realidad una persona? Estás a punto de descubrir la verdad, y verlo de frente.

Me quedé mudo.

Nos llevó por el pasillo "Etnografía". Nos dijo:

—El historiador británico Nigel Davies lo dice en *El Imperio Azteca*: "No resulta claro hasta qué grado se concibió inicialmente a Huitzilopochtli como humano o divino [...]. Es vital determinar con exactitud, en la medida de lo posible, de qué manera concebían realmente los mexicas a Huitzilopochtli [...]. Si se considera en el sentido literal el relato del nacimiento de esta deidad en Coatepec, cerca de Tula, no puede haber sido por lógica el dios de los mexicas cuando salieron de Aztlán [puesto que aún no habría nacido]. Tetzáhuitl entonces se torna en una especie de proto-Huitzilopochtli [...]. En ocasiones se describe a Tetzáhuitl como predecesor de Huitzilopochtli en el papel de dios tribal de los mexicas y, en otras, como su alter ego [...]. No obstante, Tetzáhuitl como hechicero es más semejante a Tezcatlipoca que a Huitzilopochtli [...]. Abundan referencias acerca de un hombre o soberano original cuyo nombre se tomó del colibrí. Chimalpain [el historiador chalca] escribe de un Huitzilton que fue el primer caudillo mexica cuando se salieron de Aztlán y al que en ocasiones designa Huitzilopochtli". Para esto se refiere a *Das Memorial* y al *Códice Vaticano-Ríos*, página 67; "Describe a esta deidad como guerrero y primer dirigente de los mexicas [...]. Cristóbal del Castillo menciona a un líder durante la emigración cuyo nombre verdadero era Huítzil [colibrí], pero a quien se llamaba Huitzilopochtli porque era zurdo".

—¿Huítzil...? —le pregunté—. ¿Huitzilton?

Pasamos frente a la Sala 19, "Pueblos Mayas". Me dijo:

—Al principio, Huítzil fue alguien real. Una persona como tú, como yo. Alguien humano.

Me hizo parpadear.

—¿Como yo...?

Pasó frente a la Sala 20, "Mayas de las Montañas".

—El francés Jacques Soustelle escribió todo esto antes que Nigel Davies: "No es imposible que [Huitzilopochtli] fuera en su origen un hombre, acaso un sacerdote, divinizado después e identificado con uno de los aspectos del sol: eso explicaría la extraña afirmación de los informantes aztecas de Sahagún, según la cual Huitzilopochtli *can maceoalli, can tlácatl catca, naoalli, tetzáuitl* era 'sólo un hombre común, sólo un hombre'". Nigel Davies dice también: "Desde mi punto de vista, el dios [Huitzilopochtli] es una mezcla del héroe tribal Huitzilton o Huítzil, y el antiguo dios de los pescadores, Opochtli, a quien Sahagún describe como uno de los tlatoque [...]. Gordon Brotherston [...] llama la atención sobre la ausencia de entalladuras y estatuas del dios [Huitzilopochtli] anteriores al siglo xv y relaciona el ascenso técnico de la deidad [Huitzilopochtli] a un rango divino y celestial con la célebre incineración que realizara Itzcóatl, por incitación de Tlacaélel, de los registros tribales de los mexicas [...]. Jiménez Moreno concuerda en que Huitzilopochtli fue un héroe deificado [...]. Para Jiménez Moreno, Huitzilopochtli usurpa virtualmente el papel supremo [que había tenido] Tezcatlipoca, el cual perdió terreno constantemente con respecto al primero durante el periodo imperial [...]. Tezcatlipoca [...] agobiaba por la culpa, inspiraba temor a la muerte y la destrucción. Mientras que Huitzilopochtli brindaba victoria".

—Un dios para triunfar... —le dije.

Silvia nos gritó:

—¡Todo esto son pendejadas! ¡Nada de esto importa! ¡Son puras pinches estatuas, mírenlas! —y señaló por la ventana del corredor a la derecha. Vimos el gigantesco paraguas monumental de dos mil toneladas flotando sobre el enorme patio del Museo de Antropología, diseñado por Pedro Ramírez Vázquez y los hermanos José y Tomás Chávez Morado. El paraguas mismo, a once metros de altura sobre el patio, chorreaba agua desde lo alto.

El padre le dijo:

—Amiga, la identidad de este líder "Huitzilton" se enreda más con el cronista Hernando Alvarado Tezozómoc, pues dice: "Luego dijo Mexi, Chalchiuhtlatonac: 'Amigos nuestros', les dijo a los mexicanos, 'por eso vinimos, salgamos ya de Aztlán, nuestra morada' [...], en canoas [...] de allá del mencionado lugar llamado Quinehuayan, la cueva, Chicomoztoc [...]. Se apellidaba Tetzahuitl Huitzilopochtli, pues les hablaba, les aconsejaba, y vivía entre ellos, se hacía amigo de los aztecas". En otras palabras, "Mexi" es "Huitzilton". Son la misma persona.

Caminó frente a la Sala 21: "El Noroeste".

—Según fray Toribio Motolinía —nos dijo—, el "principal dios [de los mexicas] se llamaba Mexitle, y por otro nombre se llamaba Texcatlipoca". Pero según diversas fuentes, los "Mexi" o "Mexitin", es decir, los mexicas, tenían a un líder de carne y hueso llamado "Iztacmixcoatl" y ellos venían realmente no de Aztlán, sino de la tierra de Xaltocan, lo cual los hace otomíes.

Nezahualcóyotl llegó a Tepeyac. Su barca atracó justo en el embarcadero llamado Ome Calpotitlán. Vio en lo alto del monte el enorme templo de la diosa Coatlicue, Nuestra Madre. La descomunal estatua tenía la cabeza arrancada. De su cuello salían dos serpientes. Tragó saliva.

—Algún día habrá algo mejor en este lugar.

Corrieron hacia él, con dirección al siguiente punto de la ruta: Zacatenco, desde donde tendrían que dirigirse más al norponiente, hacia el puerto Ticomán. Desde la ladera del monte Tepetl-Yácatl, Cerro Nariz, comenzaron a bajar cientos de hombres armados, la guardia norte de los tepanecas, gritando:

—¡*Ngi*, carne! ¡*Ji*, sangre! ¡*Ngi*, carne! ¡Captúrenlos!

Tícpac comenzó a gritarle a Nezali:

—¡Mi señor! ¿Usted cree que nosotros, que sólo somos siete, vamos a poder contra todo esto?

—No vamos a estar solos —y le tomó el hombro—. Nos van a apoyar desde el norte.

En Tenochtitlán, Tlacaélel subió a su barca.

—Llévenme allá —y señaló al norte, hacia la orilla norponiente del lago: Iztacala-Tlalnepantla.

—¿Está seguro? —le preguntó el remero.

—Voy a interceptar a Nezahualcóyotl.

—El poder azteca es un código matemático.

Esto nos lo dijo el padre Damiano.

Continuamos trotando con él por el corredor "Etnografía", a la Sala 22: "Los Nahuas".

—El poder azteca es una fórmula. Es una arquitectura del universo. Va a ocurrir un cambio dentro de la mente.

—¿Un cambio dentro de la mente? —le pregunté.

Señaló hacia delante:

—Lo que ha estado oculto en los poemas de Nezahualcóyotl son los números, mira —y señaló la pared.

20d 3d 0n 20n 2n 60n15n 6b
20 3 0 20 2 60—16 6
Xopan cala itec.
Can on ayac micohua.

—Son genes —nos dijo.

Arqueé las cejas.

—¿Genes...? —y sacudí la cabeza—. ¿Los genes de la "maldad"?

—Rodrigo, el Sexto Sol somos nosotros.

En la calzada acuática Tenochtitlán-Tacuba, el tlatoani Itzcóatl, codo a codo con el general Temayahuátzin de Huexotzinco, empujó al este, hacia Tacuba, a los azcapotzalcas, por lo que en el futuro iba a ser la avenida San Cosme. Con su *macuahuitl*, Itzcóatl cortó las caras de los hombres de Maxtla, que estaban formando un embudo humano para impedir el avance. Por detrás de él y de Temayahuátzin, iban impeliendo hacia delante diez mil soldados tlaxcaltecas, huexotzincas y mexicas, gritándoles a los enemigos. Itzcóatl miró la muralla de Tacuba. Le dijo a Temayahuátzin:

—¡Sólo tenemos que traspasar esta maldita muralla! —la señaló con su hacha sangrante—. ¡Dicen que es impenetrable! ¿Te lo parece? —le sonrió.

La línea de batalla de Maxtla al pie de Tacuba se extendía por toda la costa, desde los cañaverales de Popotlan hasta Nonoalco, casi en la puerta de Azcapotzalco.

Temayahuátzin sintió un proyectil que le pasó rozando por la cabeza, envuelto en llamas. Observó la gigantesca pared de rocas. Tenía escritas inscripciones en lo alto, en el idioma tepaneca: NTS'UNI K'ONGI. NO PODRÁS PASAR DE AQUÍ. LA MUERTE AQUÍ TE ESPERA.

Los torreones tenían formas de cabezas humanas.

Temayahuátzin le dijo a Itzcóatl:

—En verdad es impenetrable. Tenemos que reevaluar las opciones.

Itzcóatl miró a lo alto, hacia una de las cabezas. Tenía la lengua afuera. Por detrás, Ayáxac Tícic le dijo:

—Mi señor, los hombres están atemorizados. Creen que no vamos a lograrlo.

Desde los costados de la calzada, comenzaron a levantarse enormes estructuras de palos, armatostes tepanecas que habían estado bajo el agua. Salieron chorreando cataratas de agua con algas y sargazo. Eran tenazas para prensar a los invasores, para bañarlos en ácidos y fuego.

Quince metros más adelante por la misma calzada, en la enorme torre fortificada Mazantzintamalco, construida por Tezozómoc sobre la isleta —que en el futuro sería el metro San Cosme, la Casa de los Mascarones—, el emperador Maxtla observó hacia abajo, apoyado en sus musculosos brazos pintados de rojo.

—¡No van a poder pasar! —y negó con la cabeza. Los señaló. Observó las fuerzas de Itzcóatl—. ¡No lo permitirá Totoquihuatzin, mi sobrino! —señaló para atrás—. ¡Antes moriría que permitir que estos idiotas pasen por la muralla! —y sujetó a Ocutéotl por el cuello—. Asegúrate de que mi sobrino Totoquihuatzin esté bien. ¡Él es el escudo de Azcapotzalco! ¡Y de todo mi imperio!

A sus espaldas, en Tacuba, detrás de la poderosa muralla, en el castillo cónico llamado Tlacopatécpan, ubicado en el futuro Jardín Juárez Legaria, el calvo príncipe Totoquihuatzin, sobrino de Maxtla, se llevó una pequeña uva a la boca. La mordió.

Le dijo a su asistente Tipzin:

—Mi nombre es Totoquihuatzin, la Puerta de los Pájaros —le sonrió. Comenzó a danzar suavemente—. ¡Soy el mejor poeta de todo el imperio de Azcapotzalco! —y con otra de las frutillas acarició su propia boca—. ¡*In ic ninhuinti yaoxochitl...*! ¡*Mochi conittitia in icnoyotl: in nican nemohua in tlalticpac...*! ¡Estoy embriagado con la flor de la guerra...! ¡Todos beben la tristeza: así se vive aquí en la tierra...! ¡Aquí, así es la experiencia...! ¡Yo me embriago con la flor de la guerra...! ¡Éste es mi canto! ¡Éste es mi canto!

Su asistente comenzó a aplaudirle. Le chifló:

—Nadie mejor que tú, Totoquihuatzin. ¡Tu voz es miel, poesía! ¡Eres flor y canto!

Doce kilómetros al norte, en Iztacala, Nezahualcóyotl avanzó al sur. Trotó bordeando el lago, a la distante Azcapotzalco. Desde lejos vio las señales de humo. Las bocanadas subían desde la ciudadela de Maxtla. Escuchó los miles de tambores que sonaban en el valle: enemigos y amigos.

—No entiendo nada —se dijo—. Son demasiados ruidos.

—¡Por el puente! —le gritó Coyohua.

Empezaron a trotar por el puente: Chimal, Tótel, Huitzilihuitzin, Itztlacauhtzin de Huexotla; Motoliniatzin de Coatlinchán y el enano Tícpac montado en Tótel.

Trotaron siguiéndose en fila, por encima del enorme río Iztacala —futuro Vaso Regulador Carretas, Vallejo, Río de los Remedios, Tlalnepantla—, a través de los resquebrajados travesaños de madera, al puerto Xalpan, "Arena".

Empezaron a equilibrar sus pasos, sobre los rechinantes pedazos de madera podrida.

—¡Cuidado! ¡Están endebles! —les gritó Motoliniatzin. Él mismo se lesionó al meter una pierna por uno de los huecos. Se cortó a la mitad del muslo con una enorme astilla. Comenzó a gritar:

—¡*Huexcaitoa*! ¡Maldita sea!

Quedó atorado, aferrándose del puente.

Nezali avanzó hacia él.

—¡Ven, vamos! —lo jaló para arriba—. Por este día no mueras —le sonrió. Lo levantó con un tirón del brazo. Le gritaron desde los lados:

—¡Deténganse aquí, miserables! ¡Los tenemos rodeados! —y les dispararon un líquido pegajoso con unas trompas de corneta: era un ácido.

Nezali se quedó paralizado, igual que todos los de su grupo. Sintió la pasta ardiente en los brazos.

—¡Esto quema! —empezó a gritar Itztlacauhtzin.

Nezali permaneció inmóvil en el puente de maderos. Estaban rodeados por soldados hormiga tepanecas. El pesado Motoliniatzin seguía con el muslo herido, sangrando.

Tícpac sacudió la cabeza:

—¡Yo sabía que esto iba a terminar mal! —y levantó sus manitas—. ¡Perdónenme! ¡Sólo soy un paje!

Los soldados tepanecas comenzaron a aproximárseles por los extremos del puente quebradizo, sobre las aguas el río.

—¡Baja tus armas, príncipe de Texcoco! ¡No eres hombre para la guerra! —le gritó quien los dirigía—. ¡Sólo eres un niño! ¡Un huérfano! ¡Todo lo que has armado es un sueño! ¡Un espejismo! ¡Estás derrotado! ¡Maxtla te ofrece una alianza!

Desde el poniente, el cuello del hombre hormiga fue atravesado por una flecha. La punta brillosa le atravesó la carne.

Nezali tragó saliva y se volvió a la derecha. Entre los matorrales del río vio salir a un grupo de gente. Eran un grupo armado. Uno de ellos, vestido con una máscara de serpiente, le gritó:

—¡Ya llegamos por ti, hermanito! ¡Soy Tlacaélel! ¡Aquí te traigo a la división de Tlalnepantla!

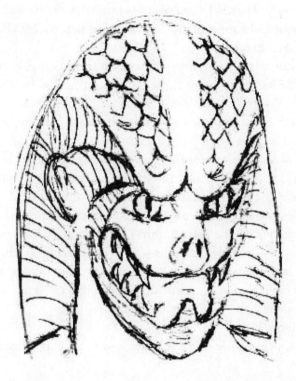

123

Nezahualcóyotl y Tlacaélel trotaron al sur, por las riveras lodosas de Xalpa, a Pantlaco —futuro metro Ferrería, Conalep Azcapotzalco—, seguidos por cien hombres.

Trotaron con precaución. Los pies se les hundían en el barro, entre las varas de las tótoras y los lirios. Tlacaélel señaló al frente, hacia Azcapotzalco. El castillo de Maxtla estaba iluminado desde todas direcciones por fuegos. Sus nueve colosales hormigas de roca se veían descomunales.

—Te vamos a cubrir por los flancos —le dijo Tlacaélel a Nezali—. Todo ahí abajo debe estar atiborrado de fuerzas tepanecas. Protegerán el castillo. Para que puedas pasar tendremos que avanzar en diagonal, cubriéndote los costados, en formación flecha, tú en medio, hasta llegar al palacio, para que puedas entrar, abrirlo desde dentro y matar a Maxtla. ¿De acuerdo? —y señaló al frente—. Allá delante, en Xochináhuac, se nos unirá la división tlaxcalteca de tu tío Xaya Camechan. Setenta mil hombres de Tlaxcala, Huexotzinco y Cholollan están ahí ocultos, esperándote, detrás del bosque de Naucalpan.

Nezali asintió.

—Gracias, primo —le dijo a Tlacaélel—. Gracias por hacer todo esto conmigo.

—No agradezcas —y le aferró el antebrazo—. Si esta noche Maxtla nos gana, se volverá más poderoso que su padre. Si ganamos nosotros, entonces habrá un cambio en el mundo. Sin embargo, alguien tendrá que quedarse con ese castillo —lo señaló— y emergerá como el nuevo emperador de todas las naciones —apretó los labios—. ¿Vas a ser tú, primo, cuando mates a Maxtla? ¿O será nuestro tío Itzcóatl? ¿Quién lo va a ser? ¿Lo serán tus tíos de Tlaxcala, por habernos ayudado con sus ejércitos? —y lo miró sin parpadear—. ¿Quién va a repartir los pedazos? ¿Quién se va a quedar con el imperio? ¿Acaso va a empezar una nueva guerra entre todos nosotros? —y le sonrió.

Nezali comenzó a entrecerrar los ojos.

—Tlacaélel…

—Primo, tienes que abrir Azcapotzalco desde adentro —señaló de nuevo al palacio—. Tienes que meterte a ese castillo, como sea. Ábrelo desde el interior. Todos dependemos de ti, del plan que armaste. La vida de mi tío Itzcóatl depende de que no fracases. Si te matan, todos vamos a morir. Que nada te detenga —y les gritó a los soldados—: ¡Vamos! ¡Avancen! ¡Ahora! ¡No existe el mañana! —y levantó su *macuahuitl*.

Nezahualcóyotl avanzó seguido por su pequeño grupo selecto: Tótel, Tícpac, Coyohua, Itztlacauhtzin, Chimal, Huitzilihuitzin. A su izquierda y a su derecha, la inmensa fuerza dirigida por Tlacaélel y por Xaya Camechan apartó hacia los flancos a los hombres hormiga que estaban al pie de la fortaleza de Tecompa.

Subieron por la cuesta, entre las piedras, pisando los cadáveres.

Nezali escuchó el vocerío proveniente de Xochináhuac: la fuerza secundaria de Xaya Camechan. Oyó también el tronido de los teponaxtles: se escuchaban desde todas las direcciones del lago, desde los picos de lo cerros Otoncalpulco-Totoltepec —futuro cerro Mirador Los Remedios, Naucalpan—; Huizachtépetl de Culhuacán —Cerro de los Huizaches o Cerro de la Estrella, Iztapalapa—; Tepeyac-Tontepec en la Sierra de Guadalupe, y Chapultepec-Cincalco. Desde esos cerros los observadores transmitían las condiciones del campo de batalla a sus respectivos generales, por medio de sus tambores.

Nezali escuchó que los chillidos de los caracoles se elevaban al cielo. La sinfonía del horror de la guerra estaba compuesta por todos esos teponaxtles, los *huéhuetl* y los caracoles. Más de mil sonidos simultáneos. Oyó los tronidos, las explosiones. Eran los tambores y el sonido que Huitzilihuitzin le había prometido. El sonido anunciaba el estado de la guerra en todo el valle. Columnas de fuego se elevaban desde Tenochtitlán, pero también sobre la calzada que comunicaba con Tacuba, donde los guerreros mexicas de Itzcóatl se encontraban detenidos por las fuerzas tepanecas.

Cerró los ojos.

—Que Dios nos proteja esta noche.

Por los costados estaban escudándolo los hombres de Tlacaélel y Xaya Camechan, quienes recibían el ataque de los hombres hormiga tepanecas. Nezali miró hacia arriba, a las imponentes hormigas de roca.

Suavemente tocó el muro.

En su corazón sintió una punzada.

Tlacaélel lo sujetó por el brazo:

—¡Primo! ¡Que nada te detenga! ¡Haz que suceda! —y lo jaló hacia sí—: Por encima de nuestras diferencias, siempre vas a ser mi hermano —y lo abrazó por el cuello—. ¡Entra a ese castillo! ¡Haz lo que tienes que hacer! ¡No te detengas!

El pequeño Tícpac comenzó a manotear contra el muro de roca *tepétatl*:

—¿Y ahora qué? ¿Cómo entramos? ¿Quieres que escalemos esta pared? —y abrió los ojos.

Nezahualcóyotl le acarició la cabeza.

—No te preocupes. Recuerda que yo también viví aquí. ¿Lo olvidas? Sé por dónde entrar —y señaló abajo, entre los matorrales.

Se metieron por un túnel del desagüe, llegaron a la cocina. Nezahualcóyotl vio las paredes: los inmensos baldes; las palas de los tres hornos imperiales. Se acordó del cocinero Kuki Kuni. Había conversado con él en ese punto. Lo vieron los cocineros que estaban ahí, Thengi Küni y Mu'mfi Küni. Comenzaron a sacudir la cabeza.

—¡¿Nezali...?! ¡¿Tú aquí...?! —y se taparon la boca—. ¡¿Qué haces?!

Nezali siguió avanzando, seguido por Coyohua, Tótel, el pequeño Tícpac, Chimal y Huitzilihuitzin.

De la cocina salió al pasillo donde alguna vez conversó con el personal. De ahí avanzó al comedor, donde había desayunado con los hijos de Tezozómoc: Epcóatl, Tlacayapaltzin, Tayatzin, Yohualli. La mesa estaba ahí: ahora vacía, silenciosa.

Sacudió la cabeza.

En el muro vio el dibujo de Tayatzin, portando una estola, con su tubo de tabaco en la boca, el *acáyetl*. Lo recordó vestido para el juego de pelota. Sacudió de nuevo la cabeza.

—No hay tiempo para memorias —y siguió avanzando, con su *macuahuitl* en la mano.

En su alcoba, Maxtla recibió el informe:

—Ya está en el castillo. Está subiendo.

Maxtla asintió con la cabeza y acarició el sol negro de su pecho.

—Muy bien. Hagan que suba.

124

En la calzada Tlatelolco-Nonoalco, Moctezuma, bañado en sangre, lanzó la pesada bola de su *cuahololli* contra la boca del oficial segundo de Mázatl. Le quebró la quijada. Sus hombres lo empujaron hacia delante, a la compacta masa de los tepanecas que estaban cortando todo a su alrededor con sus *macuahuimeh*.

Miró a lo alto, hacia la lluvia de flechas con fuego que les caía desde la torre del islote Xochimanca, frente a la puerta sur de Azcapotzalco.

Se protegió con su escudo de rodela, su *cuauhchimalli*. A su lado, el joven Quauhtlatoa, tlatoani de Tlatelolco, arrojó su mazo contra un soldado tepaneca, justo en medio de la cabeza.

—¿Quién va a quedarse con todo cuando hayamos conquistado Azcapotzalco? —le preguntó a Moctezuma.

—¡¿De qué hablas?! —le preguntó el mexica y levantó el codo.

—¡Tu tío prometió gobernar conmigo: formar juntos la Triple Alianza!

—¡Así va a ser! ¡Tú sigue avanzando!

Quauhtlatoa se detuvo.

—Me estás engañando. ¿Me estás engañando?

—¡No te entiendo! ¡Vamos! ¡Nos están atacando!

—Los tlaxcaltecas. Ellos se van a quedar con todo. ¡Estamos ganando gracias a sus armas! ¡Con sus tropas! ¡¿Cómo vamos a lograr que no se queden con todo cuando entren ahí?! —y señaló al castillo de Maxtla.

—¡Eso lo veremos después! ¡Ahora tenemos que ganar la guerra! —y señaló hacia delante.

—¡Si me engañan, será traición!

Al sur, en la calzada de Tenochtitlán-Tacuba, Itzcóatl miró arriba, hacia las gigantescas almenas con forma de cabezas. La muralla de Tlacopan.

De lo alto comenzó a caer ácido.

El general tlaxcalteca-huexotzinca Temayahuátzin comenzó a gritarle:

—¡Te lo dije, Itzcóatl! ¡Esto es imposible! ¡Nunca vamos a poder pasar este muro! ¡Mira! —y señaló arriba. Empezaron a caer rocas desde lo alto a la calzada, despedazándola por los lados—. ¡Hay que enviar a alguien! ¡Sólo se puede abrir por dentro!

Itzcóatl le dijo:

—Nos la van a abrir por dentro. Prepárate para ver un milagro —y observó a lo alto de la muralla.

Arriba, en el palacio cónico de Tacuba, resguardado dentro de su enorme ventanal, el príncipe poeta Totoquihuatzin, sobrino de Maxtla, lo observaba todo.

Se volvió hacia su asistente Tipzin. Comenzó a cantarle, contorsionando grácilmente su cuerpo alargado:

—¡Todo esto es un espectáculo...! ¡Es el espectáculo de la sangre y de la vida! ¿No lo entiendes? ¡Yo me embriago con la flor de la guerra! ¡Porque yo soy poeta! ¡La vida y la muerte son la poesía! —y miró la ventana—. ¡No desperdicies estos sacrificios humanos que te hacemos! —y cerró los ojos, en éxtasis. Comenzó a elevar los brazos—. ¡Bebe de la sangre joven que te ofrecemos! ¡Embriágate con su sudor y con su tormento! ¡Disfruta este momento, este banquete! ¡Goza en tu lengua sangrienta el placer de la guerra y embriágate con el dolor de mi hermano! ¡Éste es mi canto!

Su asistente Tipzin comenzó a aplaudirle:

—¡Mi señor! ¡Siempre dices las palabras más bellas! ¡Tu tío Maxtla va estar orgulloso de ti! ¡Eres la muralla de Azcapotzalco! ¡Y además eres artista!

Totoquihuatzin lo tomó por el hombro. Le clavó un pico de jade en el diafragma.

— Ya no trabajo para mi tío Maxtla. Ahora yo soy aliado de Itzcóatl —y con toda su fuerza hundió el arma dentro del cuerpo del paje, trozándole los tejidos—. Ya no voy a ser un esclavo más de mi familia. ¡Mi ejército va a invadir Azcapotzalco!

Abajo, el general Temayahuátzin de Tlaxcala-Huexotzinco, desconcertado, vio que el estandarte de la Triple Alianza de Itzcóatl bajaba por el aire, desde lo alto de la muralla: una serpiente de obsidiana. Se volvió hacia el tlatoani de Tenochtitlán.

—¿Qué está sucediendo...?

El fuego cesó completamente. Se hizo el silencio. Los soldados de Tacuba dejaron de dispararles. Los incendios continuaron en los costados de la calzada.

Itzcóatl tomó a Temayahuátzin por el brazo.

—Hice un pacto con Tlacopan. Totoquihuatzin ahora trabaja conmigo. Él y yo somos dos de las tres partes de la triple alianza —y le sonrió.

—¿Cuál es la tercera...?

La puerta al pie del muro comenzó a abrirse, con un rechinido, con fracturas, haciendo temblar la tierra.

Itzcóatl le dijo a Temayahuátzin:

—Avancemos. Se acaba de triplicar nuestro ejército —le sonrió—. Ahora tenemos el de Tacuba. Bienvenido a nuestra nueva casa.

En Azcapotzalco, dentro del castillo, Nezahualcóyotl trotó por el corredor de rocas, con su *macuahuitl* en mano. Se detuvo en el umbral de la bodega de vestimentas del personal. Sujetó al enorme Tótel por el brazo. Les dijo a todos:

—Este imperio se va a disolver en un instante con sólo cortarle la cabeza —y señaló arriba—. Tenemos que llegar a la sala del trono, pero hay noventa soldados custodiando los tres accesos —y señaló a los lados—. Tótel y Chimal, por favor ustedes vayan por el conducto sur. Préndanle fuego y suban por las cuerdas. Itztlacauhtzin y Motoliniatzin, ustedes suban por la intersección central: es una escalinata alrededor de un pozo profundo: el *atlacomoli*, el pozo de la cisterna —y se volvió hacia Huitzilihuitzin y el enano Tícpac—: Ustedes vengan conmigo.

Tótel aferró a Chimal:

—Vamos, mexica —y lo jaló por el brazo. El aristócrata Itztlacauhtzin le gritó:

—¡Suerte con el gordo mexica! ¡Si puedes mátalo! ¡Acaba con esas ratas!

Tótel se detuvo, se volvió hacia Itztlacauhtzin de Huexotla. Lo señaló con el dedo.

—Te voy a matar a ti.

—No hagas caso —le dijo Chimal—. Esta noche yo no soy mexica. Esta noche tú no eres chalca. Esta noche todos somos aztecas —y le sonrió.

Chimal le sonrió también.

—Vamos, hermano.

Arriba, en su alcoba, Maxtla vio en la puerta a su hermano Tlacayapaltzin, su ayudante principal. Éste le dijo:

—¡Se está rebelando Ayotzinco! ¡También Tláhuac! ¡Chalco los está levantando en armas!

Maxtla abrió los ojos.

—Toteotzin… —y miró al piso—. Esto tiene que ser obra de Itzcóatl o del estúpido de Nezahualcóyotl. ¡Ellos están coordinando a todos! ¡Maldito gordo! —y comenzó a arrojar los objetos de la habitación al piso: los jarrones, las insignias de guerra. Su adjunto Tecólotl lo sujetó por el brazo.

—Majestad, nuestras tropas están ocupadas combatiendo en Huehuetoca, Tultitlán, Cuauhtitlán, aquí mismo en Tacuba y en nuestra puerta Nextenco. El ejército de Totoquihuatzin acaba de defeccionar. Totoquihuatzin ahora está aliado con el tlatoani Itzcóatl.

Maxtla se quedó perplejo. Observó el piso.

—No, no, no… —y se volvió hacia su hermano Tlacayapaltzin—. ¡¿Cómo nos está ocurriendo esto?!

Abajo, en la puerta Nextenco —futura calle Nextengo, Pabellón Azcapotzalco, Aquiles Serdán—, Itzcóatl avanzó seguido por su gigantesco ejército, la mitad del cual estaba conformado por hombres hormiga tepanecas, de Tacuba. Un guerrero le dijo a otro en el lenguaje tepaneca-otonca:

—'Ra'yo dänga ndä tu'sua mä muị. Me agrada nuestro nuevo jefe.

Itzcóatl señaló hacia lo alto, al castillo de Azcapotzalco, a sus nueve enormes hormigas de roca.

Le dijo a su nuevo compañero al mando, el alto y contorsionado Totoquihuatzin de Tacuba:

—¡Ahora sólo dependemos de Nezali! ¡Él va a hacerse cargo de Maxtla! ¡Nos abrirá el castillo desde adentro!

Totoquihuatzin siguió trotando, sonriendo. Con una mano iba empuñando un mazo.

—¡Todo esto está muy bien! —le dijo a Itzcóatl—. ¡Pero hay un problema…! —y le sonrió—. ¿Cómo vas a controlar ahora a Nezahualcóyotl? Él va a querer el poder.

Itzcóatl se extrañó.

—¿A qué te refieres?

—Una vez que Nezahualcóyotl mate a Maxtla, con apoyo de sus tíos de Tlaxcala, él va a querer quedarse al mando, con el imperio. ¿Cómo vas a evitar que tu sobrino nos quite de en medio?

Itzcóatl siguió trotando. Negó con la cabeza.

—Nezali es la civilización. Es la esperanza —y le sonrió a Totoquihuatzin—. Nezali, tú y yo somos la Excan Tlahtolloyan. La Triple Alianza.

126

Dentro del castillo, Nezali caminó con cautela, con las rodillas flexionadas, pegado al muro. Le hizo señas al musculoso Huitzilihuitzin y también al enano Tícpac.

El pequeño Tícpac avanzó sigilosamente por el oscuro pasillo, con un objeto cúbico que acababa de darle Huitzilihuitzin. Debía colocarlo a la mitad del corredor, para provocar una explosión.

—¿Aquí? —les preguntó.

Al extremo sur del edificio, el gigantesco Tótel de Chalco violentamente sacó de su *máxtlatl* una roca de fricción. Le dijo a Chimal:

—Prepárate para saltar hacia allá —y señaló una resquebrajada escalerilla de roca. Arrojó su duro pedernal de marcasita (disulfuro de hierro) contra el piso. Se encendió la llama. El fuego se expandió en la tela. Era la bodega de ropa.

—¡Esto va a distraer a los malditos! —y saltó junto a Chimal, sobre el espacio negro—. ¡Esto va a arder como el castillo de Lacatzone!

Abajo, Itzcóatl corrió seguido por sus hombres. Comenzaron a romper la barda sur de Azcapotzalco, Nextenco. Por el este se le unió, con sus cincuenta mil hombres, su sobrino Moctezuma, desde el puerto de Acalotenco. Por el norte, con su ejército de veinte mil guerreros, el joven Tlacaélel comenzó a gritar al cielo:

—¡Soldados! ¡Hoy tenemos un nuevo dios, el dios supremo del universo: Huitzilopochtli! ¡Y es el dios de los mexicas! ¡Y ésta es nuestra promesa! ¡Donde viéramos un águila enhiesta comiendo sobre un nopal salvaje, ahí estaría la tuna roja, el corazón de Copil, el guerrero, y ahí se edificaría México-Tenochtitlán! ¡Y nos dio nuestra isla! ¡Y desde allí conquistaremos a todos los que nos rodean! ¡Y muchas cosas han de suceder desde ahora!

Sus soldados, enardecidos, comenzaron a gritar:

—¡Mexitin! ¡Mexitin! ¡Mexitin! ¡México! ¡México!

Con un enorme ariete de madera con cabezal de bronce, de media tonelada, golpeó contra la pared de ladrillos. La tierra tembló. Tlacaélel saltó sobre la roca. Les gritó de nuevo:

—¡Hermanos! ¡Cuando entremos a esta ciudad enemiga, lo quemaremos todo! ¡Todo lo que haya en los templos! ¡Todo lo destruiremos! ¡Quemaremos a todos los dioses de esta ciudad! ¡Ahora sólo debe reinar el nuestro: Huitzilopochtli! ¡Todo lo que encontremos escrito tenemos que destruirlo! ¡Quemaremos toda la historia de estos pueblos! ¡Todos sus libros! ¡Haremos una hoguera gigante en la plaza central de esta maldita ciudad de enemigos! ¡Y a aquel de ellos que se aferre a su pasado también lo quemaremos! ¡Ahora nosotros vamos a escribir la historia!

El ariete reventó el muro. Comenzaron a meterse como ratas, con antorchas y lanzas.

Nezahualcóyotl avanzó silenciosamente, contra el muro, junto con Tíc-pac, Huitzilihuitzin y Coyohua. Se aproximaron, pegados a la pared, flexionando las rodillas. Vieron la luz de la alcoba encendida.

—Ésa es la habitación de Maxtla —les dijo.

Se volvieron hacia atrás. El pasillo estaba completamente apagado.

—Esto parece una trampa —le dijo Huitzilihuitzin.

—Seguramente lo es —asintió Nezali.

El anciano lo sujetó por la muñeca:

—No dudes. No te detengas. No sientas miedo —el tono de su voz era eufórico—. Piensa en todo lo que vas a estar haciendo mañana, cuando hayas vencido. Vas a cambiar el orden del mundo.

Tícpac le susurró:

—¡A mí también deme frases motivantes! ¡Tengo miedo!

Huitzilihuitzin le acarició la cabeza.

—Pequeño Tícpac, tú no eres un enano. Tú eres un gigante.

Se metieron a la alcoba con las armas en alto. Observaron las paredes, las enormes columnas cubiertas de oro. Escucharon un goteo. Vieron los retratos del emperador Tezozómoc. En los muros había palabras escritas en el dialecto tepaneca: MÄ DADA. MÄ HYADI. "Mi Padre. Mi Sol."

Nezali avanzó por el piso de madera. Rechinó bajo su peso. En su mano aferró su *macuahuitl*. Se volvió a la derecha.

Miró arriba, al techo de vigas. Un tablón del suelo crujió.

En el piso vio un cadáver. Una pierna. Comenzó a aproximarse. Tenía el vientre abierto. Estaba retorcido en un charco de sangre.

—¿Malin...? —abrió los ojos. Comenzó a sacudir la cabeza.

—¿Quién es? ¿La conoces? —le preguntó Huitzilihuitzin.

—Es Malin, la prostituta del palacio. Quisieron usarla conmigo.

Huitzilihuitzin se volvió hacia Nezahualcóyotl. Negó con la cabeza.

Caminaron sobre las tablas. Vieron la puerta trasera. Estaba abierta. Vio salir bolas de vapor. Nezali sintió en el rostro, en la piel, el calor. Era vapor caliente con olor a eucalipto.

—¿Un temazcal...? —le preguntó Tícpac. Comenzó a ladear su pequeña cabeza.

Nezali siguió avanzando.

Se metieron al temazcal. El vapor caliente era una niebla luminosa. Nezali sintió las gotas calientes en la piel, en la ropa.

Tícpac les dijo:

—Qué extraña idea. ¿Tomar un temazcal cuando estás en medio de una guerra...?

—Esto definitivamente es una trampa —le dijo desde atrás Huitzilihuitzin.

Nezali lentamente se volvió hacia arriba, al techo de tablas mojadas: vio unos agujeros negros.

Por detrás, un hombre con una lanza de dos metros atacó a Huitzilihuitzin, encajándosela en medio de la espalda. La vara le atravesó todo el cuerpo. Salió por su pecho.

—¡Huitzilihuitzin! —le gritó Nezali.

El anciano comenzó a caer, descansando su corpulencia contra la lanza. La agarró con las manos y se quedó inmóvil.

—Puedes vencerme hoy —le dijo Maxtla a Nezali—. Tal vez ya me venciste —y le mostró los dientes—. Pero ¿de qué va a servirte? —y colocó una mano sobre la cara de Huitzilihuitzin. Comenzó a reírse a carcajadas—. Te gané, hijo de Ixtlilxóchitl. ¿Qué conseguiste con vencerme? ¡¿Con quién vas a compartir ahora tu victoria?! ¡¿Con muertos?! —y le encajó una pica de bronce a Coyohua.

—¡¿Nezali?! —le gritó su amigo. Maxtla lo levantó por el vientre, con la pica de bronce. Violentamente retiró el arma, con pedazos de intestino, empujando el cuerpo de Coyohua por el aire.

Coyohua cayó al suelo, con el abdomen desgarrado, intentando sostener sus tejidos. Empezó a sacar sangre por la boca.

—Nezali...

Maxtla le sonrió a Nezahualcóyotl.

—¿Ahora lo ves? —lo miró sin pestañear. Comenzó a caminar a su alrededor, hacia Tícpac—. ¿De qué te va a servir ahora la victoria? —y abrió los ojos—. ¿Con quién la vas a compartir? Ahora estarás solo.

Nezali negó con la cabeza. Vio en el piso a Huitzilihuitzin, a Coyohua.

—No, no... —y se llevó las manos a la cara—. ¡No!

—Son los que tú matas —le dijo Maxtla—. ¡Los matas tú! ¡Ellos mueren por defenderte! ¡Vas a quedarte solo! ¡Ya estás solo!

Maxtla siguió caminando en torno a Nezali, con la pica de bronce, sin parpadear:

—Hoy puedes matarme. Hazme ese favor —le sonrió—. Hoy vas a quedarte con mi imperio. Quédatelo. Pero antes voy a destruir tu vida, tus ganas de vivir —y miró al pequeño Tícpac. Lo señaló con la pica—. Esto es lo que hizo mi padre conmigo. Me quitó cualquier intención de vivir —y comenzó a asentir—. ¡Sí! —y tocó su pecho, el enorme sol negro tatuado en su corazón. Miró a Nezali sin parpadear—. Has perdido a todos a los que alguna vez has amado. Todo por un "sueño". El sueño de hacer un mundo mejor. No existe. Es un espejismo. Un ensueño. *Cochitlehualiztli temictli.*

Se colocó la pica metálica en la base de la quijada:

—Quédate con el imperio. A mí nunca me ayudó el poder. Hubiera preferido el amor de un padre.

Con enorme violencia se clavó la pica en la cabeza. La sangre chorreaba al sol de su pecho. Decía: MÄ DADA. MÄ HYADI.

Mi Padre. Mi Sol.

Nezali salió del temazcal al lado de Tícpac.

Ya era el rey de Azcapotzalco.

Tícpac venía detrás de él, trotando, llorando.

Todos los ovacionaron. Nezahualcóyotl caminó por el corredor, entre la columnas de hormigas. Le aplaudieron: Tlacaélel, Itzcóatl, Totoquihuatzin, Moctezuma Ilhiucamina; los tetrarcas Temayahuátzin, Tenocélotl, Xaya Camechan, Tecocohuatzin de Cuauhtitlán, junto con su hija Xhala; Toteotzin de Chalco, junto con Totoquioztzin y Quateotzin de Tlalmanalco, y Quauhtlatoa de Tlatelolco.

Nezali los miró.

Levantó en el aire la cabeza de Maxtla. Chorreó sangre.

Todos comenzaron a gritarle.

—¡Nezali! ¡Nezali! ¡Nezali! ¡Nezali!

128

Los líderes se aproximaron en silencio al balcón. Miraron hacia afuera por el enorme ventanal: la ciudad de Azcapotzalco en llamas.

Se alinearon justo al borde. Contemplaron por un momento el valle, el gigantesco lago. Había incendios en muchas partes de la interminable costa, en las montañas Iztaccíhuatl, Tláloc, Totoltepec, Tepeyac.

A los flancos estaban, por el exterior del edificio, las titánicas hormigas gigantes de roca de Azcapotzalco, las Ázcatl-Tetecalan.

Todos observaron el horizonte. El sol comenzó a salir por los volcanes nevados, al otro lado del lago. El astro rey, por un fugaz momento, fue sólo una línea de luz emergiendo desde la oscuridad.

Abajo la ciudad aún estaba en caos. Miles de soldados todavía saqueaban y corrían de un lado al otro con su botín, gritándose, jalando a las mujeres capturadas por los cabellos; encadenando a los hombres de Azcapotzalco, metiéndolos en canastos.

Nezali y los otros generales se volvieron hacia lo alto, al cielo, a la estrella Venus.

Desde abajo, los miles de guerreros tepanecas, mexicas, tlaxcaltecas y cuauhtlinchantlacas les gritaron a sus líderes, quienes los miraban desde el balcón:

—¡Excan Tlahtolloyan! ¡Excan Tlahtolloyan! —y levantaron los brazos, las armas—. ¡Excan Tlahtolloyan! ¡Excan Tlahtolloyan! ¡Triple Alianza! ¡Triple Alianza!

El joven tlatoani de Tlatelolco, Quauhtlatoa, se volvió hacia los generales de Tlaxcala, el soberano de Chalco, Toteotzin, y a los aliados de Cuauhtitlán, Tecocohuatzin y Callaxóchitl:

—¿Ahora quién va a ser el rey aquí? —preguntó.

Nezahualcóyotl los vio a todos. Observó a sus primos, bañados en sangre: Moctezuma, Tlacaélel y Huehue Zaca, de Tenochtitlán. Ellos lo estaban mirando fijamente.

Quauhtlatoa de Tlatelolco les insistió a todos:

—¡¿Quién va a tener ahora el poder aquí?! ¡¿Quién va a tomar el trono de Maxtla?! ¡¿Itzcóatl?! ¡¿Nezahualcóyotl?! ¡¿La confederación de Tlaxcala?! —y pestañeó—. ¡Yo también quiero ser parte de la Triple Alianza! —y con fuerza se golpeó en el pecho.

Itzcóatl lo miró fijamente. Comenzó a asentir con la cabeza. Suavemente lo tomó por el brazo:

—Querido Quauhtlatoa, el poder lo tendrá el que posea el ejército más fuerte —y le sonrió. Se volvió hacia abajo, a la plaza, a sus miles de soldados: los guerreros serpiente y los hombres hormiga de Tacuba. Comenzó a levantar los brazos de los generales que estaban a sus costados: su primo tepaneca Totoquihuatzin de Tacuba, el Poeta de los Pájaros, y su sobrino texcocano, Nezahualcóyotl.

"Nosotros somos la Triple Alianza —y con toda la fuerza de sus pulmones comenzó a gritar hacia la plaza—: ¡Nunca más habrá un emperador que se imponga a los demás en este mundo! ¡Nunca más habrá otro Tezozómoc! ¡Desde ahora todo será diferente! —y le sonrió a Nezahualcóyotl—. Sobrino mío, vamos a gobernar tú y yo juntos, como lo hacen tus tíos de la confederación de Tlaxcala —y miró a Tenocélotl y a Xaya Camechan—. Vamos a construir todo lo que tú has imaginado y soñado, lo que soñó tu padre —y señaló al valle—. Tú me vas a ayudar a crear una civilización que brillará por siglos —y le tocó la cabeza—. Seremos diferentes a todo lo que ha existido en el mundo. Y este mundo será mejor. Te lo prometo.

Detrás de él, entre los que aplaudían estrepitosamente, el joven Tlacaélel, de ojos alargados y extraños, semejantes a los de un gato; con las pupilas rasgadas hacia abajo, como las de una serpiente, colocó su mano sobre el costado de su primo Moctezuma y le dijo al oído:

—La verdadera guerra apenas está comenzado. Será contra Nezali. No permitiré que él se apodere de mi tío —y observó al príncipe texcocano—. La religión de este nuevo imperio no va a ser la de Nezahualcóyotl. Será la mía —y lo miró con perfidia—. Esto va a ser un imperio. El más tiránico de la tierra. Yo dictaré el futuro. Yo no soy azteca. Yo soy mexica. Y muchas cosas han de suceder.

En el cielo comenzó a formarse una figura colosal: eran dos serpientes cósmicas enredadas entre sí, reventándose las escamas, fauce contra fauce, peleando por el futuro del universo.

Quetzalcóatl y Tezcatlipoca. Ipalnemohuani y Huitzilopochtli. Nezahualcóyotl y Tlacaélel. El bien y el mal.

En su mano, Nezali sintió unos dedos gorditos. Comenzó a entrecerrar los ojos. Se volvió hacia abajo. Era Tícpac. Le estaba sonriendo. El enano le dijo:

—Mi señor, sé que muchos de los que alguna vez amaste murieron por ti y piensas que tuviste la culpa. Tal vez ya no te quedan ganas de vivir ni de seguir luchando. Lo entiendo —con sus dedos le apretó las yemas suavemente—. Hazlo por los que seguimos vivos. Ahora me tienes a mí —le sonrió—. Tu lucha contra el mal apenas está comenzando —se volvió hacia Tlacaélel—. Alguien tiene que luchar por el bien.

De su bolsillo sacó un objeto. Lo puso en la mano de Nezali. Era una pequeña caja, un pequeño cubo de metal dorado que Nezali le había dado en su habitación, cuando Tícpac lo cuidaba. La cajita brilló en la oscuridad.

Nezahualcóyotl la acarició entre sus dedos. En su tapa encontró el dibujo de un insecto con alas, con destellos.

—*Cópitl...* la luciérnaga... —y se volvió hacia Tícpac.

—Es para que recuerdes que siempre hay luz. Y siempre habrá esperanza. Aztlán está allá —y señaló hacia delante—. En el futuro.

129

—Así surgió el Imperio azteca —nos dijo el padre Damiano—. Fue con esa batalla. Fue meteórico. En sólo cien años, seis emperadores, comenzando por Itzcóatl, y siguiéndole Moctezuma Ilhiucamina, Axayácatl, Tizoc, Ahuízotl y Moctezuma Xocoyotzin, conquistaron lo que hoy es Morelos y Guerrero, después Veracruz, la frontera con Michoacán y Guanajuato, Oaxaca y la costa sur de Chiapas, hasta Guatemala. En un siglo, el Imperio azteca ya medía 220 mil kilómetros cuadrados; la quinta parte de lo que fue en su momento el Sacro Imperio Romano Germánico de Carlomagno, y albergaba una población de veintidós millones de personas. Pero la pregunta que ahora nos importa es ¿realmente existió Aztlán? ¿O todo fue siempre una mentira?

Avanzó por el interior de la Sala 22. Ahora estábamos en el corazón secreto del museo. La Sala Nahua.

Señaló hacia delante:

—¡Aquí está la respuesta de todo lo que buscamos! ¡En esta sala!

Troté detrás de él.

—Debimos comenzar por aquí, ¿no lo cree?

—El doctor Alfredo López Austin del Instituto de Investigaciones Antropológicas de la UNAM dice en su documento "Mitos de una migración" que "se repite en las fuentes [históricas] que de Chicomóztoc [el lugar de las siete cuevas de donde partieron originalmente los aztecas-mexicas] salieron siete pueblos diferentes, pero no son siempre los mismos siete. En algunas narraciones de origen, por supuesto, los mexicas no aparecen en la lista. Así, en el bello códice llamado *Historia tolteca-chichimeca* […], son los malpantlacas, los texcaltecas, los cuauhtlinchantlacas, los totomihuaques, los zacatecas, los acolchichimecas y los tzauctecas […]. Chicomóztoc, en conclusión, es un arquetipo de amplia distribución en Mesoamérica. Es un lugar mítico que responde a la necesidad de explicar […]. Porque cada pueblo debe indicar cuál fue su momento de origen y quiénes sus hermanos de parto para marcar correctamente su presencia y su ubicación políticas". Esto se parece a lo que en la Biblia se llama "Tabla de las Naciones", en el libro del Génesis 10.

—¿Tabla de las Naciones…?

—El doctor Carlos Santamarina lo dice: "Los mitos en que se basaba la historia oficial mexica en torno a los designios de Huitzilopochtli para favorecer a los mexicas como su pueblo elegido no están sustentados por la historiografía moderna […]. Actualmente, nuestro conocimiento de aquel periodo nos permite más bien afirmar que el establecimiento de una serie de grupos migrantes en el islote […] constituye en realidad una acción impulsada por Azcapotzalco […]. Con ello los tepanecas […] asentaban su presencia estratégica en el área lacustre, en detrimento de Colhuacan y otros centros rivales". Fue como cuando en la Biblia el emperador persa Ciro envió a los judíos de Babilonia de vuelta a Israel, devolviéndoles su tierra prometida: no fue por buena persona, más bien fue para tenerlos como tapón o escudo humano contra su rival Egipto, que era enemigo de Persia.

Trotó por debajo de los reflectores del techo, sobre el piso de parquet:

—Seguramente te estás preguntando si Aztlán y Chicomóztoc son lo mismo o si son cosas distintas.

Trotamos, primero el padre Damiano, luego Silvia y al final yo.

—Sí. Me lo pregunto. ¿Son lo mismo?

—Chicomóztoc puede ser una mentira —me dijo—. Pero si Aztlán y Chicomóztoc son cosas distintas, Aztlán es real. Prepárate —y señaló hacia delante: hacia la ilustración del *Códice Aubin*, la montaña verde flotando en medio del agua, con pequeñas casas a los lados, y las ocho tribus "nahuatlacas" o "hablantes de náhuatl".

Me dijo:

—Rodrigo, el lugar más antiguo donde se habla de Aztlán es este documento: el *Códice Aubin*. Aubin fue miembro de la Commission Scientifique du Mexique, la comisión científica nombrada por Francia cuando enviaron aquí a Maximiliano. El original de este dibujo está hoy en el Museo Británico, código museográfico Am2006,Drg.31219. Alexis Aubin fue amigo del emperador mexicano Maximiliano de Habsburgo y del emperador de Francia Napoleón III. También fue amigo del arqueólogo Eugène Boban, el que falsificó los cráneos de vidrio presuntamente aztecas que hoy están en tres grandes museos del mundo, de los cuales se cree tienen poderes paranormales. Aquí en el *Códice Aubin*, folio 3, dice lo siguiente: "Los aztecas salieron de Aztlán en el año 1168". En la parte de abajo están enunciados los ocho grupos o tribus que supuestamente migraron juntos al sur, hacia el futuro México: las tribus huexotzinca, chalca, xochimilca, cuitlahuaca, malinalca, chichimeca, tepaneca y matlatzinca. En la parte superior de la montaña flotante se ve, como puedes percatarte, un sujeto en una postura muy extraña, mirando al horizonte.

—No entiendo —le dije—. ¿Aztlán entonces es una isla? ¿No es una "cueva"? Chicomóztoc son siete cuevas, en una montaña. ¿Ahora son ocho tribus? —y me golpeé la cabeza.

—El noble chalca Domingo Antón Chimalpahin, en su "Cuarta Relación", sección 15, dice: "Vinieron traídos por sus señores buscando dónde habitar; a las cuales tierras vinieron remando hasta salir en donde estaba lo que llamaban Aztlán [...]. Fue cuando los vino guiando Huey Aye Yécatl. Tal vez fue éste quien les metió adentro de las canoas, trayendo a estos antiguos hasta las márgenes del país Aztlán, a cuyas márgenes arribaron, en donde se establecieron [...]. Solamente por la voluntad y el corazón de Dios Nuestro Señor fue que de allá vinieran, pudieran navegar y hacer la travesía de la gran extensión de agua, transportándose sobre aguas tan extensas como los cielos, hasta que abordaran en lo que llamaban Aztlán, que estaba adentro, en medio del agua [...]. Y no se sabe verdaderamente de qué dirección, de qué tierra venían estos referidos antiguos que arribaron a las márgenes de Aztlán. Y según la fe que tenemos y que satisface nuestros corazones, todo fue una sola tierra; todo lo que ahora está dividido, todo fue un solo bloque".

Le dije:

—Parece que ahora está hablando de Pangea.

Me sonrió el padre Damiano.

—Si nos guiamos por lo que dice este sobreviviente de la nobleza de Chalco y probable descendiente del rey chalca Toteotzin, Aztlán estaba efectivamente en el agua, en una especie de mar o lago muy grande, pero los que la habitaron, hoy llamados "aztecas", venían desde el océano.

—¿Estos "aztecas" llegaron a Aztlán desde el océano?

—Dice Chimalpahin: "Aguas tan extensas como los cielos". Eso significa un océano. Podría estarse refiriendo al océano Atlántico o al Pacífico, a una migración en canoas, como la que ocurrió en la isla de Pascua, pues después dice que llegaron a un "país en medio del agua". Tal vez Aztlán es Cuba, o la isla de Pascua, o la isla de la Pasión...

—No diga pendejadas —le dijo desde atrás Silvia Nava. Yo la detuve por el brazo.

—El padre Damiano está hablando. No lo interrumpas.

El padre nos dijo:

—Chimalpahin de Chalco dice en la sección 44 de su "Relación para el Virrey": "En el año [...] Ocho Ácatl, 83 años. Estando todos juntos los antiguos chichimecas allá en Aztlán, fue cuando ocurrió que algunos se volvieron otomíes; otros se volvieron tenimes, otros se volvieron cuextecas [...]. No se sabe bien cómo fue que ocurrió esto entre los antiguos" —y siguió avanzando—. Los "cuextecas" eran los huastecos, de Veracruz. Los "tenimes" son los yopes-tlapanecas de Guerrero. Y dice: "En el año [...] Nueve Técpatl, 84 años [...] comenzaron los antiguos chichimecas a abandonar sus moradas de Aztlán. En consecuencia, fueron las tribus para salir, allá adentro de la Cueva [...], la que llaman gruta de los Siete, Lugar de donde ha de Partirse".

—¿Las "siete cuevas"...? —le pregunté.

—Chimalpahin continúa diciendo: "Y fueron para salir a la llamada Cueva [...], la cual tiene en el centro una concavidad y es peñascosa, donde llaman Gruta de los Siete, en donde están los Tzompantlis [es decir, las paredes de cráneos], en donde se levanta el Mezquite. De allá salieron los mencionados chichimecas totolimpanecas, en este mismo año referido Seis Técpatl, 1160 [...] y llegaron allá a Chalco Atenco en el año de Nueve Calli, 1241 años". Se refiere a los chichimeca totolimpaneca amaquemes, es decir, los chalcas, cuyo dios según esta crónica es "Totollini", el "dios pájaro". Por su parte, Alvarado Tezozómoc dice en su *Crónica Mexicáyotl*, del año 1609: "Entonces salieron los chichimecas, los aztecas, de Aztlán, que era su morada, en el año Uno-Pedernal, 1069 años [...]. El lugar de su morada tiene por nombre Aztlán, y por eso se les nombra aztecas; y tiene por segundo nombre el de Chicomoztoc, y sus nombres son estos de aztecas y mexicanos [...]. Los mexicanos [o mexicas] salieron de allá, del lugar llamado Aztlán, el cual se halla en mitad del agua; de allá partieron para acá los que componían los siete 'calpulli' ", es decir, los siete "clanes".

Comencé a sacudir la cabeza. Me dijo:

—Según Burr Cartwright Brundage, todos los diferentes códices que sobrevivieron y conocemos, presentan listas diferentes de las tribus que migraron desde Aztlán o Chicomóztoc. Cada reino, al llegar al valle y ver que los habitantes del mismo hablaban de ese mito, quiso autoincluirse en esa lista y borrar de la misma a sus rivales. Fue una "guerra de preferencias". Cada ciudad "personalizó" este mito de Chicomóztoc: los chalcas, los tepanecas, los tlaxcaltecas, y finalmente, los mexicas. Y cada uno se ubicó como protagonista de su "dios".

—Pero entonces —le dije—, ¿cuál fue la primera versión del mito? Alguien tuvo que ser el primero en inventarlo, y los demás simplemente lo copiaron, ¿no?

Me tomó por el hombro:

—Las diferentes etnias que llegaron al valle tenían un origen muy diferente a lo que después mitificaron. Hoy sabemos, por lo que indican Xavier Noguez y Carlos Martínez Marín, que el origen verdadero de los tepanecas eran probablemente las poblaciones de habla otomí u otomangue del valle de Toluca, antiguo Matlatzinco.

Avanzó por el corredor:

—Cuando les llegó el turno a los mexicas, éstos simplemente fueron uno más de los que copiaron el mito. Se autoincluyeron en la lista y se decretaron sus protagonistas. El doctor Manuel Hermann Lejarazu de la UNAM y del CIESAS de la Ciudad de México dice: "Uno de los manuscritos más importantes provenientes de la región de Cuauhtinchan, Puebla, es la denominada *Historia tolteca-chichimeca* [...]. Según el texto en náhuatl, los siguientes son los grupos chichimecas que salieron de Chicomóztoc: los cuauhtinchantlacas, moquihuixcas, totomihuaques, acolchichimecas, tzauhctecas, zacatecas, malpantlacas y los texcaltecas".

Y me miró a los ojos. Me dijo:

—Nuevamente, como puedes darte cuenta, aquí no aparecen los mexicas.

Comencé a negar con la cabeza. Me dijo:

—Los mexicas llegaron desde otro lado. Corresponden a otro origen, a otra oleada migratoria mucho más enigmática de lo que hemos supuesto jamás. Ése es el verdadero secreto azteca.

Me volví hacia un enorme monumento de bronce que estaba al fondo del pasillo.

Le dije:

—Siempre tuve mis sospechas sobre todo esto. Pero...

—Cada pueblo tiene el derecho a inventar su pasado. Cuando tú no inventas tu pasado, alguien más lo hace por ti, y entonces te controla. Y cuando tu pasado te condiciona o te condena a ser un esclavo, entonces tienes que cambiarlo, o al menos verificar la versión que te han contado sobre ti mismo.

Avanzó hasta el fondo de la sala. Decía en lo alto: NÚCLEO DE LA SALA 22: AZTLÁN.

Me dijo:

—Lo único mejor que reinventar tu pasado es descubrir la verdad. Saber quién eres.

130

El padre Damiano nos condujo entre los corredores angulados, de enormes vitrinas. Contenían maniquíes con trajes antiguos nahuas. Vi las máscaras nahuas: demonios, monstruos, figuras de miles de colores.

—El doctor Alfredo López Austin del Instituto de Investigaciones Antropológicas de la UNAM dice: "El arquetipo [de Chicomóztoc] no perteneció sólo a los pueblos nahuas del Altiplano Central de México, [sino que] muy lejos, en las tierras guatemaltecas, hubo quienes se dijeron originarios de Wukub Pec, Wukub Siwan. En lengua quiché estos nombres significan 'Las Siete Cuevas', 'Las Siete Barrancas' ".

Siguió avanzando.

—Alfredo Chavero escribió en sus notas de la *Historia de Tlaxcala*, de Diego Muñoz Camargo: "Todos los antiguos pueblos que habitaban el valle de México, y los que se extendieron fuera de él por el Oriente, del otro lado de sus montañas, conservaban el recuerdo de haber salido de una región común, llamada Chicomoztoc". ¡¿Puede ser mentira algo que pensaron tantos pueblos?!

—¿Pero cómo es que después de quinientos años, en esta era de la máxima tecnología, no tengamos una maldita respuesta real sobre esto?

Siguió caminando:

—Existe una teoría, Rodrigo Roxar, una especulación. ¿Recuerdas la imagen del *Códice Aubin*, la de la montaña verde en medio del agua? —y me miró.

—Sí, la recuerdo. ¿Ahora qué?

—En Nayarit existe un lugar remoto que se parece a esa descripción: una isla circular, una ciudad en medio del agua. Se llama Mexcaltitán —y miró hacia delante—. Fue clasificada como "Pueblo Mágico" hasta 2009, cuando le quitaron esa denominación por incumplir con las regulaciones. El arqueólogo Wigberto Jiménez Moreno aseguró que esa isla debía ser la mítica Aztlán. Los nayaritas aún afirman que lo es.

—¿Y lo es…? —troté tras él.

—Es una isla muy bella, hermosa, preciosa. Pero no es Aztlán —y siguió avanzando—. No hay ahí ningún cerro. Aztlán debe ser una montaña, como en el *Códice Aubin*. Para ser Aztlán, la isla tiene que ser una montaña en medio del agua.

—¡Todo esto es una pendejada! —le gritó Silvia Nava. Se llevó su radio a la boca—. ¡Esto debe terminar ahora! —y masticó un chicle—. Me están privando de horas de sueño.

Yo le dije al padre:

—¿Cómo hace un caballero templario como usted para soportar a alguien como ella? —y la señalé—. ¿Les enseñan alguna técnica? ¿Es algo mental? ¿"Neoprogramación"? ¿"Neuroprogramación"?

Me sonrió. Siguió avanzando:

—Sólo debes ignorar lo que no importa.

—Si no fuera por el celibato, yo me inscribiría a su orden templaria —le dije—. Me gusta eso de ser como un 007.

—El celibato es una regla, y aunque es espuria y tonta, nos obligan a seguirla. Es un voto —y miró hacia delante—. Dime ¿de qué te sirve en este mundo ser un "caballero templario" si no puedes tener una familia, amar a un hijo, darle lo que eres, lo que tienes? Piensa en Clemente VII, el papa Médici. No lo dejaron amar a su propio hijo Alejandro.

Bajé la cabeza.

—Lo siento. No pensé que…

El padre dijo:

—Sin embargo, existe otra posibilidad respecto a todo esto. Lo más probable es que la palabra "mexica" fuera acuñada cuando este pueblo ya habitaba la isla que les había regalado Tezozómoc; quizá éste se burlaba de ellos con ese mote por ser insulares, llamándolos "Hombres Peces" como insulto; "Michtinco", "el lugar de los hombres peces". No obstante, la palabra "mich" esconde un misterio mucho más oculto. Esta palabra proviene del norte. Es nativoamericana. La palabra "Michigan" significa "gran lago" en el idioma Ojibwe Chippewa, de la familia lingüística algonquina, y proviene de "Mishigamma". La palabra "mohicano" se deriva de "Muh-He-Ka-Neew", "el lugar de las aguas que corren".

Me quedé pasmado.

—No entiendo. ¿Qué tiene que ver esto con los nahuas? ¿O con los aztecas? —y observé los objetos de la sala.

El padre comenzó a asentir con la cabeza.

—En 1539 el virrey Antonio de Mendoza convocó a un fraile franciscano llamado Marcos de Niza para encargarle una de las más ambiciosas y peligrosas misiones de exploración de toda la historia: le pidió ir al remoto norte de este continente, a los desiertos desconocidos, en la dirección de Sonora y Arizona, en busca de lo que hoy conocemos como las Siete Ciudades de Cíbola.

—¿Cíbola…? —le pregunté. Me detuve.

—Cíbola es la alteración de la palabra zuñi "shiwina" o "ashiwi", con la que los zuñis se llamaban a sí mismos. Según la doctora Danna Alexandra Levin Rojo de la UAM-Azcapotzalco, especialista en relaciones interétnicas en el Nuevo México, el fraile Marcos de Niza se encontró con estos habitantes "en el paraje que llamó Vacapa, en el actual estado de Sonora", y estaba probablemente buscando las "Siete Cuevas" de las que hablaban los mexicas y los tlaxcaltecas del centro de México. Dice la doctora: "Cabe preguntarse entonces qué buscaba Mendoza cuando lo mandó en aquella dirección […]. ¿Cuáles indicios tenía el virrey en 1539 para suponer que el noroeste encerraba localidades tanto o más esplendorosas que la recién destruida México-Tenochtitlán?". Debió tener datos tan formidables de lo que podría ser "Aztlán" como para "en 1540" organizar "una costosa y masiva expedición colonizadora bajo el mando de Francisco Vázquez de Coronado, entonces gobernador de Nueva Galicia", actual estado de Jalisco.

Siguió avanzando:

—Todo indica que "el virrey se basó, según parece por la Relación de la Jornada de Cíbola que en 1565 escribió Pedro de Castañeda Nájera, acompañante de la expedición de Coronado y de Pedro de Tovar, en lo que a Nuño Beltrán de Guzmán le reveló un prisionero capturado en Oxitipar: le reveló la existencia de siete ciudades en el remoto norte del continente, con riquezas inconmensurables, con calles de plata. El virrey tenía más información: Baltasar de Obregón en su historia de 1584 lo escribió". Antonio de Mendoza y Hernán Cortés querían "descubrir el origen, venida, raíz y tronco de los antiguos culguas [culhuas o de habla náhuatl] mexicanos". Ellos sabían que ese origen estaba realmente en el norte. El mito tenía un sustrato real.

Observé el fondo del pasillo, bajo los interminables reflectores. Me dijo:

—Esto es lo que pocos han querido saber: la verdad. En *Crónica Mexicáyotl*, la verdad final sobre Aztlán es revelada por Hernando Alvarado Tezozómoc, y ha estado frente a las narices de los mexicanos: "Los mexicanos salieron de allá del lugar llamado Aztlán, el cual se halla en mitad del agua; de allá partieron para acá los que componían los siete 'calpulli'. El Aztlán de los antiguos mexicanos es lo que hoy día se denomina Nuevo México. *In Aztlan huehue Mexica. In axcan quitocayotia yancuic Mexico*".

Me quedé perplejo.

—Dios... ¿Nuevo México...? ¿Aztlán está en Nuevo México...?

El padre Damiano me tomó fuertemente por el brazo:

—Observa —tocó un mapa que estaba en el muro—: Los indios hopis viven actualmente en la región de los cuatro estados, llamada "Four Corners" o "Cuatro Esquinas", donde se juntan los estados estadounidenses de Utah, Arizona, Colorado y Nuevo México. Ellos mantienen un mito de cinco mundos. ¿Lo sabías?

—Dios... —le dije.

—Hay un Chicomóztoc-Aztlán de origen: el abismo Sipapu.

Abrí los ojos. Sacudí la cabeza. Me dijo:

—Sipapu es un "útero-arquetipo". Los vecinos de los hopis, y actuales enemigos, los indios navajo, también creen que hubo cuatro mundos. El primer mundo o primer sol se llamó Hodiłhił, el Mundo Oscuro: una isla que flotaba en medio de cuatro océanos.

—¡Diablos! ¡¿Aztlán...?!

—Ahora estás viendo que hay una traza común entre los aztecas y esos pueblos del sur de los Estados Unidos. Los que vivieron en el primer mundo del mito navajo pelearon unos con otros y abandonaron la isla para siempre; salieron por una apertura que apuntaba al oriente. Se llamaban los "Diyin Dine'é" o los "Hombres sagrados", seres que eran sólo espíritu, y el mundo mismo aún no era realmente físico, sino metafísico. El segundo mundo se llamó Ni' Hodootł'izh, el "Mundo Azul". En el tercer universo, Ni' Hałtsooí, el "Mundo Amarillo", no hubo un sol. La gente era feliz en este universo, pero la diosa Tééhoołtsódii, la Hipopótamo, causó una inundación que los mató a todos. El cuarto mundo se llamaba Ni' Hodisxǫs, "Mundo Blanco": un mundo cubierto de agua, poblado por monstruos llamados "naayéé'".

Me quedé pasmado.

—*Dios...* —le dije al padre Damiano—. ¿Son Tláloc... y... Tezcatlipoca...?

Me dijo:

—Ahora lo ves. Estás escuchando las pruebas vivas, las pistas de que hubo un pasado común.

Con un cincel que sacó de su traje comenzó a repasar el mapa.

—En la localidad de White Rock, al norte de la Pajarito Road, Nuevo México, hay una roca que tiene este símbolo —y nos lo mostró en el mapa: una serpiente con plumas, con dos cuernos en la cabeza, y con el cuerpo en una postura zigzagueante—. Esta localidad pertenece al Laboratorio Nacional de Los Álamos del Departamento de Energía de los Estados Unidos. En 1942, en esa locación se desarrolló la bomba atómica dentro del proyecto dirigido por el general Leslie Groves. La bomba nuclear.

Sacudí la cabeza:

—Es... ¿Quetzalcóatl...? —y acaricié la serpiente.

—Es la más antigua de todo lo que conoces. La llamaban "Awanyu", y también "Avanyu". Es la divinidad de los tewa, la deidad del agua.

Tragué saliva.

Me miró a los ojos.

—Este otro es el origen verdadero de Huitzilopochtli —y con su dedo tocó un esqueleto, un insecto de fuego—. También está en Nuevo México. Es el dios-esqueleto de los hopi, el dios del fuego y de la muerte: el guardián del Quinto Mundo. La leyenda hopi dice que él, Masauwu, fue quien los guió en su migración a su tierra prometida: Oraibi.

Parpadeé. Silvia hizo un gesto de incredulidad. Había empezado a quedarse en silencio, como si aquello fuera no sólo demasiada información, sino que también alteraba todo en lo cual creía ella. ¿Podría ocurrir tal cambio? Ya lo había dicho el padre Damiano, debíamos conocer nuestro pasado para liberarnos, no el pasado masticado por alguien, sino la verdad.

—¿Masauwu...? —y observé al terrible insecto solar. Tragué saliva—. Diablos.

Me dijo:

—Los hopi piensan que su dios Pahana, la Serpiente Emplumada, escapó al oriente, igual que nuestro Quetzalcóatl, aquí al sur, cuando su mundo fue destruido —y me puso la mano en el hombro—. Quién sabe, Rodrigo Roxar, tal vez en unas horas, cuando llegues con ellos a Nuevo México, pensarán que tú eres Pahana —me sonrió—. O tal vez tú descubrirás que siempre has sido Itzcóatl, y que siempre has tenido dentro de ti el poder del general que creó al Imperio de México.

131

Observé, en el enorme mapa, a México y Estados Unidos. El padre me dijo:

—Aquí tienes las pruebas: las huellas de una migración. Genética y una traza lingüística —y acarició el mapa. Observé una mancha gigante de color rojo que abarcaba todo el suroeste de los Estados Unidos y bajaba por el noroeste de México, por la costa nayarita michoacana al centro del país.

Me dijo:

—Éste es el mapa de la migración nahua. Es una migración real. Tanto lo es que todas las localidades que están dentro de esa mancha aún hablan lenguas hermanadas al idioma náhuatl —y las señaló—: Comanche en la región Tanoan; navajo y hopi en la región Pueblo; timbisha, shoshone, paiute, kawaiisu, tübatulabal en la región Numic de California; pima, papago, yaqui y mayo en Sonora; tepehuano y tarahumara en Chihuahua y Durango; cora y huichol en Nayarit y Jalisco; náhuatl en el centro de Mexico; pochuteco en Oaxaca, y pipil en El Salvador. Hoy en día un total de dos millones de personas siguen hablando todas estas lenguas emparentadas. Son la familia lingüística nahua o yutoazteca.

Empecé a negar con la cabeza.

Me sujetó por la solapa:

—La ciencia hoy puede comparar las diferencias lingüísticas entre todas estas lenguas para secuenciar región por región cómo fueron migrando estos pueblos al sur. Así se puede llegar a determinar dónde estuvo el lugar madre, el *urheimat*. Se llama glotocronología. La doctora Ascensión Hernández de León-Portilla, de la UNAM, lo dice así: "Hoy sabemos que los hablantes de yutonahua avanzaron del norte al sur del continente hace miles de años [...]. En su caminar hacia el sur fueron dejando un rosario de lenguas en las zonas montañosas de América del Norte [...]. A través de esas lenguas se puede seguir el camino de los pueblos yutonahuas y su preferencia por las tierras montañosas [...].

La lingüística comparada [...] ha hecho posible el avance del conocimiento de las lenguas yutonahuas hasta precisiones insospechadas".

Abrí los ojos. Me dijo:

—En 2014, Ward Wheeler y Peter Whiteley hicieron una secuencia por computadora con sistemas LATEX TIPA 1.3 Y POY5 para determinar, comparando las separaciones entre las lenguas nahuas, la localización del *urheimat* yutoazteca, es decir, del lugar de origen.

—Okey —y miré el mapa—. Aztlán...

—Así es. La migración humana bajó desde el norte, como en el mito de Aztlán. La migración fue real. El *urheimat* existe. Ese lugar es Aztlán.

—Te pido que vayas a Nuevo México. Ahí está la roca Tsirege, la representación de la serpiente Awanyu Pahana. Vuelve a tu pasado. En algún lugar más allá de las estrellas está ocurriendo una guerra colosal, cósmica —y me sujetó por el brazo—, que en realidad nunca ha terminado —y me miró a los ojos—: es la guerra entre el bien y el mal. Él eres tú esta noche —y señaló al fondo del corredor: la imagen del rey Nezahualcóyotl.

Yo lo tomé por los brazos:

—Padre Damiano, definitivamente usted es un verdadero caballero templario —afirmé con la cabeza—. ¿Puedo hacerle una pregunta?

—Adelante, hijo.

—¿Por qué me eligió a mí para todo esto?

Lentamente se arremangó la camisa. Por encima de la cruz templaria roja tenía tatuado el signo de Huitzilihuitzin: la roseta de caracol de fuego. Me dijo:

—Todos estamos de vuelta, Rodrigo. Esto ya ha ocurrido muchas veces en el tiempo. No estamos aquí por primera vez.

Silvia nos dijo:

—Qué estúpidos son —negó con la cabeza—. Esto no tiene fin. Una estupidez tras otra. ¿Ahora creen en la reencarnación?

Miré hacia abajo. De pronto decidí responderle. Le dije:

—Ahora sé qué es lo que tú estás haciendo aquí. Lo que tú quieres es que yo no crea en nada. Quieres que yo no tenga ninguna clase de amor a México; ningún orgullo por ser mexicano. Vienes a devaluarlo todo. Parece que para eso estás aquí, ¿no es cierto?

Ella sacó un revólver. Esbozando una sonrisa horrible, me apuntó a la cabeza:

—El senador Ceuta y Mr. Chambers me pidieron que te siguiera, que viera todo lo que tú hicieras; que espiara todo lo que tú y este sacerdote descubrieran; pero sobre todo, que les reportara todo lo que este estúpido caballero templario viera o descubriera —y con un giro apuntó con el arma al padre Damiano—. ¿Sabe? No vamos a permitir que usted alborote a este país de quinta. ¡Los mexicanos son subdesarrollados! ¡Son apáticos! ¡Necesitan ser controlados! ¿Cree usted que los va a despertar? ¡No van a despertar! ¡Se necesitaría un Nezahualcóyotl! ¡Un Itzcóatl! ¡Un Xólotl! —y se volvió a mí—. Rodrigo Roxar, él te eligió por la misma razón por la que utilizas el apellido de tu madre. Tú eres el último heredero de Nezahualcóyotl.

El sacerdote se volvió hacia mí. Me dijo:

—No dejes esta lucha. Desprograma a este país. Llévalos a la grandeza. Los programaron para anularlos. Que la llama que tienen todos por dentro resplandezca de nuevo. El sueño que un día fue el Imperio azteca debe realizarse: el de Nezahualcóyotl.

Silvia le disparó en el pecho.

—¡Cállese, miserable! ¡No queremos otro Bartolomé de las Casas! ¡No queremos otro obispo Acuña de las comunidades de Castilla!

Comencé a negar con la cabeza.

—¡No! —me llevé las manos a la cara.

La miré.

Ella me apuntó de nuevo.

—Voy a destruirte el alma, Rodrigo Roxar. Ahora nadie lo sabrá. Te mataré justo ahora —y jaló del martillo—. ¡Los mexicanos continuarán quinientos años más en la ignorancia, en la humillación, amando la derrota, sin saber que un día fueron un imperio! —y me sonrió—. ¡Que nadie investigue las causas de las cosas! Mejor que obedezcan. Para eso los queremos —y comenzó a ladear la cabeza—: Adiós, Rodrigo Roxar.

En su brazo vi un signo antiguo: era el glifo del *nenexólotl,* un arlequín azteca.

—Eres la mujer serpiente —le dije—. ¿Eres la ciguanaba…? ¡¿Por eso te llamas "Silvia Nava"?!

Su cara comenzó a transformarse. Sentí un miedo espeluznante. Me sonrió con su boca de serpiente:

—Prepárate para el viaje al inframundo. *Otona kuyyut wekeli ahkatl.*

Y le dispararon a ella.

Alguien le apuntó desde la columna.

Alguien terminó con su historia.

133

—Mi nombre es Sirius Goddog —me dijo el hombre.

Estábamos en el interior de un helicóptero, en pleno vuelo. El sonido atronador de las hélices y la máquina lo obligaron a forzar el tono. Lentamente colocó su mano sobre la mía:

—Rodrigo —me gritó—, sé lo que estás pasando. Lo vimos a través de las cámaras —y señaló la pantalla. Estaba el padre Damiano en la Sala Nahua, recibiendo el disparo. La escena comenzó a repetirse en bucle—. En situaciones como ésta uno pierde la esperanza, el deseo de cambiar las cosas —me dijo—. Pero alguien tiene que seguir luchando.

En su brazo vi un glifo extraño, junto a las pulseras de su muñeca: una estrella hecha de líneas a modo de asterisco al lado de un triángulo de pico alto.

El helicóptero tenía en las ventanas un letrero que decía: SOTHIS SOPDET, con la imagen estilizada de un hombre con cabeza de perro. Me dijo:

—Es Anubis. Es egipcio. Es el conductor de los hombres por el mundo de los muertos. Mucha gente piensa que era un dios maligno. Todo lo contrario. En realidad Anubis era un ser bondadoso, igual que Xólotl. Te conducía por el laberinto oscuro después de morir, protegiéndote de los monstruos de lo ultraterreno, hasta ponerte frente a Osiris, para tu resurrección final en el paraíso —y me sonrió.

Miré la ventana.

—Linda historia —le dije.

Asintió con la cabeza.

—Rodrigo, el lugar del que te habló el padre Damiano es real. El *urheimat*. Hacia allá vamos.

El helicóptero giró en el cielo sobrevolando el desierto de Durango, por encima de las regiones secas habitadas hoy por núcleos coras, huicholes y tarahumaras; regiones que siglos atrás habían sido exploradas por el soldado español Nuño Beltrán de Guzmán, el fraile Marcos de

Niza, por Pedro de Tovar y por Francisco Vázquez de Coronado, en busca de las Ciudades de Cíbola. O bien, Chicomóztoc, o bien, Aztlán.

Nos dirigíamos al norte del continente americano, a la región árida del suroeste de los Estados Unidos, a la demarcación geográfica donde se cruzan las líneas divisorias de los cuatro estados norteamericanos de las reservaciones hopis y navajo, es decir, Utah, Colorado, Arizona y Nuevo México, las cuales fueron parte del Imperio mexicano de Agustín de Iturbide: el lugar geográfico conocido en el mundo como "Four Corners", "Cuatro Esquinas".

El helicóptero avanzó en el aire por los territorios sonorenses del desierto de Nogales y Caborca, la región habitada hoy por las poblaciones pima y papago: sobrevivientes de la era epimokaya del continente Tanax, hablantes de lenguas yutonahuas. La aeronave se desplazó sobre la reserva indígena llamada Nación Tohono O'odham.

Como en un relámpago, vi en mi cabeza el rostro del padre Damiano, que me miraba frente al mapa de la expansión nahua. Vi cómo chorreaba sangre por la boca.

Sentí en las manos mi billete de cien pesos.

Lentamente lo llevé a mis ojos. Vi la cara del rey Nezahualcóyotl. Ahora yo sabía que en realidad el retrato pertenecía a otra persona.

El hombre sentado frente a mí me dijo:

—El *urheimat* es la región madre. Está aquí —y señaló hacia abajo—. Nuevo México. Ésta es la cuna, el origen de todas las poblaciones aztecas. Esto no es una teoría. Esto es una realidad. Es glotocronología respaldada por estudios de marcas genéticas. El hopi es el idioma *urheimat* del tronco yutoazteca, junto con idiomas de sus vecinos actuales: los comanches, los paiutes y los shohones, todos ellos son los antepasados de los aztecas. Los hopis son parientes distantes de todos los mexicanos. Comanches, hopis y aztecas, en todas sus modalidades, incluyendo a mexicas, tlaxcaltecas, tepanecas, xochimilcas, chalcas; todos estos pueblos proceden y descienden de un antepasado común que vivió aquí, en esta zona del mundo, hace mil años. Los que aquí vivían en ese entonces dejaron restos: la ciudad fantasma que se llama Cañón del Chaco, "Chaco Canyon". Fueron los antiguos anasazis.

Abrí los ojos.

—¿Anazasis…? —y miré por la ventana.

—Abandonaron su ciudad alrededor del año 1150, justo cuando las crónicas indican que comenzó la peregrinación azteca al sur, la salida desde Aztlán.

Me quedé pasmado. Me eché hacia atrás. Le pregunté:

—¡Diablos! Entonces... ¿esto es "Aztlán"? —y señalé hacia abajo.

El helicóptero sobrevoló la zona arqueológica. Escuché la indicaciones del piloto:

—Zona de vuelo ARTCC Denver-Albuquerque. Entrando a una altitud de 300 pies. Permiso de navegación ATC-2290.

El hombre que estaba en la cabina, junto a nosotros, comenzó a asentir. Me vio a los ojos.

El helicóptero comenzó a descender. Penetramos la región del espacio aéreo llamada Denver ZAB-FMN 37, en el estado de Nuevo México, en la región que alguna vez fue ocupada por el extinto Imperio anasazi.

Me volví a la ventana. Le pregunté al hombre:

—¿Estos anasazis fueron los... aztecas?

Me miró con sus ojos rasgados, como si fueran de un gato.

134

—Yancuic México —me dijo el hombre—. Esto es lo que escribió Alvarado Tezozómoc. "*In Aztlan huehue Mexica. In axcan quitocayotia yancuic Mexico.*"

El helicóptero aterrizó. El hombre saltó, pisando el patín de acero, al desierto de color anaranjado:

—Yancuic México significa "Nuevo México" en náhuatl —me dijo. Avanzó sobre las dunas, a través del aire caliente.

En mi rostro sentí el viento inmóvil y el olor a madera fosilizada.

—Siento como si estuviera en Aztlán —le sonreí—, o Chicomóztoc, una de ésas.

—Cuando el explorador Richard Wetherill encontró esta ciudad abandonada dijo que era tan grande como una construcción romana.

—Diablos —le dije—. ¿Cómo es posible que la gente en México no hable de este lugar o no lo conozca?

Observé la estructura colosal que estaba delante de nosotros: una imponente herradura gigante hecha de roca, de tamaño titánico. Era un lugar que parecía sacado de la ciencia ficción.

—Parece de la película *Alien*... —le dije.

—El gobierno estadounidense tiene una política muy clara en cuanto a las reservas indígenas. Todo esto ha permanecido marginado por mucho tiempo; sin embargo, aquí están los parientes ancestrales de los aztecas. Por eso no se le hace mucha publicidad. No quieren un "orgullo" o "nacionalismo aborigen" de los actuales nativoamericanos.

—*Dios*...

Seguimos avanzando, en silencio, a la zona arqueológica. Era la ciudad abandonada de los antiguos anasazis. Estaba construida al pie del gigantesco acantilado llamado Pueblo Alto, o también "Threatening Rock", la "Roca Amenazadora"; o en idioma navajo, "Tse Biyaa Anii'ahi", de treinta metros de altura, al margen de la vialidad fantasmagórica llamada Navajo Service Route 14.

El cielo era azul intenso, descomunal.

El color del desierto era rojo, de arcilla arenisca.

—Se llama Pueblo Bonito —me dijo el hombre—. La ciudad abandonada de los anasazis —y señaló el gigantesco castillo, hecho de la misma roca de la montaña.

—Es enorme… —le dije. Tenía la boca abierta. Observé la titánica construcción metahumana.

—Es un misterio por qué los anasazis abandonaron este lugar hace mil años, desde el año 1126, consumando la evacuación total hacia el 1150.

—¿Como el caso de Tula…? —le pregunté.

Observé las paredes silenciosas.

—¿Por qué alguien de pronto abandona un lugar como éste…? —le dije.

—Lo que resulta realmente curioso, o perturbador, es que la fecha coincida con la que establecen los cronistas sobre el día en el que los aztecas presuntamente abandonaron su lugar de origen en Aztlán-Chicomóztoc, en el año 1168.

Me detuve. Lo miré todo: el titánico edificio, el acantilado, el descomunal horizonte de riscos y formaciones geológicas extrañas.

—¿Por qué se fueron? —le pregunté—. ¿Qué pudo haber pasado aquí?

El sujeto miró la gigantesca edificación.

Parecía realmente una herradura inmensa: un edificio semejante al artefacto de Ridley Scott y H. R. Giger. Tendría unos diez metros de altura y cien metros de profundidad. Sus formas eran curvas, en verdad espeluznantes, de aspecto alienígena, pero espectaculares.

—Hace mil años —me dijo—, este lugar fue una capital populosa, importante. Fue el centro de una civilización hasta hoy prácticamente desconocida —y caminó más. Se metió al titánico edificio—. En su pleno momento de grandeza, esta ciudad fantasma tuvo un comercio internacional incluso con los toltecas —y señaló al remoto sur, hacia México—. ¿Cómo lo sabemos? —y del piso recogió un pequeño pedazo de cerámica—. Por objetos como esto —me lo mostró—. Se han encontrado aquí objetos provenientes de los toltecas, como conchas y joyas de jade. Eso significa que ambos centros humanos estaban interconectados. Dos capitales.

Avancé con él por dentro de la edificación abandonada. Me dijo:

—Los habitantes de este lugar, los anasazis, tenían la mina de producción del material más valioso para sus socios remotos, los toltecas del centro de México: la turquesa, el oro de los dioses.

—Turquesa... —y asentí con la cabeza.

—La turquesa de toda Mesoamérica se extrajo en esta zona, junto con algunos puntos de oxidación de cobre purépechas. Pero de pronto, en 1126 —y tronó con los dedos—, todo se vino abajo. Esta civilización colapsó. Repentinamente la ciudad fue abandonada, o su sociedad fue exterminada, o la población, por alguna razón enigmática, decidió irse de aquí. Este colapso ocurrió al mismo tiempo que el de los propios toltecas, al sur, en México. ¿Lo recuerdas?

Comencé a sacudir la cabeza.

—Habría cadáveres aquí —le dije—. Si los exterminaron, sus cadáveres tendrían que estar aquí —y señalé al piso—. Todo esto estaría lleno de huesos.

Caminó sobre las rocas, quebrándolas con sus zapatos:

—La civilización tolteca también acabó, como sabes, con un evento cataclísmico. En ese siglo, Tollan, la capital del rey Topiltzin Quetzalcóatl, el último rey tolteca, también fue abandonada, convertida en un espacio fantasma. El arqueólogo Jorge Acosta hizo un estudio extensivo de las ruinas de Tula, en el estado de Hidalgo, y de los muchos edificios que presentan daños e incendios en esa capa cronológica: el año 1150. Jorge Acosta afirma que se trató de un "evento catastrófico". La verdad es que Tula fue quemada.

—¿Quemada...?

—Quemada por invasores que venían del norte.

—Diablos... —me agarré la cabeza.

—Uno de los edificios más importantes de Tula, el "Edificio 3" o "Palacio Quemado", se llama precisamente así porque lo arrasaron al incendiar la ciudad entera.

Miré el titánico castillo.

—*Dios*... ¿Eso pasó aquí también...? ¿Fueron los mismos invasores...?

El hombre siguió avanzando por el castillo. Sus muros eran apabullantes. Estaban parcialmente destruidos debido al desplome de un pedazo de la "Roca Amenazadora", ocurrido hacía siglos. Me dijo:

—Se piensa que los dos eventos están conectados: lo que ocurrió aquí y lo que ocurrió allá al sur, en México. Hay un factor común —y se volvió hacia mí—. Los dos centros más gigantescos de la América antigua, Chaco Canyon y Tollan Xicocotitlan, fueron destruidos y abandonados al mismo tiempo. En la misma década ambos quedaron convertidos en ciudades fantasma. Ciudades gemelas. ¿Es casualidad?

Lo miré, sin dejar de avanzar.

—Diablos… ¿qué fue lo que pasó? —y dentro de mí, me pregunté: "¿Son mis antepasados?"

Tragué saliva.

—En 1969 la antropóloga Christy Turner descubrió hechos horribles que ocurrieron en este lugar, mira —y señaló hacia delante—. Aquí en Chaco Canyon hay huellas de violencia, de una violencia terrorífica: sadismo, canibalismo, bestialismo.

—¿Bestialismo…? —parpadeé. Observé los muros.

—Huesos con partes arrancadas, con muestras de que fueron cortados con cuchillas, para retirarles la carne; cráneos que fueron ahuecados mientras las personas aún estaban vivas.

—Dios… —me dije. Imaginé la escena de terror. Miré las habitaciones. Sentí pulsar mi tórax. Por un momento escuché los gritos, las personas siendo torturadas, comidas por los invasores extraños, en ese mismo castillo.

Sentí un escalofrío.

Empecé a sacudirme.

—¡Dios!

—John Kantner, de la Universidad de Florida, escribió acerca de esto en 1999: "La intensidad de mutilaciones exhibidas en este conglomerado sugieren algo más que la simple tortura o mutilación corporal. La presencia de *pot polish* en este grupo también provee evidencia que sugiere que el canibalismo ocurrió, tal vez, en un intento de causar un insulto extraordinario al fallecido, humillarlo y producir terror en otros". La pregunta es —me miró fijamente—: ¿Quiénes eran los atacantes y quiénes eran los atacados? ¿Dónde encajan en esto tus antepasados?

Sacudí la cabeza. Me llevé las manos a la frente.

—Esto es realmente… ¿horrible?

Siguió avanzando sobre las rocas del piso:

—Nunca lo habían hecho antes —señaló los muros—. Hay pruebas de ello. En las capas arqueológicas anteriores al año 1126 no existen signos de esta magnitud de barbarie. Algo sucedió aquí en el año 1126.

—Diablos… —le dije—. ¿Qué fue lo que pasó? ¿Fueron los… mexicas…?

Me miró fijamente:

—Hoy se tiene una imagen más clara de lo que sucedió aquí.

Abrí los ojos:

—¿Qué fue…? —parpadeé.

El hombre caminó hacia un muro de color naranja intenso, al fondo. En la pared vi un antiguo dibujo hecho con raspaduras blancas: una estrella junto con una luna creciente, con un pie de seis dedos.

Me dijo:

—La genética anasazi ya no es un secreto. En la habitación 33 se desenterraron catorce cadáveres de personas anasazi. El estudio fue hecho por Douglas J. Kennett y Stephen Plog de la Universidad de Virginia. Éste establece que su ADN mitocondrial estaba conectado con el de los indios Pueblo actuales, que pertenecen al mismo haplogrupo genético B2Y1, es decir, con los hopis y los navajos —y señaló al oeste—. Eran genéticamente yutoaztecas.

Abrí los ojos.

—¿Yutoaztecas…? Entonces… ¿los invasores quiénes eran…?

—En Chihuahua está la variante B2a1a1; en Sinaloa la B2a4a; en Durango la B2a4a1. Son la misma familia genética. Esta marca genética es la huella del origen azteca: la sombra de Aztlán.

—¿Pero los que migraron al sur fueron los atacantes o los que escaparon de ellos…? ¿Cuáles son los "aztecas"?

Suavemente toqué la pared: la estrella raspada en la roca de color rojo.

Me dijo:

—Existe una teoría sobre lo que pasó aquí —y caminó al pasillo interno de la montaña. A mis costados vi veintitrés enormes *kivas*: agujeros gigantescos cavados hacia el fondo de la tierra, como pozos.

Me dijo:

—Hoy se sabe que entre los años 950 y 1250 hubo un cambio profundo en el clima terrestre. Se le llama "Grand Drought", la Gran Sequía. También se le llama "Periodo Cálido Medieval", o Medieval Warm Period. Fue un cambio climático que afectó a todo el planeta. Secó los desiertos en todo el mundo. Causó los desastres que vivió Europa en el año 1300.

Me quedé pasmado. Me dijo:

—Hay un lugar ciento cuarenta kilómetros al norte de aquí —y señaló hacia atrás del enorme peñasco— donde tal vez encontraremos la respuesta a todos los misterios. Se llama "Mesa Verde", el "Palacio en el Precipicio", "Cliff Palace".

—¿Palacio en el Precipicio? ¿Qué hay ahí…? —le pregunté.

—Tu pasado —y me sonrió.

Minutos después, estábamos aterrizando en la cúpula de otro macizo rocoso, el Parque Nacional de Mesa Verde, ubicado ciento cuarenta kilómetros al norte de Chaco Canyon. El "Palacio del Precipicio" o "Cliff Palace" estaba debajo de nosotros, dentro de la misma montaña. Había que bajar con cuerdas.

Empezamos a descender con arneses.

Miré hacia abajo.

—Diablos —le dije—. ¿Quién construiría una ciudad en un lugar tan inaccesible, al que sólo puedes entrar con cuerdas como éstas?

—Alguien que quiere defenderse de otros —me dijo. Miró hacia abajo—. Ésta fue la última ciudad de los anasazis. Fue su último refugio. La construyeron cuando escaparon de Chaco Canyon. Se mudaron aquí. Fue su última opción cuando su mundo estaba siendo destruido por los invasores tribales que mutilaban personas.

Seguimos bajando por las duras rocas de arenisca.

—Subsistieron aquí por cincuenta años, antes de desaparecer.

Miré hacia abajo. Sentí náuseas, vértigo. Vi el abismo de veinte metros de altura.

—Si aquí jugaban los niños —le dije—, ¿cómo hicieron para evitar que se cayeran al precipicio?

—Sí se cayeron —me dijo el hombre—. Se han encontrado cadáveres de niños.

De pronto estábamos ya en la colosal boca de la caverna, a mitad de la pared de la montaña. Era un hueco de diecisiete metros de alto por sesenta y seis metros de frente; tenía la profundidad de una alberca olímpica.

Sirius Goddog me dijo:

—Los anasazi no eligieron vivir en esta cueva por placer. Fue su última opción. Renunciaron a su economía, a su subsistencia. Aquí no tenían alimento. Quedaron alejados de todos sus suministros. Fue una última medida. Sobrevivir. Su valle estaba en poder de los nómadas.

Comenzó a caminar entre las muchas casas de ladrillos de color rojo. Parecía un pueblo. Todo estaba tapado por el extraño domo de la caverna, pintado con estrellas.

—En esta cavidad sólo hay ciento cincuenta casas —me dijo—. Se calcula que sólo vivieron aquí cuarenta familias. Fueron los últimos sobrevivientes del mundo anasazi. Abandonaron su majestuosa ciudad de allá abajo —señaló hacia Chaco Canyon— y se vinieron aquí, para sobrevivir, para esperar el final.

Imaginé a los sujetos decadentes allá abajo, los invasores, haciendo canibalismo, mutilaciones, al estilo de los atacantes en las películas postapocalípticas como *Mad Max*.

—¿Cómo puede pasar algo así en el mundo real? —le pregunté.

El hombre me dijo:

—Hoy se sabe con más detalle lo que sucedió. Como te dije, el calentamiento global MWP, es decir, del Periodo Cálido Medieval, ocasionó que estos desiertos se volvieran mucho más secos. Los pastizales desaparecieron en muchas partes del mundo, igual que las antiguas lagunas y ríos. Así ocurre con los calentamientos globales. Un grupo que había estado en California —y señaló al oeste—, un poco al norte de Los Ángeles, se quedó de pronto sin su lago, sin agua, sin su subsistencia, enfrentando súbitamente su propia aniquilación. Se les llama "pueblos númicos".

—¿Pueblos... "númicos"? —y me volví al oeste.

—Estos californianos, los númicos, que en su propia lengua se llamaban Nüümü, aglutinan a los actuales comanches, shoshone, kawaiisu, mono, paiutes, timbishas. Son la base ancestral de los aztecas. Son una rama de la tribu lingüística yutoazteca. La palabra "nüümu" en la lengua timbisha es "nümü". En shoshón es "newe", que significa "gente" o "personas". En paiute es "nuwuvi". En kawaiisu es "niwa." ¿Te recuerda ese sonido a otra palabra...?

Yo asentí con la cabeza:

—"Nahua."

—Así es —me sonrió.

Bajé la cabeza. Siguió caminando entre las casas abandonadas.

Me dijo:

—La palabra "nahua" en sí misma contiene un profundo misterio. Cuando se habló de los cinco soles, se les llamó con el prefijo "Nahui". Nahui Océlotl, Nahui Ehécatl, Nahui Quiahuitl, Nahui Atl, Nahui Ollin, es decir, Cuatro Jaguar, Cuatro Viento, Cuatro Fuego, Cuatro Agua y Cuatro Movimiento. Pero en realidad "nahui" no representaba al número cuatro. Era la palabra "nahua": los humanos, las personas. *Nahui* o *newe* es la persona, y *nahual* es el espíritu interno del ser humano, el brujo espectral que tienes dentro: tu ánima, que también está en el bosque, en el desierto, tu doble —y se volvió al desierto.

Me miró fijamente:

—Rodrigo, ¿nunca te has preguntado si tienes otro yo en alguna parte el universo, que está pensando justo en ti, justo en ese momento?

410

—Constantemente.

Siguió avanzando. Le pregunté:

—Pero… entonces… ¿estos "númicos", ese pueblo asesino, salieron de California…? ¿Ésos son los "aztecas"? El lago que se secó… ¿era "Aztlán"?

Me tomó por el hombro. Siguió avanzando al fondo de la caverna.

—En realidad ya está localizado el punto exacto que buscas, el lugar del origen, el *urheimat* final —y se volvió hacia mí—. No es aquí. El auténtico Aztlán es verdaderamente una isla. Está en medio de un lago que se secó durante el Periodo Cálido Medieval, el evento climático mwp. Es el lago Owens, doscientos treinta kilómetros al norte de Los Ángeles, a orillas de lo que hoy se conoce como Death Valley, el Valle de la Muerte.

Comencé a negar con la cabeza.

—Valle de la Muerte… Suena deprimente.

—Está a mil ciento cincuenta kilómetros de aquí —señaló al oeste—. Los númicos salieron de un lago que, junto con el Owens, empezó a secarse desde el comienzo del Periodo Medieval de Calentamiento Global, a partir del año 1000. Ese cuerpo de agua fue nombrado "Patsiata" o "Pacheta" o "Panowi" por parte de los propios númicos antes de abandonarlo. El lago se secó y esa población tuvo que emigrar para sobrevivir. Asolaron a los anasazis aquí —y miró a su alrededor—. Hoy no queda nada de lo que fueron alguna vez sus fértiles planicies en California. Cuando se creó Los Ángeles, terminaron de destruir ese prehistórico paraje del Pleistoceno. Hoy ese lago está prácticamente seco. Ese lago es Aztlán.

Miré hacia el piso.

—Dios…

135

El hombre me sonrió.

—Ven conmigo —y me tomó por el brazo—. Te voy a decir por qué mataron al padre Damiano. Prepárate para conocer lo más profundo de tu pasado.

Comenzó a caminar entre las casas de los anasazis:

—Vaya —le dije—. Esto parece un hotel. Un hotel cavado en una megacaverna. Hotel Chicomóztoc —y observé silenciosamente la disposición mágica de las ciento cincuenta habitaciones, cobijadas por el enorme techo de la cueva.

—Los actuales pobladores de esta zona de Four Corners apenas han reconstruido toda esta trama de su pasado. Por siglos no se acercaron aquí, a Mesa Verde, ni tampoco a Chaco Canyon. ¿Por miedo? Sí. Estaban seguros de que estas ruinas eran un lugar maldito.

Sentí el viento frío.

El sujeto comenzó a caminar por la Ciudad del Precipicio, entre sus descomunales casas de cinco pisos de altura, a la parte trasera de la caverna: el Gran Muro de la Montaña.

Se colocó contra la pared del fondo, en el muro mismo de la gruta. Era enorme. Se extendía hacia arriba, convirtiéndose en el techo mismo, a diecisiete metros de altura sobre las propias casas. En lo alto estaban pintadas las estrellas. Lentamente palpó con su mano la superficie de la roca.

—¿Sabes? —me dijo—. Existe una cueva dentro de esta cueva. Vas a entrar —y caminó a la derecha, sobre las piedras—: Se llama Sipapu. Este pasaje conduce a un espacio profundo dentro de la montaña. Es aquí donde vas a encontrar tu pasado. Y tu destino.

—Mi destino… —sacudí la cabeza.

Me sujetó por el brazo:

—Antes voy a decirte algo —y miró al techo, hacia las estrellas pintadas—. Los sobrevivientes que llegaron hasta aquí desde Chaco Canyon sabían lo que les esperaba en este lugar: la extinción, el final.

Vinieron sólo a refugiarse por un momento, sin fuentes de comida, rodeados por una invasión enemiga. Sabían que sólo estaban postergando su final, su muerte, su colapso —y me miró fijamente—. ¿Tú estarías dispuesto a aceptar tu propia extinción, a ver el final de tu gente? ¿O intentarías una última solución?

—Yo...

—Rodrigo —me apretó el brazo—, hubo alguien aquí que pensó diferente a los demás. Buscó una solución —y comenzó a caminar a la entrada de la cueva—. Hubo en este lugar un hombre anasazi que dijo: "No vamos a morir aquí; éste no va a ser el final". Decidió no rendirse. No se quedarían en este lugar pasivamente. Decidió hacer algo. ¿No es éste el verdadero dilema del hombre, Rodrigo, y de tu actual país? Eso te define como hombre, para siempre. La metamorfosis.

Se colocó junto a la entrada de la pequeña cueva. Me dijo:

—Ese hombre anasazi les dijo a todos en esta enorme gruta: "En vez de morir, en vez de rendirnos aquí, vamos salir y buscar un nuevo horizonte: un nuevo hogar, un nuevo futuro". Les dijo: "Si por alguna razón logramos escapar de este valle; si conseguimos traspasar el cerco de estos asesinos que mutilan personas, podremos ir a un lugar lejano, y crear ahí una nueva civilización". ¿Sí sabes de qué persona te estoy hablando?

Comencé a asentir con la cabeza.

—Sí. Xólotl.

—Así es —me sonrió—. Xólotl es la clave de todo. Es el héroe de México que los mexicanos no conocen. Ésta es la cueva de Xólotl —y miró al interior de la misma—. Xólotl fue el líder de las migraciones, no Huitzilopochtli. Lo que hizo Itzcóatl fue tomar la historia y alterarla. Remplazó a Xólotl por el caudillo mexica Huitzilton, y forzó a todas las naciones a aceptar la nueva versión de la leyenda. Xólotl es el iniciador verdadero de todo: de todas las líneas y linajes, de todas las casas reales; de todas las tribus que después se llamaron a sí mismas "aztlantecas" o "aztecas", incluyendo a la de Nezahualcóyotl. Tú eres, por tanto, su descendiente —y miró al interior de la cueva.

Asentí.

En el muro acarició un dibujo, pintado en el umbral mismo de la cueva, un glifo hecho de carbón y calcio: un humano con la cabeza de un perro.

—Por supuesto —me dijo—, los indios acoma tienen otra leyenda para explicar todo esto. La relata Franz Berman: "Una leyenda acoma trata de explicar este estado de cosas, diciendo que una noche la Serpiente con Cuernos de Agua, espíritu de las lluvias y la fertilidad, abandonó bruscamente a su pueblo [el anasazi] […]. Sin poder subsistir sin la Serpiente, los indios siguieron su rastro hasta llegar a orillas de un río. Y ahí fue donde establecieron su nuevo hogar".

Yo le dije:

—Ese río… ¿fue la Ciudad de México?

En el muro, por debajo del dibujo de Xólotl, acarició cuatro soles que también estaban pintados.

—El mito de los cuatro soles que caracterizó al universo azteca provino de aquí.

Puso su mano sobre mi hombro.

—Muy bien. Ahora se verá quién es más poderoso en la guerra del universo: Xólotl, el que construye; o Nenexólotl, el que diluye, divide, destruye.

Lentamente asentí.

Miré hacia dentro: el interior estaba completamente oscuro. Empecé a sacudir la cabeza.

—¿Qué hay aquí dentro…?

Me sujetó por el hombro:

—Es curioso: en muchas culturas, por milenios, la estrella Sirio fue llamada el "perro", el "lobo", el "coyote". Variantes del mejor amigo del hombre. No es extraño que asignaran a Xólotl esa personalidad.

—No entiendo.

Tocó la pequeña estrella del muro: era Sirio.

—Los chinos la llamaron Tiānláng, el Lobo Celeste. Los griegos, Lélape: el perro de Zeus. Los Dogon de Mali la nombraron Sigi-Tolo, el Zorro Blanco. Los egipcios, Sopdet, la versión femenina del perro del Inframundo, Anubis: el animal fiel, el amigo que te guiará cuando atravieses las tinieblas, para llevarte a tu renacimiento. Eso te va a pasar ahora. Ésta es la cueva de la metamorfosis.

Se volvió al interior de la cueva:

—Dentro de esta caverna vas a encontrar el poder más profundo que ha existido en la Tierra: el poder para modificarte a ti mismo, y al mundo. Ahora ya sabes cuáles son los héroes de tu nación que nunca han sido publicitados. Publicítalos. Ellos son los que realmente construyeron a México: Itzcóatl, Nezahualcóyotl, Tlacaélel, Ixtlilxóchitl y, sobre todo, Xólotl. Si cada mexicano supiera que él mismo tiene en su interior a todos estos titanes, México se convertiría de nuevo en un imperio.

Miré hacia la cueva.

—Entra —me dijo—. Encuentra tu pasado. Tráelo de vuelta a este mundo. Cambia la realidad. Cambia el futuro.

Comencé a avanzar a la oscuridad.

—¡Espera! —me sujetó por el brazo—. El padre Damiano habría querido que te dijera una cosa más —y me miró fijamente.

—Escucho.

—El padre Damiano fue sancionado porque incumplió el celibato. Tuvo un hijo. Lo separaron de él. Le prohibieron visitarlo. Puedes imaginar quién es ese chico.

Tragué saliva. Me volví hacia el piso.

—*Dios...*

—Por eso te cuidó todo este tiempo.

Cerré los ojos. Cuando los abrí, Sirius ya no estaba. Ahora era un lobo.

136

Entré a la cueva. Me dije:

—Estoy alucinando. De eso no hay duda. ¿Éste es el viaje hacia mi subconsciente?

El lobo me siguió, meneando la cola.

Recordé las palabras del padre Damiano: "Desprográmalos. Los programaron para no creer en sí mismos. Han hecho que todo un país deje de luchar, de creer en que el cambio es posible. Los anularon. Tienes que desprogramarlos, y reprogramarlos desde el interior: que vuelvan a recordar lo que en realidad son. No dejes que les destruyan esa llama que tienen por dentro. Tú tienes adentro todo el poder del Imperio azteca".

El lobo avanzó al interior de la caverna, por delante de mí, entre las oscuras rocas.

Era un espacio inmenso, a juzgar por las ondas de sonido que provocó el lobo.

—¿Hola…? —pregunté hacia el fondo. Escuché mi propio eco. Me tallé los ojos.

Empezaron a encenderse pequeñas llamas.

Un total de doscientas.

Eran velas.

Comencé a sacudir la cabeza.

—¿Quién está aquí…?

Eran personas. Me miraron con curiosidad. Sus ojos resplandecían por detrás de las pequeñas llamas.

Empecé a caminar frente a ellos, temblando.

—¿Quiénes son ustedes..?

El lobo se colocó en medio de todos, junto a una escultura de cristal, la cual se encendió por dentro. Era alabastro: un hombre con cabeza de perro.

—¿Xólotl…? —les pregunté.

Por detrás de toda esa gente vi siete enormes cavernas: siete gigantescos túneles.

Comencé a negar con la cabeza:

—Dios… ¿Las… siete cuevas…? —ladeé la cabeza. El lobo hizo lo mismo.

Una de las doscientas personas, una mujer hermosa, se aproximó a mí. Era de una raza que yo nunca había visto. Me tomó de la mano. Me sonrió.

—Has regresado. Somos tus hermanos. Te estábamos esperando.

Sacudí la cabeza de nuevo.

La bella dama tocó la estatua de cristal. Puso mi mano sobre la misma.

—Absorbe su fuerza. Ahora todos los poderes del pasado van a entrar en ti de nuevo. Tú eres ellos esta noche. Haz que todo resurja.

En su brazo distinguí una figura luminosa: una estrella, con los glifos veinte y trece. En su rostro empezaron a resplandecer puntos de luz fosforescentes. Me dijo:

—Todo comenzará de nuevo, incluso este momento. Tú eres el territorio de las estrellas —me sonrió—. Ocurrirá un cambio en el mundo. Será muy pronto. Lo vas a provocar tú.

Tragué saliva. Me tomó por los dedos. Me transmitió una energía vibratoria que yo nunca había imaginado. Sentí el tronido eléctrico en mi cuerpo. Me observó con sus ojos ahora encendidos:

—El mundo necesita algo nuevo. Algo que nunca antes ha existido. Eres tú. Haz que suceda.

Sexto Sol.

Post data

VICENTE RIVA PALACIO, JUAN DE DIOS ARIAS,
ALFREDO CHAVERO, JOSÉ MARÍA VIGIL
México a través de los siglos:

Así es que, á pesar de críticas apasionadas, tenemos que repetir en justicia que Tezozómoc fue un gran rey [...]. Si persiguió á Nezahualcóyotl que podía arrebatarle la corona, natural era [...]. Tezozómoc recibió con el *copilli* un reino de poca importancia [...] y extendió sus fronteras hasta los límites de la república de Tlaxcalla y la nación de los cuexteca [huastecos, Veracruz] [...], más allá del valle de México. No puede el siglo XIX reprochar al rey tepaneca el uso del derecho de conquista.

FERNANDO DE ALVA IXTLILXÓCHITL
Anales de Cuahtitlán. *Paleografía y traducción de Rafael Tena*:

9 Ácatl [año 851]. En este año de 9 Ácatl, Quetzalcóatl, que ya tenía algún discernimiento pues andaba en los nueve años, buscó a su padre, y preguntó: "¿Quién es mi padre? Quiero verlo, quiero mirar su rostro". Le dijeron: "Murió; y está sepultado allá, ve a ver". Fue Quetzalcóatl, y se puso a excavar en busca de los huesos [de su padre].

EL DERECHO A INVESTIGAR EL PASADO
LA OBLIGACIÓN Y EL DERECHO A MODIFICAR
EL FUTURO

Cada segundo, el cerebro humano realiza un aproximado de mil billones de cómputos (1,000'000,000'000,000). Ello equivale a un petaFLOP por segundo. De ellos, 95% no los percibes: son operaciones que realiza tu subconsciente.

San nikkaki itopyo, ipetlakalo:
Xik yokoyankan, in antepilwan,
kwawtamoselo,
ma nel chalchiwitl,
ma nel teokwitlatl,
no ye ompa yaske,
onkan on Ximowa...
San tipopoliwiske,
ayak mokawas.

Percibo lo secreto, lo oculto:
Meditadlo, señores,
águilas y tigres,
aunque fuerais de jade,
aunque fuerais de oro,
también allá iréis,
al lugar de los descarnados...
Tendremos que desaparecer,
nadie habrá de quedar.

Vana sabiduría tenía yo
por fin lo comprende mi corazón
escucho un canto,
contemplo una flor.
Solamente existe Él, el Dador de la Vida
aun cuando las flores se marchitan
serán llevadas allá, al interior de la casa
del ave de plumas de oro
¿Con qué he de irme?
¿Cómo ha de actuar mi corazón?
¿Acaso en vano venimos a vivir,
a brotar sobre la tierra?
Dejemos al menos cantos.
Dejemos al menos flores.

NEZAHUALCÓYOTL ACOLMIZTLI —Nezali— RODRIGO ROXAR
Rey de Texcoco

Mención especial

Buena parte de las frases y palabras en otomí se incluyeron con apoyo del *Diccionario del hñähñu (otomí) del Valle del Mezquital, Estado de Hidalgo* (serie dirigida por Doris Bartholomew, del Instituto Lingüístico de Verano, en 2010); y de textos de Manfred Kudlek.

La mayoría de las poesías aztecas (tanto en náhuatl como en español) proceden de los indispensables textos de Miguel León-Portilla, Ángel María Garibay, Eduard Seler, Rafael García Granados, Rafael Tena, Andrés Romero y Huesca, Francisco Javier Clavijero, Sergio Miranda Pacheco, del Quineoaqui, Ms. Biblioteca Laurenziana.

Una explicación más detallada de las fuentes bibliográficas específicas de los diversos puntos temáticos de este libro se encuentra disponible en internet (www.facebook.com/leopoldo.m.lopez y http://www.youtube.com/user/secreto1910), así como gráficos y abundante información adicional.

Secreto Azteca de Leopoldo Mendívil López
se terminó de imprimir en noviembre de 2021
en los talleres de
Litográfica Ingramex S.A. de C.V.,
Centeno 162-1, Col. Granjas Esmeralda, C.P. 09810,
Ciudad de México.